U0812991

“杯子里的春天——戊戌·拾壹席·悦隐雅集”1（三宝蓬之术聚洛）

展览“闲云夏布”（三宝蓬艺术聚落）

展览“一朵青花”（三宝蓬艺术聚落）

展览“瓷本文心”（三宝蓬艺术聚落）

沙龙活动“西席”（三宝蓬艺术聚落）

向元华指导绘画（元华堂）

玉柏玲珑名坊园店

元华堂

元华堂瓷器制作

王柏玲珑创始人李辉丰介绍新产品

景德气象

Jingde Atmosphere

中国文化的一个面向

An Aspect of Chinese Culture

胡平——著

GUANGXI NORMAL UNIVERSITY PRESS
广西师范大学出版社
·桂林·

景德气象：中国文化的一个面向
JINGDE QIXIANG : ZHONGGUO WENHUA DE YIGE MIANXIANG

出 品 人：刘景琳
责任编辑：淡　霞
责任技编：伍先林
装帧设计：张志奇

图书在版编目（CIP）数据

景德气象：中国文化的一个面向 / 胡平著．—桂林：广西师范大学出版社，2021.8
ISBN 978-7-5598-4038-7

Ⅰ．①景… Ⅱ．①胡… Ⅲ．①纪实文学－作品集－中国－当代 Ⅳ．①I25

中国版本图书馆 CIP 数据核字（2021）第 146811 号

广西师范大学出版社出版发行
（广西桂林市五里店路 9 号　邮政编码：541004
网址：http://www.bbtpress.com）
出版人：黄轩庄
全国新华书店经销
河北鹏润印刷有限公司印刷
（肃宁县工业聚集区　邮政编码：062350）
开本：710 mm × 960 mm　1/16
印张：27.5　　字数：380 千字
2021 年 8 月第 1 版　　2021 年 8 月第 1 次印刷
定价：149.80 元

如发现印装质量问题，影响阅读，请与出版社发行部门联系调换。

序言

英文序言

In 2008 I stepped foot on Jingdezhen ground for the first time. It was not a city that appealed to me immediately, it was dusty, dirty, noisy and chaotic. It did not even look like a city to me, comparatively more a town. But quickly, by walking the streets and alleys, I saw that ceramics was flowing through the bloodlines small and big. I felt the magic of Jingdezhen. I had discovered a place where almost all spoke the same language as me: ceramics.

Jingdezhen is a paradise for ceramic artist and those that have a "ceramic dream". The city itself provides all the techniques and materials needed, but it goes much deeper than that. There is a pulse that once felt pulls artists not only from China but worldwide into that bloodline. This organic rediscovering of Jingdezhen has not only attracted ceramicists but artist of all types. Writers like Mr. Hu and every kind of media are telling the story of Jingdezhen, about its people, history and thriving culture. More and more attention and money are being focused here. A big push to "civilize" the city has been undertaken. Time will tell if these efforts to create and move forward are drips that integrate into the stream strengthening the body that is Jingdezhen. It could make the city more vital and prosperous for all or on the other hand, it also could throttle its veins into a sterile lifeless corpse. What I am sure of is that, for better or worse, it is just another chapter in Jingdezhen's long and fascinating history.

Jeremy Vaughan

2008年时，我第一次踏上景德镇的土地。这里尘土飞扬，脏乱嘈杂，不是一个第一眼就吸引了我的城市。在我看来，它甚至不像是一座城市，更像是一个小镇。但是很快地，当我漫步在景德镇的大街小巷，我看到了在大大小小血脉里流淌着的陶器。我感受到了景德镇的魔力。我找到了一个地方，在这里，几乎所有人都和我说着同样的话题：瓷器。

景德镇是陶瓷艺术家和那些有着陶瓷梦的人的天堂。这座城市自身提供了（制陶）所需的所有技术和材料，而且还远不止于此。这里曾经有一种活力，吸引着中国乃至全世界的艺术家投身到这一血脉之中。景德镇系统性的再发现不仅吸引了陶瓷艺术家，还吸引了各式各样的艺术家。像胡先生这样的作家以及各类媒体都在讲述景德镇的故事，讲述景德镇的人民，讲述它的历史和它繁荣的文化。越来越多的关注和资金都在向这里集中。大力推进城市文明建设的活动业已展开。时间会证明这些建设和前进的努力是否会像水滴一样，融入强健景德镇身躯的潮流。它也许可以使这座城市变得更有活力，所有人都更为富足；或者，它也可能卡住它的血管，使其变成一具没有生命的僵尸。我可以肯定的是，无论是好是坏，这只不过是景德镇悠久而迷人的历史中的一章。

（美国）杰瑞米 · 沃恩

Jingdezhen 2010-2021

La première fois que je suis venue à Jingdezhen c'étaitily 10 ans.
Mon point de départ avec Jingdezhen c'est une histoire d'amour. C'est plein de fins et de débuts de rencontres qui m'ont fait venir ici. La terre est une matière contradictoire: fragile et résistante, simple et complexe, stable et aléatoire.
La ville de Jingdezhen est une ville de contraste. Elle appartient à la fois au passé et au présent. Riche de techniques artisanales qui se sont maintenue jusqu'au présent. Elle est un lieu incontournable des professionnels et amateurs d'antiques. Sa double identité de ville industrialisée de province et de capital international de la céramique font de la ville un lieu éclectique qui attire des gens de partout dans le monde.
L'hiver est très froid et l'été est très chaud. C'est un environnement semi-tropical, le climat est humide toute l'année.
Le printemps arrive avec la saison des pluies et la ville se fait inonder chaque année.
L'été et le début de l'automne, le ciel d'ici est magnifique.
Les montagnes et les rivières environnantes sont merveilleuses. Les cascades dans les montagnes sont une grande source de joie pour moi. L'eau des rivières est très douce. Les petits poissons et les crevettes te piquent les doigts de pieds.
J'habite dans une usine de la vielle ville depuis 5 ans. Un jour l'usine où j'habite se fera déconstruire et quelque chose d'autre existera à sa place.
La terre est pour moi un médium qui canalise mes émotions. J'utilise la porcelaine comme moyen d'expression artistique depuis 15 ans. C'est aussi le fruit du hazard et des rencontres qui m'ont amenées à apprendre le travail de la terre.
Jingdezhen est une ville qui me procure beaucoup d'émotions. Elle a un charme irrésistible et une atmosphère singulière de part son histoire.
Depuis la rivière Chang（昌江）au lac Poyang et au fleuve Yangtze, la poésie, la musique et l'art de Jingdezhen contenue dans ces porcelaines, parcourent le monde comme une douce mélodie portée par le vent, sans interruption depuis des générations.

Kami

景德镇 2010—2021

我第一次来景德镇是十年前。

我与景德镇的故事起点，源于一场爱情。许多次相逢与别离，让我不停地辗转于此。

泥土真是一种矛盾的物质，它脆弱而坚韧，简单亦复杂，稳定又随性。

景德镇是一座对比鲜明、反差强烈的城市。它既浸淫于历史，又相融于现世。丰富的手工业制造技术，被人们传承沿用至今。对于古董专家和业余爱好者来说，这里都是一个不容错过的地方。作为工业化城市和世界瓷都，景德镇的双重身份注定了其兼收并蓄的气质，吸引来自世界各地的游客纷至沓来。

这里冬冷夏暖，属于典型的亚热带气候，全年都氤氲潮湿。

每年春日，伴随着雨季来临，这座城市都会遭遇洪水的洗礼。

夏季和初秋时分，这座城市的天空美得让人惊诧。

景德镇周遭的山水亦美不胜收。山间的瀑布是我的一大快乐源泉。温润的河水里，小鱼小虾常会游过来轻啄你的脚趾。

我在老城区的一家工厂里住了五年。或许未来某天，这座工厂会被拆除，但一定又会有别的东西取而代之。

于我而言，泥土是抒发情感的一个载体。在过去的十五年里，我一直将瓷器作为我的艺术表现手段。而我学会用泥土创作这件事本身，亦是机缘与邂逅双重作用之下的意外收获。

景德镇是一座给予我诸多情感共鸣的城市。历史的积淀，铸就了它那令人难以抗拒的魅力和独特的艺术氛围。

从昌江到鄱阳湖，再到长江，景德镇的诗词、音乐、艺术，都蕴含在这些瓷器当中，如同一段世代相传的美妙旋律，随一阵轻风传遍世界。

（法国）凯米

日文序言

景徳鎮のことを書いて欲しいと言われて、気安く引き受けたのはいいものの、いざ書くとなると困ってしまった。「私にとって、景徳鎮はこうです」と、はっきり言えない自分に気がついた。おそらくそれは、「景徳鎮」が、あまりにも私にぴったりとくっついて、客観的に著述できないせいだと思う。例えば、故郷について述べてください、と言われると、自分の一部をなすものを一度引き離し眺めるという作業が必要になるだろうと思う。自分の故郷とはある種の自己同一化をしてしまいがちである。だから厳しい批評もするが、逆に貶されれば腹が立つ。そんなことから、この街が私の第二の故郷となっているのは間違いないと思う。人は、苦と楽の両方を味わった場所に特別な愛着を覚えるのかもしれない。

2013年の初秋に住み着いて以来、景徳鎮の、特に三宝村の激しい変化の数年間を目の当たりにしてきた。長期にわたる大規模な道路工事がおこなわれていた頃は、街への行き来もままならず、ほぼ隔離状態であり、「私はこんなところで何をしているのだろう」と時々考えもした。言葉の問題、陶芸制作上の問題、食事など生活環境の問題、は改善されつつも、今もまだあるし、外国人であることのハンデはどうしても拭い去れない。

しかし、この文人都市の奇妙な味わいは、近年バージョンアップされた国際性も加わって、この街の魅力そのものであり、私がここを離れない理由になっている。

景徳鎮は、自分の世界を作りあげ没頭し、世界に発表するのに適した場所である、と思う。ここでは誰もがやりたいことをやっている。陶芸に限らずである。人と違っていていいし、少しおかしくても、誰も咎めない。服装一つとってみても、皆それぞれ好きな格好をして歩いており、私も都合上和服を着て街を歩くこともあるが、振り向いて見られることもない。（実は上海などではジロジロ見られる）一言で言ってしまえば自由。もっと言えば「自由のゆりかご」。なぜゆりかごかというと、文化的クオリティーにおいてはこれから成長するスペースが十分にある「試み」の集合体が、寛大なゆりかごに受け入れられて、揺られ、時にはシェイクされ、無限の発展の可能性を抱いていると思うから。

伝統というありがたいものに支えられ、景徳鎮という街が織りなす景色は、多次元的である。私の陶芸も「茶」も、そこにシンクロするように景徳鎮で変化を遂げたし、これからも進化してゆくと思う。伝統から十分な栄養をもらった創造性は、普遍性と特殊性をバランスよく併せ持ち成長していける。

今しみじみと、私が景徳鎮という街と現象からもらっているエネルギーは、計り知れないものがあると感じる。

高柳綾緒

出版社希望我写写景德镇，尽管我答应得爽快，但真到了动笔之时却犯了愁——我才意识到自己根本无法断言“对我来说，景德镇就是这样的”。这或许是因为“景德镇”与我契合得天衣无缝，自己才无法进行客观的著述。这就好比有人让你讲述一下自己的故乡，你就需要暂时将自己从中抽离出来，从旁处对构成了自己一部分的故乡进行眺望。我们在谈论故乡时，常常将其与自身混同。因此，我们自己可以对故乡做出严厉批评，而一旦遭他人贬低，自己又会满肚子火。如此看来，景德镇无疑已成为我的第二个故乡。人或许就是会对苦与乐都尝过的地方产生特别的爱恋。

2013年初秋住下后，我目睹了景德镇尤其是三宝村数年来剧烈的变化。长期且大规模的道路施工期间，连上街都很困难，自己基本处于与外界隔离的状态，甚至有时还会想“自己到底在这种地方干什么”。语言交流、陶艺制作、饮食等生活环境，各方面的问题虽然逐步得到改善，但至今也还存在。身为外国人之障碍无论如何也抹不去。

我认为景德镇是一个适合埋头于自己的世界进行创作，而后向外界展示的地方。在这里，人人都在做自己想做的事，不仅限于陶艺。你可以标新立异，没有人会责备你。就拿服装来说，大家都以各自喜欢的风格着装，我甚至还因为一些事情穿过和服上街，即便如此也没有人回头来看我（实际上在上海就会有人直勾勾地盯着我看）。用一个词概括那就是自由。再说准确一点则是“自由的摇篮”。在这里，人人都在做“尝试”，如此“尝试”的集合体在文化质量方面，今后还有很大成长空间。他们处在一个宽容的摇篮中，经过摇晃、混合，能产生无限的发展潜能。

在可贵传统的支撑下，景德镇交织出了多元的景色。我的陶艺与“茶”也与之同步，在景德镇实现了发展变化，今后也将继续进化。我们的创造性从传统中汲取了充足的营养，能够保持普遍性与特殊性之平衡，不断成长下去。

如今，我越发感受到景德镇不只是一座城镇，也是一种现象，它给予我们的能量是无可计量的。

（日本）高柳绫绪

目录

目录

楔子

进入庚子新年后，未有一点“春风送暖入屠苏”之感，反觉一片诡异莫测的压抑，比狗血剧情还要狗血的荒诞，若气旋一样从四面八方涌来。

揪心于外面正发生的什么；再则，恐惧于明天还会有黑天鹅、灰犀牛，乌泱泱地飞来。2019 年里，国人来回拉锯般的心理震荡中，就有大嘴巴预言，日后若干年再来回顾，2019 年可能是最好的一年。还真是驴唇对到了马嘴。

2020 年快要过半，与大洋彼岸的儿子天各一方，不能去了，国内走动也极不方便。干脆在景德镇珠山区三宝谷里住了下来。

过了湖田村，南河上立着一座桥，桥南是三宝村，桥头边竖立一个方柱形的墩子，“三宝瓷谷”几个硕大的字威风凛凛，有如门神。官方称号六个字——“三宝国际瓷谷”，直逼硅谷的意思。

现在所说的三宝瓷谷，是以湖田村、三宝村为大致范围，以杨梅亭—画眉楼—三宝蓬—马鞍岭—水坞口—元溪—芭蕉坞为主线的长十千米，向山谷里不断延伸的狭长地带，是陶瓷文化旅游产业聚集区。

古时，这里的山谷林深草茂，古木苍翠。“幽谷静闻猿一啸，白云时见鹤双飞。”相传，宋朝有蔡姓人家，由婺源蔡家迁来建村，在这里开采瓷石矿。有个叫三宝的人，在此搭一草棚，开设茶馆酒肆，购瓷土的客商和过往行人于此喝茶小憩，生意不错，称“三宝蓬”。另说当时瓷石矿十分红火，日产优质瓷土值三只金元宝，故名“三宝蓬”。后来还有人说，郑和下西洋，舳舻连云，旌旗蔽空，“撒钱”与交易，青花瓷器皆是重头。三宝太监不可能不亲临“三宝”督导、验货。刘新园先生早论证过，明朝永乐年间，青花瓷都产自以御窑为中心的镇上。此“三宝”说，有戏文之嫌，不足议。

马鞍岭和距此 2.5 千米的元溪、芭蕉坞等地，五代及宋就有密集的瓷石矿开采，沿途山坡上采矿坑洞遗址四十余处，元溪、芭蕉坞的开采，则一直延续到“十大瓷厂”垮掉。连双坑后面的三宝水库里，水下也有矿洞的遗址。我住的闲云涧小院对面山顶，就有一个很深的瓷土矿坑，从宋代一直挖到清代，挖得很深，洞口有小半个房间大，三四平方米的样子。扒开洞口的芭茅、芦苇，有下去的台阶，下去后看到坑洞转水平方向，此为横坑采掘。元溪矿洞遗址亦采用横坑采掘，盛巧荣夫妇曾进去过，云子说，一进洞，凉意即穿透后脊梁，蝙蝠掠面翻飞。另有竖坑采掘，芭蕉坞矿洞遗址为证。

某年，三宝村村民清除重重灌木丛、野草、藤萝，在山头上清理出六千多米的古矿道。“在山石骨出山泥，水碓舂成自上溪。”（清 · 龚鉽《陶歌》）山坞流出的泉水成溪，形成自然落差，可带动水轮和水碓，用以粉碎瓷石。矿石运下山碎石后，经淘汰、滤清、沉淀、风干，制成长方形瓷土块，本地人称为“不子”，这便是可塑性强的优质瓷原料，宜拉筋，可绝缘，透明度尤高。三宝瓷石矿，供应周边二十多处窑场：本地的湖田、杨梅亭、黄泥头、银坑坞等，毗邻的浮梁县湘湖镇、寿安镇的进坑、塘下、白虎湾、南市街等。

三宝的古瓷矿、古水碓、古窑业，孕育了辉煌的湖田窑。湖田窑创出独树一帜的青白瓷，白中闪青，青中泛白，青白淡雅，色质如玉，有“饶玉”之称（未设镇前，这一片均属浮梁县，而浮梁县属饶州，故名），为宋代六大窑系之首的青白窑系代表窑场。

三宝谷，“村村窑火，户户陶埏”。一次聊天，三宝原村主任齐宝国说，三宝是泥土放光芒的村，天生自带光芒 ，没有三宝，就没有湖田；没有湖田，也就没有景德镇的横空出世。

三宝孕育出半工半农、亦陶亦农的生活方式。

山谷里约千亩水田，本地人农忙种田，农闲采矿、舂石、做瓷，融洽无间。早上换舂头，白天种田种菜或去山上砍柴，到晚上再换一次。次日早上又来换一下。一天换两次舂头外，人不用守候，水碓垂头昂头，从早到晚帮着数银子。投资水碓成本低，也无须人看管，却一定要有技术。舂头、车轴、车毂，须扎实厚重，连接务必紧密无间。否则，转不了几天，舂头坏了、出问题了，或车轴散架，车毂垮掉。得有一手盖顶的木工活。齐宝国岳父齐学阳，做水碓最好，以前周边包括寿安、湖田的水碓都请他去做，也算是非物质文化遗产传承人物。齐学阳的大儿子也会做，1995 年之前，父子俩专做水碓、水碓维修。现在大概没有人会做了……

历朝历代，三宝人都不会没饭吃。每家每户，沿泉建座小窑，做点粗瓷碗碟小物件，由到此购“不子”的客户顺手买走。滔滔树海便是燃料库，砍了给自家窑烧，多的拿到浮梁寿安乡南市街去卖。空暇时再种几亩水田，植几垄蔬菜，水里放鸭子，山上挖冬笋，谁家还没有五个八个孩子。齐姓、余姓是三宝最大的两个姓，据说，明嘉靖年间由婺源过来的齐氏一脉，从来香火兴旺，到齐宝国岳父齐学阳，一个普通工人，仍能雄赳赳生下十个，虽然有两个因小儿麻痹症早夭。

那年月，除枯水季节，三宝到处是嗵嗵的舂击声，日头在转个不休的水碓车轴上升起，暮色在车轴下蹒跚离去。“水碓的声音，就是景德镇的心跳声。”这诗一般洗练的句子，是三宝第一位艺术家齐冬根说的。哦，齐宝国是齐冬根的小舅子。哗哗水流悠悠淌过山谷，有茶园、稻田，有碓棚、窑房。“骑牛远远过前村，风吹斜笛隔垄闻”，幼时的齐冬根，骑着的牛背上有鹭鸶起落。三宝的植被相当好，山上松林、杉林、竹林，间有野栗子、野柿子树，山边满是青冈、厚皮香、薜荔、芦荻、芭茅等小乔木、灌木。林子里什么鸟都有：布谷鸟、知更鸟、珍珠鸟、啄木鸟、柳莺、喜鹊、乌鸦……农舍却稀稀落落，环境开阔，雀子漫天飞舞。早上起来，齐冬根去家里的水碓挑舂好的瓷泥，一路上树梢泉边，白鹭一只只停驻，恍若排队候着梳洗。春夏间，傍晚，泉边是萤火虫帝国。山谷里，还有三宝寺、慧林庵、浮乐庵、资福庵，隐约掩映。湖田窑场兴盛后，寺庙香火也趋鼎盛，每逢初一、十五，香客熙熙攘攘，梵音钟鸣遐迩皆闻，与水碓声、窑烟、炊烟、孩童的嬉闹声，相伴相闻。陶耕时代，真正的人间烟火，一直延伸至民国。

民国二十七年（1938）《浮梁乡土纪略》载："湖田至三宝蓬双坑（今元溪），沿途均有碓厂，共计一百三十一车。"多数属于柳家湾李林祥及本地一户富裕人家。1949年后，水碓归了贫苦大众，先成立三宝瓷土合作社，1954年归南市瓷土矿，1957年划入景德镇瓷土厂。1985年，归江西省陶瓷工业公司原料总厂，总厂一个车间就设在三宝，从事水碓加工的工人一百多号，齐学阳是其中之一。二十世纪九十年代中期"十大瓷厂"改制，工人下岗，机器化生产吞吐巨量瓷土的景象消失了，原三宝车间工人的生活，却早锚定在这片土地，"不知有汉，无论魏晋"。没法子出去找生计，水碓让给他人，自己在碓棚里挨着清苦的日脚，加工从祁门等地运来的瓷石。后来，球磨机加速登场，水碓车轴、轴片覆满青苔，自知快要走到尽头。那时，只一些小作坊会来此买"不子"。水碓被分，每户人家都收几个，如负重一生、病痛一身的老者踽踽而入养老院。

至暗时刻终于来临。2011年，沪上一家陶瓷企业看中三宝，决定将其上海生产中心转移过来，前期投资三亿元，占地一百五十六亩，被视为景德镇陶瓷招商引资的一个大手笔、大亮点，说是投产后将诞生一个以生产高端日用艺术瓷为主的文化创意产业。头几年，阵仗搞得确实大，"钢铁机器在山谷中咆哮，荡平树木、铲平山谷、改道河流、'高大'的建筑在山谷中矗立，很强势地‘入侵’山谷，让寂静、和谐的山谷，变得面目全非”，写这话的是肖学锋。2014 年，他和几位来自武汉地产界的投资人来到西朝坞。这是这“巨兽”大干快上的时候，一副时不我待的景象。工地就在不远处，他们遥望着，心情复杂，主要是惋惜。“巨兽”一进三宝，齐宝国家四个水碓被拆，从元溪到湖田桥路口的一百四十多个水碓，除几个属于宁拆骨头不拆水碓的主人的，绝大部分被拆，一起消失的还有三宝最后一块稻田。

何其有幸，马鞍岭我所住小院斜对面的原三宝疗养院，有三宝谷里最大的一座水碓，轴上装有六个舂头，称雷公碓，开动起来果然雷声隆隆。疗养院坐拥半个山坳，树影杂乱，蔓藤交错，早年卖给了个人。2015 年，老家在山东德州的青年陶艺人郝志雷，朋友称雷子者，来到这里。看惯了北方突兀的山形，除了峻石就是松树，见此地毓秀、圆润，真好似天上掉下七八个林妹妹（掉下林妹妹不妥，此时的雷子已有一个孩子，天上掉下来的应该是雨点般的扒鸡，他老家是扒鸡之乡），肾上腺素当即井喷，一口气签了该院十三年租约。雷公碓得以躲过一劫。

一个泥土放光芒的村庄，千年过去，据说山谷里还有几千吨存量，却渐渐熄灭了光芒。芭茅、芦荻、野草，要遮没历史的某股力量，从来都是挺惊人的。二十世纪末，若说要进三宝，景德镇市民一脸疑惑：那地方荒郊野岭，尼姑庵早已灰飞烟灭，除了进残破的三宝寺烧炷香，有什么好去的呢？好路没有一条，的士不敢进，偶有贫苦市民进山谷打柴，孩童在秋日来摘野栗子、野柿子。房子倒的倒、空的空，马鞍岭五十多户人家外迁得只剩下十二户。本地年轻人更是差不多走光了。齐宝国常年跑广州、杭州做小生意；齐冬根在福建、浙江打工，要么在“昌河汽车”做临时工。齐宝国称，只要天天有包菜炒肉吃，他就在外漂着。齐宝国个头比较矮，一抖一身机灵劲，小时候村人都唤他“钉子”。某年，三宝村主任改选，他回了一趟三宝。正值重阳，所属竟成镇别的村子给每位老人发八九十元的慰问金，三宝村三十元都无法可想。“钉子”坐不住，当胸一拍，还是得我来！次日，他把钱一把丢到村头儿桌上：每位老人三十元，村里一百位老人三千元，三年是一万元，都在这儿！好些年过去，他成了原村主任，自称有村民笑称他是三宝“开国皇帝”。

2018 年年初，珠山区国资公司出资两千一百万元，成立闲云涧文化旅游产业有限公司，入驻村庄开展运营，进行村容村貌建设、桥涵改造、道路拓整、水质清理等，共整合二十五栋房屋和全部山林田地。马鞍岭至元溪面貌得到极大提升，伸入谷底的柏油路面，平坦如砥，沿路是宽阔步道。两旁山形变幻，林竹盎然，隐隐缀着粉色、红色的小花。越向深处去，视野越发开阔，数座山泉采水处，设桃溪花海、水碓击石、铁栏关虎、鲤鱼挂壁、水坞金鸡等景点，直至山头一片平台，可观日出日落。

马鞍岭村，若一幅江南水墨图，造型各异的徽派民居，参差错落，山气绿波里，粉墙黛瓦间，有青葱菜地、清澈小溪。这里的人家都用不到洗衣机。解鞍小筑、闲云涧游学基地、闲云涧民宿、侃山堂、源泰堂、闲云书屋、茶鼎轩等，一批有特色的经营实体相继开业，目前有五家民宿、五家饭店、两家小超市。马鞍岭村前后至元溪的十几个水碓旧址，如八股湾、狗崽湾等，正在加紧修复。下一个重大项目，是2021年内在元溪启动的元溪村文化创意产业园。

朋友安排的住处，是山谷中段马鞍岭的一座小院，院门上一副对联：

青山作伴我为客
绿水相逢源中人

周遭山线，迤逦起伏。山上杉木、松木及竹林挤挤挨挨，像是在密谋暴动。一道小渠绕院而过，7月间，大雨汹汹，溪流暴涨，几乎漫到院子里。入伏后，水流安静而清澈，有太多中指长的小鱼，唼喋青藻间，历历可见。

刚走出《森林纪》不久的我，又像被丢到一座小植物园里：石楠、山茶、杨梅、八角金盘、木樨、半含春、罗汉松、蜡梅、结梅、南天竹、孝顺竹，高大粗壮的芭蕉，娇嫩慵倦的美人蕉，晨光高起时绽开花苞的早安花……大约这一带山野能弄进院子的大小乔木、灌木及禾本科植物，都弄了进来。

瓦屋的天窗上，闪动竹影和蓝天。

枝头、窗台上，时有小鸟啁啾，多的是颈背、腹上一道粉白贯到底的白头翁，或身上散布着明黄色块的黄芽头（这是小院马路对面的“农味小厨”老李的叫法，黄芽头在南昌指一种鱼），它们都比麻雀肥，胆也肥，走起来蹒蹒跚跚，对异动不敏感。再有红嘴相思鸟，叫声响亮、悦耳、欢快，有如神仙仪仗队，本地人称山乐鸟或八音鸟。

石径上，偶有野猫在追杀慌不择路的小蜥蜴。在院子里摆桌用餐，总也驱不走的野蜂嗡嗡的，像要执拗地发表什么高见……

国庆前十天，水渠另一边金桂、银桂像约好的定时爆炸，都开花了，一嘟噜一嘟噜的，饱满而坚挺，嗅起来甜丝丝的，气息厚重到能将人绊倒。十天后，国庆、中秋同日，疾风骤雨突至，银桂始落花，由银白转为淡淡的黄，自由落体状，无盘旋、无犹豫地直扑土地、溪流，直落得“砌下落梅如雪乱”。有蚂蚁阵，见比自己个头大的东西砸下来，一时乱了方寸。金桂则要晚几日离去，当颜色由金黄转土黄，再更深一点接近高粱米的土红，便是它们谢世的日子。桂花若樱花，盛装的日子不过四五天。日本人由樱花看到“一瞬”禅意与物哀之美，国人则多喜欢桂花的馥郁，采花之时，便想到桂花酒、桂花糖、桂花年糕的滋味……

再有，我在山谷里每每看到一只白鹭孤独地站在小树的绝顶，或静静地伫立水边，忽而展翅，在河面上作短距离飞行。偶尔见到两只白鹭，也是拉开距离，各自孤独，相互不交一言。可人们都说白鹭是情感动物，雌雄白鹭一旦交配，即成双成对，地老天荒。薄暮渐渐笼罩，只影倍感凄楚，大约白鹭自身并不觉什么凄楚，人的感受罢了。

还有“蝶恋花”。我发现蝶岂止恋花，还更恋水。一场雨水过后，小渠溪泉里滑溜溜的大小卵石上，落满了各色蝴蝶，一动不动，你很可能错以为是石苔，它们全神贯注，正倾听山间重要的报告……

每天早晚，若是晴好天气，山路上有很多人快步行走，一串串自行车高速骑行。有车后面跟着一条疾跑的小狗的，你锻炼它也锻炼。摩托车、小车匆匆驶过，车上装有大大小小的瓶子、桶子，是用来取山泉的。每隔一日，打扫卫生的刘嫂，也用装纯净水的桶子给我接一桶回来。原来只知山泉泡茶还原茶道最初的纯净，后来方知，一般水浇花，花形态如常，似男追女隔座山；山泉水淋去，顿现鲜活、雀跃，仿若要跳起亲吻你……

山居的日子，不看电视，不读报纸，只从手机观测山外的世界。从来自以为无所不能的人类，被病毒折磨得欲哭无泪。人类是地球上最聪明的生灵吗？我祈愿在来年的较量中，人类至少可以遏制住它，但人类必须斩断如今可从鱼肚里吃出塑料一类的恶行!

山居的日子，重读 2014 年版、2017 年版的《瓷上中国》。

此书 2019 年被推荐为“新中国成立七十周年向海外推荐的七十本好书”之一，现在读，有粗率之感，让我对这方水土感到歉意。

在中国以丝、茶、瓷驰名世界的年代，景德镇这方水土贡献出了其中两种。

过着日日捧瓷喝茶烫到假牙的日子，对于这方水土的观察与思考有了点深入，若滚水冲茶，蜷曲的茶叶渐渐舒展、直立，再在香气的氤氲里沉淀，沁出金黄或碧绿的茶汤；我与这方水土上活动的人，尤其是被称为“景漂”的中外新景德镇人，有了声气相投的联系。

我想应该再写一本，用以区别时间和空间。此书，将不注重历史而注重现实，但历史的巨大背影又在地平线上踯躅不去；非专注陶瓷，而专注于漫长过去与今日在景德镇留下深深足印的人们，尤其是他们的生命方式、生活方式，这些足以构成中国文化的一个面向；再有，我想让本书的肌理成为思想的一片夏日的开阔草地，看似突兀却自然地跳出一只只令人熟悉或陌生的“蚱蜢”，如伏尔泰、包豪斯、民艺运动、“哥伦布大交换”、乾隆、马戛尔尼、殷弘绪、洛克菲勒、北川富朗，乃至美国第四十五任总统唐纳德·特朗普……

怎么写景德镇，太平洋上跑高铁还跑到特朗普那里去了？您老喝醉了浮梁茶胡咧咧吧？

茶对瓷说，你不具备相当水平，何必来泡我？

好吧，我来“泡茶”了。

一

瓷，凭什么你是『中国』？

1 无疑，这是一个极具挑战性并颇有趣味的学术话题！

瓷器与茶叶、丝绸，并为古代中国三大外销商品，具备全球影响力，相当长一个历史时期，堪称中华文化卓越地位在器物贸易层面的标志。

英文里，瓷器和中国是一个拼法，即 china。这一西方人对中国的命名法，被中国人照单全收，还真是罕见。一来汉语世界向来清高，我的山头我做主，岂容别的民族给头上压一顶“帽子”，况且这“帽子”多少有点欧洲文化中心主义的味道。然而，在外交场合，联合国、WTO、奥运会……China 就这么叫下来，中国人听得气定神闲，至少也一百年了。

一个问题由此而来。

在丝绸、茶叶、瓷器三者中，西方人以瓷器命名中国，这轻薄易脆的物件，难道挑得动中国文化这丰饶而又沉重的大山？或者说，国人是否认同瓷器比起更悠久、闻名遐迩的丝绸、茶叶，与西周青铜器“何尊”铭文中以“中国”命名的这片辽阔江山，在物质层面、精神气象上存在更多的契合？中国艺术研究院研究员侯样祥先生曾以一篇长文提问——《“瓷”，凭什么你是“中国”？》(《贵州大学学报·艺术版》，2019 年第 4 期）他以为，“无疑，这是一个极具挑战性并颇有趣味的学术话题！”

距今万年左右的新石器时期，我们祖先的盛器，可能是一片芭蕉叶，一只贝壳，甚至是鸵鸟蛋壳（在古巴比伦有发现）。这些天然的盛器因陋就简，很不方便。他们在无意之中发现，被水浸湿后的黏土可塑，晒干后再用火烧，会变得坚硬而结实,陶器便应运而生,这成了人类制造业漫长历史的第一枪。凡是有人类聚居的地方，几乎没有哪个民族不会制陶，制陶应是文明自然演绎的结果，却又是文明初级阶段的低端产品，存在诸多缺陷，注定要逐渐被历史淘汰。

陶器要华丽蜕变为瓷器，首先取决于文明程度。

此外，考古学界和陶瓷学界一般认为，还得有三个条件在同一时空出现：一是瓷土或高岭土的应用，它们构成瓷器的骨肉。二是窑炉温度达到1300℃。炉火温度亦是文明程度的一个侧影。西方历史学家和科学家，有一把衡量文明程度的简单的尺子，能达到1000℃左右，大抵迈入冶炼铜锡的青铜时代的门槛，粗放型原始城市的出现成为可能；1200℃至1300℃，可冶炼生铁，大批量的铁制工具、农具及兵器，用于生活、农耕与战争，谓铁器时代；而烧制瓷器，柴窑需要达到1300℃左右。由于烧制温度高，瓷器在致密性、光洁性、硬度、防渗水性等方面，大大优于陶。三是釉的发明。釉是附着于陶瓷坯体表面的一种连续的玻璃质层，说白了，就是一身光润、平滑的衣裳，洁白如玉或五彩缤纷。除了美容，还能增加制品的机械强度、热稳定性和电介强度，有便于拭洗、不被腥秽侵蚀等优点。

以上述“三合一”条件来看，地球上许多地方都发现有瓷土；窑炉超越1200℃这件事，在生产力水平普遍低下的古代，中国人也不会比外国人多长一个脑袋；古巴比伦人烧出来的釉虽有缺憾，但那是公元前三千年，而中国人有“釉陶”，是在商朝（约前1600—前1046），至少落后一千四百年。然而，瓷器却没能问世于他国，由陶而瓷的路径上，不但古巴比伦人的运气有点儿背，西方不少具备“三合一”条件的国家，十五世纪以来一直“众里寻他千百度”，一直“为伊消得人憔悴”，但直至十八世纪中叶，才能拥其入怀。三百年流光虚掷，大约背在一个“玉”字上——不知且无感于天下有玉。

2 红极一时终褪去，还是本色四时同

在景德镇，过去常碰到有人正儿八经地问：

“你知道王锡良吗？”

“你晓得向元华吗？”

“你听说过段王爷吗？”

听到“不知道”“不晓得”“没听说”，对方的目光里便有几分遗憾，那潜台词是，你不知道他们——出自民间，登诸庙堂光耀朝野，你还敢来景德镇说瓷器？或者，对方的话里浮起一点半点的骄纵气，俨然他曾住过他们家隔壁。

王锡良，景德镇首位中国工艺美术大师，“珠山八友”后人。十二岁
因家贫辍学，师从王大凡、王琦两位民国大师。“八友”之一的毕伯涛看 2–1
了他的习作，赞道：“料盘碟子咯咯响，长大要进御窑厂。”王锡良从艺近八十载，陪伴景德镇近百年，是景德镇陶瓷艺术界泰斗级人物。

2009 年秋，九十岁的王锡良用他独有的粉彩瓷手法，创作了《黄山四千仞》大型瓷版画，奇峰、古树、云海，尽显天地苍茫。同年，景德镇国际艺术陶瓷拍卖会上，此画 300 万元起拍。320 万，380 万，400 万……现
场人头骚动，十几人轮番举牌，当有人叫出 600 万时，掌声撼动屋瓦。该 2–2
作最后以 680 万元加佣金的 782 万落槌。景德镇大街小巷一片欢腾，人们奔走相告。各个窑场、各派艺人、市民数日醉意难消，好像王大师给全城发了红包。

二十世纪五十年代，王锡良做了大量写生训练，上庐山几十次，与中国画界巨擘频繁往还。原中国美术家协会副主席蔡若虹先生称其大型壁画作品“气势磅礴，有传统功力，可与陕西版画比美”。王锡良说自己曾与

蔡若虹私下交流十余天，受益终生；自己也曾亲眼看林风眠作瓷版画《武松杀嫂》，毕生难忘。新世纪头十年里“半城皆大师”、圈内打了催肥素的日子，他却总是向人自我介绍说鄙人一介手艺人。“凭良心说，人家给我戴高帽子，我也没办法，戴就戴了。但是实在不够，很多前人画的东西，我到现在都画不了。不但前人，就是现在有些年轻人画的东西，我也跟不上。”鄙视粉墨出镜，厌恶炒作，绝不重复上一作品。衰年决意变法，由繁到简，写意为主，创新堪为后辈典范。

王锡良的诗，自然、清新，仿若童谣。两首为证：

坡上青松坡下枫，
坡上青翠坡下红。
红极一时终褪去，
还是本色四时同。

文章如画千载事，
莫被一时热晕头。
头莫晕，足莫浮，
虚心谨慎好登楼。

汶川地震、舟曲泥石流、玉树地震，还有本市的水患，赈灾创作笔会活动，王锡良必到，一丝不苟，从不收润笔费，润笔费送到家中也给退回。无论什么展览——外来的、新人的、个人的、集体的，凡与艺术有关，王锡良每邀必到。点评时他不吝惜褒赞，时时也下一点“如果怎样怎样，或许会更好”的春日细雨。市内随便走一圈，会发现许多他为后生晚辈题写的字号、工作室匾额、条幅，其字迹气势开张，圆笔居多，苍森且秀蔚，显然临过帖。八十岁以后，眼睛不好，只要身体允许提腕，有求必应。

好几年里，王锡良几乎每天一早一晚都要穿过景德镇中心广场，去医院看望住院的老伴。老伴中风多年，不能行走，他端碗执勺喂哺，牵被抻衣问暖，老伴睡着，还要拿本书在旁陪伴……那是拜访王锡良的人最常见到的情形。他叮咛子女及关门弟子刘进：我们画瓷的要多看书，从中汲取营养。人群中，他一身款式、颜色都显老旧的衣服，一双布鞋或塑料凉鞋，清风吹起额前银发，和广场上散步、晒太阳的退休老人无异……

陈也君告诉我，前些日子她去看王锡良，王锡良九十九岁了，写不动也画不动了，头脑还很清楚。陈也君是上海人，知识分子出身，原武汉科研部门工程师，退休后来景德镇做瓷器生意，现在定居于此。十六年来，她常常去拜访王锡良。她称他在景德镇很少人称呼的“先生”。王锡良每次见到她都很高兴，说你们这样的文化人来，我最欢迎。他曾劝她：你们不要去做“珠山八友”的东西。陈也君心中暗惊：你是王琦的侄子，王琦一手带你成长，如假包换的“珠山八友”后代，怎么要我不做他们的东西？老先生说，现在所谓他们的东西，都是假的，过去一年我帮人家鉴定成千上万件瓷器，也就一两件是真的。景德镇太多“珠山八友”的东西，你去樊家井看看，那么多，好像他们现在还神仙一样隐在哪里画瓷版……

陈也君记住先生的话，坚持做现代瓷器，不做仿古瓷器。现代瓷器让她赚到了第一桶金，景德镇让她实现了财务自由。她感恩于这座城市，感恩于先生的点拨。

3　玉，引领一代代华夏民族的瓷人，攻坚克难，玉汝于成

八千年前，华夏先民在磨制石器的时候发现了玉石，玉石质地细密温

润，富于光泽。作为工具，玉杵、玉函、玉斧等较之一般石器不易破碎，比起骨器、木器，也更趁手。先民逐渐认识到，玉用作工具，是暴殄天物了，其物理属性、审美价值，使它适用于祭神、通神，“以玉作六器，以礼天地四方，以苍璧礼天，以黄琮礼地，以青圭礼东方，以赤璋礼南方，以白琥礼西方，以玄璜礼北方”。（《周礼·大宗伯》）玉作装饰，有玉几、玉户、玉册、玉卮、玉铃、玉柱、玉屏、玉笈、玉律、玉案等，后来又因其稀缺，因其耐久，玉发展为货币，出现中国钱币史上最早的系统性玉石货币体系——璧。玉带、玉佩、玉笏，则成为皇权及官员等级的标志。玉玺、玉座，更是帝王权力的最高象征。帝王嫔妃们无不爱玉：宋徽宗嗜玉成癖，杨贵妃含玉镇暑；最为人知晓的是慈禧。人死后所含之玉叫玉蝉，古人相信蝉能转世超生，口中含蝉，寄托了对新生的祈愿。最著名的含蝉者，当属乾隆了，他含的是一枚洁白的和田玉蝉。普通家庭也求一两件小件作为定情信物，或置一方玉印，作为个人身份的凭据……

春秋以来，儒家话语形态里，以玉比德约定俗成。“谦谦君子，温润如玉”“宁为玉碎，不为瓦全”……文人雅士几人没有玉佩、玉环、玉节、玉珥、玉珠、玉镜？玉被视为不但养人且养浩然之气之物。现今凡汉语词典上带“玉”字的成语，几乎全是褒义，比如“化干戈为玉帛”“玉不琢不成器”“抛砖引玉”“蓝田生玉”等。努力实现理想的目标，谓“艰难玉成”；美景美食，谓“玉树琼枝”“玉液琼浆”；英俊的男子，“玉树临风”，姣好的女子则“冰肌玉骨，自清凉无汗”。汉语有二百多个字、词、成语与玉有关。

这种将玉作为人间美好情愫、愿景的载体的文化现象，是中国独具的，深入濡染了一代又一代中国人。

从商代的原始瓷器到东汉的青瓷，这种发展是一种玉器效应。最早的瓷器皆青、白，就是多数玉的颜色。随着技术不断进步，宋代中期又烧制出影青瓷，青白釉色十分淡雅，釉面明澈洁丽，色泽温润如玉。迎光观之，花纹内外皆可见，为特色，故称“影青”，也有“假玉器”之谓。宋代女词人李清照《醉花阴》:“薄雾浓云愁永昼，瑞脑销金兽。佳节又重阳，玉枕纱厨，半夜凉初透。”这玉枕就是影青瓷枕。瓷人们对类玉色、类玉质的不断追求，先创造出半透明的釉，又创造出半透明的胎，实现了瓷器发展史上的一次重要嬗变。元代青花器的出现，更是制瓷史上划时代的大事。青花瓷器明净素雅，翠绿、剔透、分水，玉的意境十足。其后，是红釉和蓝釉瓷器，得“宝石红”“宝石蓝”等美名……

古瓷爱好者珍重古瓷的一角碎片，小心翼翼视为珍玩，掌中摩挲，夜深人静，灯下审视，为它的美折服，被它的历史感动。

“莹润如玉”，一直是瓷界的最高审美追求、“奥运”标准。“历史文献里，用于喻瓷的还有‘千峰翠色’‘烟岚色’‘秋水澄’‘春水’‘绿云’‘冰’‘霜雪’‘雨过天青’，等等。但是，相比较而言，‘似玉’，仍然是最集中、最贴近、最具代表性，也是用得最多、最为普遍的比喻性词语。”（侯样祥《“瓷”，凭什么你是“中国”？》）玉，恰是那道类似激光的强烈光束，若极光明丽地徜徉，引领华夏一代代瓷人，攻坚克难，玉汝于成。这是中国瓷器独领全球风骚千年的重要动力。

4　碎瓷片上，永远闪耀段爷人格与匠人精神的光辉，充实中国瓷器的历史底蕴

有几年里，凭青花茶器闻名遐迩的，景德镇有三家：春风祥玉（老贵和祥）、九段烧和小雅，名望最高的当数九段烧。

2008 年，“爱莎”台风给段镇民带来的不仅是一场发生在浙江余姚的车祸，还把已辞职下海十四年的他清零为市场新来者——好不容易建立的

工厂和团队都解散了。年过半百，他开始第二次创业。仍是老规矩，先做市场分析。他蛰伏疗伤的两年里，国内茶叶市场发展很好，带动了茶器。
4—1 许多有钱有闲的国人，搜罗过去可望而不可即的手造茶器。他去网上搜索，从两万多张瓷器照片里删除大量同类，目光瞄定市场的空缺——人物绘画。宋元以降，中国画界以山水为上，花鸟次之，人物为下，此种观念也深深地影响了陶瓷。

他自学陶瓷工艺，和釉匠、画师一起研究青料，调配出各种不同的蓝。其中，他们选用上等的云南珠明料，经仔细筛选、淘炼，得到一种独
4—2 家翠毛蓝呈色剂，这种呈色剂有一种神奇的接近于国画墨色在宣纸上渲染的效果，发色纯正，清雅脱俗，特别适宜画人物。他们沿用中国传统题材，涵盖佛教、道教、经典名著，精雕细琢，兼在造型上创新，设计了十余款符合现代人情趣的杯形。此举开景瓷一风，市场豁然为之敞开，很快成为国内一线茶器品牌。茶界几乎无人不知景德镇的“段王爷”，段氏作品被原新华社记者章武称为“九段烧”，这名号一锤定音，回荡江湖，不少茶客、藏家以拥有九段烧的一杯一盏为幸。

在台湾，有朋友送知名学者蒋勋一件九段烧，蒋勋喜欢得不行，爱屋及乌，连说 2018 年一定要来景德镇，拜会大师。2012 年，日本中生代国际级平面设计大师、日本设计中心代表、武藏野美术大学教授、无印良品（MUJI）艺术总监原研哉，为写《设计中的设计》一书来到景德镇，在九段烧看了、问了大半天。他书中收入六个杯型，五个来自九段烧，除一款沿用乾隆朝造型外，其余四款均是九段烧自创。

到此，段镇民赢了两回。第一回，是景德镇陶瓷首饰、特种瓷器的开创者，挖到第一桶金；第二回，大难不死还弯路超车，精准奔袭，于方寸茶器创新出彩。老段本可安坐大师之席，如镇上的一些“大师”一样，钞票数到手发软，不数钞票时自己创作，再带几个徒儿。可他犹有老燕引雏的爱，这是他一生的路标。

从陶瓷首饰到青花人物茶器，他比很多年轻人都敢于尝试。从率先在陶溪川建立3D打印馆，到微波窑炉速烧——一顿饭工夫可烧好游人自做的瓷器，便于带走留念；从最早与德国麦森陶瓷合作，到有条不紊张罗国际设计人才驻场计划，六十好几的他，折腾出大动静，九段烧变身为名坊园内近万平方米的九段新坊，设计队伍麟翔羽集，新设备不断引进，新材料研发步步紧跟，是否暗示他“我要建立一个智能化陶瓷工厂”的夙愿正在扎实落地？他无限贴近古老手艺，又与陈规对抗，以不熄的热情运用新技术、新组织去定义“传统的未来”。他绝对是对市场超级敏感的商人，对经营烂熟于心的优秀企业家，盯牢行业短板创新，有效地补上那块短板……

我呼他“老段”。许多朋友呼他“段外公”——大概因为他膝下只一女，身边一班兄弟也生女者为多，众人戏封他为“景德镇外公协会会长”。称呼得如此诙谐、亲切，还因为他一向衣冠简朴，言语温和，并无一点“王爷”骄矜，总说自己是一个土生土长的“镇巴佬”。有人上门，不管官员、百姓，有心来与九段烧结缘的、不买瓷器的，他都笑呵呵相待，眉梢眼角溢满外公看外孙的慈祥。外地朋友，临别时，他总会叮嘱一句：“再来啊，我来安排……”朋友们说，极少见他发火，他发火多是无法忍受他人对景德镇唱衰与轻慢。

2017年，修订第二版《瓷上中国》时，我住市内一家小酒店，用餐不便，他嘱咐他持有股份的陶溪川文创园食馆“成都印象”每天两顿给我送。三层的保温盒满当当，两荤两素一汤，丰盛得让酒店服务员掉出眼珠子。九段新坊落成后，他里里外外、楼上楼下领我参观，指点着五星级设施的客房，他要我以后来景德镇就住这里：“我会为你再准备一张大的桌子，好写东西。”

他送我一件高十厘米、直径十八厘米的青花“百老大碗”。乍看，老夫不知是何方大神。但进了仓库，就见他老伴脸上团团纠结，看出肉痛了。进了仓库我才知道，此器型口阔边薄，拉坯、利坯、烧制等无不艰险，一旦不慎，就会坍塌、破损，一百件仅能成就三四件而已。仓库就剩一件啦。事后，我又了解到，九段烧瓷器底款几经更迭，有“段窑”“九段”“九段珍藏”“景德九段”。直到 2010 年，九段烧底款以“妙手”系列定版，计有“妙手青花”“九段妙手”“妙手丹青”“妙手禅心”等。其中，“九段妙手”为九段烧瓷器中最高端青花作品，泥胎、釉质、彩料、绘工均上乘。此四字落款，用得极为谨慎，稍有瑕疵便不落。我获赠这件青花“百老大碗”底款即是“九段妙手”。上绘百老游乐图：抚琴、赏花、品茗、放鹤、对弈、作画、挥书、嬉戏、辨析、玄谈、调弦、小酌、弄孙、吟诵、望远、思鸿、迎送……分水层次变幻有致，人物神态栩栩如生，行家告诉我，此碗仅绘画工夫得花上两个月。

说起来，段镇民生正逢时，却也命运多舛。2004 年遇车祸，右腿粉碎性骨折，眼眶缝了十几针。2018 年，本可宏图大展，大年初四，段镇民和他的美食美器在《舌尖上的中国》第三季中出镜，仅过了两天，大年初六晚九时许，因病住院的他猝然仙游，享年仅五十有七。实在是天妒英才，生命无端，其脆弱真若瓷器。段爷自身便是一件华美的瓷器，就这么碎了，令人痢心，令人唏嘘。然而，碎了的瓷片上，却永远闪耀着他匠人精神的光辉，充实着这座伟大城市的历史底蕴。

5　将瓷器称为“中国第五大发明”，这其实并不夸张

瓷器，人类首个以技术手段改变自然材料理化属性创制出的工业制

品，十九世纪前最高精尖的科技产品。它深刻地改变了人的生活方式，提升了人的审美情趣，加快了文明变革的进程。《瓷上中国》2014年版、2017年版对此有详细描述。

若说陶器是人类发明火之后一次重大文明进步，那么，瓷器称“中国第五大发明”，毫不夸张。

一般都说造纸术、指南针、火药和雕版印刷，是中国古代的四大发明。

1550年，意大利数学家杰罗姆·卡丹第一个指出，中国对世界具有影响的发明有三：司南即指南针、印刷术和火药，认为它们是“整个古代没有能与之相匹敌者的发明”。1621年，英国哲学家培根在《新工具》一书中提及：“印刷术、火药、指南针这三种发明，已经在世界范围内把事物的全部面貌和情况都改变了。”（商务印书馆1984年版）此后，来华的传教士、英国汉学家艾约瑟，又增加了造纸术。

李约瑟的巨著《中国科学技术史》则对这四大发明予以强调、赞美。其时正逢冷战，全球政治、经济格局中，中国好似孤岛，冒出李约瑟这样一位西方名学者赞颂中国古代文明，还为中英友好奔走。李约瑟还为证明美军在朝鲜和中国东北使用过细菌武器出过力。那个时代，李约瑟成了“中国科学史”的同义词。

“四大发明”这一说法，在中国获广泛认同，并被写进教科书。改革开放后，对于李约瑟的中国科学技术史研究，海内外许多学者指出其中错漏，错漏本不足怪，何况是《中国科学技术史》这样浩大的学术工程？问题是不要在跌倒的地方再跌一次。

“四大发明”的争议，这里不予赘述。我想说的是培根注意到了学术、战争、航海三个方面，但恰恰与人类文明进程有着紧密联系的生活方面、审美方面，他给忽略了。这也难怪，培根只是一位政治家、哲学家，虽然是科学的指路人，却不是一位科学家，更不是人类学家、社会学家。而且，他生于1561年，死于1626年。他作古七十三年后，英国商船“马克利斯菲尔”号才在伦敦港卸下成百箱中国瓷器。倘若他生活在1730年，将会看到欧洲上流社会几乎已经被中国瓷器包围，他的结论十有八九得改写。中国瓷器，一定会被列入人类迄今为止重大的发明之中。

6 中国陶瓷，有它的本质，有它的要义，得为景德镇扛住这个要义

三十年前，地处罗家坞的神仙井还是靠着坟山的一片山洼，荒凉肃杀，阒无人迹。此后，来景德镇的各路人物许多就冲着神仙井而来，即便得弃车走一段崎岖的山路（2013年修好水泥路），也如高龄的邵逸夫先生一样兴致勃勃。专程前来者如国内外陶瓷界泰斗、中国古陶瓷学会名誉会长、国家文物鉴定委员会副主任委员耿宝昌先生，台湾鸿禧美术馆馆长詹姆斯·史彬士，全球古玩拍卖界之翘楚、原苏富比拍卖行主管朱廉·汤森……几位常在电视上露面的陶瓷专家，那几年来不来神仙井，颇为纠结：不来有如自称登山健将却绕珠穆朗玛峰而过；来了，真登上这个“高度”，可能现出自己声名下的“小”来。

这个“高度”，不是雇几个人架个云梯吆喝就能搭起来的。1998年，来华访问的美国总统克林顿获赠元华堂青花龙纹大肚玉壶春瓶。2000年，南非前总统曼德拉获赠“祝非洲复兴图”瓷樽，元华堂制作。2004年，中南海紫光阁挑选陈列瓷，元华堂中选三对青花瓶。2012年8月，海协会在元华堂定制一对青花粉彩山水图伏桶瓶，作为礼品送给台湾，庆贺台湾海基会办公大楼落成……元华堂，是人民大会堂指定瓷器供应商，也是故宫博物院、上海博物馆等的瓷器复制商。

九十年代，向元华尚不足四十岁，那时他常到国内各大博物馆参观，细细揣摩御窑瓷器的制作工艺；他还去图书馆和高校资料室查阅史籍和相关考古成果。晚饭后，向元华拎一袋水果或一条香烟，一家家拜访“十大瓷厂”的老艺人。他又在景德镇陶瓷博物馆“潜水”四年，该馆筹备之初，周恩来总理亲自批准，从故宫等地调拨一批顶级御窑真品充实馆藏。1999 年至 2002 年，陶瓷馆每天派四名工作人员把藏品一一搬出来，放在台子上。地面铺着厚厚的地毯，台子四周有护栏，不允许拿出这个范围。向元华得到特批去临摹，每天与明清两代御窑工匠做精神交流，向这些在历史上没有留下名字的能工巧匠顶礼膜拜。

元华堂在二十一世纪迁来神仙井，一起搬过来的，有商务印书馆出版的清廷造办处档案：哪天皇帝下个什么旨做什么东西，督陶官怎么安排，烧制情况如何，皇帝看了怎样评价……向元华看得很细、很深，做梦成了唐英的跟班，仿若自己在珠山下的御窑里活了二百七十六年。

他记住了什么叫好东西：“简单地说，好东西是今天看觉得好，明天、明年看，过十年、五百年、千年看，都说好。”从档案描述的御窑作品的器型、色彩、装饰等，他悟到完美的艺术品是靠精益求精的态度、淡泊充实的内心，以及精准的技艺共同打造的，御窑瓷器就是这种极致追求的典范。比起民窑，御窑瓷器更多地积淀了中华文化的内涵，例如注重顶部与底部的修饰，器型讲究骨架，纹饰普遍对称。小小一只茶杯，口沿也刚中有柔、柔中带刚。吃饭的宫碗，又叫鸡心碗，它的形状源于少女花蕾初开的乳房。还有梅瓶，模拟人后背的线条，柔和曲线透射力度、美和健康……无不蕴含中国与自然世界和谐共生的美学思考。

从原材料开始，选矿，配釉，到各道工序，到烧成，他均亲力亲为或详加指导。创业不久，一批来自“十大瓷厂”、代表传统手工艺顶尖水平的老师傅聚集当地，这一种级别的工匠现在大抵上都已仙去。向元华与他们，艺术上、良知上相遇相知，两代人共同打造出 1949 年后仿古领域一个巅峰时代。形制上，按照传统黄金分割设计比例，烧成后纵横收缩率及重量下沉等因素提前予以考虑，保证作品器型优美，胎骨坚致。细节变化收放自如，甚至不同种类作品的重量和各部分尺寸误差，皆有翔实的规范指数，超过即为不合格。把握好收缩率，是复制御窑制品一个关键点，元华堂的制品就可做到分毫不差。料色上，青花、釉里红、五彩、粉彩、斗彩、素三彩……所有色料，无不悉心调制，验于烧炼，反复试照子，尽力达到色相的最佳效果。

向元华制定的这套标准，称为“七星级标准”，景德镇唯此一家。遵照这个标准，元华堂每年生产两万件瓷器，挑拣、淘汰后剩下两千多件，淘汰率达 80% 以上。有方家称，元华堂的东西超过乾隆时期。涂睿明曾评价，向元华是一个百年后可在史上留名的人，顶级匠人，而现在的许多大师连匠人都算不上。2007 年，景德镇市政府认可向元华“守夜人”地位，元华堂荣幸地拿到“御窑”独家商标使用权二十年，在此期间，其所有作品款号为“御窑元华堂制”。

本应鲜衣怒马、百鸟朝凤，时势却在悄悄地发生变化。

正如小蔡所说：“我觉得，现在人的审美趋势也有转变，可能有钱人就想直接买真古董了，没有必要去买高仿。买高仿的人，又因审美没达到那个境界，就觉得高仿的贵了，有这个钱不如去买一些便宜点的东西。所以，仿古瓷现在处在一个比较困难的中间阶段……”

向元华思索的“吃水线”渐渐变深，还在于他有一个心锚，死死定在传统工艺的海底——

这十几年，受市场驱动，全行业人力资源向装饰、绘画这两个工艺环节集聚，拉坯、利坯的，画图案边角的弃甲丢盔，改学画画。原料、配釉、成型、设色、分水、烧成等，后继乏人。某些传统的手法、窍门，乃至一些工序、工种失传，注浆成型首当其冲。一些新入行者，对本土的陶瓷材料、陶瓷章法了解甚少，却“聪明”地悟到，现在客户一般看重作品的绘画艺术，胎体如何并不重要，似乎景德镇不是千年瓷都，而是五彩披离的画都。若果真如此，不妨去上海做，东京做，纽约做，与景德镇一毛钱关系都没有。

若从泥料、釉色到成型、烧成，每一道工序皆忠实景德镇陶瓷传统工艺，也就是另一种止步不前。时代变了，空间距离变了，人的审美变了，传统工艺也得创新。创新，却不意味着随心所欲或做减法，忽视或抛弃某些环节，将工业化标准与精湛混为一谈。

2020 年 5 月上旬，马云“空降”景德镇，市民围观，景漂雀跃。马氏云：“景德镇很多传统东西，都是摆放的，不是拿来用的。如果倒过来，十件有八九件是可用的，一两件是摆放的，才是把生活变成艺术，艺术变成生活。”

老向质疑：今天，景德镇传统工艺结合现代技术，走进百姓生活。更多实用价值，话是不错的。可论到高端艺术品，又讲不通。一幅毕加索、莫奈的油画，挂在客厅墙上，算摆的还是用的？高仿康熙朝梅瓶，摆在书橱里，算摆的还是用的？但凡挂出来、摆出来的，不会毫无实用意义。实用首先解决物质层面的需要，艺术则满足精神层面的追求……马总，在您看来，有“很多传统东西都是摆放的”景德镇，该是陶瓷艺术殿堂，还是陶瓷日用品制造工厂？

向元华憋得住气，沉得下心。几十年来，不管市场如何变幻，一直主打精品，一直谋划、呼吁“中华瓷珍再造工程”“御窑工艺传习所”并为此奔走。前者，将散落全球的中国传统陶瓷精华集中复制出来，并确立当代中国艺术陶瓷生产、审美的一个标准，利用巡回展览、出版等向社会广泛传播。后者，邀请全市优秀艺人，请他们将各自的特长有门槛、有标准、有规范地传给年青一代。他所说所做，披肝沥胆，历届政府无不心有戚戚，唯难以一市之力全面推动这关乎民族层面的大事。

老向培养的徒弟先后达一百多个，有大出息者如付志勇，在元华堂学

6—1

了一年多，又在北京大学考古学专业进修过，做过北京太平洋拍卖公司老总。王志刚叫他“师父”。他现在满世界躺海滩、看落日。此外，镇上称为“老大”“大哥”的少说几十位，包括居和堂主人李胜。李胜在 2015 年做出一口直径约一米的粉彩大龙缸，桃红李白般绚烂，天机云锦般精妙，让阅尽人间芳华的泰国女士英拉心醉神迷，腿都拔不开了，以五百八十万元人民币买回去。在洛杉矶的景德镇精品瓷器店，老板邓桂凤告诉我，李胜的作品颇具灵气，自成风格，也好卖，每次回景德镇，都要拿他几件东西……人低调，镇上罕发声，海内外名气却不小的李胜曾对我说：“向大哥若带领十几、二十几个我们这样的老弟，拉起一个元华堂集团上市，我的居和堂，愿为其子公司，孙公司也行！”

徒弟们、老弟们多少人跟他说，你做得太苦、太累，这几年钱没赚着，理想猴年马月才能实现啊，算了吧，放下吧。日后你只要给掌个眼就行，按行规，3% 至 5% 的佣金，一年下来轻轻松松两千万元，一不小心还真就捡一个大漏。他的微信朋友圈里真是隔几天就有照片发来，请他鉴定真伪、朝代。说完真假，他会把真东西的知识，从器型到胎釉、绘画、款识、风格、特征种种，全倒给对方。“砖家”台上信口胡咧咧，台下遭人拍砖打脸的不少。他断过的东西，金口玉牙，包青天办铁案，至今没人能推翻的。小蔡亲见老向鉴定多回，根本无须翻书，临阵磨枪，而是剑及履及，张口即来，可见中国古瓷已然刻进他骨子里，长成身体一部分。他免费看。收钱对他像是借钱：“都是朋友，怎么能说收钱的事？”

他不愿靠掌眼赚钱，相信老天不饿死瞎眼的麻雀，何况自己做起陶瓷来眼里精光闪闪。

“九〇后”的小蔡、“六〇后”的老向，水与枯藤般，一旦交会，爱意便春汛般漫开。小蔡有了安定感，老向有了老公感。中秋宴聚，我坐他旁边，见小蔡一双筷子春雀般跃动，越俎代庖，要他吃这吃那。他侧头看我，一脸“卖萌”的笑。艺术上，两个人亦师亦友。几个月的寻访、设计、筹备后，一间名为“瓷缘”的工作坊在景德镇诞生。“瓷缘”的宗旨：让美好走进生活，坚守品质和品位，真诚且实在。特色是传统文化的经典元素＋“儿〇后”年青一代的审美＋有科技含量的新设备、新材料（草本负氧离子、石墨烯等）。 6–2

不久前，老向偕小蔡和刚两岁的女儿去了一趟上海。小蔡在朋友圈里发了一条微信——

> 宝贝你知道吗，爸爸真的很爱你哦！特意为你到上海来过生日，还带你感受一下1912年建成的老洋房，轻奢氛围很浓，住着有种穿越回上海滩的感觉，不知道你小脑袋瓜里喜不喜欢，能不能感受到？爸爸妈妈希望未来带你感受全中国、全世界最美好的那一面，精神富足是妈妈爸爸最想给你的礼物呀！

7　瓷器，一千年中国历史的一张名片

中国“第五大发明”瓷器，来龙去脉风清月白下眉清目楚，新鲜如昨；与丝绸、茶叶比起来，从大国到小邦，从欧洲到非洲，有遗存、遗址可验，有典籍、实物可证——

宋代赵汝适在《诸番志》一书里记载，菲律宾群岛的偏僻山区有海胆人，“人形而小，眼圆而黄，虬发露齿，巢于木颠”。海胆人也译尼格利陀人。他们三五成群，潜伏在树丛中，以暗箭射人。但只要将瓷碗摆在地上，他们就高兴地跳出来捡拾——“忻然跳呼而去”（王民同《东南亚民族的来源和分布》，百度文库）。菲律宾群岛其他较早的民族，仪式、宴会都离不开瓷盘、瓷瓮等。南部地区，跳宗教舞蹈时，男女舞者必头顶盛装

米饭和其他供物的瓷碗。在这种场合，谁要是拿不出中国瓷器，便会受到轻慢。岛上人世代珍视中国瓷器，早期平日将瓷器埋在地下，节日才取出一用，用后又深埋地下，故出土物多瓷色如新。十多年来，菲律宾出土了大约四万件中国瓷器。

马来西亚吉隆坡，国家博物馆。这里珍藏一批中国明代瓷器，大部分出自景德镇，十六世纪时在柔佛州拉玛出土。马来西亚华裔作家刘前度在《马来西亚的中国古瓷器》一文中提到，“甚至今天，在柔佛河岸，还可以见到荒芜的村庄跟营幕的遗地，在黑色的泥土上四散着中国碗碟碎片……”（《外国瓷器介绍》，个人图书馆）马来西亚这片土地也有久远的文明。明朝时，这里建立了信奉伊斯兰教的马六甲王朝，明代称为满剌加国，王城即如今的马六甲市。郑和七下西洋，五次驻节马六甲，不仅带来了各种珍宝、商品，也带来许多先进的文化、技术，促进了马来半岛经济与文化的繁华。在吉隆坡国家博物馆，名字出现最频繁的，不是满剌加国创始人拜里米苏拉，也非长期担任总理的马哈蒂尔，而是郑和。

埃及福斯塔特遗址，位于今开罗南郊，尼罗河东岸。福斯塔特城，在七至十世纪是埃及的政治、经济和制陶中心。我国唐宋时，埃及便从中国进口陶瓷，是中世纪伊斯兰世界与中国陶瓷贸易的重要枢纽。十三世纪，遭十字军围攻化为一片废墟。现在是一座陶瓷的地下博物馆。曾任埃及地理调查所所长的英国人约翰·哈里，1912年专程来此调查尼罗河畔中国陶瓷的贸易，他看到，“在开罗周围到处都散布花瓷片，好像中国瓷器当时已普及到开罗的千家万户”。（江建新《明御窑厂遗址出土明初外销瓷与相关问题》，个人图书馆）三上次男、小山富士夫等日本学者正是根据这一线索，对废墟三次出土的六七十万片古瓷片进行清理、分类，确定其中1.27万余片为中国陶瓷碎片，包括晚唐邢窑白瓷、越窑青瓷，北宋广东窑系、景德镇窑白瓷及明清两代青花彩瓷等。

东非坦桑尼亚地下，也埋藏着异常丰富的中国古代瓷器残片。《东非考古学》的作者、英国考古学家 M. 惠勒在坦桑尼亚考古，曾惊叹道：“我一生中从没有见过如此多的瓷片，像过去两个星期我在沿海和基尔瓦岛见到的，毫不夸张地说，中国瓷片可以整锹地铲起来。”他认为：“公平地说，就中世纪而言，从十世纪以来的坦桑尼亚地下埋藏的历史，是用中国瓷器写成的。”（《中国古陶瓷在英国》，新陶网）

1580 年葡萄牙首都里斯本大街上，已有六家出售中国瓷器的商店。因中国瓷器大量流入，里斯本很快取代意大利威尼斯成为欧洲专门销售东方古董和中国手工艺品的中心。

今天，很多到葡萄牙的旅人会发现那里像瓷砖博物馆，无论飞机场、火车站、地铁站、住宅的外墙，还是传统街道的地面，甚至路牌、门牌、饭店招牌、大厦名牌、景点示意图等，皆由瓷砖制成。各个城市，瓷砖满布大街小巷。不仅如此，一般人家厨房中铁锅衬垫、家人肖像、椅子靠背，也是瓷砖做的，多以海蓝色为主，还没有算上街边小摊上贩卖的纪念品。葡萄牙，堪称“瓷砖上的国家”。瓷砖是葡萄牙建筑的永恒象征，各种形式、色彩和图案的瓷砖向人们展示着欧洲这个小国，祖上曾经如何“阔过”，以及五百年前大航海时代如何风云乍起，两眼一抹黑，就敢去闯荡东方世界的“二杆子”脾气。

十七世纪末，打不过船坚炮利的英国，荷兰丧失了海上霸主地位。十八世纪，驶往中国的欧洲帆船，桅杆上的旗帜从红白蓝三色变成了米字旗。1757 年，乾隆皇帝宣布实行广州一口通商，英国人率先建立驻广州商馆，与清政府规定的贸易中间商十三行进行双边贸易。英国开始超过荷兰，成为进口中国瓷器的第一大国。1774 年，伦敦居住着五十二个专门经营中国瓷器的贸易商，他们被称为“瓷人”。中英瓷器贸易的盛况绽放。1603 年，莎士比亚喜剧《一报还一报》中的庞贝有这样一句台词：“三便士左右的盘子，虽然不是中国盘子，但也算是上好的了。”不经意间，莎翁透露出一个信息：此时的中国瓷器在英伦尚属稀罕之物。到了十七世纪末期，英国各阶层已经饮茶成风。喝中国茶，用中国瓷器，成了国潮。喝茶需要茶具，茶叶与瓷器贸易成为十八世纪中英两国最大的单项贸易。

1874年12月17日，英国幽默期刊《笨拙》刊载了插画家乔治·杜·莫里耶一幅漫画，妈妈失手打碎家人珍爱的中国瓷罐，丧魂失魄——

梅（女儿）：妈妈！妈妈！求您别再这样了好吗？

妈妈（失手打碎最爱的瓷罐）：我还有什么可活……

梅：您不是还有我吗，妈妈？

妈妈：你，孩子！你不是独一无二的啊！我有六个娃啊——都能凑成一套了！

——转引自《豆瓣·我的收藏》

英国当时还有个名词：Chinamania——中国瓷狂热症。莫里耶在《笨拙》上没少讽刺那些要死要活的Chinamania重症患者。

法国上流社会中国陶瓷“铁粉”包括维克多·雨果。

其《根西岛记事本六册》记载，在他称为“码头”的根西孤岛上，他先后买了四十八次中国瓷器，共花费三千多法郎。与此同时，他为情人朱丽叶（一说妻子）买下一幢小楼，取名“高城仙境”，花费一万四千法郎。他自己的家收藏不少，又在情人新居客厅的墙面上挂满美不胜收的瓷器。他还将自己创作的五十七幅图案制成彩绘漆板装饰室内，图案中仕女、凤凰、仙鹤、麒麟、牡丹、兰草等中国符号与法兰西民族活泼风趣的表达融为一体，打造出一个变幻莫测、华洋混搭的“浪漫幻境”。（范昕《孤岛根西上，雨果倾注极大热情装饰的两座爱巢，是他写就的“一首真正的中国诗”》，文汇网2019年8月12日）

1863年8月6日，朱丽叶给他写信：“我要谢谢你，亲爱的，你为我布置如此美妙的房间，不仅使每个参观者都喜欢，而且将成为一座那样值得尊敬的神殿，你的创意跨越了艺术，给每处以特别的感情……这就是说，我必须再次回首，为这浓郁的中国风格、抒情诗一般的屋宇，表达我所有的崇敬。”

一次，女仆不小心打碎一只中国花瓶，作家心痛万分，写了一首题为《跌碎的花瓶》的诗，里面感叹道：“老天哪，整个‘中国’在地上跌得粉碎！”

瓷器，为古老中国蒙上一层绮丽、美好的面纱，十七、十八世纪，“东方热”“中国热”以前所未有的力量，冲击着法国和整个欧洲，崇尚中国成为时尚和潮流。潮头上，伏尔泰雄辩滔滔，朝野上下，他的粉丝多如一场激战后遍野的子弹壳。

他对中国文化极力推崇：“帝国是一个家庭，公共事业被视为首要义务。”“在这个地球上，曾有过的最幸福并且人们最值得尊敬的时代，那就是人们遵从孔子法规的时代。”“在道德上，欧洲人应当成为中国人的徒弟。”（伏尔泰《哲学辞典》，北京出版社 2008 年版）

伏尔泰还赞赏乾隆，视其为开明君主，伟大诗人。他声称自己曾经给中国皇帝写信，清宫廷对此没有记录，大约他是在梦里写过。他论及中国的著作将近八十种，信件两百余封。二十年如一日，其室内始终挂着一幅孔子像。多次流亡国外的他还称唯有用中国的蓝花瓷杯，才喝得下巴黎过来的咖啡。据说，他曾感喟：“我们不能像中国人一样，真是大不幸！”

说他是中国“大外宣”一名超级义工，不为过。伏尔泰一生并没到过中国。他是搭乘当时各入华耶稣会士的书札、游记，尤其是负责收集、整理传教士们报告、信函的耶稣会秘书杜赫德所编《中华帝国全志》一书的魔毯神游中国的。他赞叹中国瓷器的一书，在他和众多欧洲贤士的眼里，中国瓷器是古老中国的符码，文化中国的微缩。且不说青花艺术瓷，这种瓷墨分五彩的精准描绘，化绚烂于平淡的定性，若在高温釉下，色阶变幻，鲜妍奇诡，单说青花一般的陈设瓷、日用瓷——花瓶、笔筒、笔洗、茶具、餐具……曲水流觞，依依墟烟，豆架瓜棚，浣纱采莲，抱琴访友，雪窗读书，荷池涨满，黛瓦粉墙，男耕女织，老弈童戏，桃园结义，紫燕呢喃，远帆孤影，如此人间，宁静、平和，能不生羡？！

对异国情调的向往，东方、西方皆有之，而这些瓷器出自一个科举制度下选拔文人治理的国家，其国幅员辽阔，君臣识礼，真给了太多西方人（并非所有人，孟德斯鸠和卢梭就批判古老中国“专制和愚昧”）想象空间；有些西方人，尤其以伏尔泰为代表，刻意大声喧哗，惊堂木拍，话不惊人死不休，不过也是借“模范文明”针砭法国的时弊，期待在资本主义到来的欧洲重塑一个新秩序。

“中国”，在英语中被称为“China”，可作如是观。

中国文明与技术文化结合得较为紧密的部分，对于世界的影响，远比王者大儒的微言大义要来得广泛，来得深远，它们像细雨一样作用于异域人们的物质生活，最终渗入对方的话语。

从千年窑火里走向世界的瓷器，如丝绸是两千年中国历史的一张名片，茶叶是五百年中国历史的一张名片，瓷器则是一千年中国历史的一张名片。如果说，前面两张名片有些卷毛起边，渐渐过气，但瓷器这张名片，在十八世纪七十年代之前，还是挺括的、簇新的，醒目地存在于西方文化的历史记忆中。

8 倘若没能收藏一定数量的中国古瓷器，谁都不敢把博物馆的牌子挂出去

在英国，大英博物馆、阿尔伯特与维多利亚博物馆、伦敦大学大维德

中国艺术基金会、牛津东方艺术博物馆、剑桥大学博物馆及普雷斯顿、爱丁堡等博物馆，都藏有中国瓷器。综合起来看，藏品纵贯中国有瓷之初至清代各个时期，囊括全部类别，几乎中国有过什么，英国就有什么；中国没有的，英国也“必须”有。如明洪武时期代表官窑最高水准的里蓝釉外红釉印花云龙纹高足杯、云龙纹盘，里蓝釉外酱色釉碗，红釉印花云龙纹盘等。

巴黎吉美博物馆属罗浮宫亚洲部，是一座以收藏、陈列、研究亚洲文物为目的的博物馆。该馆收藏中国珍贵文物之多，名列世界榜首，其中，中国历代陶瓷器约 1.2 万余件。代表器物包括元朝青花玉壶春瓶、釉里红壶、蓝釉白龙纹梅瓶等，明朝永乐至崇祯青花、斗彩、琉璃等，清朝则以康熙、雍正、乾隆年间的为多。该馆收藏的中国陶瓷数量多，质量高，几乎构成中国陶瓷史完整体系。

中国人在英法两国博物馆看到中国瓷器，很容易想起维克多 · 雨果的一封信。火烧圆明园事件几天后，他在致布特列尔上尉的一封信里怒火中烧地写道：“有一天，两个强盗闯进了中国皇帝的夏宫，一个进行抢劫，另一个放火焚烧。我们欧洲人是文明人，中国人在我们眼中是野蛮人。这就是文明对野蛮所干的事情。所谓的胜利者，原来就是强盗。”（《语文》五年级上册，人民教育出版社）

不可否认，明火执仗抢劫得来的中国瓷器，构成西方藏中国瓷器的一个部分。

英国收藏的中国瓷器有几个来源：殖民掠夺，商业贸易及国家、私人考古。

英国考古学家的足迹早在日本人之前，遍及亚洲和非洲各处。几百年日不落帝国以本土外的全球为后花园，贵族、绅士们一代代雄起，燕尾服若金鱼摇尾一般翩翩，有钱任性，剑桥、牛津提供专业鉴赏力，因而英国私人收藏中国瓷器质量之高，素来令人钦羡。斯坦因，一个英籍匈牙利

8—1 人，20 世纪 20 年代在巴基斯坦印度河上游的旁遮普和莫克兰地区进行考古，采集到十五世纪前后的中国明代青釉瓷器及青白瓷碎片，后又在霍尔木兹港的哈拉登发现十二世纪宋代陶瓷碎片。英国女王特授予他爵士。他还在牛津和剑桥获得博士学位。

英国商业贸易规模之大令人咋舌。从一条沉没在马六甲丹绒比拉拉海域的英国商船“戴安娜”号便可见一斑。《南洋商报》1994 年 5 月 4 日报
8—2 道，该船载有一百八十大箱各类中国瓷器；随打捞进展，同年 6 月 10 日，《南洋商报》又报道，在“戴安娜”号沉船附近共捞出五百余箱，计 2.3 万件。

外国藏中国瓷器还有另一来源：

今天流失海外的数以万计中国文物，多数都是经盗卖出去的，还有很多是买卖离境的。这是西方收藏家收藏中国瓷器的主要来源。

洛克菲勒家族是美国最显赫的收藏家族之一。

约翰 · 洛克菲勒于十九世纪下半叶创办美孚石油公司，行业龙头老大地位长达八十五年之久。约翰 · 洛克菲勒不烟、不酒、不赌、不好色，甚至夜里会突然从床上爬起来看看煤气、水龙头是否关好，这位好基督徒 1937 年去世时，财富估值是十四亿美元，占当年美国 GDP 的 1.5%。他让人类词典里第一次跳出“亿万富翁”这个单词，也让世人惊讶地看到“起家犹如针挑土，散尽好似水推沙”——前半生拼命赚钱，积累巨额财富；后半生投身慈善，散尽亿万家财。

1897 年，从公司退休后，洛克菲勒成立洛克菲勒基金会，专注慈善事业，捐助范围包括医疗、教育、科研、人文科学等众多领域。六十岁时他这么说：“我相信这是一个宗教任务，公平诚实地去赚你能赚到的钱，尽可能地攒住钱，然后尽可能地给出去。”美国《时代》周刊曾报道：基金会成立的头十年，花出近八千万美元，其中，超过一半的钱，用于公共卫生和医学教育。成立伊始，便派出中国考察团，对社会教育、卫生、民

众认知等状况进行细致考察。三次考察的结果，让基金会下定决心，出资 8–3
购买协和医学堂及原豫王府的全部财产，在此基础上创办一所集教学、临床、科研于一体的高标准医学院——这就是后来的协和医学院。

1921 年，协和建筑群落成时共十四座楼，雕梁画栋、气度非凡。各种室内配件多从美国运来，整体建筑质量达当时世界最高级别。建有独立的动力设备和机械设备，包括发电厂、高压锅炉房、制冰厂、煤气厂、汽车房、洗衣房、缝纫室、电话房、机修厂、电工厂等。叹为观止的还有，协和医学院培养出张孝骞、林巧稚、曾宪九、吴阶平、诸福堂等一批医学大家，在中国建立起培养现代医学人才的体系。他们日后在全国各地创办大批医院，为中国现代医学发展打下基础。为这一百年工程，基金会首批
“最大的单笔礼物，是给了北京协和医学院”，计一千万美元。这是基金会 8–4
在海外单项拨款数目最大、时间延续最长的慈善援助项目。至 1956 年，加上后来的投入，为该医学院总计投入四千八百万美元。（以上资料见北京协和医院院史馆）

1915 年，美国金融巨子兼钢铁公司最大股东摩根病逝罗马。家族继承人有意出售一千五百件中国瓷器，其中许多在大都会博物馆展览过。洛
克菲勒二世——小约翰 · 洛克菲勒获知后第一时间向父亲借钱，他给父亲 8–5
写了一封短信：“我从未在马匹、游艇、汽车或其他愚蠢的奢侈品上浪费过钱财，我的唯一嗜好，就是那些瓷器，那是我唯一不在乎花钱的地方。”父亲被儿子的执着打动，给了他相当于两百万美元的股票。

1960 年，洛克菲勒二世离世，遗赠给纽约大都会博物馆的藏品中有不少精美的中国瓷器，包括康熙五彩开光鸟兽博古图大棒槌瓶、康熙五彩花篮图大盘等，均为难得一见的珍品。

洛克菲勒三世——大卫 · 洛克菲勒的记忆中有一幅经典画面：父亲
拿着放大镜，仔细查看那些打算买入的瓷器，确保它们没有裂纹或经过 8–6
修复。

1911年，大卫与妻子搬进纽约九层楼的住宅，装修新家时，夫妻俩跑遍了纽约的陶瓷店铺。那以后的半个世纪间，他们购进超过四百件中国
8—7 瓷器，总花费超过一千万美元。1963年起，大卫夫妇聘请克利夫兰美术馆馆长李雪曼为艺术顾问，在全球搜索东方艺术名品。1978年，大卫不幸在车祸中丧生，夫人布兰切特将两人积三十年心血藏的二百五十八件亚洲精粹文物，包括中国官窑瓷器，印度、东南亚雕塑，日本浮世绘版画、织品等，捐赠给他一手创立的亚洲协会。在洛克菲勒家族常年财务支持及运营管理下，亚洲协会发展成纽约现代艺术博物馆，洛克菲勒第四代纳尔逊·洛克菲勒，称为“妈妈的博物馆”，这座博物馆可与大都会博物馆媲美，在全球艺术爱好者眼里，两者并为纽约城双子星。

中国有句老话，说“富不过三代”。时光流转到二十一世纪，洛克菲勒家族已是第六代，依然如日中天，“艺”甲天下。当被问及是什么让家族确保长盛不衰，第五代掌门人史蒂文·洛克菲勒二世的回答是：“感恩。”

肯定存在这样一种情况，倘若没能收藏中国古代瓷器，或者收藏了却未达一定数量，且其中不见四月樱花五月榴花九月金菊打眼般的重器妙物，那谁都不敢把博物馆的牌子挂出去。

据不完全统计，全球五十多个国家和地区的博物馆藏有中国各式文物一百六十万件，其中以瓷器数量最为庞大。

多年前，上海作家陈丹燕女士在欧洲、北美许多著名博物馆看到保存完好的古代中国瓷器，还有敦煌雕像、经卷、绢画等，盛唐风神、康乾气象排山倒海地在她眼前铺陈开来，她在一篇文章里唏嘘：此时“最好不要想起它们是怎样离开自己家乡的”（陈丹燕《往事住的房间》，浙江文艺出版社2020年版），只要一想起，她的心便像电击似的瑟瑟痛楚……

笔者参观过纽约大都会博物馆、大英博物馆、收藏有不少中国古代瓷器的华盛顿弗利尔美术馆，以及纽约哈德逊河畔洛克菲勒庄园、剑桥大学

和密歇根大学博物馆，坦率说，每到一处，我的心并没有电击似的瑟瑟痛楚，却有望乡之感，想起“层楼望，春山迭，家何在，烟波隔”，脑海里浮起“昔我往矣，杨柳依依；今我来思，雨雪霏霏”（《诗经》），“胡马依北风，越鸟巢南枝”（《古诗十九首》），“君自故乡来，应知故乡事。来日绮窗前，寒梅著花未”（王维《杂诗三首》）。还有，余光中诗里的邮票、船票、坟墓和海峡，听到盛中国、俞丽拿那跳跃弓弦之上的天籁似的琴声……有人说，“对于中国人来说，不管走到世界任何一个地方，都会见瓷而生故土之思，因为瓷器最能蕴含和寄寓国人的乡愁。”（初国卿《瓷寓乡愁》，中国言实出版社 2019 年版）信哉斯言！

此外，我还有几分不满：国内一些中小博物馆门可罗雀，有小买卖之嫌，空有贵宾级的安保待遇。

由此看来，瓷器不是藏品，我们才是藏品，人生寄一世，奄忽若飚尘；而瓷器不要说密封在真空玻璃里，就是埋在地下，科学家分析后，说瓷器可以历经两万年不灭。反过来说，是瓷器无言地收藏一代又一代人，无言地濡染、熏陶全球一代代不同肤色的中国陶瓷爱好者、研究者，对亿万民众的人文涵养、艺术教育，产生难以估量的影响……商业价值，瓷器或不如丝绸、茶叶，但瓷器以其弥久不摧，传承着其形制、色彩、画面、纹饰，这使它成为一位元气淋漓、内涵丰富的历史书写者，这是丝绸、茶叶或中国古代其他商品难望项背的。

二

『铁帽子王』，为什么是景德镇？

9　扫地的阿姨，原是“十大瓷厂”技术竞赛里名列前茅的画工

古往今来大大小小的瓷器窑口里，为什么最终是景德镇而不是别的什么地方，铮铮难以撼动，被公认为“千年瓷都”“世界瓷都”？

有人甚至认为，古时昌江是流经此城的重要河流，景德镇瓷器都在昌江上船，然后过鄱阳湖，经长江驶入大海，走向世界，而景德镇坐落于昌江之南，china 正是“昌南”的英文音译。

论山川风物，由古至今，景德镇都不能算是很好玩的一个地方。这里没有苏州的园林、杭州的西湖、南京的莫愁湖、扬州的瘦西湖，只有一口塘，原来叫佛印湖，因为宋代文人和尚佛印曾在这里挂单。苏东坡不远千里拜访佛印，两人常在湖边吟诗、作对、品茗、下棋。亭柱上有苏轼题写的对联：“翻空白鸟时时见，照水芙蕖细细香。”湖水面积太小，一代代景德镇人老实、执拗地叫它莲花塘。

二百平方千米的范围内，放眼望去，是江南名山奇岳：庐山、怀玉山、三清山、龙虎山、黄山、武夷山，聚钟灵毓秀之气，笼罩古山越族的发祥地、程朱理学的酝酿地、徽饶文化的交汇区。这里如蜷卧桑叶上的一粒春蚕子，躺在黄山山脉和怀玉山脉向鄱阳湖平原过渡的丘陵地带，北方南下的冷空气遭群峰阻挡，森林的腐殖土提供丰沛的有机物质，随《琵琶行》走进千古的浮梁茶，自唐朝的月光中浮现芽绿。唐德宗年间，浮梁一地每年上交茶税十五余万贯，占全国的 37%。松涛莽莽苍苍，马尾松木

取之不竭，燃烧时火焰呼呼作响，窑炉里烧出景瓷特有的油润“发色”。

以昌江为主轴，东河、南河、西河、小北河等五十余条大小支流呈叶状分布。三月里，沿溪涧行路，突然有一簇簇杜鹃、迎春拦截，能嗅到春水新涨的气味，水给水碓粉碎、淘炼瓷土提供便利。亘古昌江上有巨木漂浮，得浮梁雅号。至鄱阳湖水路约九十千米，帆船木筏伴渔歌渔火，满载原料、燃料和瓷器，所谓“陶舍重重倚岸开，舟帆日日蔽江来”。没有僻乡偏地的荒凉，没有自隔天下的闭塞。这是一个水土宜陶的瓷器生产自然资源系统，亦是景德镇崛起为“天下一巨镇”的人文、地理条件。

本地人本来半农半瓷，瓷业与农业渐渐分离后，民窑从郊区向镇区集聚，外地人“四方远近，挟其技能以食力者，莫不趋之如鹜”。再加设置官窑，天下能工巧匠，或被朝廷发送，或避乱南下，或自动前来，到了元代，已有“鸠占鹊巢”之势。忽必烈一次在浙江临安俘获陶瓷工匠三千之众，全部押运到“浮梁瓷局”充当“工奴”。明朝正式在此立官窑，数百年皇家专用瓷厂的威势，使天下从业者云集此处，浮梁土著居民比例自然降低，甚至面对手艺更精也更能吃苦的外地人，本地人纷纷卷起包袱离开。康熙《浮梁县志》云，景德镇土著者仅剩“十之一二”，“余皆商旅客寓”。

景漂可不是今天才有，镇上遗留民国时期二十四处会馆，皆是各地到此谋生的移民们的同乡会。集天下制瓷技艺之大成，融南北方各大名窑之精粹：河南钧窑的色釉瓷，浙江越窑的玲珑瓷，福建德化窑的瓷雕，吉州窑的釉下彩……南腔北调的乡音，像猫一样妥妥落地，沉淀出“么的”（什么）、“谬”（没有）、“崽俚子”（小伙子）、“女崽俚”（姑娘）——一种语感上颇接近省城话的本地方言。他们在这里留下的是“残片在整个镇上和河岸堆积如山。高耸的河岸就像一幅镶嵌画，全是过去几百年来的次品与残品。到处都是摔碎的或者没有做好的瓷器，就像未能付诸实现的点子一样，弃之遍地。河滨长长的一线，几乎全都由毁坏的陶瓷罐子组成，像一座座小山，一般高在二十英尺左右。房子、院墙，就连地基，也都由破损的陶器做成，总是可以见到中间露出来的碗勺残片。在景德镇，补瓷匠是没法谋生的”。（[美]哈利·弗兰克著，符金宇译《百年前的中国：美国作家笔下的南国纪行》，四川人民出版社2018年版）

坐拥全国最好的工匠、最好的原料，产品必须是最好的。稍有瑕疵，当场砸碎，就地掩埋。打碎还有规矩：先用锐器在底部戳个洞，然后用钝器敲碎。皇家的东西，即便是碎瓷片，也不能流落民间。所谓次品，其实也好于民窑。极严苛的标准，为御窑最大特色。明万历年间，引来童宾壮烈投窑的九龙缸，每窑一缸，耗时十九天，烧木柴一万三千斤，且有“百不得五”之难（刘勇《明清瓷器过手录》）。出窑一百件，常常砸去六七十件，乃至百里挑一，由此留下的不说精美绝伦能如何形容？！成化斗彩“成窑酒杯，每对至博银百金”（明·沈德符《万历野获编》）。《陶说》序言评价道：“瓷器与金玉同珍者，有其过之，无不及也。”斗彩三秋杯，薄胎上描绘的是秋天的乡居野景，使人一见爱不释手，存世仅一对。著名古陶瓷鉴定专家孙瀛洲先生（1893—1966）当年花四十根金条从古董商手中购得，其时，一根金条足以在北京买一座院子。

明朝御器厂创新传世的还有一项为薄胎瓷，从此，景德镇瓷器就有了一条驰名世界的广告语：“薄如纸，声如磬，青如玉。”最薄、最细的薄胎瓷器，其厚度只有0.5毫米，最厚也只1毫米，真个是“胎薄如纸”。把玩在手，你会想起蝉翼或花间词。

镇上的大多数人一辈子只做一件事。人群中，你不会发现他们有多么特别，然而一旦进入指尖世界，他们就变成国王。七八年前，听说陶瓷大学某栋学生宿舍楼里有一个管理卫生的老阿姨。一天，一个大三的学生在寝室里敞门画青花分水。在楼道里扫地的她见了不禁走过去，看了一会儿，说：“丫头，不是这么画的。”

女学生说：“走开，走开。”

旁边的一个女生怼她：“你能？那你帮我们画。”

她说："好，我帮你们画几笔。丫头，你们真是没有学到手啊！"

她接过笔，几笔画下来，不工而工，清简致远，有鹤翔云天之势。

女生们惊了："你画得这样好，还扫地干什么？"

阿姨浅浅一笑，拿起她的扫把。学生们后来打听到，阿姨原是"十大瓷厂"技术竞赛名列前茅的画工。

10 梅关上，挑夫们以瓷器为主的货运业务之繁忙，举袂成幕

十六、十七世纪，有太多的物种、物资如壮丽的洪流一般，在东西半球之间、旧大陆与新大陆之间、国与国之间疾速流动。

1498 年，葡萄牙航海家瓦斯科 · 达伽马绕过非洲，到达印度西南部的卡利卡特。临行前，葡萄牙国王曼努埃尔一世交代他务必带回两样葡国人最渴求的东西：一是香料，二是瓷器。此前几年，意大利人哥伦布在西班牙王室的支持下四次出海远航，发现美洲后，请先返回的人捎给红衣主教阿 · 斯弗尔札一包美洲各种作物的种子……

多数情况下，交流发生于民间，出自自愿。

一是普通人。

福建长乐人陈振龙，自幼勤奋好学，二十岁举生员（中秀才），乡试不第，弃儒经商，买卖做到吕宋岛（今菲律宾）。番薯当时被吕宋人视为"国宝"，西班牙殖民当局严禁带出境，关卡检查极严，违者一律掉脑袋。明万历二十一年（1593），五十岁的陈振龙玩了个"老鼠捉猫"，购得几尺薯藤，绞入吸水绳中——另说"编入藤篮""封装于竹筒中"，经七昼夜航行，于农历五月下旬返回福州。当年八闽大旱，田园少收，民众号

饥，福建巡抚头皮发紧，陈振龙让儿子向巡抚大人禀告，番薯有“六益八利”“功同五谷”，请求官府大力推广栽种。巡抚对陈氏父子冒死带种而归的义举大为赞赏，同意在福州“纱帽池”（今福州市台江区达道一带）试种。“甫及四个月，启土开掘，子母钩连，小者如臂，大者如拳，味同梨枣，食可充饥”。试种大获成功。第二年，又逢岁饥，巡抚饬令推广，“教民种之，赖以度荒”，各地如法栽种，大获丰收，八闽饥荒得以缓解。日后，福建百姓感念福建巡抚金学曾，将甘薯改名为“金薯”，又因来自番邦，也称“番薯”。（《金薯传习录·种薯谱合刊》，农业出版社 1982 年影印版）

也是万历年间，在越南做生意的两位广东人，陈益将番薯带入东莞，林怀兰将番薯带入电白，两人都被乡人誉为“番薯传入中国第一人”。

这三人中，陈振龙影响最大。1963 年，番薯传入中国三百七十周年，郭沫若填词《满江红》以为纪念：“挟入藤篮试密航，归来闽海勤耕植。此功勋，当得比神农，人谁识？”

二是耶稣会传教士。

1535 年，在巴黎的伊古那提乌斯·迪·罗约拉，和六个不同凡响的弟子立誓要过贫苦、圣洁的生活，决定到巴勒斯坦传布福音。他们发起耶稣会，一个经罗马教廷批准的天主教团体。耶稣会发展迅速，1556 年，会士超过一千人，多数在西班牙与葡萄牙。到了 1626 年，会士超一万五千人。其后一百三十年间，耶稣会会士缓慢却持续地增加，全球几乎每个角落都有他们的身影。万历后期至明末，耶稣会会士带两样东西来中国，一是上帝，二是西学。西学包括自然科学、哲学和艺术，科学技术占大部分，如天文、历算、物理、地理、火器、铸造技术、水利建筑、地图测绘等。其“地圆”“地动”学说，所造、所携的浑天仪、天球仪、地球仪、望远镜，踢爆古老的“天圆地方”说、“华夏中心”说。“西洋远在十万里外，乃其法更胜，可知天地之大，到处有开创之圣人，固不仅羲、轩、巢、燧已也。”（清·赵翼《檐曝杂记》卷二“钟表”条，中华书局1997年版）由此开启中国知识界面向世界、认识世界的艰难历程。

康熙态度尚好：上帝，你就找个地方凉快去吧。自鸣钟、西洋画一类，他还真是喜欢，郎世宁服务朝廷五十多年，画了无数歌功颂德的油画。伴随当当的悦耳自鸣钟声，康熙欣然提笔：“昼夜循环胜刻漏，绸缪
10–1 宛转报时全。阴阳不改衷肠性，万里遥来二百年。”在民间，虽有一阵吓坏了“刘姥姥”，但打轩辕黄帝起就在用的漏刻、香篆，越来越多为钟表取代……

意大利籍耶稣会会士利玛窦（1552—1610），是十六世纪里第一位获
10–2 准进入中国内地和京城传教的传教士，也是最早用文字记述和介绍中国社会文化、经济、风俗、民情等的西方人之一。明万历二十三年（1595），利玛窦蹭一位兵部侍郎回京的车马，北上。经南雄，过大庾岭，入赣江，在万安十八滩翻船落水，大难不死，最终抵达南昌，留住三年。在日后写出的回忆录《利玛窦中国札记》里，他已经关注到瓷器，对翻越赣粤两省的大庾岭通道——梅关上，挑夫们以瓷器为主的货运业务繁忙之景象，举袂成幕，呵气成霓，有生动的记述。他说：“最细的瓷器，是用江西所产黏土制成，人们把它们用船不仅运到中国各地，而且还运到欧洲最遥远的角落，在那里它们受到那些欣赏宴席上的风雅有甚于夸耀豪华的人们的珍爱。”（何高济等译《利玛窦中国札记》，中华书局2010年版）

在中国的旅程中，他发现当时中国人的平均寿命高于欧洲人。（资料显示，18世纪欧洲人平均寿命是36岁，19世纪是40岁；在利玛窦来华的明代，中国男人的平均寿命是46岁，女人则达到51岁）利玛窦揣想原因，推测与两样东西有关。第一个是茶，茶叶有清热解毒的功效，习惯喝茶的中国人，较少受传染病包括肠胃疾病的侵扰。第二个是瓷器，中国人用来喝茶吃饭的器皿是光洁美观的瓷器，便于清洗，也就相对卫生，不像此时欧洲家庭常用的木质、锡质一类餐具、酒具，细菌、污垢易于附着。

利玛窦心中大概以为，瓷、茶二物是上帝赐给中国人的独有礼物。

稍迟于利玛窦来江西的另一位耶稣会传教士，是葡萄牙人奥代罗·塞默多，汉名曾德昭。至迟从1622年始，到1632年前后，曾德昭以南昌为中心，在江西传教。曾德昭在其《大中国志》中，提到景德镇，虽没有提到这个地名，但后人都知道他说的就是景德镇，且记述比利玛窦要细致，深入到瓷器的制作方面：“以产瓷器知名（确实，这种东西在世上是唯一的），它只产于该省的一个城市，因此，中国使用的以及传遍全世界的，都来自此地。虽然他们使用的泥土来源于另一个地方，但他们只用当地的水，以保证产品达到完美程度，因为如用其他的水制作，产品缺少那种绚丽光彩。这种产品不如外间传说之神秘，其生产的物质、方式方法，并无什么秘密；它完全用泥土制作，但质佳而洁。其制作的时间和方法，与我们生产陶器相同，不过他们做得更认真和细致。瓷器着的蓝色，用的是蓝靛，当地很丰富，也有红色的，而（供皇帝用的）是黄色。”（梁洪生《明清在华耶稣会士面向西方描述的江西》，《江西师范大学学报·哲学社会科学版》2003年第1期）

第三位与瓷器有关的耶稣会传教士，是法国人昂特雷科莱。

清康熙三十八年（1699），法兰西科学院通讯院士、有“国王的数学家”之称的白晋（此前八年，他第一次来中国传教，两年后回国，将亲手绘制的《中国皇帝历史画像》写了献词，呈送给路易十四，促使“两位伟大的国王相互认识”）偕新招募的十名耶稣会会士，搭乘法国东印度公司商船“海后号”在广州登岸。耶稣会士之一便是殷弘绪。1703年起，在江西的南昌、饶州、景德镇等地传教，其间，1707年至1709年在九江，与时任江西巡抚的郎廷极私交甚笃。

郎廷极出身名宦巨族，注重内外兼修，像前朝徐光启与利玛窦论道、共译《几何原本》一样，两人一有机会便在一起切磋。康熙四十八年（1709）三月，郎廷极向皇帝上折子，报告洋人向他进贡葡萄酒一事，并派儿子郎文焘将六十六瓶洋酒押送至京。“洋人”这个词作为敏感词令人警惕，是康熙帝的儿子雍正时候的事了。此时，朝廷聚有一批耶稣会会士，担任御用学者和宫廷艺术家，如意大利籍画家郎世宁，负责制作地图的蒋友仁，精通自动钟表和小机械人制作技艺的汪达洪等。从奏折看，此时康熙以红酒为日常保健佳品。闽浙总督梁鼐、两广总督赵弘璨的上折里亦有进贡红酒事，康熙还批道：“近夏月西洋船到时，问明速报。”（《清宫广州十三行档案精选》，豆丁网）可见他红酒需求的迫切。郎廷极折子里报告的洋人正是昂特雷科莱。此红酒来历不凡，产自北非的加那利群岛，此地十五世纪之后为西班牙领土。耶稣会为了让中国“阿门”起来，真是纵横捭阖，大事不捐，小事不弃。康熙端起酒杯，闻到满溢地中海芬芳的酒香，应会为它迢迢艰辛而感喟。

大约这正是昂特雷科莱能够常驻南方群山包围中的一个特殊小邑传教的原因。

11 小水出小鱼，大水出大鱼，放眼望去，太多的“拿来主义”

对于光华璀璨的中国瓷器，天性浪漫的欧洲人，有着种种浪漫的想象。先是马可·波罗在其游记里记载了一座叫作“Tinju”的城市。

11—1 人们制作瓷碗，这些碗大小不等，美轮美奂。瓷碗只在这座城市制作，别处没有；它们从这里出口到全世界。在这座城市，瓷碗到处都是，且价格低廉，一个威尼斯银币可以买到三只精美的瓷碗，其玲珑可爱，简直无法想象。这里的杯盘碗盏，用易碎的泥土

> 或者黏土制成。土块似乎采自矿山，被堆成高高的土丘，三四十年间听凭雨打风吹，日晒雨淋。此后，灰土变得如此细腻，用它做成的杯盘呈天蓝色，表层晶莹剔透。你们要明白，当一个人把这种土堆积成山时，他是为了自己的子孙后代；风化成熟需要漫长的等待，他本人无法从中获取利润，也不可能把它派上用处，但他的儿子将继承它得到酬报。（余前帆译《马可·波罗游记》，中国书籍出版社2009年版）

马可·波罗将做瓷视为一种造福后代的事业。这是西方文献第一次提到瓷器。

此后，他们怎么看待瓷器？“由一种在地下凝结的汁液制成，有人从遥远的东方把它带回。”十六世纪中叶，一位意大利占星家这样写道。另一位作家则声称：“把蛋壳和脐鱼壳捣成粉末，加水调和，做成花瓶形状。 11–2
然后把它们埋在地下。一百年后挖出来，这时才算做好，可以摆出来叫卖。”中国瓷器光洁透明，似乎与玻璃有些说不清的暧昧，却远较玻璃昂贵，素有“白金”之称；又似乎与炼金术有关。十七世纪的英国玄学派诗人、教士约翰·多恩在《马卡姆夫人哀歌》中，以为中国瓷器类似凤凰涅槃：当某样珍贵之物从你眼前消失，它将生成另一样更为珍稀美丽的事物，“如同中国人，经过百年沉淀，他们埋下黏土，挖出瓷器……”大名鼎鼎的培根先生大约有同感，1615年在《对浪费的弹劾案》一文里，他很肯定地写道：“瓷器就是埋在地下的一种膏泥，经过很长时间以后，就会凝结成带有玻璃光泽的精美物质。”（以上见［英］埃德蒙·德瓦尔著，梁卿译《白瓷之路：穿越东西方的朝圣之旅》，广西师范大学出版社2017 11–3
年版）

> 去找那种瓷器吧，

它那美丽在吸引我，在引诱我，
它来自一个新的世界，
我们不可能看到更美的东西了，
它是多么迷人，多么精美，
它是中国的产品！

——［英］赫德逊著《欧洲与中国》，中华书局 1995 年版

昂特雷科莱，为此而来。

这个高鼻子的洋人，深知人情在清朝比那些堂而皇之的公开文件重要得多。经郎廷极给皇上送红酒就体现他对此的认识；结交宫廷御医，弄到人痘种和种痘方传回欧洲，也是这个思路。在江西七年间，昂特雷科莱取中文名殷弘绪。他对汉学用心很深："白鹤飞兮茧曳绪"，"弘"为发扬、光大；"绪"为丝的头，头绪，就绪，续前人未成之功，绪功，继未竟之业，绪业。

长达一年半时间里，他只为一个贫穷的泥匠施过洗礼，不久泥匠死去，殷为其举行丧礼，"华人颇异之，时为新年，来堂询问者不下万人"。当年入教信徒仅二人而已。到了 1712 年，经他受洗者已有八十多人。（［法］费赖之著，冯承钧译《在华耶稣会士列传及书目》，中华书局 1995 年版）这一年，饶州大旱，道台大人登门求助，殷弘绪利用此次难得的机会宣讲天主教义，道台似乎听得入耳入心，即在全城贴出有关保护天主教教徒的告示。他是开山者，"其人居之稠密，商贾之喧阗，市井之错综，物类之荟萃，几与通都大邑"（乾隆《浮梁县志》）的赣东北山区的弹丸之地，第一次出现教堂。两百年之后，进入民国，中华北路太平巷一带是景德镇教堂及教堂房产集中的区域。

他的教友涉及制瓷的众多工序。例如，他记载："印坯是一项非常激

烈的劳动。从事这种劳动的基督教徒，没有工夫参拜教堂；找不到人代替是不允许去教堂做礼拜的，因为，只要这道工序一停止，其他一切工序也随着停止。”逐渐的，殷弘绪穿着黑色教袍的身影，可风一样自由出入镇上的大小陶瓷作坊与窑房，有什么不懂的，可随时请教，“请教后随手记在纸上”。（[法]杜赫德编，郑德弟、朱静等译《耶稣会士中国书简集》第三卷，大象出版社2001年版）

湖田村废弃的匣钵堆，因洪水冲刷，屡屡移位，缝隙处有野草、无名小花，拨开野草，捡起钵片，又摘小花，他可否想起耶稣会的老前辈利玛窦、曾德昭？珠山下的御窑，曾迎接他吃惊的目光：一孔柴窑长达五十英尺，宽十二英尺，中间是拱形窑顶，高约八英尺。有民窑数倍于此，其肚膛大得可装进去几头大象。高岭村薄雾下的矿道，有他深深浅浅的脚印，瓷土矿石经粉碎、淘洗，制成砖状土块备用，当地人称“不子”者。不子构成瓷胎的肉身，而高岭土掺和其中，撑起骨架。昌江边蜂窝一样的民窑里，赶不走的苍蝇、蚊群，他吃过无数“快餐”，听过和粗米饭里沙砾一般多的行话：“白土行”“牙行”“知四肉”“红饭”“黑饭”“打派头”……看窑户，看白土行、釉料行和柴火行的老板如何持筹握算、贱敛贵出，他津津有味；若老窑工给崽俚子讲都昌、鄱阳乡间男女如何打情骂俏，云腾雾驾，他撩起黑袍就走……

先后给巴黎耶稣会总会、印度传教会会计奥日神父写了两封共几万字的长信，在信中，他概述景德镇的地理、人口、建筑、物价、治安等情况，记述从取土、调釉、成型、彩绘、色料到匣钵制造、烧成等的瓷器生产过程和制作工艺。特别将景德镇的制瓷原料——高岭土和瓷石的使用情况做了详细记述，并将一些瓷土原料样品寄回法国，由物理学家雷奥米尔进行分析。两封长信以“中国陶瓷见闻录”为题，刊登在《耶稣会传教士写作的珍贵书简集》第12期和第16期，由此将信息传播到世界上一些有耶稣会传教士的国家。

眼下景漂群里写陶瓷文化的大咖涂睿明，对中国古代陶瓷文献颇为熟悉，他告诉我，殷弘绪对于景德镇瓷器材料、工艺流程、烧造方法及可能出现的各种问题的记叙，可操作程度超过宋应星的《天工开物》、蒋祈的《陶记》及蓝浦的《景德镇陶录》。殷弘绪在信中甚至提及景德镇窑创烧的一种名贵单色釉——乌金釉的配制方法。乌金釉瓷器如黑漆般明亮，凝重华润，始于明代成化年间，成熟于清康熙朝……

对瓷器感兴趣的欧洲人士头一回读到神秘的景德镇瓷器的第一手材料，洛阳纸贵，人人争睹。欧洲掀起一股寻找高岭土、仿制中国瓷的热潮。殷弘绪的家乡法国利摩日，一名外科医生的妻子黛莱特偶然发现自家院子里的白色黏土有增白功效，可以替代漂白粉洗衣服。那是 1768 年，在城市以南四十千米处的圣伊利埃。消息一传开，很快引起读过殷弘绪中国来信的相关人士的注意。于是，黛莱特的院子像是被饿疯了的猪拱过。实验证明，从这白色黏土中提炼出的瓷土纯正、洁白，成分与殷弘绪信中提到的高岭土类似，一直苦苦寻觅高岭土而不得的法国人被“馅饼”狠狠砸到了头。利摩日地方总督杜尔哥得知，喜出望外，下令在当地建起法国第一家高温加工瓷器的工厂。

利摩日，因而成为家喻户晓的法国瓷器代名词。

用骑兵换花瓶的萨克森国王读到殷弘绪的长信后，立马传旨，让一位年轻的炼金师波特格尔和物理学家、数学家冯·契恩豪斯一起，为王国拿下硬质瓷。两人一起在“宛如地狱”的地下室工作六年，科学家的实证精神与炼金师的无穷想象力相互撕扯，又珠联璧合。此即 1710 年德国麦森瓷（Meissen）的滥觞，到今天，麦森瓷仍是欧洲及全球的顶级瓷器。《瓷上中国》2014 年版已有详介，此处不再赘述。

1720 年，殷弘绪调北京，此时他年近六旬，任法国外方耶稣会会长，著有《中华风俗志》等，并已将朱熹《劝学》及《养蚕术》《泉币志》等译为法文。二十一年后，他在北京去世，葬于现海淀区正福寺法国传教士墓地。祭坛上有一个花岗石的高大十字架，墓园内静静躺着七十四名神父和修士及十多位外籍军人和平民。四十三年前引领殷弘绪踏上来中国之途的白晋亦在其列。1969年至1971年，“备战备荒”，全民上阵“深挖洞”， 11–4
墓园的墓碑被一一拔除，用于修建防空洞。随墓地毁坏，一些单位也入驻正福寺墓园，包括服装设备厂、家属宿舍、酱菜厂等。1990年，酱菜厂院内防空洞里发现一批传教士墓碑和碑座，其中即有殷弘绪的，现存北京石刻艺术博物馆。墓碑拉丁文、中文对照排列：

> 耶稣会士殷公之墓 11–5
>
> 耶稣会士殷先生讳弘绪，号继宗，泰西拂朗济亚国人。缘慕精修，弃家遗世，在会六十年，于康熙三十九年庚辰东来中华传天主圣教，至乾隆六年辛酉五月二十日卒于都城，年七十九岁。

《瓷上中国》2014年版第四章“西方忘记的‘不发达’往事”一节有这样一段话：“倘若据此说康熙年间，昌江两岸就有憧憧谍影，殷弘绪有孙猴子钻进铁扇公主肚子里的战术动机，这未免危言耸听了，他身上主要肩负的还是上帝交下的使命，‘到世界各地去，将福音传播给每一个人’（《圣经·新约·马太福音》）……但近代以来，知识产权保护体系是西方人制定的，其基础却是此前西方世界长期地、赤裸裸地侵犯了中国人的知识产权。”这是实情。

窃以为，没将殷弘绪，还有此前将中国茶种及栽培方法偷带回英国的罗伯特·福钧一类人物看作间谍，算是不偏不倚、温文敦厚了。但中国古代贸易输出的“三宝”即丝绸、陶瓷、茶叶的技术秘密均遭外泄，严重侵犯到中国人的知识产权，这定性应该不会有问题吧？若定性不错，那么古代中国人是不是傻到只有被掏口袋的份儿呢？倘若也掏过别人口袋，如陈振龙君，那么在“盗窃”和“此功勋，当得比神农，人谁识”两个标准里，我们该取哪个呢？

以 1492 年为开端，几个世纪间，东半球与西半球发生了动物、植物、微生物及经济、文化等方面的广泛交流，即“哥伦布大交换”。它是双向的，此前美洲没有“六畜”之四马、牛、羊、猪，也没有中国人的传统粮食作物“五谷”稻或麻、黍、稷、麦、菽。美洲物产丰饶，有三十多种作物，除粮食作物玉米、番薯、马铃薯，还有典型蔬菜作物南瓜、菜豆、莱豆、西葫芦、木薯、辣椒、西红柿、蕉芋等，油料作物花生、向日葵，经济作物烟草、可可，工业原料作物如陆地棉，药用作物如西洋参，果类作物如番荔枝、番石榴、番木瓜、菠萝、油梨、腰果、蛋黄果、人心果等。至 1515 年，至少有几十支探险队、几百艘欧洲船只拥向加勒比海，绝大多数美洲作物由此传入欧洲。十六世纪，欧洲人开始在马尼拉、雅加达等处建立殖民地，一些美洲和欧洲的农作物传入东南亚，并进一步引进到东亚，此时正是中国的明清时期。灿烂的美洲文明沿此路径，携太多美洲外人从未见过的新鲜作物，首次与世界融为一体。对吃饱肚子且吃爽味蕾的向往，终成地球人的共同向往，有人将此称为全球化 1.0 时代。

美洲作物很快遍及中国，对明清时期的社会发展产生深远影响。

玉米、番薯和马铃薯，耐旱、耐瘠，抗逆性强，一般粮食作物难以生存的贫瘠土壤、边际土地、深山苦寒地区均可种植，且费工少、产量高。还有南瓜，典型的菜粮兼用作物，最早用于救荒，二十世纪六十年代饿得脸色发绿的“瓜菜代”日子，最顶用的就是南瓜；并且南瓜耐储藏，保存一年半载不是问题。十七世纪之前，除东三省、台湾、新疆、青海、西藏，大大咧咧的南瓜花没心没肺地开遍穷乡陋野。这几样新作物，有效应对了明清人口的激增，人口从明初的六千五百万至八千万人，增加到清乾隆朝的三亿零七百四十六万人，乾隆朝较之康熙朝，计增十五倍有余。美洲蔬菜的传入，对汉民族饮食文化也产生重大影响，最典型的是川菜，两大美洲作物辣椒、胡豆（胡豆瓣，俗称豆瓣，品种繁多的四川豆瓣中，以郫县豆瓣最出名）的完美结合，推动近代川菜菜系的形成，时在康熙朝。至清末，“滇、黔、湘、蜀人嗜辛辣品”，已然形成不怕辣、辣不死的辣椒文化。

玉米、番薯、南瓜等在商业价值上不能与丝绸、陶瓷、茶叶相提并论，一进一出，仿佛中国得不偿失。但丝绸、陶瓷、茶叶之于西方，很长时间里是高档消费品，乃至奢侈品；而玉米、番薯、南瓜等，事关树皮都被剥光光的大荒大馑，惠及一茬茬底层百姓，其于中国经济社会的影响远非商业价值能够衡量。且引进的美洲作物良好的收益，激发了农民的种植热情，引发农业结构的变化和经济形态的转型。中国人的“超稳定饮食结构”被打破，餐桌上的一半食物来自美洲，没有美洲作物参与的一日三餐已不可想象。

若一定要比商业价值，美洲落地作物中的急先锋——烟草可与丝绸、陶瓷、茶叶相比。烟草约在明万历年间由菲律宾传入厦门，五百年过去，一代代烟民前赴后继，造出一家最赚钱的公司——中国烟草总公司。若不是该公司一个子公司在香港上市得公开必要数据，人们很难相信 2017 年将“两桶油”“四大行”“BAT”（百度公司、阿里巴巴集团、腾讯公司的英文首字母缩写）利润相加，才勉强超过该公司的工商利税总额。

中国是全球化 1.0 版本的最大受益者之一，五百年汩汩流逝，至今仍在享受“哥伦布大交换”的红利。

美国东方学者劳费尔（1874—1934）所著《中国伊朗编》（商务印书馆 2015 年版）是欧美东方学代表性著作。书中高度称赞中国人向来乐于接受外人所能提供的新事物：“采纳许多有用的外国植物以为己用，并把它们并入自己完整的农业系统中去。”岂止外国植物，中国近代以来的社会、经济、文化、科技，小水出小鱼，大水出大鱼，放眼望去，太多的“拿来主义”。

那么，“哥伦布大交换”中的美洲作物“专利”问题，如何厘清？现在来看，从“人类命运共同体”的角度，在某个历史阶段，某些领先技术的共享与推广，如早年的瓷器、当下的互联网，是回应人类社会发展进步的整体需要。

就说殷弘绪吧。1959 年 2 月，生活 · 读书 · 新知三联书店出版的《景德镇陶瓷史稿》尚根本不提殷弘绪的名字。1963 年 8 月中国财政经济出版社出版的《中国的瓷器》未见关于殷弘绪的只字片语。1978 年，景德镇陶瓷馆文物资料室编印的《陶瓷资料》第一期第一次提到殷弘绪，却定义为“披着传教士外衣刺探情报的殖民主义分子”，其所写两封信“正是
11—6 进行殖民活动的铁证”。1982 年 1 月上海科学技术出版社出版、署名本书编写组编的《陶瓷史话》，现出一些平和，提到法国“奥日神父就派了一个叫安特略可（殷弘绪）的传教士，跑到中国景德镇来，名为传教，实则想学中国的制瓷技术”。同年 9 月，文物出版社出版、中国硅酸盐学会编的《中国陶瓷史》第一次披露殷弘绪信件段落。1984 年 8 月，轻工业出版社出版、原《中国工艺美术》杂志主编朱培初编著的《明清陶瓷和世界文化的交流》首次肯定殷弘绪“在江西景德镇瓷器和世界交流方面，做出了重大的贡献”。此后，文化、学术、宗教各界对殷弘绪的正面评价逐渐占据上风。前几年，《经济观察报》原主笔、杂志书《单向街》的创办者许知远专程来景德镇，试图寻觅殷弘绪在此留下的蛛丝马迹。近年，景德镇市委书记钟志生提出要在景德镇建立“昂特雷科莱记忆博物馆”。这就是进步，在思想上，也在气度上。

12 “艾惕思之问”
及“刘新园式的爆破”

1972年，为恢复出口创汇，被放逐乡下四年的刘新园被临时召回市陶瓷馆，参与研制仿古瓷。

某日，一位穿“文革”前将军呢大衣的高个儿胖子来馆视察。大衣袖口都磨破了，但显示他授衔时就是将官。一张焦黑的脸膛不怒自威。往时“革命”的积极分子都缩去一边，得找一个真懂行的人给讲解——刘新园被拎上去了。面对一只雍正哥釉瓶，来者问：破了还摆？刘新园应道：这不算破，是好的，属釉破胎好，称开片，是由于胎釉膨胀系数不一样造成的。

来者显然有点晕：什么膨胀系数，你说清楚一点。刘新园打了一个比方：一个胖子穿了一件紧身的衣服，动作一大，把衣服给撑破了。随行人员大惊失色。胖子愣了几秒，笑得洪亮：原来是这回事，你这小子有学问！

胖子是当时的江西省委书记、省“革委会”主任程世清。他掉转头就让市里给刘新园办了正式调回景德镇的手续。

刘新园，湖南澧县人，1962年毕业于原江西大学（现属南昌大学）中文系。楚有材，晋实用之，他毕业后分配到了景德镇陶瓷学院美术系，讲授文艺理论。1965年调景德镇陶瓷馆（后更名景德镇市古陶瓷研究所），从事陶瓷考古工作。刘新园一直在田野考古第一线，走遍了景德镇的山
山水水，对其境内十至十七世纪的古瓷窑遗址进行了全面考察。风尘仆 12—1
仆，又水陆兼程。每年油菜花一片金黄之际，或满山黄叶迷离之时，他乘小木船沿昌江或上或下，感受昌江水面高低，揣摩当年景德镇瓷器最佳航运时机。一年四季气候不同，陶瓷输出有水流的宜与不宜，这变化是否决

定这座城市陶瓷业一年间的高峰和低谷？从六十年代起，经刘新园发掘和整理的瓷片数以吨计。有人说，若当年没有刘新园以血肉之躯抵挡建筑工地上的推土机，今天的国家级文物保护单位“明清御窑遗址”也就不复存在了。那是城市中心的黄金地块，也许早成政府办公楼、宿舍区或者商业区，抑或没有任何文化遗存的什么文化区。那些在地下沉睡了几百年，厚达四米的瓷片层，必定成为野蛮施工的牺牲品……

12—2 1972 年，约翰 · 艾惕思出任英国首位驻华大使。五十年代，艾惕思曾任英国驻华代办处代办，其间就迷上中国陶瓷等古玩，尤爱明代景德镇青花瓷，从坊间购入不少。又结交故宫博物院几位专家，对中国古代陶瓷展开业余学术研究。任大使期间的 1973 年 11 月，离任后的 1979 年 5 月，艾惕思两次来景德镇，就中国陶瓷史上若干问题，和刘新园做了广泛讨论。1981 年，他再度访问景德镇。

这年，刘新园的儿子出生，妻子坐月子，而他做的唯一家务是给儿子取了一个好听、好记的名字——刘陶，一如六十年代给呱呱落地的女儿顺手拈来一个名字——刘影青，都有瓷的光泽。他多次往返北京，向相关部门送报告，申请遗产保护，请求各项经费，为景德镇要来不少钱，今天游客必打卡的古窑、民俗博物馆等一大批古建筑、古作坊，异地搬迁、重修、保护的经费，大都是他连篇累牍、喋喋不休弄到的，又是他领着陶瓷考古研究所一帮人建起来的。他还组织景德镇湖田古窑遗址的保护、研究及一百三十六处明代古建筑的认定。景德镇在 1982 年 2 月高票入选国家第一批二十四座历史文化名城，他功不可没。因为忙于“把‘四人帮’夺去的时间给夺回来”，刘新园未能如第一、第二次全程陪同艾惕思，只在艾惕思离开前的晚上匆匆见了一面。

回到牛津大学执教的艾惕思又写来一封长信，就元代窑事向刘新园提出许多有趣又深刻的问题。

龙泉越窑，主要分布在今浙江省上虞、余姚、慈溪、宁波等地。越窑瓷器胎质细腻，釉色温润，以青翠晶莹、质如碧玉名闻天下。其上品称为“秘色瓷”，唐人陆龟蒙赞曰：“九秋风露越窑开，夺得千峰翠色来。”（《咏秘色瓷器》）“茶圣”陆羽在《茶经》中将越窑列为唐代诸名窑之首。越窑瓷器色泽之精美，即使以现代科学技术手段也难复现。考古发现证实，宋代前后，越窑有大量瓷器销往东非、西亚等地。

“艾惕思之问”第一条便是包括日本著名古陶瓷学者三上次男先生（二十世纪八十年代，他曾专门赴浙江，看到古窑遗址，立即双膝跪地，磕了三个头）在内的国际陶瓷学者的普遍疑问：靖康之乱，天下板荡，北方名窑日趋萧条，而南方窑场因宋室南渡与经济、文化重心南移，得以广泛吸取北方的先进技术，出现一个十分昌隆的局面。景德镇窑、龙泉窑同在南方，“南宋末年的龙泉窑，是不是当时生产规模最大、技艺水平最高的窑场？若是，元王朝为什么要把唯一的瓷局——浮梁瓷局，设置在景德镇呢？”

元代“国俗尚白，以白为吉”（元·陶宗仪《南村辍耕录》卷一“白道子”条）。《南村辍耕录》属于笔记，内容元代为主，宋代次之，有些是陶宗仪亲见亲闻，有些系摘抄前人史料并作考证辨伪，其中，涉及元朝典章、文物甚多，史料价值和学术价值很高，历来是研究元史的重要材料。刘新园还查到文献记录，“元王朝竟能把白马之奶，定为成吉思汗黄金家族的专用饮料，把原本属于嗅觉范畴的饮品，甚至延伸到了视觉领域，可见元廷尚白风气之盛”。

1295年，马可·波罗东方游历归来，带着丝绸和织锦，晾干的麝香、鹿头和鹿蹄，以及他在那里的见闻：大汗和他的臣民，以如下方式庆祝新年。依照习俗，男女老少一律尽其财力，身着白衣，盛装打扮。这一天，大汗统治下拥有土地或者贵族地位的一切省份、辖区和王国的长官都会向大汗进献黄金白银、珍珠、宝石，以及大量精美的白色布帛。王孙公子和一般平民则互相馈赠白色之物。他特别强调：“我可以肯定地告诉你们，

这一天，大汗收到十多万匹白马的献礼。”（《马可·波罗游记》，中国书籍出版社 2009 年版）

元人尚白还见于当时的文物：元世祖至元八年（1271）迎释迦佛舍利，在大都城（今北京）西南妙应寺内修建大型喇嘛塔。塔身纯白，至今仍称“白塔”。此塔可视为元大都的 LOGO，也是我国现存最早、最大一座藏式佛塔；1962 年第 10 期《文物》杂志刊登元代画家绘制的元太祖成吉思汗遗像，头戴白色皮冠；近些年景德镇和元大都出土的元代军事机关使用的印有“枢府”铭文的瓷器成千上万，几乎一水白色。

刘新园将上述考证写成《元代窑事小考（一）——兼致约翰·艾惕思博士》，结论是：浙江虽像景德镇一样，境内有质量很好的瓷石矿，却长期用来造青瓷。至北宋后期，因受北方官窑影响，龙泉窑已变成一个烧造薄胎厚釉的通称“梅子青”“粉青”瓷器的窑场，虽美轮美奂，令日本人为之倾倒，蒙古皇帝却不好这一口，他们好的是景德镇瓷器的“洁白不疵”。

“至元庚寅，即蒙古大军灭宋后的第十一个年头，浮梁人口不但没有减少，反比南宋后期增加了五万五千余人，尽管宋、元战争可能没有元、明战争残酷，但在短短的十年，一个没有现代医学的十年里，浮梁人口自然增长 40% 是不可能的。”此种爆发式增长，显然与北人南迁、北匠南调即元廷立意要做大、做强景德镇有关。

类似“艾惕思之问”的中国陶瓷史重大问题，刘新园还解决了许多。

他是一个精力充沛的人，长年保持洗冷水澡的习惯，陈氏太极拳也无日中断。他打起拳来眼睛闪闪发亮，恍若两粒煤晶石，周边还寻不到对手。每天晚上，他在家与四方朋友、同事聊天，十点过后特别来精神，待大伙十二点左右离开，他先伏案写文章，总说夜深人静时思路最为清晰，确实，他的文章别具宁静之美；或奢侈一下，拿出一件唐代三彩小熏炉，看着香烟袅袅从上面的孔洞溢出，联想、洞见亦不绝如缕。

《景德镇湖田窑考察纪要》里，他抖落千年风尘，将景德镇的元气真身请了出来——市东南四千米处的竟成镇湖田村湖田窑。“文革”及后来一些年，某些部门和单位在那里任意盖房。1972年，经景德镇市古陶瓷研究所清理与试掘，确定该窑场兴建于五代，历宋、元，至明代隆庆、万历之际结束，存在达七百年。遗迹与遗物的堆积面积约为四十万平方米。湖田窑的转折点为洪武二年（1369），那年在市内珠山下兴建了御厂，湖田窑从事枢府与青花瓷器制作的匠人必须服从皇命，迁往御厂，湖田窑只能转为民窑，生产粗瓷，于是渐渐衰落，最后沦为废墟。

《高岭土史考》一文中，刘新园考证了景德镇对瓷土的应用与改进的历史，揭示了景德镇陶瓷各期瓷胎的不同特征，认为高岭土在元代被加入瓷胎，从此进入了瓷石加高岭土的“二元配方法”。自此，景德镇瓷器在海内外一骑绝尘……

宣德帝朱瞻基是永乐帝朱棣钟爱的孙子，但与祖父相反，有些玩物丧志，最后连朝也不想上了，迷上斗蟋蟀。此事宫廷记录自然隐去不提。宣德帝驾崩以后，娘娘们把他的蟋蟀罐全给砸了。刘新园却用《明宣德官窑蟋蟀罐》一书坐实了这一传闻，因为二十世纪末他在御窑厂遗址发现很多蟋蟀罐碎片，底款上都有宣德皇帝的年号，说明晚明野史笔记中的有关记载煞是可靠。此书在国内出版后，美国国会图书馆出了英文版。

刘新园对明洪武、永乐、宣德、成化官窑均有专题研究，出版多部研究图录。无论考古印证史料，还是史料弥补考古，他在这一领域都腾挪自如，电入鬼出，将考古学研究的真谛发挥得淋漓尽致。

刘新园的专业文章还写得很是生动。一般人写作古陶瓷研究文章，对艺术形式的分析少得可怜，或者干脆就不涉及，用词空洞，类似“栩栩如生”“惟妙惟肖”一类，一笔带过。刘新园分析成化斗彩的艺术形式，屡有精彩描述，让人感觉他就俯身在六百年前画工的案边，注视着那支笔在色料盘上的移动，以至于准确地抓住了那颗匠心——

成化斗彩淡蓝的青华透过微泛灰青或牙黄的白釉，闪射出特别含蓄而又神秘的光辉。以铅作溶剂的苦绿，在白如凝脂的釉面上显得异常晶莹。夹杂在青华与苦绿之间的半透明的古黄，使上述带冷的颜色渐渐趋软，再用艳丽湿透的红点染其间，其画面便因颜色的透明度、光泽度和冷暖、厚薄的不同，而产生了既单纯又丰富，既高雅又华贵的色感。总之，成化斗彩在中国彩瓷中犹如荷叶上滚动的露珠，具有一种极为特殊的轻盈、晶莹美……

1982年11月，“中国古陶瓷科学国际学术讨论会”在上海召开，作为会议主席团成员的艾惕思接二连三地来信，希望在会议期间见到刘新园。艾惕思一直很好奇，景德镇那么闭塞的地方，竟然会出现刘先生这样的学者。他利用各种机会，一面向国际学术界宣传刘新园在陶瓷考古领域取得的学术成就，一面收集海外学者关于中国古陶瓷的研究文章寄赠刘新园。不过这回，艾惕思还有新的迷惑：在中国，学术会议，尤其是带“国际”二字的，与会者要论“资格”，此资格却非学术资格，他的朋友还没有资格参加那样的高峰会议。结果，他失望地看到，坐在主席台上的麻雀多鸿鹄少。

上海会议结束后，艾惕思不甘心，领着一批著名学者来到景德镇。他与三上次男及大英博物馆、维多利亚·阿尔博特博物馆两位女学者专门去拜访刘新园。

近世对陶瓷文化的研究到民国渐入佳境，主要有两大流派，即以陈万里先生为代表的窑址调查派和以孙瀛洲先生为代表的鉴赏派。刘新园则将古代窑址发掘所得与文献考证相结合，把对中国陶瓷、对景德镇的认知推向深入。

刘新园也曾先后应邀赴东京国立博物馆、大英博物馆、出光美术馆、佛利尔美术馆、西雅图艺术博物馆、底特律美术馆、大阪东洋陶瓷美术馆、根津美术馆、台北故宫博物院、香港艺术馆、海德堡大学等馆校做学术报告数十次。在海德堡大学期间，他带着德国学生去了大英博物馆，展厅就是讲堂，潇洒自如，口若悬河，一群高鼻子、蓝眼睛学生，听得乐不思蜀。这是大英博物馆历史上唯一一次中国学者现场进行重要讲解。如果说当代中国有古陶瓷学者对国际学术界产生重要影响，那就是刘新园了。他向世界展现了景德镇独特的历史、工艺、技术及智慧。在日本、欧美，他引发了一场学术爆炸，日本学者称为“刘新园时代”。

1983 年 6 月，艾惕思把学术论文《论景德镇制瓷工艺的发展》邮寄给刘新园。刘新园阅毕，据论文提出的部分问题，写成《元代窑事小考（二）》。未及寄出，同年 7 月 31 日，艾惕思猝死于伦敦附近的根德郡唐桥井，终年六十九岁。半年前，艾惕思一行人来景德镇，刘新园就发现比三上次男先生小七岁的艾惕思，听力和记录速度不及前者，有些话他得重复一两遍，或停下等一会儿……

艾惕思信奉基督，终身未娶，无儿无女，早在 1975 年，就将二十二件珍贵的明代景德镇青花瓷捐赠给大英博物馆。预立的遗嘱里又嘱咐，将其余中国古代陶瓷藏品尽数捐给该馆。

一年后，刘新园写了《我和约翰·艾惕思》一文：

> 我对着这一沓沓无法投寄的文字，沉浸在深深的悲伤之中。也许是为了缓和某种情绪吧，我在悲伤中缓慢地生出一个幻想：有一天我能够访问英格兰——达尔文和艾惕思的故乡，在热爱中国和中国陶瓷的具有深远目光的学者艾惕思爵士长眠的墓地上，献上一束山栀子，献上我的《元代窑事小考（二）》，献上一个中国老百姓对他的怀念之情。

13 景德镇造就了他，他亦用一生回报了景德镇

刘新园出身书香门第、官宦之家，幼失怙恃，又逢剧变，饱尝人间辛酸。破败的深宅大院内，祖母靠变卖家产和为别人缝补洗涮，勉力抚养他和妹妹。二十世纪五十年代初，跟着贺龙当红军的叔叔回乡，把他带到南昌读书。说起来，他也算是“红二代”。我与刘新园唯一的交集就是先后与江西大学中文系结缘。区别是，他在此读了四年书，我在此空挂了若干年“老师”的名衔。

刘新园本是热衷文学的文艺青年，打小熟读中国古典文学和世界文学名著。在校时，夏天课余常常打着赤膊，穿着短裤头，不眨眼地看《红楼梦》等大部头书籍，外国作家里尤其喜欢列夫·托尔斯泰。他肚皮里装着经典诗歌、传统民谣。几十年后，他仍可一字不差地脱口而出。1995年，台北鸿禧美术馆展出景德镇出土官窑瓷器，当时台海军演，气氛紧张，大陆一介书生，很难想象怎么作开场白。开幕式上，见到一众白首乡亲，刘新园不禁动容，咏出艾青的一首诗：“一棵树，一棵树 / 彼此孤离地兀立着 / 风与空气，告诉着它们的距离 / 但是在泥土的覆盖下 / 它们的根伸长着 / 在看不见的深处 / 它们把根须纠缠在一起。”引得举座唏嘘。次日，时任国民党秘书长、台北故宫博物院院长的秦孝仪，不避禁忌，请他吃饭。

大学第二学年，祖母在老家病逝，留给孙子一包袱砚台，嘱他永远记得自己是读书人的后裔。打开包袱皮，刘新园见到的第一方是玄月圆砚。“盈虚者如彼，而卒莫消长矣。癸未录苏长公语。鹤皋镌。”“盈虚者”云云，是苏轼《前赤壁赋》中描写月亮的著名词句，祖父把这两句刻在月形砚上，十分贴切。

“三年困难时期”，他饿到脸肿，在校园里影子一样飘浮，不得已，用这方圆砚向一位好心的医生换了十斤红薯填饥。饥肠辘辘，何时是尽头——最后只留下一方曾祖父藏乾隆御铭砚。就是这一方也在1966年红卫兵抄家时被没收。1988年，他出差天津，竟在地摊上与失去砚盖、伤痕累累的乾隆御铭砚重逢，枯死近三十年的藏砚情结再度点燃。

在江西大学，他专找一些冷门古怪问题“挑逗”老师，看着他们色厉内荏，听着他们答非所问，权作精神上的小甜点。但他也为另一些老师渊博的学识、不凡的见识折服，尤其是1958年江大建校时从上海调来的范祥雍先生。他常去范先生家虚心请教，并帮忙做上一些杂事尽尽心。夏天，他和先生露天一人躺一张竹榻，摇一把大蒲扇，“古今多少事，都付笑谈中”。“文革”中，已调回上海的范先生挨斗并被抄家，两万余册古籍、抄本毁于一旦，熟人、朋友避之唯恐不及，刘新园只要寻到机会赴沪，必至范先生蜗居的破败小屋探慰……

毕业分配，学校原打算让他留校教书，同班同学多少羡慕，他却死活要求去景德镇。理由无他，无非心里存道暗影。他曾在“拔白旗”运动中惹下麻烦，若留校，这麻烦或许会成定时炸弹。果然，校是离了，档案里记载并没离去，结果是“文革”期间被抄家和下放。此外，他看好景德镇，江西历史文化底蕴沉厚，禅宗、道家、庐陵、庐山、书院等，但若论对世界文明的影响，却皆不及景德镇。不说唐及五代，仅从宋代算起，景德镇已历经千载。江西历史文化这手牌里，景德镇是大王。今天，能否用好大王，也是江西主政者目光是否开阔、深邃的重要标志之一。

在国内外陶瓷界声名远播后，刘新园曾任景德镇市政协副主席，按职级待遇，政府要为他配专车，他敬谢不敏，出门自打摩的。他一般不去参加非专业会议。不喜欢做的事，绝不敷衍；不投缘的人，从不客套。对于学术界名为大家、实为混混的学者，他话里总暗藏机锋。深圳、上海、北京，慕名者请他吃饭，若席中有专家中的领导，领导里的专家，他拒不喝酒，也不讲话，搞得满席尴尬。他自己却闷声吃菜，毫无挂碍。国外一些大收藏家请他鉴编图录，他一句话掷去："先把美元汇过来再说。"某年，景德镇举办元青花国际学术研讨会，主办方请其出席开幕式并做演讲，他亦不客气："要去，可以，五千元，讲十五分钟。"

一些人看他是不通世故、不讲人情、恃才傲物的刀客式人物，京、沪及景德镇许多年轻人却若过江之鲫，纷纷前来执弟子礼。

八十年代后，他重新藏砚读砚，上海家中十多箱古砚，名品荟萃，称九砚山房。有年轻古砚爱好者求教，他不辞劳苦，一箱箱搬出来，打开取出，一一讲解。古样风字，垂裙风字，古犀罗纹，枣心眉，绿豆眼，雄鸡眼，鱼形青花……古砚款式和石品，张口就来。他的字也写得好，上海虹桥古玩城三楼很多招牌，如龙泉阁、砚缘、蕴古山房、尊古雅集、古瓷轩，皆出笔下。老板们都说其字文人味重，气息好。一位老板留着一方宋砚，有顾客出令人咋舌之价也不卖，一定要送他，以表谢意。他说："我写字是举手之劳，砚台留给你卖钱，现在上海生活成本高，你们也不容易。"

众人或呼老师，或叫先生，或称师父，他们眼里，刘新园就是一个学富五车却憨态可掬的小老头。

刘新园退休后移居上海，老伴儿听他的，赴美国照顾孙子。从不会干家务的他学着生活自理。他给年轻朋友们打电话："我现在不用再找袜子
13 了，我会把两只袜子卷在一起。""我会做蒜蓉蒸茄子。你来上海，我做给你吃……"

六七十岁的老人，仍是空中飞人，挺着笔直的腰板，拖着行李箱，一阵飞美国，一阵飞上海，一阵回景德镇。

每有余暇，刘新园便念着要写出那些刻骨铭心，从不曾忘却也不敢忘却的往事。

2011 年的《我的八姐》，2013 年的《我和我的老师范祥雍》，于《文汇报》发表。

八姐乃相夫教子的传统女性，却敢为被镇压的公公收殓，敢为丈夫、儿子顶包当“反革命”，平反后则宽待举报人，将补发工资借其救急。八姐的丈夫贵为院士，畏缩退避，薄情寡义，遭到刘新园鄙视。

逝世前不久，一次与朋友聊天，他说要写一个在同一下放点的人的故事。此人与资本家父亲一同下放，却互不来往，形同陌路。父亲难忍劳累，投河自尽，刘新园带着几个知青风雨夜里提着马灯，划着船，用长钩顺流捞尸。有老乡说，只有死者血亲来喊才捞得着，与父亲划清界限的人终于到场，喊出“爸爸”“爸爸呀，爸爸呀”，凄厉、哀恸，回荡在凄风苦雨中。讲至此处，刘新园还模拟其呼唤，朋友说在酷暑天听了都后背发凉。尸体很快捞上来，在围观者“自绝于人民”的斥骂声里，儿子默默拿来一套自己的干净衣服给老父亲换上……中科院院士、中科大前校长朱清时先生读过他的文章，说：你写的这些文章，比你的陶瓷研究更有意义。

刘新园还曾赠墨友人：“无道人短，莫说己长。施人勿念，受施不忘。世誉不睦，惟仁为纲。”

2013 年 10 月，刘新园应湖田窑博物馆之邀，由上海回景德镇讲学，其间病情突然恶化，匆匆离去。连去世都彰显其坚毅、果敢、行者如飞的性格。那是 11 月 4 日，距其生日只有二十三天。

当年，他因湖田窑步入陶瓷考古界，人生的最后驿站，也骤停在湖田窑。景德镇造就了刘新园，刘新园用他的一生回报了景德镇。几乎所有亲朋好友、莫逆知交，还有同事、弟子都赶来上海为他送行。

“木会朽，石会崩，人会亡。而瓷，历经岁月的淘洗，却依然故我地折射出分娩它的时代的光辉。”

这是刘新园的文字，也是他自己的写照。

14　流布中国和全球的景德气象，远早于青花瓷成熟的元代

一直有一个说法，钧、汝、官、哥、定是闻名于世的宋代五大名窑，与它们比起来，其时的景德镇只能算小老弟。我却一直不解：若景德镇真是小老弟，羽翼未丰，为何真宗景德中，皇帝年号未给其他窑口所在地，如钧窑所在的今河南禹州、汝窑所在的今河南汝州、定窑所在的今河北曲阳县，它们距皇城东京（今开封）都不算太远，两匹快马两日应可跑到，何以单单给了重重关山之外的景德镇呢？

1972 年，刘新园、白焜等首先对湖田窑址进行考察和小规模试掘，发表了《景德镇湖田窑考察纪要》和《景德镇湖田窑古瓷窑各期碗类装
14—1 烧工艺考》。湖田窑，在景德镇市东南四千米的竟成镇湖田村，窑业遗存面积四十余万平方米。湖田窑兴烧于五代，历宋、元，入明，有七百余年，为宋代青白窑系代表窑场。现遗址地面上为一科研单位 602 所。黄康明先生少年时来看过，那时都是田地，百姓用来围地护坡的挡土墙，一条有一二里长，全是匣钵残片垒起的，多是南宋的匣钵。二十世纪八九十年代，湖田窑址又有部分发掘，出土大量青白瓷：餐具、茶具、酒具、文具、玩具、花器、宗教用品、化妆用品、枕头等，几乎涉及社会生活所有方面，丰富性为宋代其他窑口难望项背。（江西省文物考古研究所等《景德镇湖田窑址报告之二：1988—1999 考古发掘报告》，文物出版社 2007 年版）

湖田窑只是当年景德镇一个窑口，浮梁县的湘湖镇、寿安镇、南市街也有窑口。其中，南市街不但生产青白瓷，还是青白瓷的销售市场。寿安镇处小南河流域。小南河入南河，又经湖田入昌江，水面宽十至三十米，蜿蜒曲折，水位落差大，为水碓加工提供了动力，且适合小船行驶，运输

方便，故寿安实属因河建窑。寿安境内在唐宋时期形成大规模青白瓷产业群，几乎每个村皆有古窑遗址——“当你漫步在田野、山冈上时，你随手就可以拾起一片又一片瓷片，这些尘封了千年的瓷片，碧绿湛蓝，泛青，青中泛白；满山遍野的匣钵和瓷片，堆积成山，山连着山，绵延数十千米；所有这些委实让人感到诧异，也会给你带来许多遐想和震撼……”（张赛和、江耀熙《探秘浮梁寿安南市街》，《瓷都晚报》2020 年 10 月 24 日）

南市街陶瓷书画院的张赛和、江耀熙，是对地方史十分用心的一对伉俪，在寿安平凡、淡泊地生活了多年。他们告诉我，类似南市街窑、寿安的窑场的，还有东边的王家坞、柳家湾，西边的余家湾，南边的黄土岭、东寺坞，北边的徐家畈、西溪，“总面积约十平方千米。人口达五万至八万”。罗伯特 · 芬雷的《青花瓷的故事》一书里有一幅世界古地图，地图上的“南市街”特地标注为产瓷区，却无“景德镇”标志；离“南市街”最近的地名就是杭州了，这意味着当时的南市街在欧洲已有很高的知名度。

黄康明，做过陶瓷学院党委书记、校长，省陶研所党委书记、所长，省陶瓷公司经理，又任副市长十年，2018 年由市政协主席一职荣休。黄康明大学里学机械，对历史本无兴趣，后来职业要求，又是分管陶瓷的副市长，必须蹚进这条历史长河。他走遍景德镇的古窑址，哪里有哪个朝代的窑、什么性质的窑，他基本上清清楚楚。他判断，南市街成名与湖田同步；产能上，南市街比湖田要大，但是产品属中低端。近年，有学者在杭州南宋宫廷旧址旁先后采集到青白瓷“官”字款、“庆瑞殿”铭文刻款及龙纹、牡丹纹、道教人物碗底等，涵盖宫廷日用、饮食、陈设、祭祀等多方面，均出自湖田窑。黄康明利用节假日，开一辆吉普车，全国各大窑口到处跑，特别是宋代的五大名窑都跑到，定窑还一年去过两次。上一任景德镇市委书记、今甘肃省纪委书记刘昌林，被他蛊惑、感染，也几次跟着一起跑。黄康明几圈跑下来，形成一个观点，即“从北宋建国始，终宋一朝，景德镇青白瓷器一直是宫廷用瓷的组成部分，这是宋代包括各大名窑在内的其他窑厂所不多见的”（黄康明《宋代景德镇镇市初步研究》，中国文史出版社 2018 年版）。

景德镇瓷器不但宫廷所重，也是民生所系、外销所倚。迄今，考古发现，景德镇宋时青白瓷在上海、广东、河北、福建、江西、江苏、湖南、湖北、安徽、浙江、河南、陕西、四川、吉林、辽宁、内蒙古等十六个省、自治区、直辖市均有出土。朝鲜半岛、日本、菲律宾、马来西亚、文莱、巴基斯坦，甚至非洲地区都有青白瓷遗存——在外销瓷中，青白瓷始终是一个主要的品种。可见赢得真宗皇帝年号的，不能是别处，只能是湖田四十余万平方米和寿安（含南市街）十平方千米的丘陵、河谷。这里比法国传教士殷弘绪看在眼里的主要在城区的镇——百万人口，每天消耗万担大米、千头猪，有否渲染不好说——早七百余年已为制瓷作坊，蜂聚蚁囤，瓷器铺店，鳞次栉比；车马帆船，川流不息；商贾拱手，杯来杯倾；挑夫落汗，干后又湿……是它们构成当年的景德镇。“景德镇窑在宋代与定窑同等驰名，就其生产规模与市场范围来看，则又远远超过定窑和其他窑厂，而成为宋王朝的无与伦比的头号瓷窑”（刘新园《景德镇瓷窑遗址的调查与中国陶瓷史上的几个相关问题》，香港大学冯平山博物馆 1992 年版）。

有力的佐证还有很多。一个是宋神宗熙宁十年（1077 年，景德镇立镇后七十三年），景德镇窑业税在全宋各窑厂中名列第一；在全宋 404 个有商税记录的镇中超过 373 个，位列 31 位，甚至超过全宋 689 个有商税记录的 460 个县。（黄康明《宋代景德镇镇市初步研究》）另一个是倘若宋时景德镇产能不足以辐射大半个中国，其产品不能跻身海洋时代之前陆上丝绸之路的重要商品，朝廷何不在当地招人维持治安，却非要在二百余年（1036—1240）里一茬茬派下监镇官员，且非一般镇上派来的监镇官？

宋仁宗庆历五年（1045）八月，运送贡器的马车队行进在崎岖的乡间小道，走到婺源一个叫下槎的地方，有车辆倾覆，贡器被毁。领队的监护官对随从们说：“余奉命，愿死，从者何辜！”说毕，吞器自尽。此人姓齐，名宗蠖，字咸英，生于真宗咸平元年（998），祖籍德兴县，景祐三年（1036）考中进士，被派往景德镇担任窑丞，其时已任职九年。（景德镇图书馆藏婺源县《嵩峡齐氏宗谱》）二十世纪八九十年代，婺源还有祭祀齐宗蠖的活动，齐宗蠖被视为陶圣。齐宗蠖之事于史有载，而在景德镇被普遍奉为“风火神”“窑神”的童宾，据说生活在明万历年间，其跃身龙缸、以骨作薪的事迹，显系唐英怀悲悯之心，加工自坊间传说而成。

《资治通鉴》，黄康明读了两遍；二十四史，他重点啃下《宋史》，尤其关注宋代经济，包括镇市如何演变；又读了不少陶瓷考古方面的著作，对景德镇早期窑业情况，即湖田、湘湖、南市街等窑口予以特别关注，在这方面，他反对将湖田窑矮化为民窑。从典籍里，他检出二百余年宋朝廷派出的十三位监镇官：“这些官员中两位低位高配（莫濛从六品，强子魁从六品）；两位皇室后裔（太祖后裔赵与愘，太宗后裔赵善应）；六位宰相亲戚或后裔（余靖孙余尧臣，万俟卨孙万俟传，周必大孙周颢、姐夫尚大伸，潘美八世孙潘岳，庞籍曾孙庞谦孺）；两位尚书亲属（齐士宽叔齐宗蠖，罗汝辑子罗愿）。可知，除李齐愈一人待考外，其余全是皇亲国戚。”（黄康明《宋代景德镇镇市初步研究》）如此官员配置，正说明景德镇在宋朝地位之显要。 14—2

其中，齐宗蠖死后继任的余尧臣在神宗时期，以宣义郎身份供职于王安石的变法机构交易司和景德镇，1083年因劳而卒。其弟余舜臣，以承事郎身份任饶州茶税务，业务地域主要在鄱阳、浮梁和德兴，故熟悉景德镇窑务情况，余尧臣远在开封，能遥控该镇的窑务，显然与其弟的帮助分不开。余舜臣继兄遗职，亦说明景德镇窑业兴旺，瓷器比那几个县的茶叶还要来钱。

宋代是公认的中国古代文明高峰，甚至被西方誉为“东方的文艺复兴”。宋，不只是一个朝代的名称，而且是艺术史上一个独特的美学符号。

说起宋代的雅致，人们首先想到的是青白瓷。青白瓷有三个好听的名字：影青、隐青、映青，皆拜窑火所赐。釉色在窑温作用下，在青白两色之间散漫晕染，若蓝天白云之变幻，所谓“雨过天晴云破处，这般颜色作将来”。这青白妙器，皇帝百玩不厌，墨客骚人怀之、咏之。宋代江西科举文化空前繁荣，两宋 118 榜科举考试，有江西籍进士列名的达 101 榜，进士共 6295 人，其中北宋 1995 人，南宋 4300 人。士林文坛来自江西者众，欧阳修、王安石、曾巩、晏殊、黄庭坚、胡铨、杨万里、姜夔、文天祥……对于产自故土的这珍贵青白瓷，他们不可能不引以为傲，在士大夫
14—3 阶层推广开去。

而文人追求的清简、雅致的生活美学，通过点茶、品酒、焚香、插花、挂画等，在民间迅速流行开来，它们多与青白瓷有关：宋人喜喝发酵的黄酒——武松如喝的是蒸馏的白酒，三大碗下去还能过岗打虎？黄酒色如琥珀，青玉般的青白瓷酒杯可将其色衬托得金子一般。酒杯外，葫芦形长流执壶和注碗流行。宋人以香为友，独处时以香为伴，公堂之上以香烘托庄严，书斋之内以香示其儒雅，祭祀时在祖宗与佛前以香表虔诚。从出土看，南宋时期景德镇窑的三足香炉非常普遍。早在白居易写《琵琶行》的唐代，浮梁茶叶即闻名遐迩，浮梁治下的景德镇以茶器为人称颂，从茶盏、盏托、茶杯，到茶碾、茶筅、渣斗，无不力求精致……全靠形体、釉色及整体的温润感来呈现美，以含蓄为美的青白瓷，将宋代的生活美学提升至“大道至简”“蔚然天成”的艺术境界。

至此，你是否觉得景德气象流布中国和全球，其实远早于青花瓷成熟的元代啊？

以唐宋瓷器为收藏核心的著名藏家、杭州大肉庄掌门人竹林先生说：“纵观宋代历史，涉及范围最广泛、影响最深远、存在度最高、最能够代表宋代文化的，当属青白瓷。”“如果非要用一样东西来代表宋代，那将是‘青白瓷’。”（竹林《要留青白在人间》，浙江人民美术出版社 2020 年版）

2020 年 12 月 29 日，绵绵冬雨里，第六届“三宝论坛”在三宝蓬艺术聚落举行。会中，我找机会求教于黄康明；本节的浅见实在多受益于他的见识与文藻。还是在陶瓷学院做领导时，黄康明出于赤诚，想帮学校做点事，搞一个实验室，于是市里郊外满山遍野去寻瓷片。当了副市长，就只有周末有闲暇，穿一身迷彩服，乘吉普车走得更远一点，最远跑到保定市曲阳县，还搜寻到老百姓家里，人家从床底下掏出一些定窑瓷片来卖给他，自己掏钱买。自己掏钱买不动了，对方见他是一个手头紧紧巴巴又实在想买的副市长，有时干脆送他……十年下来，他宋代瓷片标本收藏了十多吨。大抵可以这样说，国内和全世界，他的收藏是最多的。这批大多为景德镇青白瓷残片的收藏，来自景德镇最珍贵的、宋代文化最重要的遗存，黄康明全部捐给了陶溪川，不图任何名，不要任何利，就盼着陶溪川早日建起一座“宋瓷博物馆”。

离开时，他对我说，这一辈子在景德镇，觉得挺有意思哈……

15　景德镇瓷器，是中国经历 1.0 版“全球化”的最好注脚

一幅全球时空坐标图，空间刻度是元青花的诞生地，时间刻度是十五世纪地理大发现即大航海时代，两者差不多在同一点上。景德镇，恰逢其时地处于这一点，早来了不行，晚来也不行。因缘际会，神差鬼使，如台球桌上漂亮的一击，白色小球轻盈地落入一个洞。

1998 年，德国打捞公司在印尼勿里洞岛海域一块黑色大礁岩附近发现一艘唐时的沉船，曰“黑石”号。该船为阿拉伯缝合商船，装载着经东南亚运往西亚、北非的中国货物，其中有瓷器六万七千多件，包括长沙

窑、越窑、邢窑、巩县窑的，另有金银器和铜镜。这里面，三件完好无损的唐代青花瓷盘尤为引人注目。能断定是唐朝的，是因为一同出水的长沙窑瓷碗有唐代宝历二年（826）的铭文。青花瓷在“黑石”号上也已出现（不过学术界、考古圈普遍认定，唐朝，青花瓷尚处于天光乍破。宋朝，受到技术的限制，青花瓷也没能完全拨云见日。一直到元朝，青花瓷才成为光焰并举的旭日）。

青花瓷在元代景德镇创烧成功、成熟，在陶瓷史上具有划时代的意义：青花瓷一扫唐宋瓷器的单一颜色，以青白作地，衬托蓝色花纹，花纹呈现，刻、印、划、剔、贴、塑等外，彩绘成为主流。素雅与艳丽和谐统一，色调变化空间扩张，或浓妆淡抹，或写实写意，意境深远，清丽脱俗。

元青花，无疑富含蒙古文化内涵。

蒙古族自古尚白、尊白。关于蒙古族起源，有一个流行很广的传说：在远古，一只受天命而生的苍狼和一头白色的鹿在斡难河河源不儿罕山下结合，生下一个儿子，这就是蒙古族祖先巴塔赤罕。故蒙古人又称自己为苍狼白鹿的后代，以白色为圣洁、高贵、吉庆的象征，祝福时献洁白的哈达来表达最高敬意。游牧为生的蒙古人，放眼无边草原上的无边蓝天白云，赶着如白云一样的羊群，心情是最舒畅的，歌声便如草原上的野花，一嘟噜一嘟噜冒出来。蓝白两色的元青花，可谓一个马背上、蓝天下民族的欢乐色。

古代中国，五色序列中，青色通常列于首位。青色是一种吉祥的颜色。《礼记 · 月令》记述天子有这样的习俗：立春之时，骑上青马，穿上青衣，戴上青玉，在东郊迎接春天：“东风解冻，蛰虫始振，鱼上冰，獭祭鱼，鸿雁来。天子居青阳左个。乘鸾路，驾仓龙，载青旗，衣青衣，服仓玉，食麦与羊，其器疏以达。”据现存文献和考古出土，青色也是一个色系，含绿、碧、蓝、黑等色。《尔雅》有“苍，青也”之句。尚青的文化，以“青”喻史——丹青；以青喻时——万古常青。“青睐”“垂青”可谓以青示爱；“青青子衿”可谓以青喻生气、朝气。道人戴黑色的道巾，象征头顶青天。古代瓷器尚青更明显。清蓝浦在《景德镇陶录》中转引《爱日堂抄》一段，云：“自古陶重青品。晋曰缥瓷，唐曰千峰翠色，柴周曰雨过天青，吴越曰秘色。其后宋器虽具诸色，而汝瓷在宋烧者淡青色，官窑、哥窑以粉青为上，东窑、龙泉其色皆青。至明而秘色始绝。”从人们对青色的喜爱程度，或可看出汉民族先人对大自然的深深敬畏与依恋。

周杰伦在《青花瓷》里唱道：

> 素坯勾勒出青花笔锋浓转淡，
> 瓶身描绘的牡丹一如你初妆……
> 你隐藏在窑烧里千年的秘密，
> 极细腻犹如绣花针落地。

这落地的绣花针，将一个马背民族的欢乐色，天衣无缝地植入一个农耕民族的审美色系，打破了“汉族中心论”，使“狭义的中国”走向广土巨族的“大中国”，汉族和其他民族合作、共同生活，形成一个文明共同体，青花瓷就以这种共同体的标识闻名于世。

青花瓷的环球旅行是从景德镇开始的。

明永乐三年（1405），明成祖朱棣颁下诏书：“遣中官郑和等赍敕往谕西洋诸国。”郑和船队每次出航，都带去大量景德镇瓷器。景德镇距海岸线不过三百零二千米，从昌江进入鄱阳湖，瓷器在长江口被装上郑和的大船。茶叶也不少，十九世纪中叶之前，茶叶一直是对外贸易的拳头产品。茶叶还是不可缺少的减震材料，将瓷器置于装满茶叶的箱内，厚而柔软的茶叶拥着瓷器，万无一失。瓷器既是大明礼品，分赠沿途各地，又是商品。以秘书之席随郑和第七次出使的费信，著有《西洋蕃国志》，其中提到占城、爪哇、锡兰等地民众对青花瓷的喜爱。青花瓷出现在东南亚灿烂的阳光下，亮润、秾丽又不失清雅，具中国传统水墨画韵味，又逼近伊斯兰世界钟爱的蓝白两色，于是被惊喜莫名的目光淹没，由一双摩挲不已的手，传到下一双或许有些颤抖的手。《明会典》记载了当时青花瓷器的交易价格：青花白瓷盘，每只五百贯；碗，每只三百贯；瓶，每只一千五百贯。古时铜钱用绳子穿着，每千枚铜钱为一贯。洪武八年（1375），一贯等于白银一两。故青花瓷器用以交换犀牛角、象牙、伽蓝香和白银、黄金，非常昂贵了。

大明王朝的这部航海史诗中，除脚踏惊涛骇浪的伟人郑和，还有一座看不见的城镇，比郑和船队走得更远。景德镇，是东方大陆上最大的卖主和最抢手的货源地。蔚蓝、深蓝乃至浓黑不可测的大海上，一艘艘鼓起风帆的大船，满载中国瓷器，在季风的吹拂下驶向世界各地。

不再是零打碎敲、仨瓜俩枣，不再是迂回辗转，而是借大航海时代之机，磅礴地、奇幻地到达地球另一端的欧洲、美洲。

凭着丝绸、瓷器等无与匹敌的商品，大明帝国与任何国家的贸易都是顺差。

此前与日本的贸易，据日本两位学者山村弘造、神木哲南估计，1600年以前的四十年中，有八百至一千五百吨白银流入中国。十七世纪中，荷兰取代葡萄牙在东印度群岛的霸主地位，马尼拉成为中国丝绸、瓷器销往南美的重要中转站，荷兰船队新开辟一条中国月港（漳州）—马尼拉—阿卡普尔科（墨西哥）—利马（秘鲁）的航线，史称“马尼拉大帆船贸易”。之所以“大”，是航线上的帆船一般载重量在几百吨到一两千吨。航线起点月港，“货物通行旅，资财聚富商。雕镂犀角巧，磨洗象牙光”，成为闽南一大都会，享“天下小苏杭”的美誉，后升格为海澄县。航线临近末端的阿卡普尔科，则渐成“世界上最负盛名的集市”，攒动的人头中有印第安人、黑人、混血人，以及来自亚洲的菲律宾人、中国人、印度人，最受欢迎的是在美洲开采、冶炼白银发了大财的西班牙商人。（倪来恩、夏维中《外国白银与明帝国的崩溃》，《中国社会经济研究》1990年第3期）“马尼拉大帆船贸易”里，北大学者万明估计，1570年至1644年，经欧洲转手运到中国的美洲白银约有五千吨。（万明《明代白银货币化：中国与世界连接的新视角》，《河北学刊》2004年第3期）

少有人发现，中国丝绸、瓷器等，实“敌后武工队”，悄悄摸进那个时代世界的货币体系：欧洲人一支船队载来日本的白银——日本曾被明朝人称为“银群岛”，岛根县的石见银矿，当时是日本乃至世界最大的银矿，全球三分之一的白银产自日本；欧洲人另一支船队，先到非洲载上黑奴，运到美洲今玻利维亚、秘鲁和墨西哥，那里有大片的银矿可供开采，船队继而带回白银，来至菲律宾马尼拉，买卖完成后，白银由此进入中国沿海。

明代白银本十分匮乏，年产银量为十八万两，用一辆东风箱式卡车就可全部拖走。浙、闽、云南等地一些“银坑”不是产能不旺、白银品位低，就是成本过高。《明史》载：“嘉靖（1522—1566）中采矿，费帑金三万余，得矿银二万八千五百，得不偿失，因罢其役。”加上朝廷向云南麓川（治今瑞丽）、车里（治今景洪）、威远（治今景谷）等土司所征差发银两，可使用的白银，尚不及日本兵库县生野银矿一年的产量。

此前宋元时代，货币主要是铜钱和交子，交子即世界最早使用的纸币。到了明朝中后期，中国被形容为一口巨无霸式的“吸泵”，吸下约占全球产量一半的白银，执货币流通领域之牛耳。汉唐时代陆上丝绸之路，宋元时代早期海上丝绸之路，均未出现过的一片白花花的景致，现在出现了；随之出现的，还有挖窖打洞，在月黑风高夜悄悄进行，多少官员、富商的深宅大院地下似有鼹鼠穿行的坑洞。清文学家、史学家赵翼在《廿二史札记》里谈及明正德年间司礼太监刘瑾家被抄：“据王鏊笔记，大玉带八十束，黄金二百五十万两，银五千万余两，其他珍宝无数。”嘉靖年间，口口声声“为国惜财”“加意撙节”的严嵩父子家被抄，抄出黄金三万多两，白银二百万两。再有，李自成率大军进入北京，向官吏、豪绅、富户

“酷索”，几天里获白银七千万两。张献忠携千船金银珠宝，从成都顺水南下，在今眉山市彭山区江口镇一带遭川西官僚杨展突袭，亿万两白银沉落江中。这批数量巨大的“江口沉银”，多来自对沿途富户的搜刮……

据货币史学家、钱币学家彭信威先生的《中国货币史》（上海人民出版社 2017 年版）记载，明朝结束时，民间窖藏的白银高达 2.5 亿两。

市面上流通的白银，虽难估量，但可想象。有意思的是银子的哗哗流淌与瓷器的雅静风姿，常常骈四俪六，相映生辉。清雍正十一年（1733），安徽全椒人吴敬梓迁居南京，目见耳闻晚明的奢靡遗韵：

> 城里几十条大街，几百条小巷，都是人烟凑集，金粉楼台。城里一道河，东水关到西水关，足有十里，便是秦淮河。水满的时候，画船箫鼓，昼夜不绝。城里城外，琳宫梵宇，碧瓦朱甍，在六朝时，是四百八十寺；到如今，何止四千八百寺！大街小巷，合共起来，大小酒楼有六七百座，茶社有一千余处。不论你走到一个僻巷里面，总有一个地方悬着灯笼卖茶，插着时鲜花朵，烹着上好的雨水。茶社里坐满了吃茶的人。到晚来，两边酒楼上明角灯，每条街上足有数千盏，照耀如同白日，走路人并不带灯笼……（《儒林外史》第廿四回）

这蚁囤蜂聚般的酒楼、茶社得消耗多少餐具、茶具！

至清朝，白银货币化铸定大局。康、雍、乾三代，外国银圆也以异国风情加入进来，通过菲律宾进入中国的墨西哥鹰洋、西班牙银圆，由于成色好，深得民间喜爱。此外，尚有葡萄牙银圆、威尼斯银圆、荷兰银圆、法国银圆等。商人们大多将进口的银币融化，改铸成纯度较低的银两，或打制成各种银器。一位西班牙商人曾在笔记中感慨中国人鉴定白银的天分：“就连三岁孩童握住白银，都能准确分析其成色，并且买卖时根本无须用秤，取绞剪从成块白银中截取一截，精确到几钱几分，分毫不差。”

本地朋友也告诉我，当年在昌江岸边的一些民窑废墟里，不时有人挖到外国银圆。

这是一个新的“白银世界”的开始，青花瓷直接影响到白银作为国际通用结算方式用于全球贸易。

从帖木儿的王孙们饮酒啖肉用的大酒罐、大浅盘，阿拉伯酋长撒玫瑰花瓣沐浴的大澡盆、置于宫殿中深得出奇的鱼缸和阔得出奇的荷花缸，到路易十四要的绘双鹰徽章的五彩瓷罐，路易十五送给王后、情人的成套餐具，以及凡尔赛宫中永不撤岗的卫士一般的高达一米有余的五彩花觚、高身方形瓶，供法国国宴和皇家使用的数以万计色彩鲜艳的杯盘碗盏——茶具、茶盒、牛油盘、奶油碟、生果篮、糖盒、啤酒杯、用途不明的各种壶、芥末瓶、盐尊、奶罐，此外尚有剃须盆、污水碗、泸水器、便壶、痰盂及壁炉装饰、手杖柄等，中国瓷器近乎无所不包。有学者推测，在那个特殊的历史时期，中国瓷器的国际贸易，其利润可能仅次于西方贩卖“黑奴”，是欧洲商人获利的重要手段。1700 年，荷兰东印度公司的船只在欧洲港口一天就卸下 146748 件中国瓷器；1729 年至 1794 年，该公司运销中国瓷器达 4300 万件。明代中晚期至清初的二百余年，是中国瓷器出口的黄金时期，约有 3 亿件中国瓷器在欧洲登岸。输出的瓷器，主要是景德镇民窑的青花瓷、彩瓷，还有广东、福建等地生产的一些瓷器。

景德镇的青花瓷，若杜甫脸上酥酥的锦江夜雨，渗透进近代欧洲社会生活，尤其表现为其精细化的一面。它大批出现在普通人家的餐桌上，替代了以往的银器、锡器、陶器或木器，最终成为“全民餐具”，引发人类文明史上一场大规模的餐饮方式革命。在上流社会，青花瓷之幽蓝神采具有致命吸引力。只要有青花瓷，各国皇室皆有“剁手党”，天天都是“双十一”。至少在十六、十七世纪，大半个地球成了一个青花瓷流动的世界。

西方人认识中国瓷器，也是从青花瓷开始的。青花瓷对西方文化产生的影响，大英博物馆评它为首款“全球化商品”也不足以涵盖。

放眼中国，有几座城市能如景德镇近六百年里名震世界，影响从国王到马车夫的习俗与审美？谁能如它在四百年里决定着伦敦、巴黎的银价？这是继宋代青白瓷后，新一轮更大规模的全球景德气象。

青花瓷的发展历程告诉今天的中国年轻人，景德镇曾携带自己的元文化、真文化，那样的清雅静好，还有一件瓷器成型要砸碎多少次的决绝与负重，与西方世界相遇，“一种世界级、永续性的文化接触已然形成，甚至可以说，所谓真正的‘全球性文化’首次登场了”（［美］罗伯特·芬雷著，郑明萱译《青花瓷的故事》，海南出版社 2015 年版）。

中国历代王朝中，唯有清朝完整地存在于“全球史”之中，其序幕、发展、高潮、尾声，景德镇无不见证，顶着中华近代物质文明的贵冕，笼罩着中国文化艺术的神采，在时间上走得最久，空间上走得最远。景德镇瓷器，是“哥伦布大交换”后中国经历 1.0 版“全球化”的最好注脚。英国华威大学历史学系何安娜（Anne Gerritsen）教授 2020 年出版的著作《青花之城：中国瓷器与早期现代世界》，就是从全球史的角度来讨论中国瓷器的。多年前，何安娜教授还组织了“全球的景德镇”这一多国学者参加的研究项目。

16　他还有一句话，“剧毒”

涂睿明的一句话，如悬岩立松，令我印象深刻：“陶瓷的文化体量，在人类文化史上的地位、量级，其实是大多数物种、材料比不了的。其中，景德镇的量级，又一口吃掉了 80%，大约是这样的一个状态。”

他还有一句话，“剧毒”。

背景是一桩十几年前的旧事。2004 年，原轻工业部主管下两个行业协会将“中国瓷都”称号分别授给景德镇以外的两座城市——福建德化、广东潮州。两城喜大普奔，景德镇如丧考妣，犹如贾宝玉被摘掉脖子上的通灵宝玉，当时反应非常激烈。涂睿明现在和我聊起来，云淡风轻：景德镇的“铁帽子王”是全世界公认的，授不授予什么称号，不太重要。

涂睿明戴黑框金边眼镜，穿一身白色棉麻长衣长裤，有时外加一件黑色长款薄衫，颇有古风。早上、傍晚，散步在昌江边。这里是昌江最宽的一段江面，有野鸭嬉戏，渔舟唱晚。岸上百米处，是他的三层远观似炮楼 16
的小楼，倚着三棵壮实的老松，还有一棵更老的香樟，揽云拥风。周围一带的田地里曾到处散落各朝各代的古瓷片，某块菜地一翻，便会有许多“新”瓷片浮现。他不时停下脚步，拾起来查看。

小楼二楼是他的“长物居”，房三五间，师傅六七人。主烧茶具，青花、斗彩、粉彩。打开淘宝网上长物居官方店网页，两行草书跳出来：“我们都价格不菲，品质源于宋景德年间。”长物居因应景且匠心独运的器型，跻身景德镇十大淘宝名店之列。约一年前，其美术馆开放式的升级版，又在肖掌柜的三宝蓬开业。三楼，是他的写作室兼会客厅，隔窗见松树虬枝繁叶，大团的秋阳挤进来，几只小鸟叽叽咕咕。他欣然坐下，若总司令阅兵，视线沿四壁架上多年收的古瓷、满意的长物居出品移动，徐徐扫视一遍，而后，一口热茶，电脑上敲下第一键。写作于他，寂寞而又快乐，无言胜似大罄。

与一般学者、专家不同，他是网红陶瓷工作室创始人，有塑造泥巴、描绘青花、布控火焰的能力。文人谈工艺，如我等隔靴搔痒，皮里阳秋，多二三道贩子，东一嘴、西一嘴听来，却敢于言之凿凿。他在景德镇已待十年，吃起饭来一桌子的手艺人，世道不易，家长里短，碎笑浅讥。拉坯的老熊师傅，绘画的阿萍，写款的小范，合伙人兼总监少文。我第一次来景德镇买的第一只杯子，便是少文做的……若师徒，若兄长，若鸡犬相闻的老邻里，一起度过的日脚，比和自己的老婆、孩子还多。

不躬身求教匠人，也非亲力亲为，工艺肯定搞不透；书上写的是不是事实，匠人才知。他与一般工匠还不同，主要区别在于学识、视界。2006年景德镇仍处低谷，“十大瓷厂”的职工四散，远走他乡，去佛山、德化、宜兴，他跟包括少文在内的当地朋友说，手工艺在国内一定会被重新认识，而景德镇制瓷业，正是人类手工艺极致的典范，因而斩钉截铁，宣告来日必定拉出一根大阳线。他的仪态也出众。已被唤作“王总”的少文胖墩墩，整日忙个不停，越看越像掌勺大厨，而他动如脱兔，静如处子，翩翩来去，俨然白衣秀士，进门若与“珠山八友”品茗论艺而来，出门似应邀去唐英府邸切磋的路上……

2014年开始，涂睿明在博客登出一系列短文，题曰《青花五品》，梳理青花发展过程中最重要的五种风格。又在微博上开一栏目，叫《一日一瓷》，每天用一百四十个字讲一件瓷器的知识。文章积得多了，形成他第一本著作《捡来的瓷器史》。从江边的一枚枚碎瓷片上，他读出景德镇瓷业千年长河里的蛟龙鱼鳖、沙洲老树，与近些年学界提倡的“家乡地理学”“家乡文学”等异曲同工。后来是《制瓷笔记》《纹饰之美》，一本比一本更切入陶瓷历史、工艺，兼及当下制瓷文化转换的多种可能——收藏、当代艺术、展览、陶瓷基础教育等。比鉴宝类节目可读，那些节目总如南北方夜市小龙虾摊，半小时的节目，很多人眼珠子只盯最后半分钟——到底值多少人民币；也比书肆里普通公众可找到的那些陶瓷书籍有血肉，那些书清汤寡水，读下去不易。

大约在镇上一些人眼里，论工艺，他会做瓷，却不是本土大匠；论艺作，他有作品可圈可点，却不是国大师、省大师；论资历，他江河大义，滴水微言，皆能娓娓道来，下笔成趣，却非教授、博导，也没能在电视上混个脸熟。按老时代旧经验，他们不知道这是人生、职场上一种怎样的混搭。一块砖、一颗螺丝钉，习性历来是一条道走到黑，一份工做到死，他们料不到这“一”会跳起来，变成“/”——

这座城市越来越多的新居民是“/”，按《纽约时报》的定义，这是不再满足“专一职业”的生活方式的人。

出版社却频频叩门。北京今日美术馆，沪上无印良品、行知星球、朵云书院，南京先锋书店等，不断邀他去做展览、讲座、现场制作活动；自家网站上，他与天下瓷友谈天说地，互通有无，开设的《陶瓷讲堂》专栏，亦成许多新藏家的入门必读。最近一次，2020 年 10 月，他在第六届区块链全球峰会上，面向全球区块链和金融圈的大佬们推介景德镇陶瓷及其“美景 · 厚德 · 镇生活”。社会各界给他的“斜杠”是：长物居创始人 / 知名瓷人 / 知名陶瓷文化学者。他安于“墙内开花墙外香”，从不在景德镇做宣传。

他有一个很长的写作计划，一本一本去完成。这座城市，凡与陶瓷有关的风物，随便拎起一件摆在世界视野里说我最牛，我顶顶牛，没有人会打 120，送你去精神病院。《关于景德镇陶瓷的九十九个关键词》，书名早有了，就是眼下排不上。未来五到十年，他计划出二十本书，不一定都自己写，可以包括引进的。他想再加上一道“斜杠”——出版人。2020 年伊始，长物居有几个系列在展开，皆具“混搭”精神：和国内拔尖的艺术家、顶级的设计师合作，比如插花大师，长物居做花瓶，与之共同搞一个高级别的展览；与麦森等国际品牌合作，在自己的窑炉烧成对方的作品，构架世界陶瓷文化之旅……他的一颗脱兔般的心，在景德镇之外，虽不知道要等到何时，却一定是会走向国际的。

陶瓷文化领域里，他坚信：“未来我肯定是声音最大、嗓门最大的！”一个能走动的潘多拉。潘多拉本来放出来的是魔鬼，他放出来的是高自信、高能量。他是怎么修炼成的呢？

他打小品学兼优，以超出清华、北大的分数考入中央财经大学。专业之外，他热心哲学、文学、书法、艺术等“与理工科学生不太相干”的事宜。这些都不像会计、金融关乎吃饭的家伙，公共课不算学分，却令他大开眼界。授课的多是京城文化圈里的高人，比如现在知名度不小的老树，美术、摄影课，率性而发，甚至不管听者，自己爽歪歪就行。听得懂的跟着爽，听不懂的也不退费。同学们都爱听老树胡说八道，涂睿明则是很认真地听他胡说八道。

毕业后，他进入南昌海关人事处，凭借专业能力，处理公务游刃有余。业余时间多用在读书、写字、淘瓷器上。海关内部局域网里，有一个文学论坛，他是版主。在上海海关工作的她，爱诗歌，亦爱瓷，是特别活跃的分子。某年笔会上一见，“时间的无涯的荒野里，没有早一步，也没有晚一步，刚巧赶上了”（张爱玲语）。两名资深文青，恨不能“中国海关”变“中国作协”，笔会开上一个月，不出门也不会觉得无聊。此后，两人几次结伴往景德镇淘瓷器。这城市的空气里似有逆反的因子，孕育出 2009 年的辞职阴谋。两个因种种阻力还未走到一块的人在讨论一个问题：离开海关，我们会不会活不下去？我们有没有能力活下去？ 2010 年，两人被各自领导、同事以惋惜乃至痛心的眼神送走。随后，两匹马咴咴地奔向草原。

其间，没少为爱情斗争，为破成见受磨折，几乎与亲友反目……这过程不说也罢，留给他们自己未来写一部长篇小说。

看了网上老树太多的诗画，画是躲去世外的心相图，诗是与之相配的打油诗，极少大段文字。《捡来的瓷器史》定稿后，涂睿明想起自己这位快人快语的老师，书稿发过去听取意见。书稿付印之前，老树把评语发来：

> 茶事、陶艺、花道，等等，近年来渐成时尚。说到底，无非是今人活着，企图接续上久已远去的古代文人趣味，让自己的日子于起居坐卧之时有些情愫，在吃穿住行当中别有心思。时日绵长，渐至化现实百般戾气于无声细雨，视心中无限纠结成流水落花。涂睿

明的文字，可以让我们看到一个人在这条道上能走出多远。

17 讲着讲着就偏了，又讲到景德镇这二十年的发展

有十几年了，凡来景德镇采访、采风者，都会听到一个异国名字，安田猛，简称安田，或猛爷。猛爷并不猛，一位银发的慈祥的老头而已。2003年，他第一次来景德镇，已年届花甲。

其时，他和太太弗莉斯蒂·艾利芙（Felicity Aylieff）住在离伦敦约两小时车程，风景异常优美的旅游小城巴斯，让多少文学爱好者泪崩一刻的简·奥斯汀，在此生活过，两人买了一间小教堂做工作室。此前好多年，没有上过大学的他应邀在北欧、西欧、北美许多大学授业解惑，动辄一年、两年，包括全球顶级陶瓷学府美国阿尔弗雷德大学，李见深的硕士学位就在该校取得。哈佛、耶鲁亦派人过来访问。一厢，他必须重新学习，在教别人的过程中学习让自己被别人理解。这个过程中，他眼界大大开阔，学识大大提升，往日说英文便紧张、磕巴，如今流畅、自然。他分享门生成才的快乐：挪威班上一个叫托比恩（Torbjom Kvasbo）的学生，后来当上国际陶艺协会（ICA）的主席……一厢，也生命如流水，汩汩中急逝大半。过往他的作品有三彩系列、奶白系列，三彩一战成名，英伦展览，贝尔法斯特大学因而授予他名誉教授；奶白系列获得国际金奖。此时，延误多年的伸展系列正亟待展开。 17—1

“人生不相见，动如参与商。”他近五十岁、太太近四十岁，他们才走到一起。弗莉斯蒂的父亲曾是英国皇家空军驾驶员，千金于是也有战斗机风范。约三十年前，伦敦的金斯密斯学校邀请他去上课，该校工艺美术专

业颇为知名。他在教室为学生示范拉坯，她在窗外瞧，由于不够高，蛤蟆状跳起来几次，被他瞥到。他说，哪个班的学生？要看，你进来看吧。有学生说，她不是学生，她是老师，怕是喜欢你，在偷看你……后来，太太考上皇家艺术学院读博士，毕业后留校任教。两个人大抵安定下来，真正地在一起了。在巴斯这座集英格兰的古典与威尔士的淳朴于一身、被誉为英国最干净的城市，英伦唯一列入世界文化遗产的城市，两人的“夕阳红”将丰满、美丽地绽开。

郑祎的一个邀约打碎了两人的“夕阳红”。

2003年，美国陶瓷艺术教育学会在堪萨斯市举行年会，同具东方文化背景、同样嗜瓷如命的两人会上第一次相识。郑祎说：安田先生，你愿意来中国看看吗？

改革开放后最早来景德镇的享有国际声誉的交流人士，一位是创始三宝国际陶艺村的李见深，李见深有其乡贤五柳先生之风，在村里活脱脱像刚从河沟里洗净巴掌上瓷泥的老窑工；另一位便是1997年在香港创立乐天陶社的郑祎，一头金色短发，坦荡荡的大脸上不乏搞怪的招牌笑容。《瓷上中国》2014年版对这两位都有详述。2004年，乐天陶社从上海移师景德镇。郑祎邀请安田做景德镇这边的创意总监，弗莉斯蒂纠结几天：“如果你一定要去，就去两三年，乐天的事做好就回来。”那时，上海飞景德镇是一架小飞机，坐二三十个人，噪声大不说，一遇气流就有强烈的颠簸。安田猛就坐着小飞机到了景德镇。

安田猛在景德镇四处转一转，那时，三宝还在雾霭里未醒，到处芦苇、芭茅、芦荻，疯长得比人高，土路隐没其中。市景一片杂乱，如蛇欲蜕皮，此情此景让他逆时光之河而上，回到1963年夏天……

1963年，安田猛十九岁，高中毕业纪念旅游，路过益子町——栃木县芳贺郡内的一座小城，说起来绕嘴，实际上就在东京附近，开车过来不过一个多小时。当年，益子町有四十多户人家在做“益子烧”，没有有田、伊万里的光辉，不过，日用陶瓷“益子烧”却是起源于江户时代。农民忙时种地，闲时业陶，不排外，不论资排辈，吸引了不少外地人。闻名遐迩的日本现代陶艺家滨田庄司就在村里开有工作室。

1913年，滨田毕业于东京高等工业学校（现东京工业大学）窑业科，与高他两届的校友河井宽次郎一同加入京都的陶瓷试验场，从事釉料研究。其间与英国陶艺大师伯纳德·里奇（Bernard Leach）结识。1920年，里奇回英国，滨田随之同行。三年半日子里，他长居伦敦南部的小镇迪奇 17–2
林，与英国一批年轻的陶艺家一块，一边在乡野间种植蔬菜和麦子，自给自足，一边手工制作日用陶瓷，后来成功地在伦敦举办个展。滨田于1925年回国，结识三十六岁的柳宗悦，两人成为终生好友。他俩曾与河井宽次郎一道同往和歌山，寻访木喰上人所雕刻的佛像。木喰上人为江户时代后期僧侣，一生雕刻佛像不辍，作品传世约三百件。三个人年龄相仿，都志在青天，春雨楼头，冷月道上，对床夜语，一个将深刻影响战后日本审美倾向的词——“民艺”得以诞生。同年，滨田搬到益子町，使用当地的泥土和釉料，只用陶轮，制作造型简单却美观且实用的各种作品，这些作品以“用之美”知名。1955年2月，滨田成为日本第一批“人间国宝”之一。1961年，柳宗悦逝世，滨田任柳氏创立的日本民艺馆第二代馆长。

随滨田来到益子町的还有民艺运动的陶瓷部分。安田乍到益子町，益子町已有若干外国人学做陶瓷，一些日本年轻人也来投师。一位白衣少年，流连忘返于滨田由欧洲、中国、朝鲜及本国收集来的古董之间，那些古董从绳文时代的土器，到邻国李朝的白瓷，琳琅满目。滨田的登窑里，代表性作品《流挂》一字排开。在照片中，他右手拿长柄勺，将黑釉一口气注入一个大盘，徒手画出连笔字般的图案……打小爱好美术的安田猛，萌生一念：干脆不走了，留下来做瓷！

此前，安田猛报考东京艺术大学，想学工业设计。安田家五个孩子，他是第二个儿子。岛上奉行长子继承制，他没有心理负担，可以放飞自我，遂在一家陶艺馆学徒三年，后自己开工作室，悠悠七年转瞬即逝。
17—3 七十年代日本经济腾飞，各种餐馆如雨后蘑菇一样冒出来，民众的生活方式也在迅速改变，需要大量有个性的陶瓷器皿。东京人要去关西的京都距离就太远了，遂拥入益子町购物，安田当时做的瓷器还稚嫩、青涩，却也供不应求。其他陶艺师的器物也不见得多精彩。但它们都算是生而逢时，
17—4 恰逢时代的转弯，老东西不要了，渴望新东西，而真正意义上的新东西还未涌现。安田手上功夫已娴熟，外面世界看得却少，恐自身会被本土文化局限，就循着年轻时滨田的背影，打算去英国。离开之前，益子町内已有百家窑口及几十家售卖益子烧的商店，町内每年春秋季两季陶瓷制品展会，吸引了来自全日本乃至世界各地的陶瓷发烧友和游客。现在，以沉稳雅致的色彩、光泽油滑的触感为特色的益子烧，如有田烧、伊万里烧一样出名，每年约有超过二百万名来自全球的游客到此感受益子烧文化，并怀着尊崇之情参观 1978 年仙逝的滨田庄司的作品和藏品。

2004 年，看到景德镇陶瓷业状况，安田感觉似白日做梦。他觉得，来
17—5 景德镇的或陶大毕业后留下的这帮年轻人，就像当年走进益子町的自己。

2005 年，景德镇乐天陶社开张。安田希望离工匠们“越近越好”，于是把社址选在了倒闭的雕塑瓷厂，和老工匠们的作坊成为邻居。郑祎搭好的平台上，安田调动自己在西方各国的人脉、资源，每年有几十位国际陶艺家来乐天陶社驻场，每周五的“大师讲座”几乎场场爆满。东西方的理
17—6 念与技法在此碰撞交融。设计和创意，如春意乍起，穿透历史臃肿的冬装，叩击年轻人的心胸。

郑祎在景德镇制作了当时影响很大的系列作品《蝶衣》，她现身说法，告诉年轻人，创意就是做梦，就是发明世间从未出现过的东西；在缺乏创意的环境中长大，大棚流水线出产的瓜果，对季节的“适应性”很强，但好吃吗？乐天陶社开设创意集市，免费让年轻人摆摊，销售自己的作品。

后来，一个摊位也收五元钱，条件却始终是那一条：作品是否原创，有没有创意。当下，景德镇中年一代不少知名艺术家、设计师，都出自乐天陶社。

2006年开始，景德镇大街小巷，来自异乡的年轻面孔、洋面孔逐渐增多。他们并非游客，一待就是几个月、半年、一年，有的干脆长久住下来……没有政府的资助或邀请，没有任何组织和企业的资助，也不见有谁在后面策划或登高一呼，鱼不惊水不跳的，暮春花瓣疏疏落落的，“连雨不知春去，一晴方觉夏深”，终于有媒体弱弱地定义了两个字——“景漂”。

2010年年初，乐天陶社已运营得非常成功，安田却于此时辞去创意总监职务，决定把以后的时间留给自己创作。“战斗机”应该轰响，必须要打道回府了，两腿却如灌了铅，拖不动。不能说一个著名陶艺家在著名的瓷都待了七年，什么都没做吧？留下来创作的欲望如滚石一样在心头訇然作响。

然而，爱情却有阻断“发动机”叶片的力量。

弗莉斯蒂对老公黏得不行，有案可鉴：有一回去商场为工作室购空调，合伙人兼助手熊白煦见售货小姐突然用满是惊叹号的眼光望向自己身后。一回头，公众场合公婆俩kiss得旁若无人，俨然在拍《罗马假日》 17—7
《廊桥遗梦》。白煦不得不干涉：这里是景德镇，不是伦敦、巴斯，要kiss去公园，这里不可以！黄牌有点效果。但在工作室，两人仍常秀恩爱，尚未婚配的白煦屡屡被撒“狗粮”，酸倒了满口牙。

这爱情的“化学成分”里，些许是有关景德镇的。

2005年暑假，弗莉斯蒂初次造访景德镇。如当年在窗外偷看老白马王子，她说：“到达的那刻，我就被这座城市征服了，几乎每家每户都在从事与陶瓷相关的产业。我想我可以运用这里的巨大资源，创作出与英国不一样的作品。”

在英国，艺术家工作室之间往往隔着几千米甚至几十千米，要找一个配套措施齐全的地方不容易。景德镇不一样，鸡犬相闻。她向景德镇匠人学习如何使用毛笔，简直唾手可得。用相机记录下青花、粉彩瓷器上精美
17—8 的纹饰，解构后重新创作。弗莉斯蒂早期的作品多具有鲜明的西方现代陶艺特征，抽象，造型追求几何框架下的空间感。渐渐地，弗莉斯蒂的作品开始覆盖一层层浓淡不一的钴蓝，出现细微线条勾勒的各种图案和花卉……弗莉斯蒂任皇家艺术学院陶瓷系主任前后，为完成卡塔尔等中东国家和挪威的大型项目订单，一年总得来景德镇几个月。

2011 年，红房子工作室应运而生。

熊白煦，生于景德镇，随做生意的父母在广州长大，中央民族大学民族古典舞专业毕业。回家乡后，在刘远长大师工作室认识了澳大利亚女陶艺家戴安娜，后者将她介绍给乐天陶社，做了近四年国际交流工作，就这样她结识了安田。起初，她心里忐忑，不知道这个看上去不怒自威的日本
17—9 老头靠谱不靠谱。她父亲看了一眼安田工作室的空调机，却说，靠谱。女儿奇怪，你怎么知道？你又没跟他做过交流，不了解他呀。父亲指指空调机的脚。原工作室设在老雕塑瓷厂，每年发大水都有水淹进来，安田把所有设备垫高，包括空调机的脚。用了高二十厘米的石头，依照空调机脚的尺寸裁好，一边两块，整整齐齐，仿若原装。父亲说，能这样做事的人，肯定靠谱。

安田善于改装各种机器，室内所有电路自己铺。特别会用巧劲，重的东西都架在轮子上，不要人帮忙。但该使力处舍得出大力。青白釉大金碗是其代表作之一，几十斤重的坯，不是拉出来，是举过脑袋甩出来的。甩跟拉不一样，甩能甩出泥土的流动感，更贴近自然。说安田是真大师，莫如说他是老工匠，正如其偶像滨田总是自称终身的“陶工”，“追求由无名的工人之手而完美展现无垢之美”。安田还有一手好厨艺，喜欢烧菜，工作室的午餐常常是他动手，主打改良版的“猛爷鸡饭”“猛爷豆腐”，还有天妇罗大餐。菜市场买来大白菜，撒点糖、盐，再加梅子，说是日本泡

物，非常非常重要。蚯蚓通过取食、消化、排泄、分泌和掘穴等活动，对土壤的物质循环、能量传递做出贡献，是影响土壤肥力的“生态系统工程师”。泥鳅含有的某些维生素，比其他鱼类高，能提高身体免疫力，有益于老人及心血管病人。作为生命，它们却是脆弱的，许多动植物留下了化石，它们没有骨头，留不下化石。我想为它们在地球进化史上留下“化石”，这是我在陶瓷花瓶上印上它们“足迹”的初衷。印好后，我把它们身上的青花料细细洗去，再放回三宝或其他野地……

我去三宝挖蚯蚓，抓泥鳅，当时三宝不通水泥路，还是典型的乡野风光，在这里第一次认识老齐（齐冬根）。看见满腿泥巴的一个洋妹子，他肯定很惊讶，像是天上掉下个外星人！这次在景德镇，还认识了英籍日本陶艺大师安田猛的夫人弗莉斯蒂，她是英国皇家艺术学院陶瓷系的主任。这是一所驰名世界的艺术殿堂级大学，几乎所有的老师都有重量级作品，或是已经成名的大师。我动了心，立马爱上了伦敦。但这所学院很难考，对欧洲其他国家考生要求高于本国考生，对美国考生要求又高于欧洲考生，很牛！我考了，居然被该校设计学院录取了。伦敦物价指数全球拔尖，该校的学费高出一般学校。我一边读书一边打工：帮别人带孩子，餐厅酒吧里做服务生，为画室做模特……有机会也卖自己的作品。基本上依靠自己，父母能帮我的时候也会帮我，他们喜欢看到我独立，如果我什么都不做，他们就不会愿意帮我。父母非常开心，觉得是一个很好的机会。我在伦敦读了一年，去纽约住了一年，在罗马、丹吉尔和巴塞罗那，也游学过一段时间。天马行空地做一些作品，我是一个喜欢胡天野地、不太喜欢总困在校园里的学生。

之后来景德镇两三次，第一次待了三个月，最后一次是六个月，每次离开，像可怜兮兮的林黛玉，魂都丢在这里。这过程中我也继续读书。2015年从英国皇家艺术学院毕业，转年就来了景德镇。

景德镇有很多工作室都在做雕塑。其中一家，在雕塑瓷厂旧址租了一幢楼，主人三代都做雕塑。第一次去，我说，想跟你们一起做一些雕塑。他们拒绝我，可能是因为我当时不会说中文，云山雾罩，不知道我在说什么。不久，他们把工作室搬去东南亚，观音、关公、弥勒佛一类的中国传统雕塑，在那一带的华人圈颇有市场。一年后生意不好做，撤了回来，我又上门去请求合作，这次儿子听懂了我的意思，但说没工夫。我说，没事，不耽误你工夫，我去你工作室学习，你们做你的，我看我的。我厚着脸皮，隔三岔五出现在他工作室，和他爸爸熟了，和他爷爷也熟了。爷爷十三岁就做学徒，现在年纪大了，偶尔露一手绝活，我佩服得不行，爷爷也挺高兴我的“佩服”……第三年，我说，唉，我还是想和你一起做雕塑。这回他说，好，可以。也算“三顾茅庐”了。我们在一起做了几年，直到我自己开始做“观音”。

我的“观音”，脸是遮住的，高约八十厘米，从头到脚，覆盖着面条状的金色涡旋，涡旋里有几只纤纤素手伸出来。或者相反，涡旋是素色的，纤手为金色。看头型，既像观音，也像圣母，还像头顶宝塔帽的泰国舞女。看数只纤手，似有千手观音所指，但一片
18–5 金色、白色涡旋，让耳畔响起施特劳斯的万物复苏的春之旋律，又如教堂的宝相庄严……在观者琢磨“她”到底是谁的时候，“她”也在观察你到底是谁，来自何方。生灵就是生灵，不一定要有脸，有一个表情符号。小眼睛、大嘴巴，还是双眼皮、戴眼镜，唇边有一颗美人痣？我觉得没必要，“她”应该很微妙地活在你的视界里。“观音”在国内国外都有客户喜欢，就是包装起来比较麻烦、复杂，稍不留神，那“玉指”“面条”会折断。

此外，我做了不少人的面具，放在不同的器物、造型上，意味

不同的情境。依据心情起伏画了好些油画。还做了些银质的小首饰、挂件，在网上卖。2020年，原定过年期间去广西旅游，4月和7月参加香港和沈阳的艺术展览，因为疫情都成为泡影，但有了更多静心创作的时间。创作之余，喜欢在家喝中国茶、熏香和看书，最喜欢的中文书是《红楼梦》。

中国疫情最严重的2月、3月，我妈很为我担心，早上晚上天天打电话，法国的朋友也跟我联系，关心我们这边发生了什么事情。现在中国疫情基本过去，特别是在景德镇，我看人人云淡风轻，该干吗干吗；而目前正值法国夏季假期结束，学生返校、员工返岗，法国反沦为欧洲新冠疫情复发最为严重的国家之一，我现在为家人、朋友担心，向他们提供一些预防病毒的建议。他们佩服我当初不离开景德镇的决定。离开景德镇的许多洋景漂，因飞机停航回不来，大半年过去，现在焦急得不行。

我认识几个一直没有走的美国人。法国人不那么喜欢美国人，尤其是法国南方人，觉得美国人不会吃，三明治、汉堡包、薯条、土豆泥，肠胃总是遭这几样碾轧，惨不惨？但美国在全世界卖高端产品，通过好莱坞推广他们的生活方式，别墅、深院、豪车、一年四季可玩水的游泳池……许多富起来的中国人引以为人生样板，去与美国富豪们血拼更多地占有大自然有限的资源。这几个美国人，都在景德镇结的婚，妻子都是中国人，微信上彼此建了一个群，但没有一个会说中国话。一次聚会，我当面说，你们太自傲、太自恋了，因为你们说英文，就觉得全世界都要说英文，都要学会英文，你们不学中文，怎么了解中国文化？我觉得好讨厌。他们肯定觉得我好讨厌，纷纷“打击”我：我们不学中文，不懂中文，不一定意味我们不了解中国文化；凯米，你会讲中文，也不表示你了解中国文化一定就比我们几个哥们儿好……

开始在景德镇生活不习惯。一是吃辣椒，很少有菜里不放辣椒的，红彤彤的，像喜事办完后一地的爆竹皮。二是我早上起来第一件事是喝杯咖啡，这里只有中国产的咖啡。不像现在陶溪川里就有不亚于北京、上海的手冲咖啡店。刚来的时候，一句中文都不会说，只会木木地说：你好，谢谢。身体不舒服，不知道医院躲在哪个旮旯，进去了怎样办手续，好在最早结识了“雷锋同志”齐冬根。购买原料、物料，行话、标准有什么，不知道。买完后回来，朋友问我：哎，你花了多少钱？我说了多少，几乎每次朋友都告诉我：你花了好多冤枉钱！买东西还价，翻来倒去，对我来说是一件很害羞的事情。再有，去菜市场买豆腐，买点肉，摊主可能给我六个人吃的豆腐，吃一星期都吃不完的肉。我没法说，吭哧吭哧地拎回来，路人都看着我，这个细条的外国女子，怎么吃得那么多？暴食症！

我没有去哪里专门学习中文，就是在与市民、工匠们打交道的过程中，逐渐听懂，也能说一口日常用语，现在这些不习惯和尴尬慢慢解决了。只是疫情以来，马路上不认识我的人，或者的士司机，看到一个外国人突然出现，会有一些担心我是从国外来的，很无奈，很无语，我是本地人。

我有两间工作室。家设在大的那间，位于市中心原三蕾陶瓷化工厂的厂区，前后的车间、房子都给拆了，就是一幢有年头的大楼没有拆，像是大海中的一座孤岛。你看在欧洲，或是我回法国去，多少年了，什么事情都没有变，从小熟悉的一家书店、影院，乃至街头一棵老树上的鸟巢，还在那里，我不牵挂，我很放心；不像中国，我出外三个月，住屋都可能被拆了，若在外几年，回家的路都找不到了……我的家就在这“孤岛”上，长期离开故土、亲人，我也有感到孤单的时候。人的孤单，与生俱来，我年轻时也曾感受孤单，哪怕父母在我旁边，妹妹在和我聊她高兴的事情。孤单时我就画油画，把自己的心思寄托在色彩、线条的变幻下。过去我到一个地方，很难待够两年，然后就开始无聊了，想着我要去下一个地方。可景德镇，前几次不说，这一次已住了三年多，仍是一个我还没看够的地方。

我对去北京或者上海不感冒。我去北京、上海，可能看到的是一个表面的中国，一个现代化已经很浓的中国，一个个精英扎堆的中国。在北京、上海，我没有太多的机会接近老百姓，感受他们的口语、风俗、习惯。而且繁华、热闹的城市和生活，我已经体验过了。不管在北京、上海，还是在景德镇；不管是在法国、美国，还是在中国，或是非洲什么地方，看起来会发生一些不一样的事情，但从根子上说，这只是一些游戏而已。游戏自然有不同的玩法，结局却是制定好了的，一定是老虎吃兔子，兔子不会去吃老虎，兔子看到红萝卜，多半会起贼心……

在景德镇，抓一把泥土，变成神话人物；再抓一把泥土，变成飞禽走兽，更能激发我的灵感。这种灵感闪耀下的作品，拿到全球各个国家，不需要很多文字说明，懂得的人马上就懂了，不懂的大概永远也不会懂。

最近，凯米在朋友圈里发了几张她的行为艺术照。她披肩短发，穿一件洁白的曳地婚纱，站在废弃的大客车车厢里，两手扶栏杆，侧脸回眸；另一张，站在建筑工地的土堆上，身后有一辆大货车经过，扬起的尘雾衬着婚纱，格外刺眼……

为拍电视片《地标 70 年》，吴晓波团队来到景德镇。吴晓波采访结束后问凯米：如果有一天，你离开景德镇，是因为什么呢?

凯米笑笑说：谈恋爱吧。

2—1

2—2

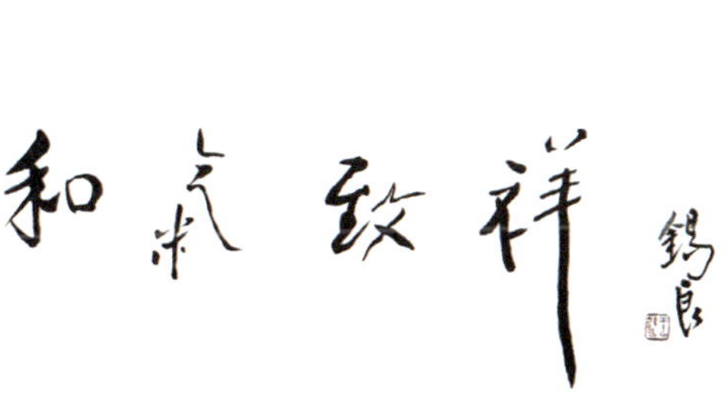

2—3

2—1 王锡良大师
2—2 荣获中国工艺美术终身成就奖的王锡良
2—3 王锡良书法

3

4—1

4—2

6—1

6—2

3 瓷枕
4—1 九段烧创始人——段镇民先生
4—2 九段烧作品
6—1 他信、英拉兄妹共赏御窑元华堂鸡缸杯
6—2 向元华夫妇答客中

8—1

8—2

8—3

8—1 瑞典西方古董公司收藏的清朝乾隆年间粉彩描金帆船纹大碗
8—2 瑞典西方古董公司收藏的清朝康熙年间五彩瑞兽纹瓜棱执壶
8—3 小约翰·洛克菲勒珍藏的清康熙年间五彩开光鸟兽博古图大棒槌瓶

8–4

8–5

8–6

8–7

10—2

10—1

8—4 晚年的约翰·洛克菲勒
8—5 小摩根
8—6 小洛克菲勒与妻子阿比·洛克菲勒
8—7 大卫·洛克菲勒
10—1 康熙
10—2 利玛窦

11—1

11—2

11—3

11—4

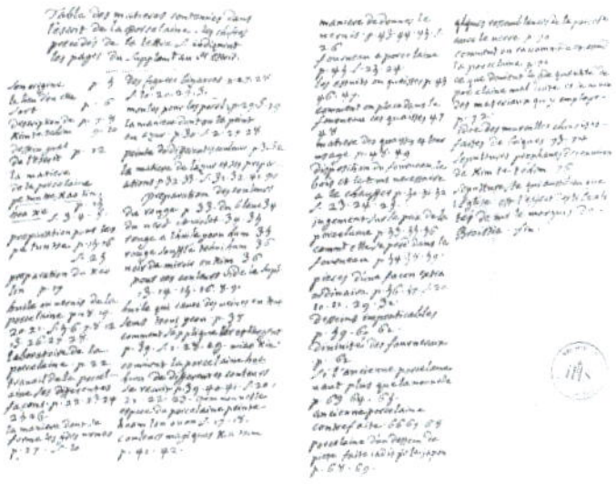

11—6

11—5

12—1

11—1 吹釉
11—2 拉坯
11—3 写《白瓷之路》的埃德蒙·德瓦尔
11—4 殷弘绪
11—5 殷弘绪墓碑
11—6 耶稣会传教士殷弘绪描述中国瓷器的信件，1722 年
12—1 匣钵

12—2

13

14—2

14—1

14—3

16

12—2　艾惕思在考察
13　刘新园晚年工作照
14—1　景德镇碎瓷片
14—2　景德镇市政协荣休主席黄康明
14—3　景德镇日子
16　一身白衣飘飘的涂睿明

17—1

17—2

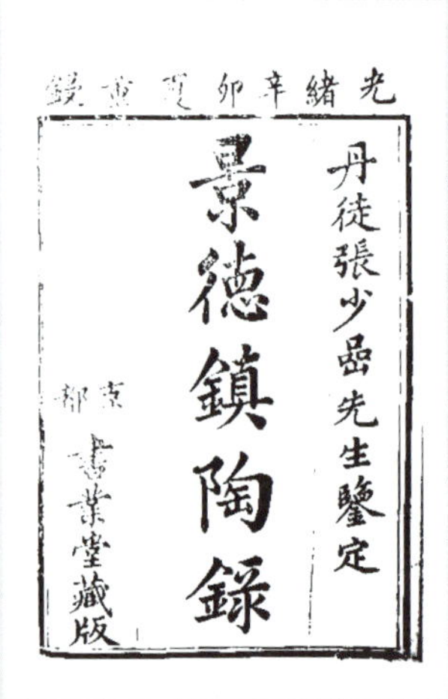

17—3

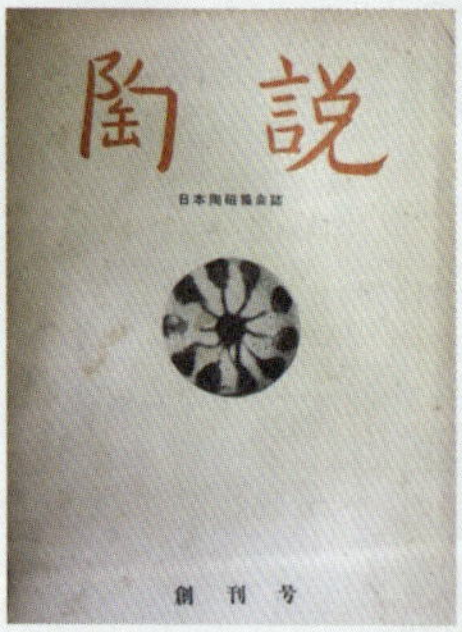

17—4

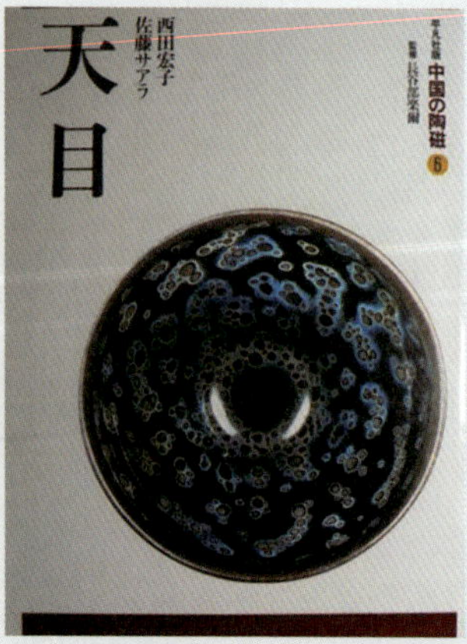

17—5

17—6

17—7

17—8

17—1　安田夫妇在旧工作室阳台合影（2014 年）
17—2　柳宗悦
17—3　日本曾出版的关于中国陶瓷的书籍和杂志 1
17—4　日本曾出版的关于中国陶瓷的书籍和杂志 2
17—5　日本曾出版的关于中国陶瓷的书籍和杂志 3
17—6　郑祎
17—7　安田夫妇在原雕塑瓷厂旧工作室外合影（2013 年）
17—8　弗莉斯蒂在景德镇制作大器作品（2008 年）

17—10

17—9

18—2

18—1

18—4

18—3

17—9　安田夫妇与熊白煦在新工作室合影（2017 年）
17—10　安田在陶溪川的工作室创作（2018 年）
18—1　凯米
18—2　夕阳下，凯米坐在自家屋顶上
18—3　凯米山泉洗浴
18—4　凯米夜作

18—5

18—5　凯米作品

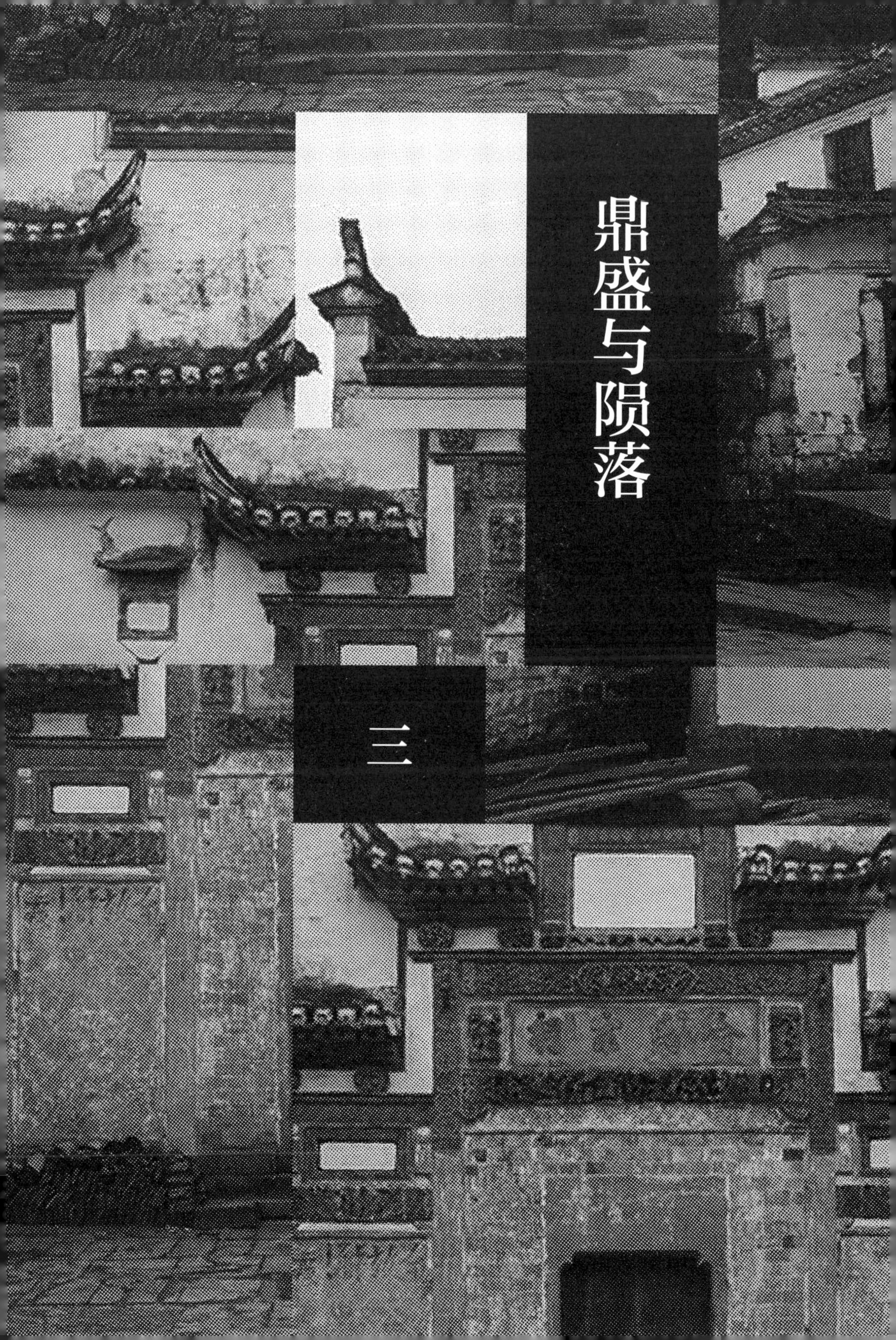

三

鼎盛与陨落

19 “严重的自恋症患者”的魔性表达方式

很多时候，乾隆在故宫里做皇帝，实际上同时还做着瓷业部部长；不过瘾，还兼浮梁县代县长。

为什么这样说呢？以下是乾隆十三年四月初三至五月初二仅一个月里下达的与烧瓷有关的圣旨…… 19—1

> 照此瓶做木样一件，发往江西照样烧造嘉窑款二件，其余烧造乾隆款，随大运呈进。钦此。
>
> 照此木样（青花白地嘉窑款瓶），准发往江西烧造。钦此。
>
> 着江西照现烧造的观音菩萨、善财、龙女再烧造一份，得时在静宜园供。钦此。
>
> 俱交江西，每件烧造二件，有款照样落款，无款不必落款。钦此。
>
> 问烧造的观音如何还不得。钦此。
>
> 想是唐英不至诚，着他至至诚诚烧造。钦此。
>
> 祭器内铜器交庄亲王成做，瓷器交江西唐英烧造，编竹丝漆器交苏州织造图拉成做……俱赶祭祀各坛庙日期以前送到。钦此。

乾隆以洪荒之力，在民间广泛搜罗古瓷精品，以刺激制瓷技术的改革。现在的北京故宫博物院收藏的二十多件清前精品瓷器，如宋朝官窑粉青釉圆洗、宋汝窑天青釉三足圆洗等，都是乾隆搜罗来的极为珍爱的藏品。同时，他招来大量的能工巧匠，集中在景德镇御窑厂，这里有最好的泥料，最好的釉水，最好的拉坯师傅，最好的刻花工艺，不足 20% 的成品率，不容半分懈怠，不容一点瑕疵。

对瓷器的那份赤裸、专横之爱，让乾隆恨不得在所有御窑出品上都标上自己的印记。他破了一个纪录——清代之前漫长的瓷器发展史中，还从未有帝王诗篇被题写于器物上。

三清茶，是宫廷茶饮中最为乾隆喜爱的茶品，即以梅花、佛手、松子瀹茶。他有诗云：“梅花色不妖，佛手香且洁。松实味芳腴，三品殊清绝。烹以折脚铛，沃之承筐雪。火候辨鱼蟹，鼎烟迭生灭。越瓯泼仙乳，毡庐适禅悦。五蕴净大半，可悟不可说……”此诗想表喝三清茶的好处，却卖
19—2 弄太猛，各色不说，还太长，此处只引一半。乾隆十一年（1746），他下旨让御窑烧造一批青花、红彩茶盅：在通高 8.1 厘米、口径 10.7 厘米、足径 5 厘米的盖碗上，碗口沿内和内底部各饰一周青花或红绿彩如意纹边饰，内底中心为斗彩绘的梅花、佛手和松实图，是为“三清图”。此外，还须在碗盖、碗外壁上将他的诗照原样刻上。螺蛳壳里做道场，不知唐英有多少夜失眠，工匠们砸掉多少成品，乾隆又有多少回隔着千山万水斥责，最终脸上的表情水位提升至“喜出望外”——一个个芝麻大小的字，存原釉，作阳文，具立体感，似要站起来打招呼：哈罗！陛下写得太棒了！字的间架间，须剥去瓷釉，还不能伤字，宛若在蚊子腿上动手术。胎体上的开片纹清晰可见。如此超凡的技术，御窑厂也只不多几个高级工匠能为。（《乾隆朝唐英督陶纪略》，见耿宝昌《明清瓷器鉴定》，紫禁城出版社 1993 年版）

乾隆浩若烟海的诗作里专题咏瓷器的，约为二百首。他统治的六十年里，瓷制笔筒、墨床、镇纸、印泥盒、香座、首饰盒等各种器皿应旨而生，“御制诗”均烧造其上。乾隆酷爱盖章，据《乾隆宝薮》记载，陛下有印章一千多方，常用的五百枚，如“十全老人”“太上皇帝”等。目的

就是给别人字画加盖自己的印记。对一些特别著名的书画尤其如此，几乎留白处全给盖上。唐朝韩幹的《照夜白图》生生被盖上五十多枚章子。《快雪时晴帖》字只有二十八个，乾隆的题字倒多至上万，以至于整个书 19—3
帖长近五米，可怜王羲之的字只占 0.2 米。真不知陛下是在赏画，还是在毁画。这一“严重的自恋症患者”（祝勇语）的魔性表达方式，在历代帝王中无人能匹及！

乾隆制造了王朝对御窑出品的旺盛需求——尔等不问去处，只求数量与品质，为朕好好干吧。

每到节庆，清宫均会举办家宴。自康熙年间，已形成一种制度。乾隆时最为隆重。菜品分高头冷膳、热膳等。乾隆五十二年春节，仅乾隆一人所用青白玉瓷器就有一百一十多件，包括碗、碟、果锤等。皇后用里外全黄暗云龙纹盘碗、金勺、金箸；贵妃、妃用黄地绿龙盘碗；嫔用蓝地黄龙盘碗；贵人用酱地蓝龙盘碗；常在用五彩云龙盘碗。阿哥们因其等级所用数量不同，但品类大致相同，紫黄色的碗碟，绿地紫龙盘，颜色明艳而端庄。皇家宴会，最重要的莫过于万寿节宴。皇帝诞辰日称万寿节，取自万寿无疆，乃全国性节日。宴会先在太和殿举行——乾隆宴请文武大臣和使臣，散席后餐具便作了赏赐，可拿回家给子孙后代瞻仰。随后，乾清宫再摆一道，乾隆与后宫妃嫔及皇子皇孙们，共享现世美好。

《弘历八旬万寿庆典》记载，乾隆五十五年（1790）八月十三日是皇帝八十寿诞，这年万寿节由内务府总管和珅统筹指挥，他命令在京六品以上、外省三品以上大员都要进献。当天，从紫禁城到圆明园的数十里道路张灯结彩，大小戏台连绵不绝，望去满眼都是祥和喜庆的色彩。紫禁城内外，乌泱泱铺满满汉全席，皇后、妃嫔在内，皇子、皇孙围绕身边，百官、千叟（民间高寿老人）在外。当乾隆在金龙大宴桌前坐下，其一生中最为豪气的寿宴拉开帷幕——计有热菜二十品，冷菜二十品，汤菜四品，小菜四品，鲜果四品，干鲜瓜果二十八品，点心、糕、饼等面食二十九品，共计一百零九品。事后统计，这一年寿宴，皇室所用碗碟有两万多件，所用服装有四万余件。总计花费白银一百一十四万两。

乾隆常以御窑瓷器作为赏赐，且以为最佳。赏赐对象既有王公大臣、封疆大吏，也有皇子公主、贵族命妇和身边侍卫，此外还有蒙古王公和西藏高僧等。赏赐数量则随兴，少则一两件，多则数千件。除了大件的瓶、樽、盘、碗，还有小件的鼻烟壶、瓷扳指、瓷带钩、瓷翎管等。固定用来
19—4 赏赐特别的有功大臣的赏瓶，初名“玉堂春瓶”，始于雍正，终于宣统，其器型有一定之规：高三十八厘米，口径七厘米，足径十三厘米。瓶撇口，长颈，肩凸起三道描金弦纹，圆腹，圈足略高且微向外撇。主体图案是青花绘缠枝莲，辅以海水、如意云头、蕉叶、回纹、变形莲瓣和忍冬纹等边饰。足内有青花楷书“大清乾隆年制”六字款。赏瓶因其外形俊秀，线条柔美，比例协调，深得乾隆欢喜。该器型为唐英“参古今之式”打造，“动以新意，备储巧妙”，且经过乾隆亲自审定。

故宫的文物有一百五十万件之多，这使人们往往忽略圆明园。

出于威严和防御，紫禁城的城墙修得尤其高大，城内很少栽种大树，害怕有刺客躲在树荫里，侠士倒吊树干上。如此一来，皇帝和嫔妃们高枕无忧。但一入初夏，遑论进伏，空气热辣，还不流通，犹处一架超大的蒸笼里。这满族人是北方人里的“战斗机”，祖祖辈辈生活在白山黑水之间，怕热怕得要命。大清帝国的皇帝和太后多数都不喜欢住在紫禁城。有清史专家统计，从 1707 年圆明园建成到 1860 年被毁，一百五十三年间，清朝三位皇帝雍正、道光、咸丰，每年在此居住二百天以上，远超在紫禁城的日子。

乾隆住圆明园的日子也不少。乾隆四十年（1775），他在圆明园共计一百六十八天，在紫禁城一百零五天，其余时间在热河避暑山庄和其他地方。除参加农历新年祭祀和庆典或是外出狩猎等，他其他日子都尽可能在

这座他最喜爱的宫苑里度过。“紫禁围红墙，未若园居良。”圆明园本就是他的福地。康熙六十一年（1722）阳春三月，胤禛（雍正帝）邀请父皇到圆明园赏花，把皇孙弘历带到康熙面前，这是 12 岁的弘历第一次见到爷 19—5
爷，胤禛让他侍奉康熙左右，一同赏花。弘历伶牙俐齿、机敏过人，康熙大欢喜，连声夸奖弘历母亲（熹妃）是个“有福之人”……清华大学教授郭黛姮曾统计过，乾隆诗作与圆明园有关者有两千多首。

故圆明园的文物当与故宫不相上下。据景德镇御窑缴库清单记载，乾隆时期陈设在圆明园的瓷器有 1746 件，嘉庆时期 2015 件，道光时期 2452 件，咸丰时期 152 件。所有这些瓷器，都被英法联军窃掠，或被焚毁，或被砸碎，或被劫掠者流散世界各地。近些年，圆明园出土 3 万多枚瓷片，主要散布在畅春园、长春园等处，已拼接出 60 多件具备修复、展出条件的瓷器，它们多来自景德镇御窑。

乾隆时期御窑产量十分惊人，为景德镇制瓷史上罕见。有学者分析，当时御窑所出已不仅是皇家专用器物、玩品。若为赏玩，每天玩 10 件，一年也就 3000 多件，皇亲国戚玩个遍，也不过几万件。实际上，每年皇室在御窑下单的有几十万到几百万件不等。如此看来，御窑所出还是当时国家法定流通的硬通货。依据之一，近 30 年民间发现的乾隆御窑出品远多于体制内博物馆藏品。依据之二，据档案记载，乾隆早期曾将库存康、雍、乾三朝有款瓷器中破损或釉水不全的 14 万余件变卖；乾隆中期又将这三朝无款瓷器 8000 余件变卖。乾隆朝还曾将存量过多却式样平常的 11 万余件瓷器搬出皇宫处理。到了乾隆第十五子颙琰即位，即嘉庆皇帝，面对乾隆朝种种遗弊，他整饬吏治，以清廉为本，将皇宫六库存贮的东西全面清理，除了必须留用的，无用项以及用少存多者全部清仓，共变卖康、雍、乾和本朝瓷器 44 万余件。（中国第一历史档案馆《清宫瓷器档案全集》，中国画报出版社 2008 年版）

20　　世界以痛吻我，而我报之以歌

二十余年里，春夏秋三季，一顶简陋的竹轿无数次在浮梁与景德镇间的古道上缓缓前行。入冬后，景德镇作坊、窑房大多歇业，因为冬季坯体易裂，成品率低。方圆百十里农村来的窑工也在此时陆续回家过年，往日几百人活动的御窑厂只留下一二十名工匠护院。清乾隆十一年（1746）是丙寅年。轿子里端坐的人是唐英。沿路青山如屏，晓日铺锦，山温水软，桃粉竹绿，一颗处在紫禁城阴影下，总是高度负荷的心放松、温软下来。

晚间返回浮梁，“归旌入夜时”，空寂的山头挂一钩浅白的新月，点点渔火倒影在江水中静静摇曳，远处孤村传来一声声犬吠，又带给他另一番清冷孤寂的心情，“冷宦境相宜”。他盼一位好友此刻能在身边说说话。日日相伴的同事、助手吴尧圃，被他派去千里之外的湖北均州。“离筵黯黯趁春开，春风引客均州路”——得想尽办法找到玫瑰、翡翠这两种宋代才有的钧窑名釉配方。不但钧窑，还有哥窑、汝窑、定窑、龙泉窑、湘湖窑，他决意使此前北方和南方各大名窑在御窑厂灵魂附体。

读唐英任上诗作，能感到他对“宦隐于陶”的释然，对景德镇这第二故乡的深情：“浔江昌水轻来去，矍铄龙钟遮莫嘲。身似春秋社燕子，画
20—1 梁情重旧时巢。”（唐英《陶人心语》,《古籍整理研究学刊》2019年）有几年，唐英身兼榷使与督陶使，榷使监关税，他得不时往来于景德镇与淮安关、九江关之间，一路暴土扬尘，鞍马劳顿。上面这首七律说的是无论精神矍铄也罢，老态龙钟也罢，任人讥笑好了，他心目中自己就像那秋去春回的社燕，不舍地眷恋那画梁上的“旧时巢”……

唐英，沈阳人，内务府正白旗包衣出身。《清史稿·唐英传》说他是汉军旗人。包衣为“奴仆”之意，终身以侍奉主子为任。他十六岁起遵祖制入内务府养心殿，算是乾隆的玩伴。随后的三十年里，他随康熙三下江

南，保驾护航；被雍正任为五品内务府员外郎，服务于造办处，管过钱物，又工书画、篆刻，还从未出过差池。偶有闲时，他躲角落里读经书，填诗词，编戏文，会唱上几段京剧。算是自娱自乐，为枯燥、森严的宫墙内生活增添些意趣。四十七岁，他命运里出现一个机缘：他被发往烟火人间——雍正指派他去炉火彻夜不息的景德镇。乾隆元年（1736）起，他历 20-2
监淮安关及九江关，直至乾隆二十一年（1756），其中，十五、十六两年一度中止，并管理景德镇御窑二十余年。

涉及景德镇历史的《明神宗实录》《西江志》《浮梁志》等被他翻遍了。其中两个名字于他印象很深。一是万历三十四年（1606）起常驻景德镇的江西矿税太监潘相。潘氏本驻南昌府，明朝废止矿税、惟采商税后上疏请专理窑务；神宗肯准，即移府景德镇。“繁侈供张，必且多带参随，别作一番威福。”交游出巡，“镇民张乐焚香，导臣三十里之外”。区区一镇，何能堪此鱼肉？以致民变，“烧毁御厂，焚劫御器，潘相仅以身免”。（《西江志》卷一四六《艺文》，见《明朝万历年间景德镇民变》，道客巴巴）唐英在景德镇，不交际，不赴宴，不访客，不出游，拒绝宦商一切社交，云泥立判。

另一个是童宾，明朝浮梁里村人。幼读书，性刚直，父母早丧，遂投师学艺，执役窑业。正值潘相兼理景德镇窑务，督造一件很大的青龙缸，缸直径三尺，高二尺许。因久烧不成，潘相派差役对窑工威逼，以至于鞭笞。童宾血气上涌，纵身跳入烈焰腾腾的窑内，以骨作薪，以肉化油。翌日开窑，龙缸宽阔宏大，光彩逼人。此后百年里，窑工尊奉童宾为“风火仙”，镇上建风火仙祠以纪念。

投火祭窑恐系传说。走遍镇上，不会发现哪座柴窑留出一个可容成人身躯跳入的火口。民间言之凿凿却查无史据的这个形象里，有一股非凡的力量在。景德镇瓷业和十万工匠，需要这股精气神。为此唐英写下《火神童公传》一文，不提疑问，但曰“神之死也，可作忠臣之气，而坚义士之心”。并筹集资金，将风火仙祠修葺一新，重命名曰“佑陶灵祠”。在唐英苦心编织下，祭祀童宾终于演绎成景德镇盛大的民间节日。

唐英与工匠同行共作：每日由府邸来御窑，换下官袍，一副打工仔模样，春天挽裤脚，夏日光膀子。或跳进稠化床中踩泥料，泥花满身；或奋力蹬转盘，不惜脚板磨出厚茧。把桩师傅前，端茶递巾，恭敬如仪。何为风口、火线，何为窑汗、窑变，一个个问题，如额上汗豆爆出……原来并不懂得瓷艺的唐英，潜心沉入采石、炼泥、拉坯、利坯、绘图、烧成等工序。也品尝美丽的青花瓷背后工匠们一腔苦水。殷弘绪的信中就曾提到，康熙年间“官吏们对待为自己在朝廷的靠山制作礼品瓷的陶工，非常刻薄，常拖欠工钱……”窑工所得勉强糊口，成年后无钱娶亲，患病无钱看病，死了无棺入土。唐英禁止以御窑名义巧取豪夺，实行买卖公平制度，筹措工匠救济办法，勉力济贫扶弱……坊间传言这位块头大、脾气好、肤色白净的督陶官府邸设有佛堂，他与周边寺庙里的高僧往来、谈经。

唐英一口九月酥梨一般嘎嘣脆的京腔，如今夹杂了景德镇的土话，邻家大叔一样称呼某师傅的儿女为“崽俚子”“女崽俚”，用“好来势”表达好开心，用“咣叫咯”夸赞好手艺。他已然掌握瓷器烧造的秘密。鸡鸣即起，雪夜掌灯，他将昌江畔万杵之声、炉腾之光化为洋洋洒洒的字迹——《陶冶图文》和《陶成纪事碑记》。前者是中国陶瓷史上第一部左图右文、图文并茂的制瓷书籍，讲述五十七种工艺、二十道关键工序。担心纸书易于湮灭，他又将详尽记述工艺和相关事宜的文章刻成石碑，即为后者。

打古人起，陶瓷业就是泥作火烧，师傅徒弟，手授口传，说一不二，放个屁都砸到脚脖子的作坊，哪有管理之说？唐英首创《烧造瓷器则例章程》，拟定三百一十三条，贯穿生产流程，促使清朝瓷业有了细致具体、有章可循的管理体系。

唐英以二十余年光阴“感动中国”，成为大清公务员的表率。所监造、自造瓷器，不仅程式物件、皇家用品，多有文人趣味、艺术精神，且将那些僵死在典籍里的各地名瓷复活了，糅合了，完美还魂。陶瓷史家们说，很大程度上，景德镇的制瓷工艺在郎窑（康熙四十四年至五十一年即1705年至1712年，江西巡抚郎廷极在景德镇督造时期）之后，于唐窑喷薄出一个辉煌的境界，造型、装饰、质地、色彩无不登峰造极，无论仿古或创新。

唐英却也是满腹苦水的一个苦人儿。

“伴君如伴虎”，最不易莫过于侍奉皇上。他先后为雍正和乾隆烧制瓷 20-3
器。雍正好些，推崇清雅，近文人情趣；乾隆的“农家乐”就很难办，且芝麻绿豆都要过问，事儿不对眼，就找“打工仔”问责：做丑了、烧糙了、不出新、有裂缝、手感不好，等等。

乾隆六年（1741）四月十二日，被责“烧造上色之瓷器甚糙，釉水不好，瓷器内亦有破的，着怡亲王寄自唐英”。

没创新，经费不给报销：“十一月二十八日，太监胡世杰传旨与怡亲王、德保：此次唐英呈进瓷器仍系旧样，为何不照所发新样烧造进呈？将这次呈进瓷器钱粮不准报销，着伊赔补。”

墨突不黔，席无暇暖，居然还被疑为腐败分子：“唐英钦奉朱批，不但去年，数年以来，所烧造者远逊雍正年间所烧造，且汝从未奏销。旨到，可将雍正十一、十二、十三年等所费几何，所得几何，乾隆元年至五年所费几何，所得几何，查明造册，奏闻备查，仍缮清单奏闻。”

若御窑是一家公司，唐英就是总经理，以其业绩来说，应当占股份，纳斯达克上市一起去敲钟，现在每每为公司贴银子，董事长翻白眼是家常便饭，居然还被扣饷。据载有三次，最重的一次，乾隆罚他2164两银子，相当于他四年的薪俸。

唐英面临圣上的极限压力，稍不留神，要被铐了打入大理寺，全家流放宁古塔；还得将陛下要求的“日日新”，最好每天一个新样式千方百计落成实锤，并将此实锤说成隆恩浩荡，洞鉴万里，让当年这位皇宫后花园里和自己躲着宫女，一块掏小鸟儿，在旮旯里撒尿的玩伴由衷感佩自己是一个不世出的天纵全才。瓷母、青花转心瓶殊为典型，这般耗时耗力的瓷器，一般民窑、工匠给再多的银子也不敢沾包——

瓷母是一件86厘米高的大瓷瓶，从上到下17层，17种不同釉彩：珐琅彩、松石地粉彩、仿哥釉、金釉（耳饰）、青花、窑变釉、斗彩、祭兰描金、开光绘粉彩、绿釉、珊瑚红釉、紫金釉等，汇集唐宋元明清以来
20—4 所有名贵釉彩，七彩轰响，乱花扑眼，简直是一架大力神重型运输机。这意味着最起码要经过17道工序，用到17种不同烧制方法，任何一道工序出错，从头再来。有方家为这种贵重瓷器的成功率做过估算：把每一层釉彩的成功率乐观地估算为70%，那么，整体的成功率就是70%的17次方，即是说烧成该件的成功率仅0.23%。统计学上，概率低于5%即为“不可能事件”。唐英啊，硬是将不可能变成可能。

此外，就是吸收诸多外来元素的造型：瓶身上16层纹饰，颈部对称夔耳，腹绘12扇开光图案，包括“三阳开泰”“太平有象”等。

乾隆意在“国威总动员”，立下这件瓷母，向后世展示其江山稳固，四海扬波。瓷母真的被永久保存下来，现存国家博物馆。今天观者看了作何想法？是否有“盛世”之感另说，单就审美观感，若先前看过雍正朝淡雅纯正的瓷器，会不会觉得这瓷母张牙舞爪、咄咄逼人，像打着耳钉、发色五彩？还是把家传法拉利、保时捷、劳斯莱斯、兰博基尼一股脑儿都开到大街上？

转心瓶，内外瓶尺寸必须精准，一旦出现尺寸差错，一烧整个瓶子就全毁了。当时哪有高科技的测量仪器，一切只能凭直感、经验把握。然
20—5 而，唐英做出来了。乾隆八年（1743）、十一年（1746）、十二年（1747）、十八年（1753）及二十二年（1757），陛下都曾东巡围猎，每次归来，就要御窑厂烧制转心瓶以做纪念。清史记录了景德镇几次烧造转心瓶的事。青花转心瓶作为重器，现也在故宫博物院摆着。

守拙候势，临渊履薄。揣十二万分小心侍奉皇上，唐英心里还有更深的隐痛。

第一任夫人赵氏，共同生活了仅两到三年，因病而亡。雍正九年（1731），正是他为童宾浓墨重彩那一年，第二任夫人马氏撒手而去。屋破雨漏接踵而来：婿亡；原分给几兄弟的家产遭族人侵吞，不得已，妾室张氏携十五岁长子文保、八岁次子寅保、孀女、稚女、乳妪等八口，南下千里投奔景德镇。“八口远来，凄然相向。万绪千愁，付之一叹。始知黯然销魂，江郎不止为别离赋也。”（唐英《陶人心语》卷三）

雍正十二年（1734）七月，张氏产子，因御窑处珠山之下，取名“朱山”。张氏系难产，殁于五日后，年仅二十三岁。张氏为撑持一个原本要散箍的家庭“竭勤殚智，不遗余力”，这次又“死而遗子”，唐英潸然泪下，呼其为可姬，并作《可姬小传》纪念，文末嗟叹：“予幼孤且贱，学书学剑，卒无一成，汩没车尘马间，三十年来，身世抵牾，人之无可于予也久矣。予无可而姬复何可？”（《陶人心语·可姬小传》）

尘寰几乎所有坎坷，人间几乎所有悲恸，他是怎样释然的呢？

看到被网友称为金句的一段话：“在这世上，每个人都活得这样辛苦，我曾经羡慕过的人，我曾经向往过的人，我曾经爱过的人，我曾经恨过的人。最后我才知道，他们每一个人，其实都和我一样，活得千辛万苦。”（匪我思存《千山暮雪》，江苏凤凰文艺出版社 2017 年版）唯有心里住满芸芸众生的人，才会懂得人的辛苦，接受所谓命运的不公，更会心怀悲悯，以秋日夕照般的温煦目光，默默注视自己或他人的惨淡人生。

或许，苦中用力最猛，迸出来的才会是真正的力。

唐英一年年地改变着景德镇，让原本只属于皇家且只随皇权改变的御窑，成为中国及世界历史版图上一座文化辐射力强大的艺术高峰，让景德镇成为具有独特魅力和深远影响的东方艺术之城。他亦在苦难中活出自己——若没这个爷们儿，中国瓷器史、瓷器研究、瓷器收藏至少缺掉三分 20-6

之一的光彩。

“世界以痛吻我，而我报之以歌。”

七十三岁时，唐英领军烧制转心瓶，逾一年，终成。两年后，乾隆在圆明园接见这位当年的玩伴。这时的唐英已年老体衰，自觉来日无多，督办陶务亟须新人顶替。乾隆说，可要考取进士的寅保接过督陶官一职？唐英回，寅保“诸事阅历未久”，请陛下“另择贤员，到关接办”。呈文里总以“奴才”自称的唐英，头一回犯拧……

乾隆二十一年（1756）七月，九江关署府邸床榻上，唐英倒下两个月了。一说倒在景德镇。他患的是痰火病，镇上窑工染上此病的也不少，应是陶瓷业职业病。城里的好中医都召了来，舒中芍药汤，瓜蒌枳实汤，加味地黄汤……古方、秘方，轮番用过，未见好转。撕心裂肺的剧咳，声声噤住窗外高柳乱嘶蝉。久患白内障的眼睛偶然睁开，一片模糊中，见榻边人无不神色凝重……

20—7

二十九日，寅保请江西巡抚代上奏折：“职父今于七月二十九日在署病故。”一如乃父不厌清白，奏折详细禀报公款和官印已交送官府，瓷器和原料就地封存等大小事项。

这位两朝老臣之死，乾隆御笔朱批了一个字：览。

唐英的死，意味着景德镇最为辉煌时代的陨落。

21　历史这样走，或那般走，很多时候，就取决于……

十八世纪末，中国贸易顺差已经大到不是英方赚钱或赔钱那样简单，而是关系到两国贸易能否进行下去；早已击败西班牙和荷兰成为海上霸主，又完成工业革命的英国，新的生产力像蛰伏地下的泉水迸射出来，迫切要为产量几十、上百倍提高的工业产品打开市场。1787年，乔治三世应英国东印度公司请求，派遣卡斯·卡尔特中校率团前往大清进行磋商，希望庞大的东方市场能够更多地吸纳英国工业品，让贸易循自由的规矩推进。岂料卡斯·卡尔特中校第二年猝然病死于来华途中，此事不了了之。

东印度公司再次力促此事，支付了八万英镑的总费用，终于，1792年9月26日，一支七百人的庞大使团从普利茅斯港出发前往中国。大部分人乘坐英国海军当时航速世界领先的“狮子”号战舰。东印度公司提供的载重一千二百吨的“印度斯坦”号大货船主要载运送给乾隆的礼品，共十九宗五百九十余件，提前一年就开始准备了，既要给乾隆八十大寿添喜庆，又想把工业革命的成果尽可能多地介绍给大清国，为此，他们还特意征询过两名曾在意大利那不勒斯圣家书院学习过的中国教徒的意见。礼品有蒸汽机、棉纺机、梳理机、织布机，还有天文仪器、带有减震装置的马车、灯具、外镶珍贵宝石的八音盒、钟表、纺织用品、韦奇伍德瓷器和画作等。

想到一进入中国内海，首先接触的是清朝海军，给对方准备了榴弹炮、迫击炮、卡宾枪、步枪、连发手枪等先进武器。甚至还带来一个热气球飞行员，在天空还专属飞鸟的时代，突然出现一个巨大的气球，英国人想象，乾隆会怎样的喜出望外！（大清官员都知道乾隆虔信祥瑞，老人家六下江南，所经各处，总督、巡抚个个恨不能跑到附近山上捉来一头五彩祥兽，以坐实盛世的到来）比选择礼品更费神的是如何解释它们的名称及用途，让对方听懂，比如天体运行仪，得译为“天文地理音乐钟”。副使乔治·斯当东的儿子经过半年多的中文速成训练，已凑合着能听能写，这些大抵都由这个十二岁的孩子完成。

这将是东西方世界，或者说东西方文明第一次高端接触。

时年五十六岁的马戛尔尼自信满满。他出身苏格兰贵族家庭，被任命为英国国王全权特使，曾远赴彼得堡，与飞扬跋扈的叶卡捷琳娜二世商谈两个宿敌国结盟事宜。马戛尔尼相信，这些花了心思、付出血本的礼品足以让乾隆为英吉利寻求自由贸易的诚意打动。

使团抵达中国后，在天津下了大船，连人带礼品被转移到中国船上，经运河前往北京。船头飘拂的长幡上，是中文“英吉利贡使”几个大字；礼品清单上，大清官员把“礼物”一律改成“贡物”。马戛尔尼很快就会明白，一字之差，含义迥异。

八十岁的乾隆也充满了自信。二百年来，葡萄牙、荷兰、俄罗斯等共派遣十五个使团出使大明、大清，要求进入中国市场，都被一一顶了回去。“以茶制夷”是中原王朝自唐宋以来的撒手锏。为统御少数民族，维持边境太平，最给力的一招就是控制茶叶供给。洋人长年吃牛羊肉，若无法进口大黄、茶叶，刮走油腻，就会因消化不良致死。这并非在讲笑话，直到五十年后，林则徐在给道光皇帝的一份奏折上还写道：“况茶叶大黄，外夷若不得此，即无以为命。”这一撒手锏，乾隆早接了过来，他脑袋里有一个基于茶、瓷器构成的想象世界，这世界朕说了算，老老实实在贡使席上坐着的夷国番邦，赐尔等喝茶、用瓷，尔等就对我大清有向慕、归附之心。对面目可憎、眉目不清者，茶与瓷器，便是你脖子上的一根漂亮的牵引绳，或者咣当一声，干脆紧闭铁门。当下盛世，国力强壮，物阜民丰，产业链无不齐全，清朝为什么劳神和洋人做买卖？

乾隆的自信大概还来源于自家身体倍儿棒，八十岁的人了，至此时治国五十余年，生活和工作、苦恼与幸福，都没耽误：日理万机；巡视山河，天下山珍海味，无不延揽腹中；三宫六院，嫔妃无数，六十五岁还能生下儿子——他一定能将这盛世进行到底！

改了一个“贡”字，就把自称“钦差”的马戛尔尼打落为“贡使”。若准其为“钦差”，那就意味着乔治三世可以与乾隆平起平坐，天上怎能挂着两个太阳呢？若洋人也有盛世，那他们又怎会俯首入贡呢？

“宗藩关系”为祖传衣钵，但对来朝的番邦使团，历来的接待方针是一要隆重热烈，照顾好外国友人的衣食住行，保证他们在华心情愉快；二得利用各种机会，充分展示大清的大好形势。沿途岸上有列队欢迎的兵阵，连绵不绝的彩牌楼，眼花缭乱的各项表演。各地接待的官员穿梭不息，船上船下服务的厮役难以计数。据估算，英国使团在北京共花费五十多万两白银，折成今天的价值，约为一亿零三百八十万元，这还不包括乾隆赏赐的礼品。使团副使斯当东记下了礼品的种类、数量：牛二十头，羊一百二十头，猪一百二十头，鸡一百只，鸭一百只，一百六十袋面粉，十四箱面包，一百六十包大米，十箱红米，十箱白米，十箱小米，十箱茶叶，二十二大篓桃脯，二十二大篓蜜饯，二十二箱李子和苹果，二十二大篓蔬菜，四十篮黄瓜，四十大包莴苣，四十大包豌豆，一千个西瓜，三千个甜瓜，十箱蜡烛，三大篓瓷器。由于数量太多，船上无法容纳，只能收下一部分，“将其余的璧谢”。（［英］乔治·斯当东著，钱丽译《英使谒见乾隆纪实》，电子工业出版社 2016 年版）

对比中英互赠的礼品单，两国所处的时代真是不可以道里计。一厢是问世不久的蒸汽机、棉纺机、梳理机、织布机等；一厢是千年来老天照拂的牛羊果蔬，竟还有“三大篓瓷器”。此时，对景德镇瓷器进行仿造并加以创新的手工业，机器化加入助力，已成为欧洲最为重要的工业之一，著名的有英国韦奇伍德、法国利摩日、德国麦森、奥地利皇家维也纳、意大利卡波迪蒙蒂。创造了几百万人就业机会的同时，也创造巨大的财富，并形成一系列欧式装饰风格的崭新瓷器，尤其是韦奇伍德瓷，先以铜版蚀刻图案，施墨印于纸上，再转印到器物上。仍依靠手绘的景德镇，早就赶不上用机械印花的英国瓷厂生产速度。产品创新外，韦奇伍德瓷业还采用新的营销手法，快速响应消费者需求和时尚变化……

对这些，乾隆是无知而颟顸，坡下之蚁？蚂蚁是二维世界观的生物，蚂蚁王国里，只能认知长和宽即二维的事物，无法认知高度，后者属于三维世界。抑或，乾隆眼力其实特别老到，意志特别“二杆子”，预见到若敞开国门与洋人做起买卖，那些在“光荣革命”“人权宣言”里沸反盈天的东西，如洪水猛兽、龙蛇起陆，早晚得闯进来？故爷爷康熙可以笑谈、老爹雍正可以容忍的西方传教士，在中国一度成千上万，在儿子、孙子手里给驱赶得白茫茫一片大地真干净……

1793 年 9 月 14 日，是英国使团觐见乾隆的日子。马戛尔尼一行人起早摸黑走了一个多小时，凌晨四点左右到达热河行宫。门口早有许多大臣等候。

> 几位身着黄袍、骑着白马的侍卫率先抵达，他们翻身下马在皇帝的大幄前站好，组成一堵人墙。接着侍卫的吆喝声伴着音乐声传来，乾隆皇帝坐在一乘包金、无盖的肩舆中，由十六个人抬着远远走来……肩舆后有警卫执事多人，手执旗伞和乐器。皇帝衣服系暗色不绣花的丝绸长褂，头戴天鹅绒帽，帽前缀一巨珠……皇帝坐上龙椅，立即万籁俱寂。时而有音乐声打破这寂静，铃铛发出的清脆悦耳的叮当声，更增添了仪式的庄严肃穆。（[英] 乔治 · 斯当东著，钱丽译《英使谒见乾隆纪实》，电子工业出版社 2016 年版）

大幄像是一座大蒙古包，正中三排台阶，最上一层摆着龙椅。众人齐刷刷地跪下，行三跪九叩大礼，只有英国使节行了单膝礼。经过外交史上一场最为滑稽的交涉，乾隆“宽大为怀”，免去英国使团的跪拜之礼。和珅和另外两位皇族在皇帝身边跪着答话。乾隆步伐稳健，声若洪钟，脸上“没有一点老年的痕迹”，看上去不超过六十岁，马戛尔尼感觉自己比他显老。乾隆笑眯眯的，像一位邻居老伯，特意与十二岁的托马斯 · 斯当东打招呼。但马戛尔尼一提出希望大清开放通商口岸、允许英国在中国派驻使节等条件，万里晴空忽转乌云盖顶，未有任何转圜，乾隆直接拒绝，并让马戛尔尼给乔治三世带回一道“圣旨”。

> 天朝物产丰盈，无所不有，原不借外夷货物以通有无。特因天朝所产茶叶、瓷器、丝斤为西洋各国及尔国必需之物，是以加恩体恤，在澳门开设洋行，俾得日用有资，并沾余润。
>
> ——乾隆帝致英国国王书

用白话说就是：你等番邦小国，不远万里来给朕祝寿，朕很高兴。但天朝地大物博，不需要与你们进行贸易。若丝绸、瓷器、茶叶等商品确实为你们所需，只要臣服于我天朝，朕通通可以赏赐予你。至今这道“圣旨”仍保留在英国外交档案馆。

在双方甩出那么多礼品、弄出那么大的场面后，事情回到原点，即仍是广州一口对外通商，所有的对外贸易都由清政府特许经营的商行——广州十三行垄断。

此次会面，第一个余波是为平衡贸易逆差，英国人开始动歪脑筋。英国东印度公司在印度种植鸦片，再把鸦片卖到中国。乾隆朝早期，英国输往大清物资中鸦片占八分之一，到乾隆朝晚期，就占到了二分之一，清朝上流社会已东倒西歪，烟枪林立，流行吸鸦片了。很快，大清输出的茶叶、瓷器和丝绸就抵不过鸦片的进口。为满足国内的鸦片需求，非法商人必须用白银来购买鸦片……

第二个余波就是当年乾隆打招呼的那个小男孩，长大后成为西方第一代“基辛格”。1818 年，他作为副使随英国外交使臣阿美士德访问北京，觐见嘉庆帝，再次寻求开启双边贸易，又一次遭到拒绝。1818 年他回国，当选为英国下议院议员。1840 年 4 月 7 日，传来林则徐虎门销毁鸦片的消息，英国下议院围绕是否派出远征军出兵中国进行了一场冗长的辩论。激烈的辩论中，已近花甲之年的斯当东站了起来，全场鸦雀无声，聆听这个两次见过天朝皇帝的人的意见。他告诉议员们：“开始流血之前，我们不妨争取与大清谈判，但战争将难以避免。”那些没去过东方的议员脑波产生了共振，最后的投票结果是二百七十一票对二百六十二票，以九票微弱优势通过对大清宣战。

中国与世界历史的命运从此被改写。

乾隆没有看到这场战争。

1799 年 2 月 7 日，乾隆在养心殿驾崩，享年八十九岁。自秦始皇以来，两千一百三十二年历史上寿命最长的一位帝王，留给他儿子一个雷电欲来的世相，走了。正如当朝三十五岁便去世的书生黄仲则在 1773 年除夕夜里感喟的：“千家笑语漏迟迟，忧患潜从物外知。悄立市桥无人识，一星如月看多时。”（《癸巳除夕偶成》）而乾隆接手的时候，曾是一片风调雨顺的江山。

常说历史是大众的历史，其实历史这样走或那般走，很多时候就取决于掌权者的性格与认知。

同一年，地球那端也有一位对后世极有影响力的人物去世——华盛顿。两届任期结束后，华盛顿没有接受老部下们的劝进去做皇帝，而是自愿放弃总统权力，不再续任。他隐退老家弗吉尼亚州弗农山庄园，过上普通美国人的生活。1798 年，美国独立后的第一场国际战争——美法准战争爆发，华盛顿再度出山，为国而战。一年后的 12 月 14 日，华盛顿去世，遗体葬于老家庄园。他重新并永远地回归平民。

感觉上，许多人以为乾隆、华盛顿至少是相隔两个世纪的人，其实他们是同一时代的人。历史人物隔几十年甚至上百年都不一定能够看得清楚。黄仁宇先生有言：“将历史的基点推后三五百年，才能摄入大历史的轮廓。”“摄入大历史的轮廓”之后，我们再看乾隆和华盛顿的差别，不就是古代人与现代人的差别吗？

22　还好，马戛尔尼没有去拜访景德镇，去了和谁接头呢？

欧洲人的一颗玻璃心碎了。

一条有美丽的青花瓷为装饰，由伏尔泰、雨果等文魁巨擘荡桨的“浪漫中国”之船，在 1793 年被撞得乱石穿空，惊涛裂岸。

一个行将覆灭的天朝，水面上仍是串串“不屑”的泡沫：马戛尔尼带来的这些礼物，乾隆也非完全看不上，他最喜欢钟表，收藏的朝贡钟表有三千多件，以英国钟表最多。蒸汽机、棉纺机、织布机、天体运行仪等通通堆到了仓库，一把大锁锁住。天朝的大臣绝大多数是文人出身，对此亦 22—1
没有兴趣。马戛尔尼曾提出请武英殿大学士兼军机大臣福康安观赏一下使团带来的欧洲新式火器的威力。福康安回答：“看亦可，不看亦可，这火器操法，谅来没什么稀罕。”

韦奇伍德瓷器也不见有回声，造办处若转去了景德镇，勤于研习与记录的唐英定会有相关文字留下……

韦奇伍德瓷器——这近代工业的晨光，与景德镇瓷器——传统手工业的晚霞，没能在中国交会。

马戛尔尼使团却差一点到了景德镇。

据马戛尔尼的旅行日记记载，英国使团返程是经京杭运河到杭州，再从杭州经浙江的桐江，江西的信江、赣江，广东的北江（珠江支流）到达广州。在信江、赣江段，他们几乎与景德镇擦肩而过。1793 年 11 月 27
日（星期三），马戛尔尼的旅行日记写道：“我们在半夜月亮升起在天空时 22—2
前进……景德镇——这是大清帝国最著名的主要瓷器产地，距离我们的旅程并没有很大的距离。我们最好能够去拜访这个世界著名的城镇，这是最称心如意的，但是我们不能如愿。”（［英］乔治·马戛尔尼等著，何高济、

何毓宁等译《马戛尔尼使团使华观感》，商务印书馆 2017 年版）

还好，马戛尔尼没有去拜访景德镇，去了和谁接头呢？

早在英国使团来华五年前，乾隆就裁撤了督陶官一职。原因无他，国库没钱了。

22－3 乾隆六下江南，一路繁华锦绣、八音迭奏，一路环肥燕瘦、五彩祥兽。可惜女子是江南水灵灵的好女子，五彩祥兽却头头都是纸糊泥捏。盛景背后，乾隆只管生前铺排享受，岂问死后洪水滔天！

好像也不尽然，他老人家也反腐败，按清代法律，对官吏贪腐的处罚，纸上血色淋漓：受银一两以下杖七十，十五两杖一百，二十两杖六十徒一年，四十两杖一百徒三年，四十五两杖一百流二千里，五十五两杖一百
22－4 流三千里，八十两就要判绞监候（被判处绞刑的罪犯不立即执行，先监禁，至秋审、朝审后再视案情处理）。若真照此办理，贪腐遍地、庙堂几无净土的乾隆朝，恐怕没一个官员能幸免。“甘肃捐监冒赈案”中，乾隆将判处死刑的标准提高到两万两，是八十两的二百五十倍。以乾隆提高后的尺度，仍有三十六名省部级高官被砍了脑袋，占到同类高官总数的23%。乾隆的惩贪力度历朝历代都罕见。

但那凛凛的砍头刀，就是砍不到内务府总管和珅身上。此公一手握“天子南库”粤海关，一手握“天子北库”皇城崇文门税关，揽进自个儿怀里的银子，真个是如鹅毛大雪。史料记载，算上房屋、珠宝，和珅共贪污约十一亿两白银。

京城之下，呼寒号饥，民不聊生，各地大大小小的起义此起彼伏。江西抚州千总卢鲁生，假借工部尚书孙嘉淦名义，上书劝止乾隆再下江南，文辞悲切，朝野一时广为流传。案发后，卢鲁生被千刀万剐，两个儿子被处斩，受牵连定罪下狱的有一千多人。而起义军虽经多次镇压，首领被杀害，但如燎原野火，至震撼朝廷的白莲教起义，有了几百万义民的声势。八旗生计、河道漕运等隐患，也日益凸显。国势阽危，国库告急。雍正给

乾隆留下白银六千多万两（一说三千四百万两），乾隆留给嘉庆的，大抵是一个空壳子，一千万至两千万两而已。

裁撤督陶官，显然是为削减内务府开支的忍痛之举。乾隆不做，号
召“反腐倡廉”的嘉庆也会做，故有“和珅跌倒，嘉庆吃饱”一说。景德
镇在朝廷眼里不再是只金凤凰，政策忽冷忽热，忽左忽右，漫无定规。乾
隆末年（1794），认为有伤地脉，高岭土被控制开采，优质制瓷原料来源
一时被切断。受景德镇抑制的欧洲硬质瓷工厂遂获得充分发展的机会。韦 22–5
奇伍德瓷业将蒸汽机引入陶瓷生产，采用温度计控制火候时，景德镇还使
用焚香计时、试片测温，御窑、民窑都不见现代技术一点影子。工业化大
生产使韦奇伍德陶瓷迅速占据英国市场，出口欧洲他国的产品达到总销量
的 80%。骨瓷发明之后，景德镇瓷器基本被逐出欧洲高端市场。1792 年，
英国东印度公司停止一切中国瓷器贸易。欧洲他国东印度公司中国瓷器订
单继续维持了几年。大约乾隆朝油枯灯灭之时，东西方瓷文化的对决也告
终结。

纵观晚清时期的景德镇瓷业，道光朝基本沿袭前朝，无甚建树，外销
瓷在欧洲之外国家所占比例也趋缩减；咸丰、同治时期，外有鸦片战争，
内有“洪杨之乱”，太平天国一把火，几乎烧掉半个景德镇，朝廷自顾不 22–6
暇，景德镇则寥败无以名状；光绪朝略有起色，只是低谷里的攀爬，出现
了张扬个性的文人画派，程门为代表创立的“浅绛彩”新彩绘种类，“以
瓷代纸，以画入瓷”，首开景德镇瓷上绘画性艺术表现之先河，而与此同
时，英、德、日等洋瓷大量倾销中国。

光绪二十七年（1901）江西巡抚柯逢时折奏：“中国之销量日绌，而外洋之浸灌日多。厥所由，实缘窑厂资本未充，不角与之相竞。倘再不图变计，将并此区区之利权不能自保。”请求开办景德镇瓷器公司。次年，景德镇瓷器公司成立。光绪末年，两江总督端方奏请将瓷器公司官督商办改为商办，更名“商办江西瓷业公司”，准之。

历明清两朝近六百余年的御窑厂，随清王朝落幕，寿终正寝。

23 为带热捧红今日一线城市广州，说景德镇曾立下汗马头功，并不为过

欧洲八国的东印度公司可称为海上八支先锋队、敢死队。

之所以说是敢死队，是因为在整个航行中由于当时的技术、设施所限，老天若真动起滔天大怒，再结实的船体也不过是惊涛里的玩具，轻易就可摧毁。当时，沉船之事不绝于耳。单程至少八至十个月，恶劣的海上、气象环境，长期缺乏蔬菜、水果，缺乏维生素，很容易患上各种疾病，死亡率能达到20%。死了以后，白布一裹，直接抛去大海，哪怕是亲爹，船上也决不留尸，以防瘟疫。

巨大风险与高额利润成正比。据文化学者王鲁湘估计，十八世纪初，英国人把两千五百万到三千万件中国瓷器运到欧洲。到这一世纪中叶，英国东印度公司处在欧洲经营中国瓷器的首要地位。1758年，荷兰东印度公司从瓷器贸易中获利三万四千五百一十九盾，利润率高达233%。（郭成康等《康乾盛世历史报告》，中国言实出版社2002年版）瑞典东印度公司，拥有三十七艘商船中位居第二的远洋商船“哥德堡一号”。1739年至1745年，该船三次远航广州，用瑞典的木材、铁和焦油，在白银最便宜的港口西班牙的加里斯港换取白银——这是当时中国人唯一接受的商品，抵广州后，用银子换取茶叶、瓷器等商品，运回哥德堡，出售给本国和其他欧洲人。第一次航行，公司赚了九十万克朗，其时，瑞典整个国库只有一百万克朗。第三次航行，装载了包括一百吨瓷器在内的七百吨货物，运回国内拍卖，公司利润估计合瑞典一年国民生产总值。

1745 年（乾隆十年）9 月 11 日，汉尼巴丹海域的哥德堡港口风平浪静，海鸥点点，岸边云集着官员、翘首以盼的各路商人和水手家属。离港口还有九百米，岸上人已能清晰看见船上人的面容，大船莫名其妙失控，撞上一块巨大礁岩，迅速沉没，前后不到十分钟。船上上万斤茶叶就此留在海底。后人写道：汉尼巴丹海域，从此变成世界上最大一只茶碗。好在“敢死队”没有伤亡，全须全尾上岸。事后从沉船上捞起三十吨茶叶、八十匹丝绸和大量瓷器。打捞出来的货物只占全部货物 8%，拍卖后，这 8% 货物的盈利弥补了这条船的所有亏空，股东当年还分到了 14.5% 的红利。受此鼓舞，瑞典东印度公司又建造“哥德堡二号”，继续开展与大清的贸易。（李琴《十三行的瑞典记忆》，《外滩画报》2006 年 7 月）

瓷器、茶叶，成了推动天朝这台老旧机器继续运转的润滑剂。

大清的海关税分为船钞和货税。船钞阳面为无论货物，大船一千二百两，中船九百六十两，小船四百五十两，这银子归中央财政；阴面为无论大小，各船一千九百五十两，这银子归海关及相关官员，是为“官礼”。货税亦有阴阳两面，阳面为户部规定的总货价 3.9%；阴面为总货价 6%，也归官员个人。一艘外国商船开进广州，除了上述阴面上的名目，还得另加丈量费、通事费、管事费、库房费、稿房费……一大堆名头，有一百多项，算下来近两千两白银。雍正时期，整肃吏治，船钞全归北京。衮衮诸公的收入少了一大块怎么办？羊毛出在羊身上，不愁韭菜长不出：在货税里再加一项，称“缴送”。“缴送”更狠，相当于总货价 10%。（张宏杰《乾隆皇帝的十张面孔》，人民文学出版社 2009 年版）

海关税，计有三成多流入内务府，支撑皇家常人难以想象的享乐。

乾隆下江南，总要提前一年准备，每次费时四五个月。随驾官兵一般三千名，用马六千匹、船四五百艘，还有几千名役夫。单次仅鸣锣开道一项的花费就超百万银两。接驾行宫有三十多处，外部气派非凡，内部陈设古玩字画、奇珍异宝。所到之处，官道要重修，路得亮化，须是直的，沿途碍事的房屋，哪怕是祖坟都被拆除或移走，百姓怨声载道。乾隆六下江南，据史家估计，总计用白银两千万至两千五百万两，不算沿途商人捐赠的花费……

海关税的五成流入海关及地方官员腰包，只一成多一点上缴国库。乾隆三十一年（1766），海关税有五百四十余万两，仅次于田赋、盐课税，约占当时国库年总收入四千五百五十四万两的12%。到乾隆五十九年（1794），海关税上缴国库不增反降，只有可怜巴巴的四百万两。直到洋务运动中英国人赫德加入并加以改良，清廷国库中海关收入才出现明显增长，在晚清时提高到财政总收入的四分之一到三分之一。（王刚《清末财税改革研究》，山东师范大学2009年硕士学位论文）

被丝绸、茶叶、瓷器喂饱了的，还有广州十三行。

自乾隆二十二年（1757）钦定广州对西洋海路“一口通商”，至道光二十二年（1842）《南京条约》签订，黄埔港成为中国最繁忙的港口。据《粤海关志》统计，1758年到1837年的八十年中，经粤海关入华贸易的外国商船共计五千一百零七艘。其时，黄埔港水面开阔，水深适宜。每年五六月间，西南季风吹起之时，欧洲各国商船经五到八个月的航行后抵达黄埔港，由舢板转运人、货，沿珠江上溯，前往广州城外十三行商馆区卸货交易。此后满载中国丝绸的华贵、瓷器的典雅和茶叶的芳香，于九、十月东北风盛行时御风返航。这算是当今每年春秋两季仍在广州举办的“中国进出口商品交易会”的前身。代理海外贸易业务的十三行并非专指，鼎盛时期这里曾有二十六家商行，涉及茶叶、丝绸、瓷器、漆器、银器、纺织、绘画、雕刻等各个行业。

番舶来时集贾胡，紫髯碧眼语喑呜。
十三行畔搬洋货，如看波斯进宝图。

——清·朱树轩《岭南竹枝词》

夷商交易用洋钱，万里来瞻上国天。

货物到关齐纳税，海珠湾泊火轮船。

——清·江仲瑜《羊城竹枝词》

嘉庆时期，番禺禺山老人编写的小说《蜃楼志》开篇写道：“广东洋行生理，在太平门外，一切货物都是鬼子船载来，听凭行家报税，发卖三江两湖及各省客商，是粤中绝大的生意。”

十三行商人与两淮盐商、山陕商人，被称为清朝三大商人集团，乃近代以前中国最富有的商人群体。

十三行的潘（振承）、伍（秉鉴）、卢（继光）、叶（上林）四大行商，其家产总和盖过当时的国库收入，真正富可敌国。伍秉鉴的怡和行，拥资超过两千八百万银圆，在国内拥有数量惊人的地产、房产、茶山、店铺和千万家财，在美国则投资铁路、证券交易和保险业务，还是英国东印度公司最大债权人。2001年《华尔街日报》统计上个一千年世界上最富有的五十个人，伍秉鉴名列其中。临珠江而筑的伍家豪宅，与其交相辉映的潘园，可与《红楼梦》里的大观园相媲美，钦差大臣、总督巡抚及外国使节常在这里聚首。一个叫亨特的美国人写道：“我最近参观了广州一位叫潘启（潘振承别名）的中国商人的房产，他每年在这处房产上的花费达三百万法郎……这一处房产，比一个国王的领地还大，据说他拥有的财富超过一亿法郎，这已经比当时欧洲很多国家的国王还要富有……他有五十个妻妾和八十个童仆，还不算三十多名花匠和杂役等。”（叶檀《广州十三行启示录》，FT中文网）1822年发生在十三行的一场大火持续了七昼夜，烧毁价值四千万两白银的财物，大火中熔化的白银、外国银圆满街流淌，竟流出一二里地远，十三行豪富可见一斑。

广州城也越来越热闹了。

太平门是广州新城（明嘉靖时所筑）的八座城门之一，位于城西，门外有太平桥，通往西关太平街。中国贸易史上，太平街曾经是呼风唤雨、点石成金的龙口地。街道两边，岭南特点的老屋群不时有西洋建筑风格的楼宇骄纵地插进来，商铺、酒家、会馆、茶楼、青楼、牌室……鳞次栉比。茶楼里人声鼎沸，座无虚席。店伙计倒茶，茶客五指叩桌以示感谢，此风俗就始于乾隆时期此地。由茶楼的雕木花窗向外望去，江畔三三两两的花舫，船头是鬓角插了栀子花的女子，蛾眉凤眼，顾盼生姿。街面川流不息的人群中男人居多——官服上绣云豹、孔雀的男人，穿丝质长袍的男人，戴盔式太阳帽的男人，坐轿子的隆腹男人，不是富商巨贾、达官显贵，就是幕僚胥吏、缙绅名流，正要官场酬酢，贿请关说，买卖勾兑，或去莺声燕语、钗横钏飞的花酒席碰和，以中老年油腻之身，享受轻盈无龄之感。瑟缩在马路牙子上或骑楼下私语的男人，或驵侩贩夫，或掮客篾片，要么就是占卜打卦的，一对对骨碌碌转动的眼珠子在寻找生意或机会……

诸般世相，纷呈于前。广州该是中国第一座“冒险家的乐园”，上海还要晚上好多年。

十八世纪上半叶，西方市场上珐琅彩章畅销，复制及上色准确性要求非常高，但可由七八百摄氏度低温烧制；装饰有纹章的套装盘碟需求量也日益增大。交货节奏像丰水季节水碓的运动那样急促。在景德镇烧好的素瓷先行运往广州，在珠江口就地进行彩绘和二次加工，这样的产品谓之“广彩”。这种生产模式不久便流行开来，一时间，珠江沿岸陶瓷工场密布。1769 年，一位名为威廉 · 赫基的美国旅行者参观了位于广州珠江南岸的广彩加工场，他看见，“在一间长厅里，约二百人正在忙着描绘瓷器上的图案，并润饰各种装饰，有老年工人，也有六七岁的童工，而这种工厂，当时在广州还有一百多个”。（《法传教士曾将景德镇瓷器秘诀传回国仿造山寨瓷器》，中国新闻网 2014 年 8 月 26 日）

带热捧红今日的一线城市广州，说景德镇曾立下汗马头功，并不为过。

24　如一枚银圆，一面“最好的时代”，一面“最不好的时代”

景德镇呢，夏天是制瓷业的旺季，乾隆朝里，几乎没有哪座城市看起来会比它更困窘、忙碌。

每天晨曦初露直至日落黄昏，成百上千背木柴的劳工一拨拨地从昌江码头拥下来，脚下是挑水工弄洒的水，洗衣妇溅出的泡沫，江边垃圾渗出来的污渍，石阶又湿又滑。背上竹制三角架子，里面装满劈成柴火的松木。松木燃烧旺盛，能够产生骇人的高温。满足全城窑户需要的柴薪，每日至少得一千名挑夫。他们几十上百人同行，喊着“嘿呵！哈呵！”的号子，到各自预定窑户门前，排成长队等候验货。此外，街上川流着形形色色的担子，有的担木炭、釉料，有的担工匠们的饭菜，有的双肩各扛一块又长又窄的板子，板子上排列着已被太阳晒干的半成品碗碟……

个个满身大汗，多半光着膀子，紧张得连喘息的工夫都没有，推搡拥挤，匆忙杂乱，不时得侧着身子，躲避嘎吱作响的独轮手推车，还得防着他人挑的物件一不小心戳到、扫到自个儿身上。满耳灌满挑夫们要人让道的吆喝声。街道两边全是店铺，一爿挨着一爿。铺子不分前厅后室，直接当街敞着。凡中国人使用的各色瓷器店里一应俱全，码得极高，一直到天花板。好卖的器型总有几十上百家店在争相叫卖。明嘉靖王宗沐《江西省大志》云：“今景德镇民以陶为业，弹丸之地，商人贾舶与不逞之徒，皆聚其中。”

景德镇向西不到一百六十千米是云中山城——庐山牯岭，十九世纪末，已有不少别墅错落在山间溪畔，颇有西式情趣，幽雅而安宁，与景德镇景象作天壤之别。

随挑夫走进一座座民窑，你会发现这座城市“最坏的时代”正在扑面而来。

没一家作坊使用机械，唯一的力就是人力；唯一的仪器就是眼与手，它们的感觉——

窑温凭经验判断，把桩师傅站在窑顶往窑里吐一口痰，根据痰在窑里的反应判断瓷器有否烧好。景德镇老话，说“三年可以出一个状元，十年出不了一个把桩师傅”。仿制康熙时期的“铃铛杯”，坯很薄，如少女的皮肤，不烧便有几分透明，稍有不慎就破。还有更薄的坯，上两层釉，烧完后胎坯仿佛失踪，只见两层釉，这就是工匠们说的脱胎瓷。学徒至少三五年，不走运的要十多年才能出师，眼力、手的定力都要好，“泰山崩于前而色不变，麋鹿兴于左而目不瞬”，心还要像深海里的锚一样沉静，方能摈弃一切杂音杂念，这般“立定”功夫一般人非十年难以成就。

浸釉，即把整坯浸入釉料中，得到一层均匀如流水、似月光的釉面。起伏就要用海绵把多余的釉吸走，且要做到“羚羊挂角，无迹可寻”。补水，也是难度很高的一环，手工拉坯经利坯之后，坯面常有气孔和细小刀痕，并附着坯粉和灰尘，若直接施釉，烧出来就是黑点、麻点，补水便是用特制的补水笔蘸清水一遍遍轻刷，消灭釉面上的缺陷。器面上有一个、几个气泡和黑点的，成化朝之前，官窑、御窑通通砸掉。明代早期官窑、御窑实行徭役制，工匠一年有几个月是白给皇帝干活，反正砸掉的不是皇帝的钱。明代中期后税制改革，改收人头税，不用服徭役了，只要交税就成，再烧瓷器，道理上就变成皇家埋单。于是瑕疵品不砸了，只要外相不破不变形，还能派上太多的用场。清朝御窑实行匠籍制度，一日入籍，世代不变，耗费由内务府开支。曾记否，唐英烧了一批瓷器，乾隆不满意，居然要唐英自己掏钱。吃相如此难看，是因为唐英不出血，乾隆就要出血，顾不得天朝的面子了！

以上为上游工种，下游工种的拉坯、利坯、大件装坯工等，其艰辛，坊间早用“动物世界”四字概括。

“美人首饰侯王印，尽是沙中浪底来。”极具美感的瓷器的后面，是粗鄙、邋遢的生活在支撑。

本省本地及京城各衙门一些官吏得知皇家贵族喜欢欧洲人新奇的设计，便搭线附蔓，层层索要，要匠人们制作出来以勾兑仕途，“腾笼换鸟”。无法做出，官吏们竟然会动用笞刑：“近者守土少循良，官价取瓷例已久。十金便索百金瓷，交瓷稍缓遭杖……”（清 · 章永祚《景德镇观瓷窑歌》）这说的是康熙时期的事。此前早有“风火仙”童宾和“祭红姑娘”的传说。后者说明宣宗朱瞻基要用鲜红的瓷器作为祭奠日神的祭器，工匠们尽力做了各种尝试，仍没能让皇帝满意，督陶官下令将他们关起来，烧不出让皇帝点头的瓷器，就要他们掉脑袋。一个老窑工的女儿不忍父亲受难，纵身跳进火海，过了两天，工匠们打开窑炉，发现瓷坯竟呈现皇帝要的牛血一般的殷红。景德镇此类颜色的陶瓷至今仍叫“祭红”……

唐英上任后发现御窑常拖欠工钱，窑工所得勉强糊口。民窑虽有人身自由，一般工匠待遇仍非常微薄。一说清代瓷工月工钱相当于一百四十斤米。一说十七世纪一名普通工匠年收入仅六两半银子。年薪六两半银子是什么概念？据成书于1593年的《宛署杂记》（明 · 沈榜著，北京出版社2018年版）记载，邻近北京一个县城的物价，八斤生猪肉为白银一钱六分，那么，六两半银子大概可买三百二十斤猪肉，按时下三十元一斤算，约人民币一万元，相当于现在国内外资企业工人一个月或一个半月的工资。与工匠一年六两半银子的收入相对照的，是卖到欧洲的一件上等瓷瓶，价格为十四两银子。然而，下游工种门槛低，来景德镇打工的外地人源源不断，你不干，不愁没人干。

> 整个镇子就像我在中国其他地方见到的，没有任何人、任何东西，能够真正称得上“干净”。到处都能闻到粪尿散发出的臭气，还有那些很少洗澡的人身上的阵阵酸味。这些人住在破烂小屋里，

皮肤上长着疥癣和烂疮，浑身是病，可能就是由于中国尤其是南方地区的不洁引起的。当地人除了过了缠足年龄的女孩，几乎个个都光着上身，患病概率当然要比西方社会高得多。人们完全无视最基本的卫生要求，住在热烘烘的小屋里。简陋的棚屋一间挨着一间，排在狭窄的街道两旁，就算白天也完全没有呼吸的空间。一到晚上，不管什么季节，家家户户都把门窗关得严严实实，将自己闷在泥瓦砖墙与粗糙的木板包围之中。美国上海领事馆要求凡产自景德镇的运往美国的瓷器，一律必须具备消毒证明。

——[美] 哈利·弗兰克著，符金宇译
《百年前的中国：美国作家笔下的南国纪行》，
四川人民出版社 2018 年版

沈嘉徵，浙江山阴（今绍兴）人，清雍正四年（1726）任乐平县令，两年后调补浮梁知县，在任达十六年，是浮梁历史上任期最长官声也最好的县令。后迁升广西象州知府，百姓以万民伞送别，并立碑贤侯祠（《浮梁县志》）。他是唐英在景德镇为数不多的老友之一，颇了解镇上情况。有长诗《窑民行》，对窑民的处境表示同情："陶业多活人，业不与时偶。富户利生财，穷工身糊口。"诗里说看见一个"尘淹百结衣，风飏蓬飞首。形骸半已僵，面目黎以垢"的流浪汉，沈氏给他茶汤喝，问他何以至此。这人"泪枯气咽吼""嗫嚅约略言"，才说"身业陶工久"，"佣工依主人，窑户都昌叟。心向主人倾，力不辞抖擞。粝食充苦肠，不敢问荠韭。工贱乏赢资，异乡无亲友。服役二十年，病老逢阳九"。老的、病的干不动了，多被窑主赶出去，生不如死："弃我青山阳，青磷照我旁。死生不自觉，显晦竟微茫。狼狈于此极，速愿归冥乡……"

明末清初，鼠疫和天花这两种古代最可怕的病毒轮番肆虐神州大地。

万历年间开始，疫情发生频率渐强，烈度渐高，崇祯年间达到高峰。《明史》里屡见记载："夏大疫，（平湖）饿殍盈野塞河。""瘟疫大行，得疾者，亲友不相访问，染之即不起。""旱，大疫，病亡者相枕于道。""闰七月三日，飓风海溢……大疫大祲。"某些年里，旱灾、蝗灾、饥荒、鼠疫，四灾同发，搓脚汉子不搓了，站起来：啥都别说了，立马跟着闯王闹革命去吧。

入清，天花连年爆发，北京城中一发现天花病人，立马现场就用绳子围起来，不准随便进出。紫禁城里更是一夕三惊。《康熙实录》载：顺治十八年正月初六，上大渐。"大渐"专指帝王病重病危。这天，朝廷还传出谕旨，京城内除了十恶不赦者，其他死犯一律释放，以此为患上天花的顺治消灾祈福。可当晚深宫就传出顺治驾崩的消息。康熙早年的生活一直笼罩在痘魔的阴影下。刚出生就遇天花大流行，不得不由乳母抱出紫禁城，栖身于西华门外一座宅邸（雍正时改为福佑寺）"避痘"；两岁那年，还是不幸中枪。幸有乳母悉心照料，劫后余生，脸上留下浅浅的一粒粒白麻子……因祸得福，康熙能坐上金銮殿的一个主要原因就是他已经出过天花，没有再被感染的可能。

从现有史料来看，两大"杀手"似乎分工明确：天花祸害上层权柄人物，鼠疫威胁底层社会和军营。可这么重大的事件却没在景德镇留下任何文字记录。古往今来，瘟疫从来气焰汹汹，居然会放过昌江畔、珠山下的这片土地？病毒是否真沾不上表面光滑，从高温里出来的瓷器？

瘟疫是怎么产生的？从生物学上说，绝大多数瘟疫皆是在人类定居之后产生。游牧时期，人类很少遇到瘟疫，人马走了之后粪便留在了身后。人类定居后，产生的大量粪便和废水滋生大量细菌，这细菌看不见摸不着，却不可能不在城里城外堆积的瓷片中间。景德镇的地方文献里虽找不到关于瘟疫流行的文字，但为死去的贫穷者主持过葬礼，为一个七岁孩子做过疫苗接种的殷弘绪，在他的报告里透露了消息：

周围漫山遍野布满了坟地。在一座山脚下，有一个巨坑，周围是高高的围墙，买不起棺材的穷人，死后就被扔在这里——这在当地被看成最大的不幸。这个地方叫“万人坑”，即不限数量、人皆可埋之地。景德镇人口稠密，几乎每年都要流行瘟疫，造成大批人死亡，这时坑里扔了许多尸体，人们就在上面撒生石灰将它们烧掉……

从《景德镇新安书院契录》（郑乃章编，江西人民出版社2012年版）所收各契来看，自1758年开始，徽商就逐渐在景德镇购地修建义冢。这些义冢主要分布于河西十八渡、准提阁、董家坞一带。义冢及相关民间慈善组织之设立，显示乾隆朝抹在景德镇上空那一片灼灼华彩下，死神如巨蟒一般在扭动……

十四世纪，欧洲人的日子不比明朝人好过多少，一大块面包加一碗浓汤，就让辛苦一天的英国农夫心满意足。到了1700年，英国每个劳动力可以养活1.7人；至1800年，上升到2.5人，增加47%。1670年至1730年，英伦三岛兴起建筑热潮，不少人在伦敦等大城市和乡村交替生活。十八世纪里，到访的外国人对英格兰乡下生活水平之高甚为惊讶：砖建的村舍，红瓦屋顶。人们身着毛料衣服，足蹬皮鞋。吃的是白面包。看见过穷人，但没看到“可怜的人”，没看到饥寒交迫、面黄肌瘦的人；看过乞丐，但没一个乞丐“没穿长衣和鞋袜”。（舒小昀《18世纪英国个人消费分析》，《淮阴师范学院学报·哲学社会科学版》2007年第5期）

工业革命前期，英国汉普郡农场一个普通雇工一日三餐食谱如下：早餐是牛奶、面包和前一天剩下的咸猪肉；午饭是面包、奶酪、少量的啤酒、腌猪肉、马铃薯、白菜或萝卜；晚饭是面包和奶酪。星期天，可以吃上鲜猪肉。工业革命后，英国人的生活更是蒸蒸日上。1808年，英国普通农民家庭的消费清单上还要加上2.3加仑脱脂牛奶，1磅奶酪，17品脱淡啤酒，黄油和糖各半磅，还有1英两茶。中间阶层，甚至在十七世纪就是新产品和进口产品的最大市场消费者，他们中的许多人是十九世纪“中产阶级”的先驱。（李新宽《17世纪末至18世纪中叶英国消费社会》，《世界历史》2011年第5期）

景德镇得到了什么呢？

做瓷器的人用的都是破碗。殷弘绪发现，“景德镇的生活费用，比饶州高得多，因为一切消费品均需从外地运来，甚至烧窑所必需的木炭，也是这样……”普通工匠六两半白银的年收入仅够自己囫囵肚皮，通常情况下，主要食物是粗粮和青菜，肉蛋少得如清汤上浮着的一点油花，普遍存在营养不良。此种情况到清朝末年也无多大改观。若拖家带口，那就不乏吃糠咽野菜的日子。房子破败不堪，不是旧窑砖坯块所垒，就是木板房，跑风漏雨是小事，一旦走水，就会烧去半边街。除生活必需如灶台、床之外，家徒四壁。年长体衰，茕茕只影，沈嘉徵诗里“形骸半已僵”的流浪汉，年复一年，饿毙街头。

翻开《清史稿》，个别州府的小疫，几乎年年如跳蚤一样从乾隆朝的袍子上跳出来；涉及几省，最多达六省的大疫，如乾隆十三年（1748）、十四年（1749）、二十一年（1756）、三十六年（1771）、五十一年（1786），“跳蚤”多得摘也摘不清。其中，浙江湖州、湖北黄梅，本省丰城等地都记录在册，唯有距它们不过一二百千米的景德镇，“潜水”无声。但无声中是漫山遍野出现了更多的土馒头。

景德镇的好东西都运走了，留下来的不是手工业垃圾就是废墟。镇上看不到一点绿色，为了烧窑，周边森林被砍伐一空。烧一次窑一般持续三十六个小时，一座大窑一天要烧掉近七吨木料，那么一次烧窑，便可烧去一片小松林。方圆一百六十千米之内的林木消耗殆尽，柴火的来源地变得越来越远。创造了大美的景德镇，在大面积贫血、失血……

景德镇陶瓷博物馆里，你的目光掠过汉朝、唐朝，在宋朝的青白瓷上停留良久，在明清两代约六百年里惊艳，如同在元华堂、九段烧、居和堂、诚德轩里看一件青花瓶经由一道道工序光亮起来、窈窕起来、妩媚起来，最终一朵朵青瓷花在瓶上慢慢绽开，如此灵动，似有露水要滴落下来……你却很难窥探，古代陶瓷工匠群体处境有什么变化。

面对如此糟糕的生存条件，那些来自周边地区的贫困农民，其身份转为工匠后，少有人愿再上层楼，或子承父业，在此安家繁衍。他们最大的梦想是怀揣几只银锭，回老家盖房子、生儿子。期待日本岛上的百年千年老店，佛罗伦萨的手工业世家在景德镇出现，仿佛痴想鸡能吟诗，狗可上树。两三代的手艺传承，乃至华山独径十分鲜见，胸无文墨难有做大做强的壮志。

御窑官窑，给皇帝、官府烧陶瓷，岂有买卖的概念？

民窑给洋人、给国人做瓷器，凭口口相传，牵荷带藕，怎知营销为何？

匠人做好手上的活儿就得了，谁会去想生存权、话语权？以致一代代消逝了的工匠，好似葬入一个万人无名大冢里，万人冢上，唯有天朝皇帝的年号在回响。还有，新世纪的若干年里，“大师”们如蜻蜓，在景德镇——这片由工匠们撑持了千年的巨大荷叶上纷纷起舞，在瓷都大道上扬马奔车，花团锦簇……

尽管日脚惨淡，眉目之间仍透着相由心生的通达，有着老僧寂然忘世的专注，不浮躁，不羡慕，不唯我。一片比上不足比下有余的“精神自慰”，一种出自骨缝里的“职业固执”，从农耕文明转身的手工业人，大都如此，景德镇尤为明显。

可以说，在“全球化”1.0 版里，景德镇如一枚银圆，一面“最好的时代”给别国、天朝享用了；一面“最不好的时代”结结实实地自个儿背着。

收益与风险是如此不对称，玩瓷器、卖瓷器的——有钱的变得更有钱，做瓷器的——没钱的变得更没钱。公平公正，如窑变中的霁蓝、孔雀绿一般，缥缈难寻。几百年里，景德镇“匠从八方来，器成天下走”，烟囱林立，炉火不熄，貌似繁盛，内里却是人权糟糕，生态窳劣，浑然不知商贸为何，还得如古井无波……

25　所有传统城镇中，景德镇最具有中国文化的宿命性、悲剧性

清末民初，南北议和，袁世凯复辟帝制，自封洪宪皇帝，这一闹剧只玩了八十三天，便在天怒人怨中草草收场。景德镇却有了一次回光返照：为袁世凯登基大典，烧制馈赠各国驻华公使之礼物，又设变相“御窑”。总统府庶务司长也就是账房先生郭葆昌（1879—1942），河北定兴人，早年曾在北京西华门德聚成古玩店学徒，被袁世凯派来景德镇。当时御窑架子不在内囊在，郭葆昌看了不少雍正、乾隆朝的御窑档案，唐英部分手稿，那时一些器型蜡样模子景德镇还保存着。他对唐英很是敬佩，打算像唐英一样从外行转成内行。1915 年至 1916 年，他经手烧制了四万余件“洪宪御瓷”，这些瓷器颇为精美，仅烧制费就用去一百四十万大洋。袁世凯“驾崩”，“洪宪御瓷”也风云流散，终成稀世珍宝，为瓷器藏家们追逐。郭葆昌是在对的时候来到了对的地方——他收购了很多唐英的东西。雍、乾时期的御窑出品，在民国时代属他收藏最丰，其中一枚象牙印，上刻“榷陶史”，是唐英走到哪里都带在身上的，公文、折子、私信什么的均盖此印。据说，这枚象牙印现存故宫博物院，因为太珍贵，从没展出过。郭葆昌本人，就此成为民国数一数二的瓷器大家，尤精鉴定康、雍、乾御窑瓷器。

帝制闹剧结束后，景德镇出现几家可完成全部陶瓷生产工序的工厂。其时镇上大多数是作坊或家庭小作坊，共约两千家，仅承担制瓷流程中的某一步骤，或专门造某一产品。工厂中最大的是江西瓷业公司，多位显赫

的商人组成董事会，一部分股份被督军、省长和当地军政实权人物拿走。工人约有四百人，其中一百人来自原来的“御窑”。皇权虽已无存，走马灯一样换着总统、总理的北京当局对景德镇瓷器的需求仍然不小，主要供官方送礼之用。此外，陶瓷制品经设在纽约的一家中国公司外销，每年有约五十万美元进项。1915年巴拿马万国博览会上，这家公司的《富贵寿考》瓷版画（作者：王大凡）获瓷器展品类唯一金奖。

二十世纪三十年代，全球经济大萧条，列强向东方倾销廉价工业产品，其中就包括陶瓷，日本的廉价工业瓷甚至销到景德镇人家门口。景德镇毫无应对之策，内部却是一对乌鸡眼：匣钵厂业主贪图利益，常常在生产过程中混入杂质，匣钵质量难以保证，倒窑的情况经常发生；百余座窑炉基本为几家富商垄断，必须先交柴金才能烧制，烧制损失却概不负责；窑主们不时实行“窑禁”，在窑柴到货的高峰期，强制减少行业内的烧窑次数，或干脆不烧窑，造成窑柴滞销，以压低浮梁、祁门等地运来的窑柴价格……博弈变成相互倾轧，且从业者多墨守“成法不可改”，这座曾经无界的城市，在行帮对立、画地为牢中，加速失去其昔日的风采，瓷业迅速衰败。

1934年8月，应当时江西省政府主席熊式辉邀请，杜重远来景德镇考察。杜重远早年留学东京高等工业学校，主修窑业科。列强环伺，国力衰微，信奉“实业救国”的他，本欲在老家沈阳开办现代陶瓷企业，九一八事变爆发，只得掉头南下。景德镇却兜头向他泼来一桶桶冰水：

> 车近镇边，已见其衰落景象，盖烟筒百余座，出烟者不过十之一二耳……近数年来窑户（坯户）由四千减至一千，工人由廿万而减至四万，营业总数由一千四百万元而缩至二三百万元。每到年终无论窑户工人，忠实者辄悬梁自尽，狡黠者辄流为匪类。道途污秽，民多菜色。全镇之中，欲找一气色丰润之孩童，而不可得。镇

中素有五多之称：鸦片、私娼、臭虫、茅厕、花老鼠处也。故历年常闹鼠疫，近自南昌行营别动队到镇以来，实行干涉，限令清洁，情况较好于前。以上拉杂所陈，景德情形极尽于此。

先生痛心疾首，呼吁："景德镇为我国第一产瓷名区，亦全世界瓷业主发源地，其景况之隆替，非特系平民生之荣，抑且关于文化之兴衰，国人对此当甚关心。""至于救济景镇，非无办法，只在政府有无决心耳。"（杜重远《景德镇瓷业调查记》）

杜重远随即被任命为江西陶业管理局局长。一时间，风云骤起，电闪耀眼。许多陶瓷专家前来陶业管理局任职，其中有早年也留学东京高等工业学校的陶瓷教育家张浩。为瓷业改革能获得地方政府更多支持，熊式辉任命杜重远推荐的阎模凯（音）为浮梁县县长，此人是著名爱国人士阎宝航胞弟。开办模范瓷厂和模范窑厂，业内人士在这里可借鉴现代工业化瓷厂的管理和运营方式。在上海录取三十余名考生，加上南昌考生，陶业人员养成所共招收七十二名学生，设陶瓷总论、陶瓷分论、筑窑、图画、工场调查等课程。为让景德镇人了解世界格局和本镇落后现状，养成所举办多场露天讲演，现场人山人海，气氛热烈。养成所又创办《民众》月刊，除刊登讲演内容，还有本市行业内调查报告等内容，在当时文盲满街走的景德镇，每期发行量两千册，令人诧异……

1935 年 7 月，杜重远因在《新生》周刊发表《闲话皇帝》一文遭监禁，此后受困于抗战局势，再没能踏足景德镇。如近代众多筚路蓝缕、毁家纾难的民国实业家，杜重远虽杜鹃啼血，欲挽狂澜于既倒，终未逃过在景德镇"打酱油"的命运。（李广明《景德镇的杜重远时代》，《瓷都晚报》2008 年 11 月 3 日）

1949 年 5 月，第二野战军的陈赓部队解放景德镇时，这座殷弘绪描述有百万人口、千猪万米的大镇，只剩区区九万人。曾在 1915 年巴拿马万国博览会上夺得瓷器唯一金牌的王大凡，沦落到马路边扬尘地里摆摊卖瓷碗……

据纪录片《世界陶瓷纪行》，1949 年以后，欧洲长期占有世界 90% 的高端瓷器市场份额，剩下的份额由日、韩和中国台湾省瓜分，景德镇瓷器及其他中国瓷器所占份额基本可以忽略不计。很多年里，景德镇瓷器多出现在欧美唐人街的小店里，摆摆地摊，压压墙角，为海外华人供应一点乡愁而已……

“俺曾见金陵玉树莺啼绕，秦淮水榭花开早，谁知道容易冰消……”

景德镇及其瓷器日益凋敝的年代，中国文化在全球范围也走下神坛并日益边缘化。如残山剩水的一点东西方交流里，China 还是那个 China，但无论释为“瓷器”，还是解作“昌南”音译，都不是原来的 China。

景德镇及其瓷器的命运就是近代中华民族命运的某种投射。

四

在孕期，在生长

26　必登长城，必去全聚德，必带几套景德镇精美瓷器回国、出国

去年天气旧亭台。

1946 年 7 月，蒋介石夫妇在江西庐山避暑。25 日，上海《民国时报》头版刊登“中央社”从牯岭发出的通稿，称“景德镇之旧御窑，将改为国营瓷窑，此乃蒋主席接见圣忠学校校长汪璠时所指示者。主席对景德镇瓷业现况，备极关怀，谓国家欣逢胜利，应有名瓷分送盟邦，以志庆典。此次名瓷须仿乾隆时代作品风格。瓷质力求细薄，色调务须高雅。蒋主席并面谕汪校长，从速与赣省府洽办，积极进行”，圣忠学校实为江西省立陶瓷专科学校之误。

经过审批，这套国礼包括含饰品和餐具在内的六个品种：粉彩蝠耳鹿头樽，双耳盾式瓶，圆形挂盘，寿桃碗，粉彩金地万花中餐具，洋彩新式西餐具，共三百七十八件。餐具部分的设计监制为汪璠好友兼同事，留法返赣后在景德镇集资创办中国瓷厂的彭友贤。其余由刘雨岑、汤有光等设计监制，前者为“珠山八友”之一，后者是景德镇陶瓷教育家。图案由江西省立陶瓷专科学校张志汤、潘庸秉等先生绘出。经费拨出后六个月，这套融会西方审美理念的国礼送到南京，蒋介石、宋美龄爱不 26—1
释手，尤其是粉彩金地万花中餐具，画面灿烂，花色铺满，不露瓷底，如同天女散花，浮于空中，极尽工巧，可谓“万花不落地”。

国礼分赠美国总统杜鲁门、英国伊丽莎白公主（其时尚未登基）及

英国前首相丘吉尔等盟国首脑。适逢美国特使马歇尔在南京停留，宋美龄提议，也赠一件仿古粉彩蝠耳鹿头樽给他，马将军大喜，殊为珍爱。粉彩金地万花中餐具自留一套在“总统府”，宴会上常用来招待重要外宾。

这是抗战胜利后国内最喜庆、热闹的新闻之一，却成为二十三年后一场灾祸的草蛇灰线：1969 年，刘雨岑被牵连，最终精神失常，突发脑出血辞世，时年六十五岁。

伊丽莎白公主除获赠纪念抗战胜利礼品瓷外，还曾在 1947 年 11 月收到婚礼瓷《双龙戏珠》，那是以蒋介石夫妇名义赠送的。餐具主图案为两条金龙在彩云间抢珠，龙的外缘绘“万”字连方图形，内缘绘桃状连续图形，中间书“囍”字，周围盘绘五只蝙蝠，含“万寿无疆”“福寿绵长”“福临门”之意。全套一百七十五件，一直存于大英博物馆温莎宫周末餐具室。

收到瓷器的伊丽莎白公主随即写信给宋美龄致谢：

> 收到你和蒋介石总统特别为我们精心制作的结婚礼物——一套高贵华丽的中国瓷器餐具，我们两人都特别高兴。我非常喜欢它们的图案设计，此外，这些瓷器质量之高，恐怕只有中国才能生产出来。我向两位表示我最热烈的感谢，并通过你们向中国人民感谢他们送给我们的美好礼物。当我和蒙巴顿上尉，一想到我们将在我们的家里经常看到反映中国人民对我们的良好祝愿，在我们一生最快乐的结婚的日子里送给我们的礼物时，我们无法形容内心的喜悦。

同是 1946 年，蒋氏夫妇在景德镇定制了一批祝寿瓷及在南京黄埔路官邸日常用瓷，瓷器显著部位均以釉彩烧“丰镐房”或“蒋”字样。这批瓷器日后被收藏界称为“蒋瓷”。

蒋介石颇爱景德镇瓷器，尤其欣赏青花瓷、高温颜色釉瓷。庐山“美

26—2

庐”寓所里的生活用瓷皆为景德镇瓷器，客厅里的高白釉茶杯、茶盘，瓷质光润，釉色莹雅，通体无花饰，仅以青花艳蓝规圆衬以篆体“蒋”字；一对古典山水青花大瓶，观之有清风徐来之感，出自时任省政府主席的熊式辉一片“冰心”。1949 年 4 月 23 日，仓皇撤离南京之际，蒋介石用过的文房四宝及其他瓷器均撇在南京“总统府”。“蒋瓷”烧制不及一年，烽火即起，故存世甚稀，出处较为可靠的藏品现主要存南京博物院、庐山博物馆、台北故宫博物院等几家；国宴上蒋介石夫妇方舍得用的粉彩金地万花中餐具，则存南京市博物馆龙盘虎踞厅，每逢开馆，必有参观者在它面前流连赞叹。

国民党军政大员喜欢或定制景德镇瓷器的人还有许多。

2018 年 1 月，白先勇先生回桂林会仙镇山尾村老家。临别去一位“先”字辈宗亲家中小坐片刻。老人从米缸里掏出两只瓷碗，颤巍巍地捧给他看——景德镇制造的釉里红，碗底印着“白母马太夫人九秩荣寿”。那是白先勇祖母的寿碗！他脑海里一下浮现父亲白崇禧为祖母做寿的盛况。半个多世纪，历多少劫难，这一对寿碗居然无恙，幽幽地发着温润的光彩。老人激动地向他倾诉藏这两只碗的传奇……（白先勇《我的寻根记》，广西师范大学出版社 2019 年版）

1949 年 4 月末，解放军进城时，景德镇百姓生活潦倒，王大凡也在地摊上卖碗碟，卖茶杯、瓶子。有官兵看了瓷器，上面这么多花花草草、才子佳人，如此精雕细刻，不计工本，不就吃饭吗？不就喝茶吗？搪瓷缸、竹兜子一样吃饭、喝茶！以后，人民当家做主的新国家，肯定是为全国人民造碗……

中华人民共和国领导人出国访问或接待外国领导人，定会赠送国礼。陶瓷、雕漆、刺绣等工艺品是礼品中的常项，其中以陶瓷为重头。此时，准确地说，景德镇该是“国窑”，一国之窑，而非一人之窑。

1956 年 7 月，景德镇设立国家用瓷制作委员会，统一调配景德镇十大国有瓷厂。1949 年以后，景德镇着力于瓷业的发展，相继组建建国、人民、新华、东风、景兴、艺术、光明、红星、红旗、宇宙、为民、华风和雕塑、曙光、新光、陶瓷原料总厂等十几家大型国有企业，本地人习惯性称“十大瓷厂”。

二十世纪九十年代末，生于斯长于斯、从小对景德镇陶瓷怀有深情的民营企业家李胜利刚有几个钱，土拨鼠一样满世界转悠，寻觅、收藏“十大瓷厂”的特色陶瓷，并开始大量搜集其史料。2009 年，他自筹资金，投入近亿元，创建了景德镇“十大瓷厂”陶瓷历史博物馆，国内外无数陶瓷爱好者慕名而来。李胜利还组织担任过“十大瓷厂”党政领导的老干部和专家，耗时五年，殚精竭虑，撰写出版了四卷本《国窑：景德镇十大瓷厂风华录（1949—2009）》（中国文史出版社 2019 年版）。

这部巨著中，有一份统计表，显示截至 1995 年企业改制，“十大瓷厂”生产的礼品瓷器遍赠五大洲所有国家。自然，首先是社会主义国家领袖，如斯大林、马林科夫、赫鲁晓夫、戈尔巴乔夫。1989 年 5 月，为民瓷厂美术研究所全体人员夜以继日，熬红了眼睛，贴花、描金、烧炉，在戈尔巴乔夫到访前五天，将一批精美的西餐具送到北京钓鱼台国宾馆。此外，还有越南胡志明主席，朝鲜金日成主席，罗马尼亚总统齐奥塞斯库、总理列斯库，意大利共产党总书记纳塔，民主德国、波兰、捷克斯洛伐克部长会议主席，匈牙利、保加利亚外交部长等。

也有西方世界的领导人或政治家：美国历届总统，从尼克松、福特、卡特，到布什、小布什，以及冷战后首次穿越“铁幕”的基辛格博士；英国首相撒切尔夫人及外交大臣，加拿大总督让娜 · 索维；联邦德国总统、总理及社民党主席，法国议长，荷兰、卢森堡首相，瑞典国王，西班牙、新西兰、芬兰外长，澳大利亚参议长，“欧共体”多届主席，日本历届首相及官房长官，日本的议员及社民党、公民党、自民党等历届委员长，数不胜数。

1992年，中日邦交正常化二十周年，日本政府邀请中共中央总书记江泽民访问日本。同年2月末，红旗瓷厂接到指示，此次重要访问急需四千五百套不含铅镉的特级温酒炉作为国礼，要求3月末交货。该厂科协人员研制出五个系列品种供挑选，最后选定釉下彩高白釉“山茶花”温酒炉。温酒炉造型精致，原饰以红旗瓷厂经典青花缠枝莲纹。慎重起见，工程师翻阅相关资料，详查日本列岛风土人情，惊见莲花在日本被视为悲情之物，紧急告知外交部后，设计人员从头再来，最终以海碧蓝山茶花作为装饰，顺利完成任务。

当年“第二世界”“第三世界”国家首脑或友好人士来中国，必登长城，必去全聚德之外，必带几套景德镇精美瓷器回去，是不可缺少的环节：埃及总理毛希丁，泰国总理丙·廷素拉暖，马来西亚总理马蒂哈尔，利比亚总统卡扎菲，巴基斯坦总统及总理，印度尼西亚总统，新加坡总统及总理，乌拉圭总统，墨西哥总统，菲律宾总统及外长，印度总统及外长，也门总理及外长，冈比亚、贝宁、土耳其、尼日利亚外长……社会名流，如希腊船王奥纳西斯、泰国诗琳通公主；老朋友如西哈努克亲王、美国作家埃德加·斯诺等。还有联合国秘书长瓦尔德海姆、德奎利亚尔等。

其中，不少人屡次与景德镇瓷器结下眼缘，缘分最长的是英国女王伊丽莎白二世。伊丽莎白二世在1949年后接受过两次馈赠，一次为1971年10月，人民瓷厂送出的青花花鸟爆竹瓶；一次为1979年10月，艺术瓷厂送出的薄胎山水莲子瓶。

1959年，景德镇国庆用瓷办公室成立，负责中华人民共和国成立十周年庆祝活动用瓷，全国各大城市对外宾馆用瓷，铁路、民航专用瓷，中国驻外一百多个使领馆用瓷等。2010年，一位美籍华人瓷商带来一只高五十九厘米、重五十九千克的青花梅瓶，引起李胜利的注意。他一眼看出，这瓶子绝非出自一般年代、一般窑厂。果不其然，这只瓶子是景德镇为国庆十周年做的，由中央美院委派梅健鹰、祝大年两位教授设计，当时景德镇有“青花泰斗”之称的王步先生执笔绘画，限量版十只，当时皆送往了北京。1972年，经历了“文革”剧烈震荡的景德镇，国家用瓷办公室再度挂牌，主要服务对象为中共中央办公厅、外交部、驻外使领馆、钓鱼台国宾馆、人民大会堂、文化部、中央军委、中南海、外国驻华使领馆及全国各大城市从事外事服务的宾馆、饭店。

激情燃烧的岁月，也是如拉坯盘连轴转的岁月。

那时，各瓷厂、矿山和机关单位的职工说是按“三八制”规章上班、开会学习、休息（一日八小时上班学习开会，八小时休息，八小时睡觉），实际上熹微即起赶到单位学习，然后回家吃早饭，八点钟再赶回单位上班，中午十二点下班回家吃中饭，又赶回单位上班，下午下班回家吃晚饭，再次赶回单位加班或学习，大约每天回家都在晚上十二点，倒床便扯起呼噜，星期天也难得清净。

可那还是满面菜色的日子。

“三年困难时期”，每人实行粮、油、布凭票供应，吃不饱、穿不好，劳动却异常繁重。“十大瓷厂”原燃材料全凭农村供应，1960年8月从陶瓷系统十六家单位抽调了五千余人，这五千余人有三千余人到鹅湖公社办农场，近两千人组成社会建设兵团到农村修筑公路、砍运窑柴。当月，又从各瓷厂抽调五千多名工人上山下乡，搞原燃料生产。当时全市共有五十一座柴窑，每天需烧一万两千担窑柴，实际每天只能供应六千担左右；煤窑每日需烧煤一千吨，实际只能供应六百吨左右。其时，山上锯好待运的窑柴有四十万担，需要大量人力和汽车去搬运。于是又从全市各有关单位抽调一万人上山搬运窑柴。企业瘦骨嶙峋，工人满面菜色，肋骨清晰可见，却上级指哪儿打哪儿，轻伤不下火线，皆怀一个信念即决不为国家丢份儿，草舍泥屋里也要飞出金凤凰。不少干部得了浮肿病也不搞特殊，照样同工人一起摸爬滚打……

那年代的人们纯粹得不知道“私心”二字。1978年还有这样一件事：当年10月，邓小平同志访问泰国，景德镇生产的雕塑作品《六鹤同春》——六鹤喻泰国六个族群：傣族、老挝族、马来族、高棉族、华裔泰国人和华侨——作为国礼赠送泰国国王。事毕雕塑瓷厂隆重召开庆功会，奖励设计人员唐自强六十块钱，唐自强以为全厂人人有功，将六十块钱全买了鞭炮，在厂里热热闹闹地放起来……

二十世纪六七十年代，景德镇瓷器如同上海“永久”牌自行车、天津“飞鸽”牌自行车、苏杭丝绸一样，是优质国货与紧俏商品的代名词。大凡来江西公干、探亲的，总有家人或亲朋、同事要求带上几套景德镇N头餐具、茶具，这是今天许多六七十岁人的温馨记忆。再有，去西安出差，大寒天里来一碗羊肉泡馍，吃光一看碗底，有“景德镇东风”的标志；或去杭州旅游，西湖边吃糖醋鲤鱼，大盘翻过来见一方红印“景德镇宇宙”……许多人至今挥之不去的一个印象是，景德镇一群做泥玩火的爷们儿，是为六亿、八亿、十亿国人造大碗大盘大碟的……

其实，糙爷们儿尽管有抬头纹、法令纹，再苦再累也揣着一颗水晶心！

国家用瓷办公室成立之初即有明确指示，国家用瓷第一位，出口瓷第二，内销瓷第三。在那个特殊年代里，景德镇瓷器成为江西省出口主打产品，每年为国家换得三千多万美元外汇。岂止江西——1963年至1978年，国家每年外汇储备不过在1亿至1.8亿美元。如此重量级的创汇，对当时血脉偾张却马瘦毛长的中国无疑是心肝宝贝。说来憋屈，贡献如许的“十大瓷厂”，盼引进一条德国的等静压生产线以解决当时陶瓷生产的最大质量问题——易变形和起黑点，就是望穿秋水，排不上队。（《老书记眼中的新瓷都——杨永峰在景参观侧记》，景德镇在线2020年10月14日）

改革开放后，外销仍被置于内销之上。

二十世纪八十年代初，宇宙瓷厂接到美国米卡沙公司一千套白胎瓷特级餐具订单，经八个月努力，如期完成。美方表示满意，1984年又一次性订货六万两千套，共计二百七十九万件，主要是新一代四十五头高档西餐具。还有“红楼梦十二金钗”系列彩盘，全套彩盘十二枚，由《红楼梦》十二钗人物画面组成，深受美国消费者青睐，成为对美出口的拳头产品，单件换汇率创全国陶瓷行业日用瓷之最，仅1987年创汇就达四百七十三万美元。不属“十大瓷厂”的红光瓷厂，是集体制企业。1962年国家经济困难，实行工业“要退够”政策，砍了一部分国营单位，“十大瓷厂”里的红星厂一分为二,一个留下，一个就变成红光。如此一家付出了巨大牺牲的厂子，1976年至1983年的七年里，在景德镇产值第一、效益第一、利润第一、出口第一。1985年后好几年间，红光的外销瓷每年创汇四五百万美元……

国家任务年年加码，在这种情况下，1980年后进入鼎盛时期的“十大瓷厂”，每个厂都有两三千名工人，人民瓷厂仅画青花的就有五百余人；连大集体红光瓷厂员工亦突破三千人。

1995年后，若逐日蜡鸟，“十大瓷厂”一一消融，四五万工人逐渐离去。同时，景德镇国礼、国器的任务并不稍减。

1998年，向来华访问的美国总统克林顿赠送青花龙纹大肚玉壶春瓶。2000年，向南非前总统曼德拉赠送“祝非洲复兴图”瓷樽。2004年，中南海为国家贵宾会见场所紫光阁挑选陈列瓷，定下一对大型青花山水纹伏桶樽。2012年8月，海峡两岸关系协会定制一对青花粉彩山水图伏桶瓶，作为庆贺台湾海峡交流基金会办公大楼落成礼品。2017年，北京“一带一路”各国峰会圆桌会议厅高置一对青花八吉祥缠枝莲铺首樽等。它们均出自元华堂。创立于1983年的民企元华堂，专注于研发、还原御窑制瓷体系，传承和推动御窑文化艺术。2007年，景德镇市政府经反复论证，授予元华堂“御窑”品牌，此乃景德镇御窑历史文化唯一代表品牌。堂主向元华作为当代御窑陶瓷体系传承代表人物，2016年被文化部授予“文化部优秀专家”称号，在景德镇亦是唯一。2019年，清华大学社会科学学院聘其为研究生应用导师。

此外，玉柏瓷业工夫茶具“福寿满堂”，为中国外交部指定为国礼用瓷；玲珑茶具“梅兰竹菊”，被选为英国威廉王子婚庆礼品瓷。2015 年，湖田陶瓷受中央办公厅委托，为庆祝西藏自治区成立五十周年，烧制二十对精美的珐琅瓷平安瓶，作为中央政府礼物赠送给自治区区级以上和谐模范寺庙……

27　这扁担的河流，便是镇上一代代匠人的写照

陈也君，母亲大户出身，外公是开钱庄的。二十世纪三十年代，外公租了艘船，从绍兴一直漂到景德镇，订了一船瓷器，有高仿，也有生活用品，订好后又漂回去。外公兄弟五个，瓷器分到五房。外婆特别喜欢陈也君的妈妈，没满足女儿读书上学的愿望，但给了她很多好瓷器，家里一直用着。外婆身边，有康熙朝一只颜色釉瓶子，闲暇好心情时，会叫外孙女过来赏玩，老人家过过嘴瘾。大约陈也君喜欢瓷器的根子就在这里。

退休了，她不玩雷达了——她大学的专业是雷达——改玩瓷器。1996
年秋，她第一次到景德镇。那时“十大瓷厂”转制不久，她先去几个厂区 27—1
转一遍，这里的一切原都是火热的、铿锵的、动感的，眼下都成了冰冷的、无声的、静止的。大门口，犹见“工业学大庆，全国人民学解放军”的标语。车间内，一堵残墙上嵌的黑板，上面标语写得龙飞凤舞：“庆祝中国共产党成立七十五周年！”巨人倒下得如此匆忙：炉子摸上去似有余温，瓷胎还晾在场中，流水线两旁是堆放齐整的匣钵和半成品。工人们仿佛只是去食堂吃午饭了，只要上班的铃声一响，机器还会轰鸣起来，上班的铃声却从此再没响起……

记得2013年冬我第一次来景德镇，一天晚上，叫一辆摩的，花五十元让拉我在主城区转了一圈。司机告诉我，他原是某瓷厂团委干事，二十世纪八十年代还曾在中央团校学习，下岗时与工人一样每年八百元买断工龄，可拿二十年，便和铁饭碗一拍两散。旺季、淡季平均下来，现在一个月有两千多元收入……

已过大雪节气，他一身臃肿的铠甲，几近出仓宇航员。为躲过切削劈砍的凛冽寒风，我勾着脑袋，紧紧搂着他的腰部……

像他这样，人事科、宣传科等手头没有功夫的，或也怀技艺的，年纪大了，不能再从事瓷艺的工人，转行做物流、保安的居多，或选择做瓷器的包装盒、木架子，还有把力气的甚至拉起了板车。过去在瓷厂里画瓷器、填粉彩的多是女工，做到三十多岁眼睛就模糊了，视力连同她们的好年华一起，都留给了那个工业化年代，下岗后很多人都在酒店、饭馆端盘子。

一线工人唉声叹气几天后，很快找到新位置。平时国企牛，这一刻集体企业牛，红光瓷厂当时有将近四千人，解体后，原厂领导班子挑头，各车间承包，分了四十多家承包实体。没足够资金开场打锣，几个合伙人翻箱倒柜、挖地三尺，每人凑几千元。实在拿不出，跑到广州、深圳、汕头找老客户借钱，借个几十万元，以后一点点还。80%的工人能够维持在岗，其他的出去创业。原“十大瓷厂”工人，不愿抛家出走佛山、德化、宜兴等地的，三五个人结合起来，张三做坯，李四画画，王二麻子烧窑，租一个地方搞作坊，或一家人自己做。当时，陈也君走街串巷，看见打铁的在小黑屋里火光前，铸模的在白茫茫一片瓷粉里。做好的坯一排排放在院内晾干，有瑕疵的观音、弥勒造像在拐角上堆积成坡。市内是有山的，沿山坡一层一层地上去，水泥板加木头搭的房子皆一副面孔，许多是农民造来出租的。走进去，几乎每栋屋里都有人在拉坯、晾坯、描画，有的还是十几岁的孩子……整座城市被瓷化了似的。

次日早上，陈也君去老厂、老鸭滩，去集中了陶瓷小铺和地摊的地点，那里陈列着各色各样的仿古瓷、陈设瓷、颜色釉，青花、粉彩、郎红器挤挤插插，犬牙交错。后头多就是前面店铺的作坊。有的还能看到窑房，一间窑有七八平方米，一窑能烧好多瓷器。

动身前，陈也君跟先生要钱。先生磨磨蹭蹭，给了两千元。自己口袋里还有三百元当月退休金。走了一圈，两千三百元即成逝水。当时东西真便宜，一百件东西，三十、四十、五十、六十元，做得好一点的七十元。画工好的物件她买了不少，还有仿古瓷。人多，摩肩接踵，呵气成霓，她得走慢一点，前后左右都顾着，否则不是别人踩你，就是瓷器撞上你。她就被一只大花瓶把背给撞了……

拉板车的竞争也很厉害。指定一个人了，倒有一伙人乌泱泱围上来。到汽车站路不近，当地人只给十元钱，她给十五元。到了车站，车夫一头大汗，帮着把瓷器装上车顶，车顶起了一座小山。这是武汉专门发来的一趟车，一车人都是来买瓷器的。还见河南、广东的几个城市发来的车，一天好几趟，听说那边有很大的瓷器城，专门买卖仿古瓷，瓷器都得从景德镇贩过去。每天国内总有几十拨人来来往往。

从此，陈也君每月都来一两趟景德镇。不再像初来时无头苍蝇般，她径直走去熟悉的店铺。都是玩瓷器的，她看中的好东西，别人也不会漏掉。南腔北调候门口，瓷器刚拿出一件，她赶紧抱过来，从不谈价。每回总用装五十条烟的纸箱，七八箱地运回武汉。头天朋友、客户们就知道她要回来，翌日一早，江边香港路上一间十几平方米的小店紧闭的门前就一色“娘子军”，经济实力、陶瓷审美皆出众。她当面拆箱，每掏出一件，有好几只手来接，均不问价，相信陈工从不宰人。一般当天货即走掉一半。顾客都是老客，钱不是缘分，陶瓷的魅力才是这一众人等相聚的缘分。

后来者像陈也君这样的文化人不多，多是本地没有出路的下岗工人或周围县里一些农民。这生意不需要什么技术，只要拿到好瓷器，出去就能卖掉。他们呼朋唤友，抱团结伙，先到北京、上海一些大城市，大城市的人有文化，对瓷器之美有感觉。经大城市人捋了几遍，没什么捋的了，就深入三四线城市乃至县城里去。纯粹提篮叫卖的原始方式开发出民间日用陶瓷外的审美需求，将景德镇瓷器推向了大江南北的千家万户，这个市场比当年计划经济时代要广阔。越来越多与瓷器有关或无关的小鱼小虾冒了出来，现在景德镇地王大厦这里，当年是大串联年代里的接待中心，这里一堆五六张桌子，那里一堆五六张桌子，都在拉旗竖标，召集人马去全球各国卖瓷器，登记后交点钱。小鱼小虾沿着珠山路、八卦山、凤凰山那一带的店铺、作坊，广收瓷器，打包装箱；竖旗杆者，则负责办签证护照，择吉日出发……

二十世纪九十年代至二十一世纪初，一出工人下岗大剧哪里都在演，尤其是在全国各地老工业区。很多人都在问："我们是共和国的长子，怎么就不要我们了？"这厢也是如此：国内、国外，真真假假，景德镇瓷在商铺冷清尘蒙的一角，或者是在地摊上大贱卖、大甩卖；同时，街道灰蒙蒙的，侘傺、破败。一些人觉得景德镇不行了、过气了，雷峰塔倒了，"广陵散不复传矣"。且慢，外乡人陈也君感觉就不同：塔倒了也还有几百斤铜，何况老祖宗给的这门手艺，绝非几百斤铜。

这样说吧，景德镇像一个中年汉子，1995 年猛遭重重一击，有停顿，有迷茫，有踉跄，甚至有跌倒，但不抱怨政府，不埋怨社会，他激活血脉里的手工艺基因，用将老厂、老鸭滩拎上大板车的巧力加苦干，让自己慢慢地却稳稳地走出命运的峡谷。

2002 年，陈也君的儿子李申盛从中国地质大学毕业。他在云南当了几年珠宝鉴定师后，回武汉协助母亲办"了了亭"网站。这是国内最早一
27–2 个陶瓷网站。陶瓷贸易仅是一小块，它着力挖掘陶瓷历史，传播陶瓷文化。五年后，陈也君一家搬来景德镇，儿子和媳妇米承燕是大学同窗，一起为"了了亭"工作。一天，母子去拜访一位高级工艺美术师，一进屋，见客厅里有书柜，李申盛马上过去翻，翻出几本书就要跟人家借。对方母

亲也是知识分子，爱书惜书，迟迟疑疑地不吭声。陈也君头一回见一向不善言辞的儿子脸急腮红地说出一箩筐好话，几乎是山盟海誓。对方终于同意他借回家去。就这样，看到好书就千方百计拿回来。有的书砖头般厚，当时一页页扫描，又一页页输入，小夫妻俩几乎夜夜都跪在地上，把不知多少本书送上“了了亭”的网络空间。陈也君抽空写评论、感言，添些花絮。这些年国内写过景德镇或陶瓷历史文化的专家、作家、作者，恐怕没几个能绕得过“了了亭”。关于这座城市的历史资料、现实信息，几千篇文章，仅网站名人录，古今两三千人济济一堂，直到今天，官方、民间还没有另一个网站能超过它。如今，其海量资料存在一个云服务器里，每年须交几千元租金。

少有人知道这家人为留住景德镇的“根”与“魂”，付出了怎样的心力。人们知道陈也君，一位在客户、艺术家中间口碑很好的陶瓷艺术品经纪人。也听说过李申盛和夫人米承燕，这几年力耕一块新天地——高温颜色釉且声名鹊起，曾三次在香港艺术中心举办个人作品展览。“烈烈窑火中，天然窑变，无可复制的奇石、异象、山海、穹顶，足以让人踏歌起舞、无可救药，迷醉在色彩之中，难以自拔”。但这对难以自拔的小夫妻，下班后换下包裹全身的工作服，扯下专业大口罩，回到家第一件事，还是忙着更新“了了亭”的信息。

走进三宝蓬艺术中心前厅，一部名为“力量！”的情景艺术装置作品（作者：吴军）迎面矗立。作品由两部分构成，主体是数百根已经使用了数十年甚至更长时间的悬浮于水面之上的扁担，它们长约 8 米、宽约 1.5 米。这些扁担不似农用扁担宽，窄窄的，弧形，两头微微下弯，有些像日本武士使的长剑，倘若握在手里，会有一种飒飒的感觉。最原始、最质朴的工具，充满动感、力量与美，一条由无数扁担织就的河流。作品的其余部分是一副担子。两者构成挑坯工的形象，这个甚至不在陶瓷工艺体系之中，却到今天还能看见的工种，它串联起陶瓷生产的诸多环节，联系起前

27—3

天、昨天和今天。

这扁担的河流，便是镇上一代代匠人的写照，他们是这座城市的力量，岁月的深根，是打不垮总能爬起来的小强！外乡人陈也君母子，比起我们，更早看到了那条扁担的河流。他们自己也成了这座城市扁担的一部分。

28 老爷子甘心了，放权了，渐渐少来了

说到玉柏瓷业的发展史，难以避免，李辉丰必须谈及他与父亲的五年“斗争史”。

28

老爷子叫李咸柏，做过原红光瓷厂的技术科科长，五十二岁提前退休时是成型车间主任，管一千多号人，那是红光最大的车间。退休后，厂里效益不好，退休金菲薄，老两口在广场北路第一个摆摊卖夜宵，生意渐好，又在第二人民医院开了一家小餐厅。九十年代初，每天可以往银行存一千元，花花绿绿一堆毛票，当时李辉丰读高一，目眩神迷，哇，那么多钱啊！厨师是他的两个姐夫，所有的菜由老爷子配。常约同学来自家餐馆吃饭，李辉丰觉得特别有面子。1996 年，老爷子决定关掉餐馆，他第一个站出来反对：生意多好啊，干吗不开，与钱有仇？

老爷子讲，开餐馆一是走不远，二是一家苍蝇小店，不足以支撑三个女儿的生活，也不希望她们日后靠老公养，得能养活自己。老爷子和老娘商量，要回归本行。虽做了半辈子陶瓷，却离开这行已七八年，什么产品好卖、卖给谁都不知道。老娘说，就靠菩萨指引吧。菩萨像前掷硬币，看正面反面，正面是杯子，结果掷出来正面。同年成立了玉柏瓷业，这一年

老爷子正逢花甲，公司名字嵌了他名字里的“柏”，以茶具、餐具为主导产品。当时，已在景德镇机场上班的李辉丰，觉得当货运主任没劲，辞职回家，参与了创业。

头几年，摸着石头过河，常摸到烂草鞋。最窘时，一个姐姐犯急，滚到老爷子脚底下：我家里没钱了，儿子又小，厂里还天天都亏，我受不了了！老爷子什么话也没说，法令纹像老树根一样紧锁。2003 年，老爷子做出景德镇第一款高温釉中彩龙凤杯，销量几百万只。有如此销量的，镇上半个世纪以来，一是坊间戏说尼克松访华时欲从宴席上盗走的“尼克松杯”，一个就是龙凤杯了。卖疯了。说是一对兄弟为争包下李家的产品打架。只要谁买到了龙凤杯，谁就能赚钱。当时杯子没品牌，作坊又处小胡同，有些外地经销商为了找到李家，给开摩的的五十元、一百元“信息费”……此时就不是摸了，是手到擒来了。老爷子说什么都是定海神针，“坐家里把钱赚了，把朋友交了，而且是好朋友”。无须菩萨指路了，老爷子就是菩萨。

李辉丰却越来越找不到自己在家族厂里的位置。按说他是唯一的儿子，是“王储查尔斯”，多年来家人对他却一直不放心。老爷子要他学烧窑，他熬到半夜止不住瞌睡，结果一个姐夫倒学成了；要他陪客户喝酒，喝得昏天黑地，次日客户照样压价，一毛钱、五分钱。当时，玉柏产品主要销商场、超市或农村，一只杯子不过三块钱，已近楼板价，他怨气冲天：赔了夫人又折兵，这是何苦？在厂里待不住，他喜欢到外面跑，接触设计师，即使客户对设计师没什么要求，他也会找设计师去启蒙。家人觉得日后的金子不如到手的铜，他却觉得现在只销去商场、超市的铜，怕是拿不稳。2001 年开始做礼品订单，一次他报价七十元，另外一个人跟老娘吹风可卖七十五元，他判断采购商最终价格不会超过七十元。他以七十元报价拿下单子，一单赚的超过以前好几个月，却未驱散家人一脸黑风沉云，黑风沉云翻译过来就是三个字：“败家子”。又一次，他看中的订单得先交押金五万元，家里所有人反对，老爷子说对方公司如此苛刻，你要拿这个单子，不是死翘翘吗！后来，一位中间商不认识他，却相信他的眼光，也相信玉柏产品，帮垫付五万元，将这单子拿下……

觉得自己常被家人“吊打”，李辉丰那时比较萎靡，玩失眠。某夜三更，脑袋里翻糨糊，依稀中有声音传来：你护家保厂，忠心耿耿，老天爷看在眼里，不会再让你受委屈！他一股热泪夺眶而出，想追寻说这话的主儿，一蹬腿，一下醒了。次日，突然接到北京一个过百万元的单子，这是玉柏成立以来从未有过的大单。事毕回家，简直如沐春风，“批判会”从此消停，但“菩萨”仍在。2006 年，玉柏一年的利润只有十多万元，他想做广告，“菩萨”一口否决。他觉得翅膀硬了，“将在外君命有所不受”，砸下手里全部货款，在进景德镇的国道边竖起广告牌，这是本市历史上第二块公路广告牌。媒体和其他渠道上他也开始投放广告，一年所耗也得十多万元。一时间，市里市外玉柏名气大噪。那时，他还骑摩托车给客户送货呢，一次，一位经销商说，李玉柏啊，你下次再送几箱龙凤杯过来！对方把玉柏当成眼前这瘦高个儿青年人的名字了……

2007 年，赶上一个好时机，似乎全国人民都肚里油水太厚，要喝茶刮油，喝茶连带需要茶具作礼品，一年里这风都不消歇，叫响了的玉柏产品供不应求。老爷子心落肚了：巨额广告费没有打水漂。这年起，玉柏不做商场、超市了，转型为礼品定制为主。定制便有要求，要求需要设计师解决，老爷子在厂里与师傅们聊工艺一聊半天，这事上并无用武之地，而这恰是喜欢跑出去的儿子的强项。2010 年，玉柏二十八头玲珑餐具荣获“中国首届陶瓷设计大赛”银奖；同年，玉柏被“首届中国陶瓷文化创意大赛”评为“十大最受欢迎品牌”之一。2011 年，玉柏瓷业获准为英国威廉王子生产大婚礼品瓷；同年，李辉丰被推举为“瓷都十佳杰出青年”。老爷子甘心了，放权了，渐渐少来了，偶尔来厂里转转，基本上不理事，全由儿子裁断。李辉丰的待遇，自此好过查尔斯王子好多倍……

说起自己的心灵成长史，李辉丰最难以忘怀的也是父亲。

老爷子是1936年生人，落地几乎就是孤儿，叔叔家长大，十一岁时到景德镇当童工。打小营养不好，人长得病病歪歪，周围人都觉得这孩子活不长。做瓷器大半生，本以为开餐馆算是告老了，可一想到小餐馆难以养活企业转制后同吃陶瓷饭的三个女儿，便揪心揪肺，不得已，鬓发苍苍再度披挂上阵。开始搭别人家窑烧，说好每周逢单日自家烧。结果生意一好，对方把坯件堆满窑边，声称：破了我一坯，就得赔一万元。李辉丰拳头捏得咯咯响，但对方家儿子多，自家女儿多，肯定打不过，只能忍了。回到家，儿子愤愤的，恨不能半夜去把那窑给掀了。老爷子说了一句话：说什么呢？！都是下岗工人，眼前为争一口食，有几个顾得上讲素质？儿子啊，以后有过不去的时候，你上半夜想想别人，下半夜再想自己，有十分气也平了七八。

龙凤杯打响后，盘算建自家的窑，有在建窑的老板拉老爷子入股。依老爷子对工艺的了解，相比做瓷利润微薄，烧窑利润可称丰厚，把桩师傅是制瓷品质的压轴。老爷子回说，你要我入股可以，但我要拉一个人进来。这个人是熊师傅，窑烧得特别好。对方说，你要拉他入股可以，从你的股份里出。老爷子无二话。当时对方股份占60%，老爷子在自己40%股份里再分出40%给熊师傅。二十多岁的李辉丰，第一次懂得“分享”一词的含义。

原是为家人出路计，后来昔日的老工友、老手下陆续加入玉柏，有百号人之多。人人争抢一口食、各扫门前雪之时，要扯带、帮衬着一群人一块走，压力之大可想而知。可老爷子从不抱怨，脚跟不晃荡，没有辞退过一个员工，企业一步步挺了过来。在家老爷子有些“菩萨”意识，在厂里却从未有“救世主”之感。一年夏天南河涨大水，水从河面涌过来，浊黄一片淹进厂里，老爷子在家干坐不住，要去厂里看看，儿女们死死扯住不让去。次日上午，老爷子居然弄了一条小筏子，一个人划到厂里，只见院子、车间如常，坯体成品安好，只是熬了一宿的员工们横七竖八，一个个困乏得睡倒在水泥地上，若刚上岸的浪里白条。老爷子没说什么话，就是深深给大家鞠了一躬，在场的人全落泪了……

老爷子一到冬天就发病，要不在景德镇诊治，要不转去上海住院两三个月，跟医生太熟，挂号都免了，可直接进去。几次病危皆化险为夷。以为 2019 年也能过去，没有特别准备。2 月 10 日，老爷子因心衰猝然离世，得年八十三岁。走的时候没有痛苦，所有子女都在身边，临终前也没有什么特别的交代。他没什么牵挂。认识、不认识的人，带着花圈、挽联一拨拨地拥往李家。厂里员工自发地开了追思会，大家坐在一起，从老爷子做童工时起，到他在玉柏淡出，每个阶段，都有了解老爷子的人说几句。看起来活了八十好几，却那么不经说，零零碎碎，不过两个钟头就说罢，但这发自肺腑的两个钟头，远胜报纸上千篇一律的讣告。李辉丰记住了师傅们说的几句话——

老爷子这样走了，应是福报；

老爷子是有大爱的人；

老爷子生前最大的愿望，就是厂好家和万事兴。

29　《玲珑之子寻光记》
——一代新匠人对历史的致敬

2019 年 2 月 24 日，送葬的人都走了，儿子久久地站在父亲的坟头上凝思。

都说岁月是把杀猪刀，可岁月走起来不见动静，不打招呼，很快有狗尾巴草瑟瑟站在坟头上，若干年后，又是谁站在自己的坟头上呢？都是一辈子，都是一片云，最终这片云能够下场什么雨呢？

有段时间，玉柏压力特别大，儿子掉头发蛮厉害，摸起掉落的头发，就会想起当年姐姐滚在父亲脚下的情景。儿子的使命感亦特别重，从跟着 29-1 老爷子干的第一代算起，玉柏现在有第三代人了。做勤杂的刘师傅，四十好儿，读大专的女儿一放假就来厂里帮父亲的忙，给李辉丰留下深刻印象，女孩一毕业他就将她招到厂里做线上营销。这意味着三代人的身家性命交给了自己。在这动荡的时代里，怎么让玉柏不动荡，尽可能走稳走远，力争做成一家百年老店呢？

景德镇的四大名瓷，青花、玲珑、粉彩、颜色釉，历来总产量里玲珑瓷的比例不大，却因朦胧而透光等特点，国外市场和国内高端人士煞是喜欢。计划经济时代由省陶瓷公司包销，主打出口。1976 年至 1983 年，七 29-2 年里在全陶瓷公司产值第一，效益第一，利润第一，出口第一。1985 年，红光的出口瓷，一年创汇四百万美元，远超“十大瓷厂”，靠的就是专做玲珑瓷。集体企业性质的红光，远不像一般集体企业马瘦毛长，反倒兵强马壮，有四千多名职工，能承受如此规模，靠的也是玲珑瓷。因工艺繁杂不易，三十年来，玲珑瓷在景德镇日渐凋落。一个不忿的四川妹子，不信天下有四川女人吃不了的苦、干不成的事，二十年前来景德镇，专攻玲珑瓷。二十年后，妹子已成半老徐娘，玲珑瓷还做着，但国内基本无市场，国外市场只在中餐馆，中餐馆不在意玲珑瓷透不透，只在乎碗碟厚不厚，厚则不易打碎，且索价便宜，将原本在欧美和日本代表中产阶级中高端消费的玲珑瓷，做成了中低档，仨瓜俩枣，惨淡维持，当年的豪言壮语早成广陵散。

看历史，玲珑瓷出口利润那么多，意味着养活了更多的家庭。重情怀，为着四大名瓷的团团圆圆，再振玲珑瓷的雄风，跟着老爷子的老人队伍大抵来自红光的玉柏，有传承的基因，也具继往开来的使命。

儿子像老子。谦和有礼，对人大气，对己自律，没什么绯闻。“仁义礼智信”的“仁”如何写？不就是两个人？谁心里都有两个人，一个自己，一个他人。若处事遇事，能将他人放在前面，自己放到后面，他人有了，自己也有了，“仁义礼智信”就都有了。

李辉丰借鉴“阿米巴经营模式”，该模式源于日本“经营之圣”稻盛和夫创业早年的困境，当时他一个人既负责研发，又负责营销，当公司发展到一百人以上时，觉得苦不堪言，非常渴望有许多个自己的分身，可以到各重要部门承担责任。他把公司细分成所谓“阿米巴”的小集体，委以经营重任，从而培育出一批批具有经营者意识的员工群体。凭此模式，稻盛和夫有生之年，得以创建两家世界五百强企业——京瓷和第二电信（KDDI）。在玉柏，生产任务全部分解，生产端这块员工各自领军。一楼做杯子，二楼做碗，三楼做盘子，四楼做茶壶。各自生产指标与各自经济效益同步，比起为老板干，更是为自己干，充分激发员工的积极性。在瓷业同类里，玉柏员工的收入偏高，且很稳定，人人有实实在在的方向感、获得感。

员工的获得感，又与李辉丰的压力感共振，他必须不断在设计端、营销端，推陈出新。

景德镇时下不是没有设计人才。他认识的冉祥飞这样的年轻人，不光是很牛的设计师，也是很厉害的生活美学家，你看他在工作室自做餐饮，冉祥飞晒在朋友圈里，“做完鸡肉丸，做芝士蛋挞，还没咽下去，又开始做黄油鸡……”活得如此率真、飞扬，一般人见了，尤其领导、老板们见了，多半会缩了回去；就是迎上去，他愿意跟你干吗？他不愿意。不仅是钱的问题，一年给他一二百万，企业付不起；重要的是，他认为你的企业不够优秀，或者说彼此没有趋同的价值观。李辉丰满脸乐观，不卑不亢，迎了上去，他晓得这些心比天高的家伙，亦有阿喀琉斯之踵：创意迸发的时候，碰到的最大问题，就是没有办法量产，做一个两个，无异于自娱自乐；稍微想量产，秀才遇到兵，很快遭别人 copy，怎么办？李辉丰足以保障的是，你做不了的我来做，你只要管设计端，生产、营销、推广，你不用管，我来管。不存在谁给谁打工，双方都投股份。效益方面多为你考虑，你注重收益，我注重品牌。玉柏与冉祥飞团队合作出一个品牌“若有光”，至今近两年，一直良性发展，彼此合作愉快，皆感觉前景可期，与“若有光”名字一样。

儿子又太不像老子，还太不像镇上的一般老板。

在父亲的坟头上，李辉丰的思路清晰了，准备投两千万元，在名坊园最好的位置建“景德镇玲珑之家”。近年来国内经济环境不景气，市场与企业未来不确定感增强，老板们要不无过冬粮草，资金链断裂，几十年打拼，几天里“熔断”；要不坚决收缩，不再投入，若躲进洞里的黑熊、松鼠，熬过这个冬天再说。他要“逆袭”的，还有名坊园的“表情”。名坊园集中了景德镇被公认为工艺拔尖的若干企业，如段镇民创建的“九段烧”，走进这些企业，老板多是“五〇后”“六〇后”，做陶瓷一辈子，或大半辈子，都在一口锅里舀饭，说起工艺无不段位很高，他们在名坊园展开景德镇陶瓷工艺璀璨神奇的“一千零一夜”。他要展示的，则是一个陶瓷与生活的美学系统，在精心打造又自然流畅的一个个生活场景里，让人们发现瓷器之美，惊叹玲珑瓷之雅；若李子柒这个来自四川农村的姑娘，并无惊艳颜值，也没有过人的学历，却被称为国民女神，靠着在家乡的“新传统，慢生活”，打造出众多具有东方风情的新传统美食品牌，YouTube 平台上的粉丝数突破一千万，被国外网友称为“来自东方的神秘力量”。

名坊园深厚、丰赡，如祠堂里高高在上的祖宗牌位；此后将会有另一种表情，轻松、愉悦，剪秋水瞳，像邻家风情解与未解间的小妹。李辉丰告诉我，已与云南一女子接触，双方合作“萤照”品牌。“萤照”“若有光”，及未来合作伙伴的创意产品，皆设在名坊园。这类创意产品区别于玉柏产品，玉柏志在赢得国内外顶级市场，辐射中高端市场；它们将成为有温度的、与当代年轻人有共同价值观的互联网品牌。

放进“景德镇玲珑之家”的，还有玲珑瓷历史博物馆。此举的肇始，竟与现任日本民艺馆第五任馆长的深泽直人有关。某年，深泽来中国，在北京潘家园淘了两只廉价的宋代青白瓷盏。老板告诉他，这是仿宋的，从景德镇流出，但窑还是老窑，瓷土是一样的土。此话让他觉得颇有意思，为什么今人在宋窑做出的就是赝品？因为少了那一千年的岁月，就只好进入古玩市场，不能进入大众？回国后，他跟无印良品（MUJI）的会长金井谈起此事，金井要他再去一趟中国，看看那口窑在景德镇能不能找到，有什么来历……于是“found MUJI”项目诞生，“found”为“寻找”之意，每年无印良品的设计师会去北欧、泰国、韩国等地，寻找民间旧物，以充沛设计理念，扩大新产品阵营。

昔日，潘家园的灵感，转化为无印良品货架上的白瓷杯；现在，深泽直人的灵感，转化成了李辉丰的“found”：贫瘠的年代里充实了国家的钱袋子，又养活千家万户的玲珑瓷，其历史不会晚于青花瓷，国际影响在二十世纪六七十年代超过青花瓷，但现实状况是，目前镇上有几家企业在做，美学、趣味与功能性上各有新招，但与镇上铺天盖地的青花、粉彩、颜色釉比起来，仍显寂寞；所有博物馆的玲珑瓷，大抵是八十年代的东西，九十年代后，则如乡下的穷亲戚进不去豪门，其社会认知度无异于盲肠鸡肋一般的存在。最“令人发指”的是，当代陶艺领军人物、清华大学陶瓷系主任白明麾下，一个大二班上的十多个同学到玉柏参观，作为陶瓷专业的人，他们竟不知景德镇有玲珑瓷……

李辉丰决心在自己手里填补玲珑瓷“断档”的空白，唤起更多的企业、同道，投身这一“断档”。这两年，怀着猎犬的灵敏，镇上有一点玲珑瓷气息的地方，都出现他不倦的身影，他尽可能地收购实物，了解玲珑瓷的前尘后影，上一代、两代瓷人，尤其是红光瓷厂的突出贡献。这曲折寻找、感情跌宕的过程，被拍成一部《玲珑之子寻光记》的短视频，放在

29—3

抖音上播放，每周一次，连续放几个月。他心目中，“景德镇玲珑之家”和这部片子，将是世事纷繁的枝条遮掩不去的新鲜石碑——关于玲珑瓷的石碑；也是父亲这代死去与活着的景德镇工匠温暖的精神堡垒——一代新匠人对历史的致敬。

因为疫情推迟到2021年10月举行的迪拜世界博览会，外观取形于传统灯笼的中国馆，名为“华夏之光”，寓意希望和光明。设在上海的中国馆组委会，在全国产瓷区走了几遍，最终将展馆用瓷确定为玉柏瓷器。这是一套玲珑瓷系列，茶餐具、花瓶、灯具、香器，家居生活必备的瓷器几乎全有，这两年研发的新产品、新技术、工艺亦俱在。组委会认为，这套玲珑瓷系列与“华夏之光”的寓意，堪称珠明月朗，交相辉映。除开展期间用于宴会厅，组委会还享有半年的玉柏产品海外经销权。

2021年的第一天，李辉丰又在朋友圈告知，刚结束的国内首届新国货创新大赛上，在竞争激烈的最佳设计奖“金物奖”的角逐中，玉柏产品不负众望，摘下桂冠。

30　全球工业遗产成功转型、文创产业发展升级的优秀范例

2020年3月下旬，某日下午，我一直在陶溪川国贸酒店房间恭候如仪。

等候，是我见刘子力的常态。临近下午五点，他手吊一件黑色外衣，脸上略显倦色，像刚挤下地铁的下班族，匆忙进来，告诉我刚结束一场视频会，跨太平洋，涉及国外二十家以上顾问公司，对方很多人听不了中文，得翻译，时间或长或短，真说不准。为陶溪川二期工程，他这段日子天天开视频会。

头一回见面，就踩在火点上。七年前的某日，其时他是景德镇陶瓷工业公司经理，在公司简陋的会议室，聊了一下午。晚餐吃着盒饭接着聊，突然窗外传来一片仓皇的嘶喊声：起火了！起火了！他闻声丢下筷子，赶去出事点。院里老旧的仓库起火，火势特别凶猛，人影慌乱，两头被堵住，我们也出不了楼。消防车呼啸着赶来，水龙头喷出的水柱，如饥饿的蟒蛇一样乱窜。门口的道路湿成水泽，两个钟头后，我们好容易走出来。第二天听说，半夜十一点左右，这场大火才完全扑灭。今日想起来，还依稀记得当时"兵荒马乱"的情景……

我的最初印象，他就是"救火队"。

1995年"转制"，"十大瓷厂"职工大部分下岗。不到三十岁的他，从市青联秘书长职位调红旗陶瓷厂任厂长，说是厂长，实际上是"草袋""石块"，紧急去堵那道裂缝越来越大的口子。《瓷上中国》2014年版写到，他"白天要削尖脑袋，如何变出钱来发放生活费、应付债主，筹划让尽可能多一点的工人再就业，还要保证困难户每个月得吃上一回肉，没有一个下岗人员上访市委、市政府。晚上家里几乎夜夜有人敲门：有职工病了、死了要找他；厕所堵了、房子坏了要找他……"十五年里，工厂的那层壳还在，未发生恶性事件，他能够睡个安稳觉的日子，却屈指可数。

2014年后，他任景德镇陶瓷文化旅游集团（简称陶文旅）董事长，主抓的陶溪川一期工程——陶溪川文创产业园，三年前竣工开业。如今漫步在陶溪川文创产业园里，有心人随时能看到包豪斯的影子——

粗犷有力的门廊，没有文字标牌，只有LOGO的造型。整个街区建筑，以五六十年代的老红砖厂房为主，二十二栋清一色的锯齿状屋顶，有常青藤、凌霄花爬上外墙，平日看恹恹的，一入夏，凌霄花以簇簇的橘红色，抖擞起风情。路面、路缘石、供游人歇脚的条椅、青色石板的小桥，皆来自昔日的一砖一木。一柱高大烟囱下，是可作舞台用的中心广场，前面铺展一片由煤场改建的无边界水面，没有活动时，若一块大的碧玉还未醒来。厂区还间隔有几座不高的烟囱，带着那个年代的经典标语，风霜剥蚀，半隐半露，像干休所里早已刀枪入库的将军。

照明设计，非一般文创区的火树银花，屋顶连贯性流线照明，色温柔和温馨，在电线杆、行道树与建筑间形成朦胧的光影层次。基于遗产保护的最少干预原则，老厂房皆被完整修复，煤烧圆窑包、隧道窑、油烧隧道 30-1
窑和焦化煤气窑——体现“十大瓷厂”陶瓷烧制工艺更迭的四代窑炉，修旧如旧，置于中心位置，并串联起展览的参观路线，引游人完整地进入改造后的空间，沿途可见各种机器、设施、工具，甚至细微到班组记录……一条长桌上，摆开两排共几十部老式电话机，随便拿起一部，话筒里传来那个远去年代的各种火热声响。它们如毛细血管，呈现了计划经济年代景德镇陶瓷的基本形态和原始气息，又与园区具有现代工业美感的造型、材料、色彩，创造出戏剧性反差，却无半点突兀，显得行云流水，娓娓道来。

几次进园区的陶瓷工业博物馆，每回必看、让我久久徘徊的，是以一千只陶瓷手模搭建的“千手雕塑”。园区所在的原宇宙瓷厂，鼎盛时期有四千多名员工，现有该厂 500 名员工的口述史记录，它们和“十大瓷 30-2
厂”6.9 万名陶瓷人的“身份档案”，共同组成一道影像墙；还有由发电机改造而成的车间服务台，似在默默地等待工人们归来……文献与实物互证，影像与想象交融，对心灵或有遗憾、余痛的上一代人，是一个还予荣光与尊严的治愈机制；对后来人，是将逝去的生活与时代做出质朴严谨的描述与理解；对局外人，则具 1949 年以来工业史、社会学、人类学的认识价值。

若周末去一趟陶溪川文创园的夜间集市，你的手机十有八九会因不住地拍摄而滚烫：陶瓷烧制的精美首饰，从手镯、手链到吊坠、项链、耳 30-3
钉、耳环，无一不有；造型不拘一格的杯盘，走无厘头路线的碗盏，一只玲珑的瓷猫在杯子边缘探出头来，盘子和碗可以“长”出萌萌的小脚；仿日本曜变稻叶天目的茶具；宋代执壶，部分换成玻璃材质，可醒红酒可煮白茶；瓷胎和外套组成的竹编茶具，外套由粗细如发的柔软竹丝编织；各种抽象具象画面的陶瓷小板、萌宠玩具、音乐盒、手包、围巾……陶溪川文创空间，从摆摊设点的青年中筛选那些有原创力、原创产品者，入驻“邑空间”商城，提供免费店铺、仓储、运营、学习等多方面的创业帮扶。线上陶溪川板块早已开通，陶溪川文创旗舰店也在天猫、京东正式上线。直播基地于年内正式开放，据说有超过一千名主播入驻。至2020年年末，文创园区已累积会聚八千四百三十五名来自世界各地的景漂创业青年，带动两万五千六百人就业。一个线上、网上、云上的陶溪川，多彩多姿，蔚为大观。

在这里，瓷因人生、梦想、创意而如诗如幻；间或，也回尘世，扮作红娘，为来自天南海北的男女青年，牵出一对对姻缘。有对夫妻，老婆怀胎在陶溪川出摊，入驻邑空间期间，女儿呱呱落地，取名“诗陶”。

园区的国际艺术家工作室，至今邀约有五十多个国家的一百多位艺术家驻场创作。每年“五一”、国庆期间，这里举办盛大的“春秋大集”，全国含九大美院的四十多所艺术院校的师生，和世界各地三十多个国家的六百余名艺术家，齐聚文创园“摆摊”。对陶瓷的共同热爱，对陶瓷艺术的追逐探索，让不同国籍、肤色的人们济济一堂，展示另一种“全球化”——与政治、意识形态无涉而与艺术与美有关的全球化。

文创园里，低楼层，高密度，窄便道，宽街道，人车分流。起伏有致的天际线，干净得让你不忍使用的卫生间。在这智能化、亲切化的空间，产品展销、商务谈判为大宗。还可看展览（一些展览只在北京、上海等一线城市举行）、听讲座（太多讲座常见金发碧眼、高鼻深目之人，俨然一个小联合国）、观剧（“江南小镇”&“文艺复兴”的驻点在园区）或拍照（太多新人的婚纱照在此拍摄，若盈盈喜气可罐装出售，陶溪川发了！）。若这些都与你无关，你只是一个多愁善感的文艺青年，想在咖啡馆、书坊享受一个静谧安逸的下午，或还是一个孩子，盼着放风筝、吹泡泡……在文创园都能找到驻足的理由。

刘子力曾简单概括：在这里，老年人能找到回忆，年轻人能找到时尚；外地人感到很意外，本地人感到很亲切；老外觉得很中国，农村来的觉得 30 4
很洋气。

陶溪川文创产业园，即收官的一期工程，已成为国内也是全球工业遗产成功转型、文创产业发展升级的最成功范例之一，先后荣获国家、省市级荣誉五十余项，被列入文旅部第一批国家级文化产业示范园区创建单位，工信部国家工业遗产名单，中国科协第一批中国工业遗产保护名录；荣获联合国教科文组织 2017 年度亚太地区文化遗产保护“遗产新设计奖”，该奖自 2000 年设立以来，亚太地区仅有十四个项目获此殊荣。

31　包豪斯运动与新民艺运动

刘子力在采访中屡屡说到“包豪斯”，记者们乍听，多以为“包豪斯”是一个人名。

丹麦童话作家安徒生曾说，魏玛不是一座有公园的城市，而是一座有城市的公园。它被深深刻上德国古典主义、魏玛共和国和包豪斯的印记。

1919 年，当时只有六千人的小城魏玛成立了一所融建筑、设计、手
工艺、绘画、雕刻等于一体的设计学院，即包豪斯。创始院长瓦尔特 · 格 31—1
罗皮乌斯（1883—1969），是艺术家、建筑师、设计师，与魏玛文化的许多精英一样，皆感帝国时代沉疴深重，欲创造一个崭新干净的国家，每个行业得清扫门前垃圾，直面自己必须解决的老问题。格罗皮乌斯主张，艺术须从特定的阶层、民族或国家的垄断中解放出来，面向社会，服务大众。他对当时工业流水线上缺乏人性与艺术性的机械化、批量化产品，以

及满眼洛可可式、哥特式，还有所谓新埃及式的烦琐庸俗的矫饰之风，深恶痛绝。他认为脱离实用和大众的纯艺术，不动声色地蚕食着共和国的民主精神。

格罗皮乌斯率阵的包豪斯群体，深受十九世纪下半叶英国工艺美术运动的影响。工业革命发轫于英伦，极大地改变了世界的面貌，车轮下却满布一两代人的辛酸。工厂碾压作坊，机器驱逐手艺，这是一个痛苦的工程。诺贝尔文学奖得主约翰·高尔斯华绥（1867—1933）的小说《品质》里的鞋匠格斯拉兄弟，就遭受了工业化进程的无情碾压：他们做“好像把靴子的本质缝到靴子里去”的“顶好的靴子”，几乎能穿一个世纪的“细长的轻跳舞靴、带布口的漆皮靴，以及漆亮的长筒马靴”，但生意越来越清淡，店铺没了，人也饿死了……

英国工艺美术运动的领导人威廉·莫里斯，呼吁来一次复古运动，回到过去小作坊的形式，创造各种各样的手工艺品。无疑，那些几乎能穿一个世纪的靴子，不是一般百姓的粗皮大脚能塞进去的。格罗皮乌斯朝前走了一大步：手工业和艺术联合起来——手工业抬头，艺术俯身，两者融合，贴近自然与百姓，让更多的人享有美好的东西；或者换一个说法，过去工匠做有用的东西，艺术家做漂亮的东西。包豪斯的价值观，是有用又漂亮，越有用越漂亮，越漂亮越有用。

在包豪斯，所有的老师不叫老师，叫大师（master），一为形式大师，教导学生怎么去认知人类视觉感官里一些基本审美的形式和概念；二是工
31—2 艺大师，各行业领域内出色的手工匠人，不一定在艺术上能推陈出新，但每个人皆具“一招鲜”的功夫。第一年，学生在几个基本图形构成（圆形、方形、三角形）及基本颜色（三原色）中，攻防推拿，折腾不已。万事万物，却皆可化繁为简披沙拣金，审美世界尽管潮涨潮落，终会循理性规则，回到命门。（喂，你能不能看到命门呢？）第二年，跟随一位工艺大师，学制陶烧瓷，打家具，垒房子，做某种金属构件，一位形式大师在

场提点学生，将过去学的那些基本形态与深山望远的眼力，运用到实际创作中。以这种工作坊式教学为基础的包豪斯，1919 年的首个宣言为：“让我们一同期待、构思并且创造出未来的新建筑，用它把一切——建筑与雕塑与绘画——都组合在一个单一的形式里，有朝一日，它将会从百万工人的手中冉冉地升上天堂，水晶般清澈地象征着未来的新信念。”

包豪斯，集聚了当时德语世界最具个性的艺术家。格罗皮乌斯的办公室，朴实无华，唯一的装饰是布有几何图案的一张地毯，所有的桌椅都是几何图形，颜色相当单纯。最后一任校长、现代主义建筑大师路德维希 · 凡德罗，有一个著名的主张：越少就是越多。一位教师夹一捆旧报纸，走进教室，如是开场白：“女士们、先生们，我们贫穷而不是富有，我们无法承担浪费时间和材料的损失，我们必须尽力最好地利用不多的现有资源，每一项艺术作品都需要特定的原材料……现在，我需要你们拿起刚刚分发的报纸，把它做成超越现有的模样。我还要求你们尊重材料，使它变得有意义，充分考虑它特定的性质。如果你不需要接受任何帮助，用小刀、剪刀、胶水，那么就最好不过了。尽情投入吧！”（[英] 弗兰克 · 惠特福特著，林鹤译《包豪斯》，三联书店 2001 年版）几小时后，他回到教室，学生们把自己的成果铺开在他面前的地板上，有面具、城堡、飞机、动物，还有不知道叫什么的新玩意儿……

包豪斯的课堂，走出一群最富想象力，也最反叛的学生，与魏玛这座古老、传统城市的调性完全不搭。

1925 年，右派政府上台，学校被迫搬迁至柏林附近的德绍市。1932 年，纳粹上台，学校被逼迁至柏林，终于到了生死关头。1933 年暮春，某一天下午，凡德罗到学院，发现党卫军已经占领校园。当晚，他邀几位形式大师到自己办公室，喝掉一瓶香槟，他缓缓吐出几个字：“算了吧，我们散伙。”

似乎包豪斯风流云散，最终风流云散的是法西斯蒂。

作为二十世纪最具影响力的艺术和设计学院之一，众多革命性和先锋性美学思想的策源地，包豪斯的影响漂洋过海，一直延伸到纽约、芝加哥、伦敦、特拉维夫、圣保罗和墨尔本。“二战”后林立西方各国的钢筋玻璃幕墙的摩天大楼，日本的无印良品，瑞典的宜家家具，美国的苹果手机……皆可以追溯到包豪斯。

将包豪斯与日本新民艺运动联系起来的，是柳宗悦、柳宗理父子。

事情要从一尊木头佛像说起。江户时代，有一个法号叫木喰的僧人，
31—3 走遍日本的灵山圣地，途中忽冒刻佛像的念头。每完成一尊，皆在佛像背后刻下时间和本人法号，留在当地。行脚三十年，他散落日本各地的木头佛像成百上千，被视为几如“到此一游”的粗拙半成品，罕有人注意。直到某日，柳宗悦放下朝鲜李朝的瓷器，抬头撞上一尊木喰佛，“浓眉毛和纯稚微笑，那是一种劳作后的农人踏进家门，用衣角擦着额上的汗，面对贤淑的妻子和满地乱爬的小孩子，脸上会出现的笑……”（《柳宗悦与柳宗理的民艺与设计》，后时代网）

这微笑，让刚刚还在触摸瓷器冰凉的他，一下感受到乡居的温暖、高贵与尊严，被深深地打动。

柳宗悦由此周游列岛，尝过轮岛的柚饼子和奈良的酱菜，穿过津轻出产的漂亮蓑衣，踏过北海道有独特斜齿的雪屐，观察到日本东北部手工艺的异常繁荣：“因为下雪的时节很长，下雪天自然足不出户，要通过制作手工艺来度过那漫长的时日。因为有了工作，忧郁的冬季，也就很快地度过了……”

民间熟视无睹的诸多器物，陶瓷、印染、织物、木头、竹子、皮革、阳光下晾晒的用来做伞的纸，这些东西质朴并廉价，一切以西方为美的人，看来不过一地鸡毛，在他眼中却散发着深沉、令人迷醉的美。正是无数无名工匠为民众生活制作的这些日常器物，体现了一种健康之美、寻常之美的价值。他将它们统统打包收囊，带回家中，二十年后，家里堆不下了，

倾全力造了一座博物馆，日本民艺馆就此成形；又创立民艺学，以毕生精力保护、弘扬日本传统手工艺，引导日本社会将简洁与实用作为美的标准。由于对现代日本文化发展的巨大贡献，他因此获得“文化功劳者”的称号。

父亲在周游日本时，儿子柳宗理在东京艺术大学学习。其时，包豪斯，这只硕大的蝴蝶，正在德国黑森林里抖动翅膀。有从包豪斯进修归来的教师，开设讲座。教师阐述包豪斯的一个观点：“我们现在处在机械时代，我们无法否认；未来的艺术和设计的目的，必须是为了社会的实用，才能有长远的价值。”这番话，让柳宗理立即想起父亲提出的民艺五大原则：实用、材料、技术、量产、物美价廉。

被称为日本工业设计第一人的柳宗理，是把设计和民艺接续起来的桥梁。

柳宗理为世人所知的作品于 1956 年问世：两片弯曲定型的合板，通
过一个轴心，反向而对称地连接在一起，连接处用螺丝和铜棒固定，犹如 31－4
蝴蝶正在扇动的一双蝶翼，故名“蝴蝶凳”。作品获得 1957 年米兰设计三年展的金奖，入选纽约现代艺术博物馆长期展，被卢浮宫美术馆收藏，打响柳宗理在全球的名气。与蝴蝶凳一起进入设计史，在全球广泛生产，大量可见于家庭和公共场所的，还有他设计的另一种凳子，材料为当时新开发的纤维强化塑料，轻巧而便于收纳，适宜狭窄的空间使用。微凸的椅面与厚实的凳脚，若大象沉稳地承载人体重量，故称“象脚凳”。1964 年东
京奥运会，柳宗理设计的火炬令人瞩目。圣火传递环布列岛，火炬必须耐 31－5
热、轻盈，不碍选手单臂举着快跑，且要容易点火，耐风耐雨，无论阴晴，皆能看清火光。他的设计结合西方的机械美学和日本的民间手艺，可满足大批量生产的条件。

柳宗理毕生实践他的一个观点：民艺要有影响，不妨与工业企业合作，奥运火炬便来自合作，蝴蝶凳、象脚凳也出自天童木工。这一观点，
受到很多持宗教激进主义的民艺论者的激烈吐槽，却深刻作用于无印良 31－6
品、广岛系列家具、和食器系列等一大批日本品牌，深泽直人、小泉诚、

安藤忠雄等杰出设计师，打通了民艺和设计的连接。举世公认的日本器物之美，不仅有形式与视觉上的表象之美，且不着痕迹地融入生活，流转岁月，一点点摩挲出绵长的情味。

32 全球早已发生、一直在发生的事情，发生在中国，晚了五六十年

把包豪斯视为一种“现代主义风格”，是对包豪斯的曲解。如果说在它深层涌动的是一种对社会制度的反思，在艺术与设计乃至消费层面对民主、平等的追求，那么，发生在二十世纪二十年代的日本民艺运动，不啻是一次温和的思想革命，囊括佛教的平等观、禅道的简朴清远等哲学思想，确立了日本文化的丰赡与自信。窃以为，这是一度迷失于狂躁的帝国之梦的日本，得以走出焦土瓦砾，仅在“二战”结束、投降十九年后就高擎奥运火炬的一个重要原因。

若将两者贯通起来看，它们亦是进入工业化时代后，东西方有识之士对人类文明发展过程的再认识。二百多年来，工业文明浩浩荡荡，如水银漫地，讲究市场覆盖、市场营销与性价比，产品的趋同化导致产品的文化特色贫乏，机械制造的逐利性导致产品粗制滥造。哲学背景是物竞天择、物尽其利，不是自然赐予，而是占有自然，乃至欲壑难填，最后牛奶倒进河里，听说过中国有哪个朝代发生过此类事情吗？昔日无数无名的工匠，秉持天人合一的哲学观，于质朴无我的心境下，心手相通，创造出的顺从生活之美的手工艺品，却如田园牧歌、朱鹮白鳍豚一样，渐渐消失。包豪斯和日本民艺运动重新思考的是手工业对于人类文明的价值，对于生活美学和自然保护的价值。

在包豪斯、新民艺运动的引领下，工业发达国家皆待手工业如失散多年的游子，手工艺不再是一种粗鄙的生产方式，艺术家、设计师可以忽略的街头大碗茶店。它日益呈现的是品质，投射的是情怀，或意味着奢华。苹果手机，当前最顶尖科技产品的代表，最贵的卖一万元，若与施华洛世奇合作，做一个所谓手工限量版的手机壳，就能卖上十万元。宝马、奔驰，现在国内售价不过几十万元，扬言手工打造诸多部件的劳斯莱斯，敢卖几百万元一辆。亮瞎全球名媛仕女眼睛的爱马仕、LV 包，大部分流程工业化，只有少数用到手工，若全出自工业流水线生产，花几万元、十几万元买一个包，大概老公、恋人得送你去精神病院；标上手工，老公、恋人却可能眼睛不眨一下地为你埋单……

这是全世界早已发生且一直在发生的事情，只是发生在中国，晚了五六十年。

1949 年后，随着计划经济、国有经济的强力实施，面对“资本主义工商业改造”“四清”“文革”等频繁得几乎来不及喘口气的运动，手工艺体系彻底中断，手工业大抵成为明日黄花。八十年代改革开放以来，所谓“弯道超车”，中国用四十年时间走了西方国家近三百年的路，至二十世纪末第二波工业化大抵完成，工业化的种种后遗症却也渐渐蜂囤蚁聚，降临中国大地。只是在此时，人们才开始重新认识手工业，周情孔思，房谋杜断，发现由传统手工业转型为现代手工业，不但具有现实的经济、社会意义，且复兴手工业，杂树飞花，繁星丽空，是力挺当下中国文化在动荡不已的全球葆有影响力的一个重要选择。“御器声华蜚万国，窑炉风火越千年”，以陶瓷手工业为传承、千年窑火绵延不绝的景德镇，在新世纪重新崛起，已成必然。

我想，1995 年景德镇“十大瓷厂”消亡后，消失几十年的手工业陶瓷作坊大面积回归，不是简单的“传统的重现”，而是“现代化的胎芽”（方李莉《传统在现代化中的重构——景德镇田野札记》，《装饰》2008 年第 1 期）。在这样的时空背景下，看似主观的个体活动，更多地感应着时代喷吐的气息。李见深、郑祎来到景德镇不是偶然的；安田猛夫妇来到景德镇不是偶然的；“景漂”“洋景漂”现象全国罕见，其背后蕴含的历史变迁和文化融合，展现的景德镇文化的现代性、世界性，不是偶然的；陶溪川的掌门人刘子力，对包豪斯心心念念，也不是偶然的。他专程去包豪斯的策源地顶礼膜拜，盘桓，深思，寻求一种可与全球对话的世界语言，寻找当年开山者的后代。还真被他找到了，老人七十多岁，已是第四代，高兴地受邀为陶溪川的合作者。

33　风集影从，东方风来，这很可能是一个现象级的舞台

陶溪川二期工程乘势而上。一期只有宇宙瓷厂一个厂区，建筑面积 8.9 万平方米。二期由包括宇宙、为民、雕塑等在内的五家老厂及老铁路站场、国家粮库构成，建筑面积一百五十万平方米，总面积达两平方千米。沿昌江东岸凤凰山下的一大片区域，未来的四五年内，将统统“汇入”陶溪川。

看看二期这些项目——

以御窑厂为核心的陶阳里历史街区保护利用项目。

邑山陶瓷智造工坊项目，按工业 4.0 标准，做未来梦工厂，超级供应链。

中德智能制造实训基地项目，为金蓝领（一般是指技术工人中的高级技师，知识方面有专攻，又善于实际操作，经验丰富，是某一技术领域的精英）培训计划。

陶溪川艺术与科技实验室项目，以当代艺术为主题，建成适合陶瓷、

玻璃、金工、木工等多个艺术门类创作的艺术综合体。

陶溪明珠项目，拟建设成为穿越建筑、连通城市公共空间的城市拱廊，打造开放、共享、互联的城市生活新空间。

陶公寓项目，建筑风格与陶溪川一期现有建筑统一，旨在为研学旅行的学生、景漂青年、驻场艺术家提供安全舒适的生活创意空间。

陶溪川凯悦酒店，包含凯悦甄选五星级酒店、凯悦嘉轩四星级酒店。

陶溪川大剧院项目，对标国内一流剧院水准进行规划建设，建成后，景德镇市民不用出省市，便可享受高水准的剧院体验。（估计，这将极大地压迫南昌爱好艺术民众的九曲柔肠，或会有人跑到滕王阁上，扯着嗓子喊几声：将省会搬到景德镇来！）

……

林林总总，共三十八个项目，计划总投资达五百零七亿元。到 2020 年年末，怎么样也得投下二百亿元。

这钱哪里来？ 2019 年 8 月，国家将景德镇定为“陶瓷文化传承创新试验区”，如现今遍布国内大部分省市的“自贸区”，多少会有些政策“甜点”，却无国家拨款“硬菜”。又逢中美贸易战昏天黑地，经济内卷化，讨不来，忽悠不来，如今民间、银行、财务公司，个个警觉得像藏獒。女儿是玉立亭亭、掌中金枝，可娘家小门小户，拿不出好的陪嫁，全市财政收入也就一百来个亿。按中国特色，一得卖地，二靠政府额度贷款及发行地方债。卖地就得拆迁，拆迁便有利益冲突……

如何避开风险，又推进这高风险的任务？曾设想主事者是我，要不，得上帝执我手；要不，成春天田里的稗子，整日提心吊胆……刘子力，大抵平安地走了过来。还有不容易的，如何小头撬动大头，三个盖子遮住七八个碗，如何保证一路车不脱轨、花不落枝，也是高难度的技术活，告诉我了我也听不懂。唯有一个印象，2019 年获全国文化企业三十强提名企业的陶文旅，当年起家的陶瓷工业公司，刘子力接手时，账上并无一分钱……

再设身处地想，陶溪川二期项目的相关方、相关人，比如英国建筑设计大师大卫·奇普菲尔德，以其名字命名的建筑事务所，在伦敦、柏林、米兰及上海的办公室，拥有超过一百八十名员工；中央美院建筑学院院长、教授，美国哈佛大学、哥伦比亚大学客座教授，美国建筑师协会 AIA 荣誉院士，景德镇御窑博物馆总设计师朱锫；清华大学张杰教授，代表作品有“北京府右街危改区改造工程设计”，“南京明城墙风光带——清凉门至挹江门段城市设计”一、二期景观工程等；美国普利兹克家族，拥有凯悦酒店集团，其颁发的普利兹克奖，为全球建筑设计界第一大奖；德国西门子公司；上海建工集团，等等，哪一方不是根底深固、大树迎风？哪一位不是人中龙凤、名动江湖？或斗胆说一声：哪一位都非“善茬”，长年在名山利海行船走马，即便如今大彻大悟，推崇的是情怀，视金钱如粪土，可国内可施情怀的地方太多，要把他们“战俘”一样牵来景德镇，这得要多高的智商、情商？尤其近年来外部风声凛冽若剑，还需有避开政治峻角的一副柔性心理与对话语言。此事的曲折、繁复、缜密，当不亚于在一座总是捉襟见肘，又总图跑马驰鹿的城市，吸引资本青睐、入局，资本到位后，还得谨防有人告你个人捞了多少油水……

要驾驭这一切，在外行的老夫看来，有两条是最基本的。

首先必须是一个内行，不是教授的教授，不是专家的专家，不是领导的领导。比包豪斯晚生一百来年的“包豪斯”。或者说，得是唐英的当代版，更是唐英的国际版。

“心有猛虎，细嗅蔷薇”，这是英国诗人西格里夫·萨松的《于我，过去，现在以及未来》里的经典诗句，诗人余光中的译文。以陶文旅集团之气势、作风、速度，它无疑是在形态、气势上引发景德镇蝶变的一支野战军。我借此理解陶文旅，有下山虎之猛，出林虎之速；虎亦能细嗅芬芳绽开的蔷薇，表现出温暖、柔情、细腻的一面……

陶溪川二期项目还在图纸上，刘子力就勾画了诸多细节：交通不能堵车；配套的医院、中小学，步行最多十分钟可到达；街边立有充足的新能源汽车的充电桩；所有建筑物的卫生间，须使用全抽水马桶；公寓不设大堂，扫码入住，智能门锁开关；房间没有电视机，5G 信号全覆盖；空间紧凑，十二平方米两张床，价格可心，若青年旅社八十元一天，咱就五十元；主干道、商业街，两边都缩进三米，建风雨连廊，广东人叫骑楼，刮风下雨，大日头下，行人可有地方躲……一般设计里，这些常常容易被忽略的细微处，未来的景德镇将大幅展开，其无形的善意，怀抱和容纳的不仅是“功能”，更是“人生”。

3 月下旬，景德镇正接受国家卫生城市检查的严峻大考。全城建筑工地得围起来。围挡上印的制式话语、口号，多了去。刘子力写了一句话放上去：“陶溪川在孕期，在孕期，在孕期，陶溪川在生长，在生长，在生长……”

他对我说，陶溪川其实是一个人，更是一个以人为核心的线下线上交际的社交场所，这是未来城市的精髓。人本质上皆孤独，必须要有社交，我们为此聚拢人，聚拢很多有意思、好玩的人，这就是陶溪川，一个有鲜活生命的街区。什么是街区？街区本身不是建筑，不是马路，街区是人间烟火，是市井文化……

若天才是天生的，干才也可能是天生的。什么也拦不住他，即使是巨石滚下山，也要如西西弗斯，再咬断牙根，也要将石头推上山。说人不疯魔不成活，刘子力算得上是一个典型。刘子力足立风口浪尖，却大运乃成，在于碰上景德镇有一个能干事、好干事的环境。

2013 年冬，我头一回来景德镇，至今市长换了三茬，市委书记换了一届，刘子力成为景德镇国家陶瓷文化传承创新试验区管委会专职副主任，我搞不懂这套体制，他的担子显然越来越重；从陪同文化部部长、省委书记到国务院总理，出镜率也越来越高……套用时下常用的一个词，叫“行稳致远”。确如是，他便如此时窗外的三宝深秋，有经霜后的明净、浓绿，埋藏在岁月风骨里的坚韧与澄净。

2020 年 3 月 25 日，浮梁的无边茶园，“烟雨千山笼碧纱，春风十里舞莺花”，已经开始采摘新茶。郊外还有农地之处，则是一阡一陌的灿灿金黄。疫情阻挡了人们外出的步履，阻挡不了春天的到来。陶溪川的“全球化合作”，没有一个项目停滞，未有一方一人提出中断彼此的合作，对外联络交流仍在进行。陶溪川，像一片美丽无比的热带雨林，令人流连忘返，进来了，就没有人想出去。二期工程开工复工的各项准备，比在疫情发生前抓得更紧。二期的“陶阳里历史文化街区保护利用”复工率接近百分之八十，五星级酒店、歌剧院以及其他配套项目，全面复工。在城市的四个方向，蓝天下挺立着三十三台巨型打桩机，这些每台价值一千万元、喝够了油憋足了劲的钢铁家伙，同时打桩。从此刻起，刘子力的陶文旅集团，还有建设者们，就齐刷刷地进入“白虎堂”了，不在 2021 年 5 月全省旅游发展大会前建成，并投入使用，就甭想安然地出来。

城市在隐隐抖动，路人们为这场景所震撼，耳边如有隆隆的惊蛰之声划过……

刘子力，此生能相遇陶溪川，挥洒陶溪川，确凿无疑是他的大运。现在不一定能看到，但慢慢会有越来越多的人看到，陶溪川远不是一个房地产项目，也不仅是一个老工业基地、旧城区改造项目，当它的体量真达到现在的十倍之大，海内外的设计师、艺术家，以及年轻的创业者，必然风集影从，春水新涨，看看一百余年前的包豪斯，就会明白，这很可能是一个现象级的舞台，或将催生某种艺术与生活的美学思潮。

刘子力的原话，有批驳我的意味：“人生不满百”，不就是短暂的几十年吗，还有六七年就退休了，我有这个机会，一定得把这件事做好，做好比建一万座庙还有名，还有价值。不需要人家记住我，都是这座城市的匆匆过客，再如何享有盛名，最多三十年，就没人记得了，不是吗？我回曰：好，一百分。说得通透、豁达！

19—2

19—1

19—4

19—3

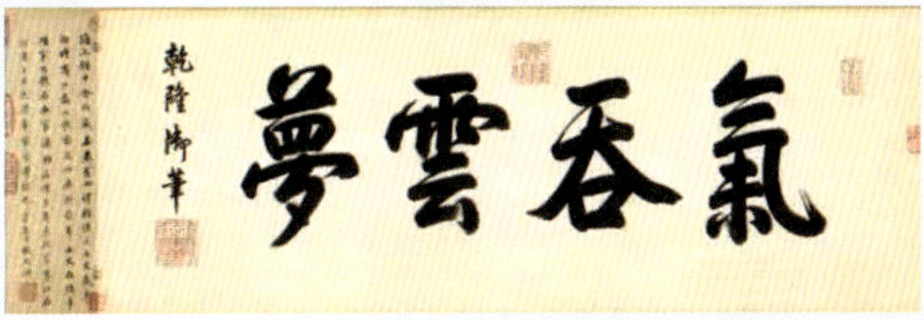

19—5

19—1 乾隆
19—2 郎世宁为乾隆画的肖像画
19—3 唐朝韩幹的《照夜白图》之上，乾隆一口气盖了五十多个章
19—4 乾隆晚期御窑的制品
19—5 乾隆御笔

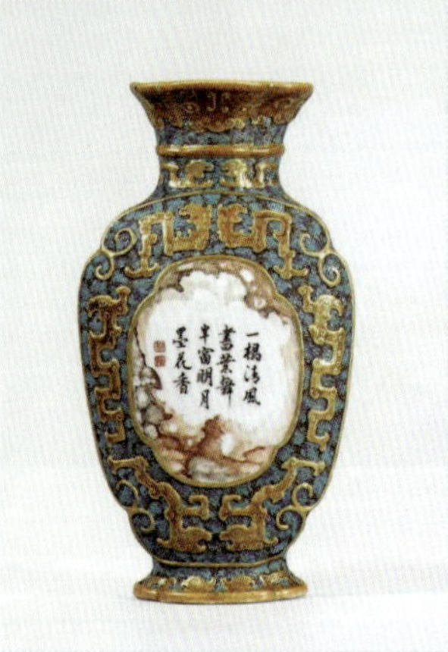

20—1

20—2

20—4

20—3

20—6

20—5

20—7

20—1 清乾隆时期唐英制仿古铜青绿浮雕夔龙开光石纹釉诗文壁瓶
20—2 单色釉（雍正时期）
20—3 粉彩（雍正时期）
20—4 瓷母
20—5 转心瓶
20—6 寿山石唐英雕像（乾隆十五年）
20—7 景德镇唐英石雕像

22—1

22—3

22—2

22—4

22—6

22—5

22—1　19 世纪英国大工业伊始陶瓷生产作坊
22—2　马戛尔尼
22—3　乾隆戎装骑马图
22—4　英国画家画了一幅漫画，展现使团觐见时的场景，把乾隆皇帝画得像一头麻木的蠢猪，可见傲慢的英国人已不把过气的“天朝大国”放在眼里
22—5　热河行宫避暑山庄万树园英使觐见场景
22—6　法国枫丹白露宫收藏的一千余件中国瓷器中一部分

VÉRITABLE EXTRAIT DE VIANDE LIEBIG.
Histoire de la Porce
La porcelaine de Meissen (Saxe) apparait
à la foire de Pâques à Leipzig

23

26—1

26—2

26—3

23 经历千山万水，瓷器来到欧洲
26—1 “万花不落地”碗
26—2 青花缠枝莲纹梅瓶
26—3 “十大瓷厂”工人学习毛主席著作（瓷版画）

27—1

27—2

27—3

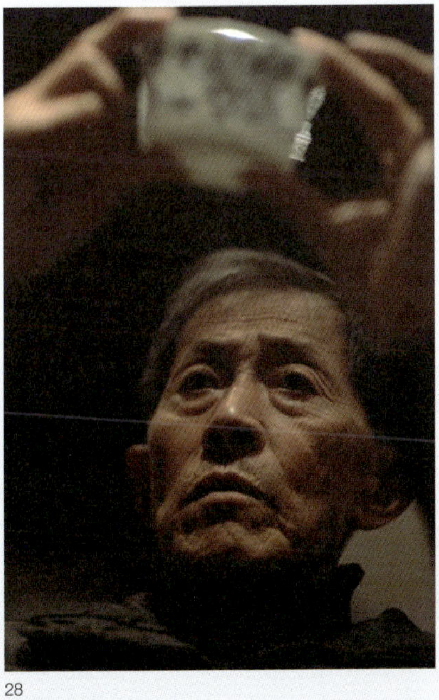

28

27—1 陈也君
27—2 李申盛
27—3 情景艺术装置作品《力量！》
28 李咸柏

29—1

29—2

29—3

30—1

29—1　李辉丰
29—2　玲珑瓷是景德镇四大名瓷之一
29—3　玉柏玲珑瓷产品
30—1　陶溪川文创园夜景

30—2

30—3

30—4

30—2　宇宙瓷厂 500 名工人的口述史记录和 6.9 万名瓷工“身份档案”共同组成的影像墙
30—3　陶溪川文创园周末露天集市
30—4　刘子力，比包豪斯晚生一百来年的“包豪斯”，是唐英的当代版，更是唐英的国际版

31—1

31—2

31—3

31—1　创办了包豪斯大学的格罗皮乌斯

31—2　包豪斯校舍建筑

31—3　地藏菩萨像，现藏于日本民艺馆。江户时代，木喰和尚游走日本三十年，路途中不断雕刻佛像，每完成一尊，就铭款留于当地

31—4

31—5

31—6

31—4　柳宗理
31—5　柳宗理设计作品
31—6　柳宗理作品：蝴蝶凳，天童木工，1956 年

五

设计与创意

34　两朵小桃花和一朵老桃花，千里传情，笑语喧哗

2020年10月15日晚，著名出版人张秋林先生在景德镇“寻味三宝”饭店请《重返狼群》作者、四川女作家李微漪及其父母吃饭。

席间，王志刚聊起，1937年10月，淞沪战役激战七天七夜，国民党二十六师——被蒋介石嘉誉为国军中战绩最优的五个师之一——所属的川军21军，1942年1月起，军部常驻浮梁，在浮梁、昌江流域的一些村庄，留有履痕屐印。李微漪的外公，黄埔四期毕业，曾是川军高级将领。李微漪的母亲当即萌生去浮梁寻访的愿望。王志刚即刻掏出手机联系，终打听到，三年前我曾见过的两位川军老兵已谢世。他脸上浮现的悲怆、无奈感，立即传染给在座的每个人，空气顷刻凝成了冰……

很少见王志刚冲动、激动，看得多的是他拿得起放得下、喜怒不惊的样子，事情不怕多、就怕不多的“八爪鱼”状态。

进入10月，好几件事堆在他身上，不是挑担者，即是提灯人：“茶话浮梁 · 原乡中国”智库沙龙活动、“田园智宿计划 · 浮梁民宿产业推介发布会”、三宝第三届泼泥节、陶青台陶瓷文化创意园项目封顶……10月初，他天天要跑一趟八十千米外的瑶里，10日前后，日日在陶青台接待重要客户。几次订好返京机票，几次改签，说是月内回不去了。他的家在北京，两个千金，一个八岁，一个十二岁，长得像父亲，脸蛋胖嘟嘟粉嘟嘟的，正是撒娇卖萌的年纪。白天、晚上不好视频，见他几次视频

放在晚餐前后，两朵小桃花和一朵老桃花，千里传情，笑语喧哗。

某日午间，他抽空来马鞍岭看老夫，我去泡茶，他在桌上抽出一张纸画起来。“你画什么呀？”哦，他在画泼泥节开场式的礼台、泥塘位置。茶未动，他说：“我去眯一会儿。”原本几近酒瓮的身板，有些摇曳地一下倒向隔壁间的木沙发，摸起靠垫压在肚皮上，“躺十分钟就行”。立马响起一串呼噜……

八年来，我在景德镇结交的老人新人，得有一半是他“带路”认识的，向元华、“九段烧”、罗国新、肖学锋、罗骁兄弟、罗晟、亮子、齐冬根、凯米、八月、盖博天、叶文妤、舒悦、杰瑞米、小米、文艺复兴乐队……他每每给我说起一个人，那份欣喜，像顶级厨师开发出一道新菜，星探在马路上挖到一颗未来巨星；还有几分意思是，有没有兴趣，你自己看着办吧。他提及向元华、“九段烧”，人前人后地称“我的师父”，师父一个电话，他扯起脚就跑，是否要赶去领小红包？他说起罗骁兄弟、小米，“心灵很阳光、生活很干净的人”。他追踪八月、盖博天（八月是英籍华人，本名王代平，和同在国际知名银行做高管的美国人盖博天是深度哥们儿，2016年一起辞职来景德镇做高端瓷器，在陶溪川、北京有旗舰店，生意不错，有固定的客人）之后，本地媒体聚焦，《人民日报》、新华社记者登门采访，很快他们知名度飙升。有北京学者提出，景德镇应该热情地张开双臂，欢迎在京城待不下去的艺术家；王志刚马上反映给珠山区，区长随即领学者到景漂艺术家扎堆的三宝去看……

景漂们的众多活动里，总有他的影子。他身边有一群视他为兄长、老师的年轻人，王老师若要做一件什么事，必定有意旨、有趣味，他们愿意去抬桩撑场子。你看，秋日惠风和畅，去三宝或什么地方，生起篝火，江南小镇乐队调弦抚琴，亮子设计摆席，罗骁兄弟的象上工作室提供餐具，玉柏公司提供玲珑瓷茶具，云子插花燃香，小米摄影，有铜盘大的月亮呜呜地从山脚升起来……自家玩很开心，客户来很开心，回去后必有订单来。和年轻人泡在一起，忘记岁月对他也是一把凛凛杀猪刀，夜半自嗨一声，不觉已届半百之年。

他的策划、提议，或他参与的策划、提议，如已经举办六届的三宝论坛，多能在现实落地，众声呼应。外地学者、专家、记者等络绎来访，座谈间常能听到他宽厚的男中音。他有游学欧美、混迹京沪的经历，有文化人的血肉、经济人的血清，比本地人更敏感于这座城市的青萍之末，珠山昌江之风口所在。政府颇为开明地容他之大议小策，认可这位几乎一门心思热贴城市胸口的非制式干部。比起赚到的一点碎银子，这是他十年累积下来的最大财富。

有人说他圆滑，我说是人性的圆融温暖——无妨有点小计透出来，或藏回去。知进退，掌分寸，他是一个明白人，不会拔根葱充大象，由他人去摆文化英雄状，俨然仙人指路，且古道热肠，实则惦着银盆子，不迭地流口水。他貌似外地人，根却深扎此处。童年、青春在斯，父亲埋骨在斯，兄姐工作生活在斯，母亲养老在斯，他有暇便回家陪老人吃顿饭，上三宝寺里烧炷香；深知这座城市曾经的闭塞、哀怨，当今在江西瞩目、中国发光的不易。

2017 年后，王志刚嘴里冒出最多的几个词，是“设计”、“创意”和“2.5 产业”，那季风还只有巴掌大，他就看到它正徐徐地向景德镇前来——

外地朋友若过江之鲫，请来最多的是设计大咖，如“北京国际设计周”副主任曾辉，仆仆风尘于国内，却一年总要来景德镇几次。第三届三宝论坛的主题为“设计就是力量”。我忝陪末座，顿惊，这胖墩（那时王志刚尚未注意减肥健身）也到包豪斯、日本岛上新民艺运动里打过镲？本地朋友里，老去蹭茶喝的地方，曾是“景致空间”，堂主是在深圳从事设计十余年的罗晟，回景德镇年许，应邀加入赛德公司任品牌总监。如此，赛德又若王老师家的后花园，总有一条无形绳扣，扯你扯我，去遛遛转转……

创意、设计，是传统工艺的核心转化力量，促进传统手工文化资源与现代消费需求有效对接，可提升手工产品品质，丰富手工产品形态。2.5产业，王志刚诠释为一个新的业态，既不是单纯的制造业，又不是第三产业，介于两者之间，属于服务型制造业，给你做出来的东西，满足了你的基本需求，还要满足你的审美需求、情感体验。如给你做一件衣服，除了能御寒保暖，还让衣服彰显你的气质、身份、品位，这就要靠创意、设计来实现。若放在工业流水线生产，绝对的标准化、规范化，但三十万件产品出来，可能连模具的费用都无法覆盖。比起德化、唐山、高淳这些老弟、小伙，这是景德镇脚板上几十年拔不去的鸡眼，没有规模，达不到产业覆盖，唯有望他人背影，长吁短叹。实际上，只要有贴身客户的温度，保证适度的规模，如三万件的量产，便足以冲抵成本。这一新型手工业集群，正是王志刚心目中的2.5产业，景德镇的鸡眼得以剥去，文化赋神，创意化形，附加值陡升，在工业化产品乌泱泱满大街的时下，可吴带当风，飘拂飞扬。

心头冒出创意设计的火苗后，火苗都烧去了别人家里，自己也恨不能去蓬蓬的火焰里跳场舞。王志刚在“舞场”边上与一个喜欢喷香水的美籍华人于砬不谋而合，早先做房地产开发又布局“宝瓷林”的于砬，也正困惑企业在新格局下该如何华丽转型。于是两人挽肩揽腰，文化与资本无缝连接，一高一矮，一中一外，下“舞场”了，这是昌江区一个文创园区的开发项目——

景德镇南高速入口处，经近两年的建设，陶青台文创园区如期封顶。好像景德镇人特别喜欢“陶”这个字，古有“陶阳十三里”，今有陶源谷、陶花源、陶溪川……陶青，是镇上古代窑作里的俗语，土话谐音为“咚锵了”，窑烧得好就是窑青。为什么还有台呢？景德镇地形地貌，古怪精灵，有山有水，有谷有涧，有平有坡，那块地方是片台地，比路面高了二十多米，举目四眺，以后的新机场、高铁站都建在附近，王志刚便取了一个名字，叫陶青台。

陶青台盯上的，是一茬茬拥入景德镇的国内外创意设计人才。

他们不一定做陶瓷设计，却是建筑、服装、汽车、家具、环境、平面的设计高手；或者不搞设计，是搞绘画、摄影、雕塑的，但他们都喜欢陶瓷，喜欢景德镇，抓把泥土在手里，就是历史，捡块瓷片就是文化。有泥捏火作的冲动，却不知道陶瓷的工艺，怎么拉坯、印坯，怎么配料、上釉。陶青台就有打样车间、实验工厂、材料中心，以及配套的服务体系，帮你做工艺翻译，只要你带着想法来，最后就能出东西，若想卖，还有电商来代劳。

陶青台不让景漂再漂，让景漂扎根于斯！

陶青台依山傍水，聚气藏风，视野开阔，绿意森森；不搞高楼林立、机器成行那种大面积工业化布局。竹林草地间一座座轻奢小院，“春去花还在，人来鸟不惊”，你可以买，在景德镇有份资产。你像候鸟一样到这里来，定期搞创作，节假日孩子也来了，惬意地享受生态、天伦生活的同时，仍可搞创意生产，实现价值，可谓“三生一宅”，生态、生产与生活，一样都不耽误。还可在此讲学带学生，相逢执弟子礼；或隐者般特立独行，舞剑吹箫，啸歌抒怀……灵感一来，缤纷花雨压星河，创作出来的东西必可爱、精巧、精致，“三生一宅”里，暗含有创意工作室的概念。

王志刚首次“跳舞”的感觉还不错，至今，“可以卖的工作室”吸引了四面八方到景德镇来创意创作的跨界达人，有边平山、曾辉、张温秩、江伟、派度、子轩、方辉、李道长等倾情加入，还有培荫堂、宝瓷林、仁和大健康、京东直播等机构进驻，前期销售全部完成，亦为后期运营储备了实质性的内容项目，以确保园区真正成为传统陶瓷制造产业转型升级为现代文化创意产业的典范。2021 年，陶青台入选江西省委宣传部重点扶持的文化创意产业项目，据闻，陶青台二期工程也将进入操作阶段。

35　品牌总监，便如电视里常坐总理身边的女翻译官

景德镇一端千年的金饭碗，是做陶瓷；景德镇最短的那块，也是做陶瓷。

没赶上工业革命那拨儿，一直自娱自乐的是手工，镇上的工人都叫师傅，师傅却不是工人。本土企业的认知，多停留在产品的外观，出爆款，做包装，缺乏核心竞争力。有些企业干脆调坯，调来坯自做画面，卖了利润的百分之二十归自己，百分之八十归做坯的。这是景德镇有业态却没有产业的原因之一。本地的企业主，也讲设计，见到设计师第一句话是：我们太缺设计了，你能不能给设计一下？很快报出价格：三千元给我搞一套，怎么样？且不说设计师的劳动是否只值三千元，还记否，小时候走街串巷的货郎担，娃娃们从家里偷出一点废报纸、牙膏皮去换，便敲下一块指头般大小的麦芽糖？此种思维方式，零打碎敲，不考虑产品出来后，包装能否跟上，运营能否跟上，相关的销售渠道能否建立。能谈成的设计师，大抵不在乎产能，手工作坊能有什么产能？若谈下来是一万元，也不会扪心静思，这企业是否有消化一万元的能力？双方都是一锤子买卖，露水鸳鸯心态，一朝拥有，不求天长地久。

现代企业眼里，设计不是创可贴，哪里伤了贴哪里。设计不是驴马客栈，住一宿，天光亮就拜拜。好的创意设计，深秋天空中一声清越雁唳，能激发山河草木全景式的反应，且与足量的产能结合，产生新的品种、新的市场，不仅霸占家装行业、餐饮行业，也挥戈直指建材行业、纺织行业……如此，企业才可能走远。这般的企业多了，“铁帽子王”的千年瓷都，必然实质性地做大做强，真正具备产业价值。目前，景德镇少有这种企业，既缺乏足够产能，也缺乏拥抱优秀设计师的热情与眼力。

优秀设计师，漠视仨瓜俩枣，重在钻石久远；重在合作对象术业有专

攻，行业里枫艳秋深。

做设计，非纯粹的体力活，基础素质的门槛必过。这几年，茶具、香具、文具等产品的气质属性多为虚静：所谓《老子》《庄子》里的精神奥义，佛教里的禅宗取向，宋人把酒临风、陶然忘机的生活方式，日本岛上如樱花一样忽开忽落的“物哀”“侘寂”“幽玄”的美学原乡……没有含于血脉的文史修养，怎么去理解这片虚静呢？怎么能通过作品打动那些在十丈红尘中折腾够了，在办公室、客厅、书房里有模有样地张贴一张“宁静致远”的人呢？

设计跟艺术创作，在胸中须泾渭两清：艺术创作是个人情怀的表达，无关外部世界，不必为大众考虑；设计的出发点，则是解决问题，若说它是一艘帆船，船帆上写着四个字“多快好省”，为企业“多快好省”，亦为民众生活“多快好省”——所谓设计与美好生活的关联，或许在此。

罗晟加入的赛德，是个陶瓷公司，公司具工业生产的能力，有海内外的客户资源，在此基础上，老板尝试多年，将企业与设计师结合，形成一个新的开发平台。赛德与罗晟接触，初始取甲方乙方的老旧方式。很快发现，此人会聚不少独立设计师朋友，一厢，个个的创意若刚揭啤酒瓶盖往外涌的气泡，无不向往个人品牌运作，现实中却显尴尬，与企业的接入口有限，很难大量被市场化；一厢，既然称“独立”，皆是自己心殿上闭月羞花的“宠妃”，设计师不愿被企业包养，且思维发散，不可能仅为一家企业做事。企业也无须为喝牛奶，再包下一家养牛场。若想牵手这般中意人才，企业不如开放项目，双方长期合作。

国内企业鲜有的品牌总监一职，应运而生，罗晟欣然履新。

咂摸他的意思，品牌总监便是电视里常坐总理身边的女翻译官，不过男女有别，职责有别，他穿梭在企业与独立设计师之间“翻译”，努力在市场和艺术设计之间“翻译”，让艺术化的东西更市场一点，让市场的东西更艺术一点；让设计师的身段放下一点，让企业的眼光放远一点。罗翻译官的力作是“Design100”，这是赛德的一个致力凝聚创意力量的联名设计计划，赛德开放企业的工艺、材料、技术和渠道资源，真诚邀请建筑、室内、产品等各界设计师和艺术大咖加入，旨在推动陶瓷材料的创新融合，使用场景的创意拓展。

我有兴趣问起，这计划中经济利益如何摆弄？罗晟回答，前期设计时，两方的利益都考虑周全，严格考量创意设计这一块儿如何适应企业的生产力，并推动效益的不断增长；也充分考虑此计划实施过程中如何保证设计师该有的利益，不能店大欺客。没有利益驱动、利益共享，这计划就不能走得持久，经霜沥雨，月满天心。

我又问，说起来方便，真做起来难吧？

罗晟浅浅一笑：一年多下来，还真没碰到什么冲突杯葛（抵制），连心里挂个小九九的，大概都没有，彼此合作愉快。他与这批年轻设计师的年龄，差距不大却也不小，情趣亦有别，平时没事并不交集，但“罗叔”二字，若风过柳叶，雨打芭蕉，叫者听者，皆顺耳入心。他称这与自己的性格有关系。

“你是什么性格？”

“我是天秤座的，所有的人际关系里，平衡是我最看重的。”

36　手艺就是仙窟，陶瓷就是终于变现的童话

见过一次辛瑶瑶，是在赛德公司。

那是6月中旬的一个阴天，她上身穿一件带帽的深蓝色夹克，裤子黑色，手套黑色，白口罩遮住大半张脸，出门必带一把伞，晴天用来遮阳。

和罗晟几个人一块儿聊时，她坐一边，不问不说话。网上曾见她一张照 36—1
片，十个白皙的玉指，盖住大半张脸，只露出半个鼻子、一只约在考量什么的眼睛。

我想起日本列岛上曾经的忍者，几乎能将身体藏进空气里；还有契诃夫笔下的套中人、修道院里的嬷嬷。

她好像喜欢用“仙窟”这个词。

我感觉，她孩童时就期待做五彩光芒仙窟里的孩子，却多半徘徊在仙窟外。父母管束严厉，她有一双灵巧的手，常把弄电钻、锯子、螺丝刀，在家里拆拆修修；成人后发现自己动手能力还挺好，本想学美术，却学了工业设计，上错轿子嫁对了郎。以后也没能进仙窟，迹象为父母现在深圳，她的家不一定在深圳，长年甚至过年不回家也行。只要有网络，在哪儿都一样；生活只要有淘宝，在哪儿都一样。

在一座待了近十年的小城，居然不认识路，她属于相当宅的一类。偶听讲职场人际关系，哇，可怕，若在上海挤了一趟高峰期的地铁，瑟瑟发抖！疏淡与人打交道，别人初看她，高冷、自恋，一只临水梳妆的白天鹅。难进入她的世界，别人也难入她的法眼，对于大多数女孩喜爱的卡哇伊的东西，她基本无感；对于大多数女人讲究的实用的东西，她亦永远插不上话。她要寻的朋友，一定得比自己优秀，可她从大学起已够优秀。故她的朋友应该有限，有的还只能神交，分布在《红楼梦》、东京艮岳（此东京非彼东京，艮岳位于宋之汴京，今河南开封，周长约六里，面积约为七百五十亩。艮岳突破秦汉以来宫苑“一池三山”的规范，把诗情画意移入园林，以典型、概括的山水创作为主题，为中国园林史上一大转折）和古典文萃中。

某年，一个朋友去景德镇，待了一个星期，做了几十个杯子带回来，造型各异，每一个釉质呈现效果迷离而不同，她被震住了，后悔毕业设计没来这个城市打卡。已在一家公司做书画册子的她，很快辞职，来了。开始做首饰，意外琢磨出一种新工艺，能把首饰做得异常精致。在乐天集市摆摊，那是她最开心的两三年。路上无人，走着走着，就能蹦起来。

开心与赚钱无关，四五年里，没有赚到钱，与前期付出比起来，只能说衣食无虞。一直穷于各种尝试，太多试验失败，没让她扫兴、沮丧，
36—2 反让她欲罢不能，“如果一次烧成，像一个老酒鬼戒酒，居然一次就戒了，会非常失落”。路上，前面走着两个男女青年，女的说：“下个月我生日，你做一套碗送给我吧。”转头，又见路边作坊，一个十几岁少年在学拉坯……她想，若还去做别人做过的东西，肯定做不过这满城有童子功的人，一定要做景德镇没人做过的东西。

陶瓷艺术，雷开蛰户，春萌草色，对她有着莫名的引力，她走进了那座仙窟，手艺就是仙窟，陶瓷就是终于变现的童话，作坊呀，一个温暖、踏实、可依靠的家。

她曾设计一个镇上从未有过的机器，模具用3D打印出来，能把瓷泥压得又薄又均匀，像擀饺子皮，最薄的只有0.3毫米至0.5毫米厚，拿到灯下几乎可以透光。2016年冬，上海“爱马仕之家”推出冬季橱窗“映”，呈现的倒影、涟漪、漩涡三种不同水态的作品，就出自这台机器。每天上午九点，把自己扔到工作室，每日得分解出许多薄瓷片，工作室里废了的瓷片，小山丘似的压过来，不但是体力活，也是枯燥活，就连坐姿也只有两种。创作，却依赖于这般枯燥的劳动。当反复制作同样的器皿时，一些微妙的感觉，便能在精工细作中被捕捉。“没有访客，也不需要出差的时候，两人（她和助手）基本都在工作室里安静地裁泥片、上釉、一遍遍打磨产品表面肌理……工作累了，就互相开玩笑解乏，或是在运动器械上拉腿伸筋，日复一日。”（顾青《入泥》，新星出版社2018年版）还可消遣的是微信听书，点一本好看的书，一边听书一边工作。这是仙窟中日常的辛瑶瑶，也是家中幸福的辛瑶瑶。她告诉我，《瓷上中国》听了两遍，顿时，也让老夫漫过一点小确幸……

人淡如菊的面容下，蕴藏强大的自律气场。一副近似忍者的日常行头，实是对自己的外表很在意，恐怖风吹日晒，恐怖身材的任何一点发达。我悬着胆子问，何以穿成这样？她第一次笑了，嘻嘻，最近胖了一圈，穿这套衣服显瘦。我也嘻嘻，再要瘦，就要瘦去潇湘馆了。在以油重鲜辣为菜肴特色的本地人里，她一看便是一个另类，一向清淡有节制的饮食，让她还恐怖陶艺圈里太多的聚餐。当天访问结束，罗晟请吃饭，回过头，若一条深水鱼儿，她不声不响地溜了。看她的作品和文字，我将我的套中人、嬷嬷的第一联想，立马冲去了下水道。

她实是一个内心开放，感性、悟性很高的女子。“有段时间，我会以宋徽宗的喜好为标准，假设他死而复活，会不会喜欢我做的东西？”宋徽宗赵佶打小沉溺于玩，诗、书、画、茶、美女、园林、蹴鞠，除了治国，皆是他所爱，被推上万人之上的皇帝宝座，最死磕的，还是美与艺术。她琢磨他的审美，或以道教打底，道教有对青色的追求，他梦里也“雨过天晴云破处，这般颜色做将来”。故那年代做出的影青瓷，素净至极，雅致至极，世人评：“纵有家财万贯，不如汝瓷一片。”赵佶用疯魔的一生，活出了美，活出了自己，最后却闭眼于五国城冰冷的炕头，让千年后的这名江南女子，一想起，便泛恻隐之心。

她未被十指遮住的那只眼睛，柳叶般的疏眉下，扑簌簌地关注着外部世界。一有“饵食”，灵感跃然而出：使肥皂粉会有泡泡，冲泡牛奶会有泡泡，喝酒也会有泡泡，谈情说爱会有“泡泡”，人生很多事情上都会有“泡泡”。能不能在牛奶杯，或者啤酒杯上制作一些泡泡？说出来给朋友 36—3
听，都觉无法想象。她反觉得无法想象中，却可能展开陶瓷的无限可能。她先把瓷泥打成泡沫，再在一千三百摄氏度的高温下烧制，固定下来后，一千年也不会变。泡沫杯作品成功，受到市场追捧，也有人问她：你的东西看起来这么脆弱，如此娇小玲珑，我买回家不小心弄碎了怎么办？她答：这些东西是不好伺候，你买不买回家，就像你有一个娇气的女朋友，娶不娶回家，这要看你有多喜欢它（她）……

辛瑶瑶的异想妙思，似乎总剑走偏锋。

有时来了兴致，街上看女孩子，喜欢那种长得清秀的（又跳出来饶舌几句：景德镇的美女不要太多哟，尤其是陶大校园内外，陶溪川每周五、周六的景漂大集上，美女如雷雨来临前的蜻蜓一样飞出来。布置一道抢答题：为什么喜欢陶瓷的人，大抵都爱看美女，哪怕事主本人也是美女，或熟美女、轻美女？）；有春笋冬笋入菜，筷头总去寻笋尖的鲜味；写字一般要求方正圆融，讲究藏锋。她偏愉悦宋徽宗那一笔自创的瘦金体，尖细、陡折，至瘦而不失其肉……她大概以为，这些刁钻的体验，才是人的神奇之处，亦是艺术的刻骨之笔。

辛瑶瑶，目前被媒体称为镇上最懂工艺的设计师，自行研发出极薄青瓷、克莱因蓝釉（天鹅绒质感釉面，有星星点点细小闪光，肉眼可见，有种难以形容的光感）、渐变银釉、漆器质感红釉等多种工艺。又以"Illusion/幻境"系列艺术砖，加盟赛德"Design100"计划。该瓷砖最大特点是金属色，半亚光，有细腻质感，黑暗中也能感受到光线的浮漾。搭配无光白质感的瓷砖，形成视错觉，可提供丰富的视觉体验。各种追求设计感的家居或商业空间，可广泛应用。在"美的科学"的主张下，这是她第一个可规模量产的设计。

36—4

对品牌总监、现已成为赛德合伙人的罗晟而言，欧洲生产的艺术瓷砖，应有尽有，美不胜收，价格自然昂贵，国内进口运输也有麻烦。若能用上景德镇丰富的釉料资源，做出赛德的艺术砖，岂非一大乐事、盛事？

37　现在我这副样子，就是站在东京街头，也不会输呢

冉祥飞，时下在景德镇从事陶瓷创作的“新工匠”代表人物。有媒体 37－1
称，他还是全球华人“八〇后”一百名杰出设计师之一。

他是湘西土家族伢崽，“出生在一个秋末冬初 / 三岁时因为跟石头打架 / 有了人生的第一道伤疤 / 六岁未满，就上了小学一年级”，“大学时 / 因为太过倔强 / 从朋友自行车上跳下来 / 左手手腕留下了永久的疤痕 / 朋友说，我这一辈子也别想忘记他……”

他考上本校设计学院研究生，指导老师是改革开放后第一批公派日本的留学生。研一那年，获得红点设计大奖中的最高奖至尊奖。读研期间，去温州和同学创办公司“三生无形”，自任品牌设计总监。研一当年 11 月赴“100% 设计”上海展，即推出包括香具、茶器、花器等多个类别的产品，二十四岁，青春飞扬，头发扎在脑后，展会现场应对记者微笑，远不如日后矜持老练。2013 年，待在温州的第三年，若汽车尾气般热烘烘的商业气旋下，他左支右绌，有些晕眩，朋友隐约感觉他走到了人生的第一个路口。路口上，想起曾几次到景德镇打样、督工，他没怎么犹豫，折向这千里外的手工之城。

远方母亲在电话里，千叮咛，万嘱咐，注意身体，好好吃饭，切切不可马虎。他来后的第一个目标是，认真生活，好好吃饭。做了自己的第一个碗、第一只碟。从做自己的餐具开始，思虑何样的餐具有家的味道，能阻击那些总想流窜去外头餐馆的胃。边做边想象，他的手作，去了一户怎样的人家，化作灯下全家白发青丝拢一桌开心用餐的幸福。半年里，做出“山雨”、“墨赭”、“鹧鸪天”、素碗、粗陶盘等多个系列，还有针对单身族用餐的“一个人”套碗。其间，恰逢大学同学结婚，苦于无礼可送。忽发

奇想，采用喜庆的中国红，借鉴汉代漆器造型，器底绘三个金圈，寓意三生三世，分别写上“天长”和“地久”，进窑炉经八百摄氏度高温成型。这份新婚礼物深受同学喜爱，诸多朋友意欲购买，上海“新天地礼品店”与其联手推出。一个碗几十、一两百元，大钱小钱他都挣，不嫌钱少。一只碟哪怕挣两元，二百只也能挣四百元。当时他的想法，就是要活下来。且唯有赚钱，原创才能坚持，团体才能草创。

“一样一生”，随之诞生。他名字中间的“祥”字，不想直接用，国人用烂了，烂得掉渣。“样”，则是一个有趣味的象形字，左边是“木”，右边是“羊”。你不妨在脑海里想象，一棵大树下有一只羊在慢悠悠吃草，有点像英国苏格兰高原触目可见的情景。再有，人们使用瓷器，手上油脂、周围环境的水分，会无形无声地渗入，若你在慢慢滋养它。临了，每件瓷器的包浆里，皆有各自主人的影子。一杯一碗，地老天荒；而属于匠人的小确幸，亦是一生专注做一件事情。这大概是“一样一生”的品牌蕴意。

他是一个有游子情怀的人。一家人围桌吃饭的那盏灯，魂牵梦绕，总在导引他的设计。“山峦壶”造型，壶盖是两道半起伏的山峦，壶的把手呈半圆状，像刚升出海面的明月，灵感脱胎于唐朝诗人张九龄的名句“海上生明月，天涯共此时”。其受瞩目的作品之一，是以“月光”命名的银彩系列。银色瓷器非他首创，日本早有，方法是在未经烧制的坯胎上施釉，再进窑烧制，银因包裹在釉质层之下，而略显沉暗。他在已反着烧制的坯胎上，用特殊手法刷上一层纯银粉，第二次进窑正着烧，在七八百摄氏度的高温下，瓷器泛出皎洁、流动的冷月清辉。那色泽，很难与人们印象中的陶瓷画上等号。

他是一个有诗性情怀的人，和乡贤沈从文一样，熏染于湘西那片古朴、迷人的山水，大约孩子的童心里便有诗性的萌芽，故沈先生的小说，多是诗性小说；他的手作，也可称诗性手作。“但愿人长久，千里共婵娟”“谁家今夜扁舟子，何处相思明月楼”——如此美妙空灵的诗句，教即便已待在景德镇多年的凯米、杰瑞米们，意何以察，情何以感？他想着，要让自己的作品，是无须翻译的视觉化的诗，是普世可以品味的诗。

他盯上了玲珑——玲珑眼呈米粒状，隐隐约约，朦朦胧胧，有微光透出，这种方式婉转幽雅，特别东方化。玲珑瓷有一个另外的名字，叫“米通”，在日本叫“萤手”，西方人叫“嵌玻璃的瓷器”。作为景德镇四大名瓷之一，玲珑瓷拥有五百多年历史，在素坯坯体上镂雕出若干米粒大小的孔，再用特制釉将眼填平，施釉后高温烧成。工艺上普遍将玲珑眼当 37–2
成装饰纹样使用，缺少变化，且加工难度大，近些年仍坚持在做的作坊、厂家并不多。他在设计上做了大突破：“点滴”水具，玲珑眼如星光点点，点缀的是蓝金色釉，素净里顿然跳出一份活泼泼的情调，让人心生欢喜；“扶风柳叶”水具，玲珑眼是不规则的柳叶形，青白的瓷身，宛若春日堂前，柳枝轻漾，柳叶浮光，或上或下，皆处之泰然；“拾光”水具，延续传统铜钱纹，常见的接地气的符号，有着富贵人生的美好祈愿。以上水具从设计到成品，花费一年之久，至今成品率仅为百分之三十。

他又在功能上做延伸。玲珑瓷月影灯，有台灯、吊灯、落地灯三款， 37–3
采用薄胎瓷工艺，胎厚仅一二毫米，单片上的桂花状雕孔，多达二百个，无须拉线，可在室内室外随心移动，且防蚊子，灯一开，“明月皎皎照我床”“若道团圆似明月，此中须放桂花开”。即便独处，有此皎皎“明月”相伴，也倍感温暖。他要在日常生活的瓷器上写诗，让在外打拼、疲惫不堪的人们，在这有形的诗中寻到生活的真谛。他不满足于做茶器、灯具，希望作品与景德镇发生更多的关系。他开始制作手工陶瓷陈设与家具，比如屏风、沙发。

他厌倦太商业化，却明白沉醉于个人创意而没有经过市场检验的设计，或者说不能变成日常用品的设计，只是一场了无痕的春梦。他找到玉柏瓷业的老总李辉丰——李辉丰是瓷二代，自接手企业以来，雄心勃勃，立志将玲珑瓷再度发扬光大；多年呕心沥血，不过四十岁出头，“兵强马壮”，头发渐疏，却有反叛的迹象。李辉丰很看重设计创意，不希望玉柏只是单纯的加工商，愿为春梦化为活生生的草长莺飞畅快埋单。2018 年，国内第一个专注于做玲珑瓷的年轻品牌诞生——以冉祥飞为主的独立设计师团队，和景德镇玲珑瓷“非遗”传承基地联合创立——叫“若有光”，得名于《桃花源记》：“山有小口，仿佛若有光……”

“做陶瓷，一个磨砺心志的过程。当你做陶瓷久了之后，人的性格会变得特别好，因为没有人会像陶瓷一样折磨你”。冉祥飞不再是当年那个倔强的少年。个头不高不矮，头发不长不短，视场合，有时缠一条日本匠人常裹的头巾，有时戴一顶有暗格纹的鸭舌帽。像是钛合金材质的眼镜，镜片后剑眉星目，暗藏坚毅的目光。他和李辉丰一起来马鞍岭的那日，身上的 T 恤轻快简练，我以为普通，打死不过几百元一件，实则这是从一个专门做领带结的朋友那儿买的。若加上一身“阿玛尼”，空投到东京人头涌动的斑马线上，大概没有人会以为这是一个中国人，且来自湘西土家族。

据说，一个好朋友生病躺在床上，他去探慰。室内有面镜子，他过去
37—4 照镜子，心里大约想：这个男人怎么长得这般风神俊朗呢？回过头，说了一句话：现在我这副样子，就是站在东京街头，也不会输呢。这句至今好朋友还在取笑他的话，却是他对现在生活状态的定位——不管是在景德镇，还是在东京或上海，他的“鹤立鸡群”，皆是一样的。不能因为在四线城市，就怠慢自己。

38　有几千年积淀下来的丰厚常识，时下国人最缺乏的，却也是常识

罗骁的工作室“象上”十分宽敞，分隔成几个空间，台子和沿墙长架

上，分散着各式造型的样品、半成品，或烧制失败的残次品，这是只有他能看懂的“记事本”，若他随身携带的几个厚本子，密密麻麻画满草图，有的寥寥几笔，有的初现轮廓，并标上数据，外行人看了不啻天书。工作台上，放着一只陶瓷小酒杯，用了五种釉，克莱因蓝的杯身，金色内壁，若用黑色丝绒铺垫，必如一小束幽暗的极光，让人挪不开眼。2019 年 12 月某日，法国著名干邑品牌马爹利在上海隆重举办全新产品 XXO 中国发布晚宴，主持人介绍，其中一个酒杯是影星刘嘉玲精心挑出来送给客人的礼物。罗骁告诉我，这是辛瑶瑶做的。此后网上订单如雪片飞来，在连着几个月的赶工里，她送给他一只。

俗话说同行相轻，他说起辛瑶瑶，若说起自个儿的妹妹：她的东西我很喜欢，或许你觉得有一定的距离感，准确地说是某一种高级感，不一定特别生活化，但它往这儿一放，其他东西唰地下去了。这种调性很强烈、很明显，如她本人，不啰嗦，很傲气，一个人站在那里，便打败千军万马……

罗骁自己，给人澄静、低调的感觉。

网上有关他的资讯不多，有凤凰网的一个一分多钟的视频，没有辛瑶瑶、冉祥飞出镜率高。与他们比起来，他是野狐禅出身，最早的艺术熏染可能来自黑白电视机刚涌入一般底层家庭的八十年代中期。父亲是初中老师，课内教英语、美术、音乐，课外爱好特别丰富，拉起乡村小乐队，骑摩托车，修摩托车，一度还做工艺玻璃的生意。可以想象，这是那个时代树上落下一片叶子也能触到的文艺青年，每月不过拿薄薄几张钞票，却整日乐呵呵，浑身精力使不完。可惜韶光易逝，光景不再。

关于陶瓷的最初认识，来自学徒，他拜陶瓷学院一位教授为师。这师徒制是现代的，师父潜心从事陶瓷艺术工作数十年，制订的授徒三年计划，基于多年教学经验和方法论，既有传统制瓷工艺，也有学院派基本素养训练。这师徒制又是传统的，“黎明即起，洒扫庭除……既昏便息，关

38—1

锁门户”，他为师父家打扫卫生、洗菜、搬运东西、清理鱼缸，从十六岁做到十九岁。“那种感觉，很像小沙弥拜老禅师的修行。”这段修行，涵盖从日常起居、为人处世到陶艺制作的大片场域，将一个原本可能裘马清狂的青少年，提前拎到乐天知命的中年。

自己起家有十年，摆摊，进民房，民房设小作坊，再大一点的作坊，经营状况一直稳步。2008 年成立陶瓷工作室，2013 年更名为“象上”。2020 年上半年搬来新址，一个上下两层、面积有几千平方米的厂房。产品大多是手工的，也能够流水线生产，实现一定批量，主营日用瓷器，接近王志刚 2.5 产业的概念。因为疫情冲击，业绩有所下滑——我看也就是一个汉子掉了几斤肉的事儿。一张 6 月 16 日的派工单显示，生产任务有中温无光白、高温雨眠、高温磨砂黑各五百套，高温磨砂蓝、高温磨砂红各二百五十套，工期是四十六天。楼上楼下，不过近四十个员工，无疑都是一把好手。这在景德镇民营企业里不算小，也是打不死的小强了。

罗骁的幸福感，估计比辛瑶瑶、冉祥飞浓得多。

从乐天集市摆摊起家，慢慢地有一些订单，一个人没法做了，向家里求援，父母来了。然后，在风景秀丽的桐庐外企做白领的弟弟罗骅来了，大学里学的专业是机械，机械部分恰是企业的短板，搭起一个合伙人的结构。妻子和三个孩子，常年在身边，妹妹、妹夫和他们的孩子，也从南昌迁来。前几年，奶奶一个人若老树在家庇护老屋，偶尔过来住一住，老树终于折了，现在全家扎在景德镇。罗骁在一个有姊妹、三代同堂的家庭里长大，热热闹闹，嘈嘈切切。大锅溢出的饭菜香，碗筷磕碰的轻响，除夕夜围坐守岁的炭火，下河摸鱼抓螺蛳，妹牵哥的衫，姐握弟的手……血浓于水，唇齿相依，他走不出中国人这样的一个情结。他不规避：个体只是一个坯，再多端的变形，也只是一个坯，而家庭、家族是一层釉，少了这层釉，呈现不出生命的丰富与光彩。

公司里现有六位家人，依此判断，当是家族企业。从第一天始，罗骁就十分用心规避“家族”。厂里拒绝有亲朋好友的角色。工作中绝不存在温情脉脉。罗骅是合伙人的身份，履行合伙人的责权利。父亲年纪大了，也干修理工的活，哪儿需要焊个东西，修个什么，有员工喊，即拎着工具箱去了。妈妈随年轻的同事们学着做市场。妻子无事不登三宝殿，在家全职带好三个孩子。小的这个，不在计划之列，却来得很顺利，当一件礼物收下来。老大十二岁，有点叛逆。他对老大说：咱是哥们儿啊，我是第一次当爹，你是第一次做女儿，都没有经验。让我们好好说话，你乖一点，我们相处起来就和谐一点，要不然，我跟你杠，你不舒服，我也不舒服。我好好当爸爸，你好好做闺女，是吧？某晚，女儿忽然来到他身边，说想 38—2
要开个派对。他放下手头的活儿，打开音响，试着把灯光调暗，倒上酒和饮料。他学徒出身，何曾跳过舞？但仙女下旨，鸭子也得上树，他晃动一下两腿，挽起女儿的细腰，一高一矮，蹒跚起舞……

他入情入理，让家人老小各安其位，各司其职。

他对员工，不像老板，像的是两千多年前正涨春潮的泗水河边，孔子和弟子们的一场暮春之游。企业运行中，他信奉四个词：第一是“自由”，作为当代年轻人，头脑里该是窑炉里的烈烈火焰，而非被观念浇筑、被传统限定的一块水泥地；第二是“向上”，这是一种精神的状态，不低沉，不平庸，是举着梭镖击发或撑杆欲立的姿态；第三是“浪漫”，诗酒画茶歌为一种生活态度，柴米油盐醋为生活日常，日常中有态度，生活就充实丰盈，个人或企业将变得优雅；第四是“常识”，对人要友善，做事须诚心。

理想中的生活状态，自己首先要去践行。比如质检标准，可以讲出来条条框框一大箩，其实就是一个常识：如果埋单的人是你，你愿不愿意买？倘若一不小心买回去，发现有瑕疵，你会不会厚着脸皮当室内摆件？中国有几千年积淀下来的丰厚常识，时下国人最缺乏的，其实也是常识。无须长篇宏论，自诩经典，常识是人与人、与社会关系和谐的保证，也是器物美学的品质保证……

罗骁很感恩，感恩家人，感恩一路同行的事业伙伴。

公司很高效，很阳光，没有体制内或传统上那么多缠斗、宫心计；没有什么预谋，却水涨船高，由一个人的地摊发展至今日的模样。他有大把安静、专一的时间，去做一些理论上的梳理、设计上的突破。他从厂房里出来迎我们，长发，马尾辫，一件素色T恤，看起来像是刚从美院走出来的一名新锐设计师。他的代表作品有“叠山”餐具，拿下2019年中国家具设计金点奖；“也不凡”杯子，先被演员刘涛在电视剧《欢乐颂》里端在手中，因而走红全网，后入选2019年“摩登·上海时尚家居展”；“云初”咖啡杯；“光发呆”系列作品；还有香器，通常香器是一种稳定结构，他设计成不稳定的活动结构，内插三十一支香，以此代表一个月，每支香燃烧一刻钟，袅袅青烟里，让人们关注时间的流逝……

那天，他特别说起第一品牌“象上”，餐具组合型，突出整体，相对弱化个体，讲究不同场景里的动态使用。个人可以用，高端酒店、餐厅可以用；进民宿，显时尚，列人民大会堂宴会厅，显隆重；打工仔用，不各色，小资、文青雅聚用，锦上添花。它还具功能上的穿插，有融入任何空间的调性。若放去户外大自然里，依山傍水，杯盘碗盏再做新的组合，有线条、色彩微弱的变化，与三春酥你脸颊的杨柳风，霜降日肥硕通红的螃蟹，共同融成一幅东方式画卷，你会感觉它们是有生命的，正与你一起默默感叹，享受生命是多么美好啊。

39　以电视机为中心的传统模式，走下“神坛”，大概是早晚的事

“设计”，比起“改革”“开放”“效率”“市场”等宏词大语，在当代

中国民智版图上，出现要晚许多年，许多人以为这只是个专业术语，这十几年，却以越来越高的频率，出现在社会、经济、文化等各个领域。

不怕见笑，说说一个路人甲对设计的理解：大约是把某种熟悉的东西，视为初次见面般的再认识；将被习惯、思维固化了的事物，内涵与外延再打通；或者说，发现潮流里的独特，抓住趋势中的波段，偏听热闹中的冷门，直击虚火里的软肋，探寻大道旁的幽径，剖析集约里的层次，钩沉粗放中的细腻；将泉眼变成瀑布，天籁承接地气，空穴来风变成有板有眼，阳春白雪变成下里巴人，小径拓成大道，大道拓成交通枢纽，门可罗雀的淡季化为炙手可热的旺季……（若有错谬，敬请内行包涵；若南辕北辙，老夫面壁一小时）

有一个直捣天花板，揭开后可谓别有洞天的例子。

闲云涧小院，6月中，刚来没几天，王志刚带了小米来。

小米与奥唯的创始人徐康，命运里好像有互旺关系。七八年前两人都刚起步，小米拍陶瓷产品照片，工作室设在简易居民楼三楼，九十多平方米的室内，满是大大小小的瓷器，得猫着身子走路。某日，徐康找上门 39—1
来，带着几套五十六头的青花餐具，也没电梯，自己腮红耳热地搬上来。遇有客户在，他猫一般不声不响地在楼梯间候着。小米给他拍完，过了些日子，活儿如夜排档上的爆炒小龙虾，一拨拨人登门。小米受宠若惊，问这些人是哪儿来的。都应:“这家店的产品广告，是不是你拍的？”一看，“是我拍的。”只要在淘宝上搜，这家店的销售量老排第一页前三名。徐康的店火了，火了之后，把小米也烧起来，订单一两个月都排不完，她随即招兵买马，做起了老板。

这互旺关系，还是一把连心锁，不得不开了。

当徐康的公司在天猫上开出七家店，某年的“双十一”，卖了几千万元，年终奖气势如虹，给员工发一套房子；小米也天上人间换了模样，早由陶瓷摄影转向做影像，若要请她出山拍产品广告，一幅照片价可高达八千元。最大的一单是二十七万元，那是沈阳的一家民间博物馆来景德镇买了好多瓷器，博物馆的四层放的全是。先在北京找了一个摄影师去拍，不满意，经朋友介绍，来请小米。

小米拍过一部微电影《暗香流动》，三十分钟，说的是一个景漂的故
39—2 事。在省市相关赛事均获二等奖，并入围北京的一个微电影节。剧本是她自己操刀，两位演员，男主角是她的客户，女主角是从健身房出来的，她在马路上拖来：我要拍电影，你要不要来演？对方一下花容震颤，以为碰到骗子……

有过电影编剧、导演资历的小米，此刻坐下，聊自己的创业、发展，不一会儿，突然说：我觉得景德镇挺缺一部剧的，大电影也好，电视剧也好，总之缺一部在国内足以颠覆人心、在本地能把整个城市都点燃的影视巨作。当然得由官方投资，民间可没有这么大力量。

我挺好奇，你一个弱女子，想要颠覆什么？

> 拍了这么多年产品广告，接触到做日用陶瓷的客商，少有人不吐苦水，这活儿太辛苦，竞争激烈，利润微薄，产品受众面还是太窄，就是家居生活的那么一片小天地，怎么能掀起大波大浪来？他们这样讲的时候，我就一直想自己能做点儿什么，把这口子撕大一点儿。我觉得写一个好剧本，拍一部一提起来阿猫阿狗都知道的影视巨作，可以有效冲击人们的消费观念——
>
> 你看哈，现在城里人家的装修标配，是一堆沙发围着一台电视机。确定了电视机的位置，方确定其他家具的摆位，沙发、茶几、餐桌、餐椅等。这种配置，陶瓷自然很难大量进入生活空间。如果客厅的格局和装修，是以茶桌为中心，或每户人家的标配，都有一张茶桌，陶瓷自然就进去了。中式风格的家装，茶桌、凳子设计精美，一般四周有雕花镂空的修饰，上放观音或弥勒佛像，一应俱全

的茶器、茶具、花器、小型绿植盆栽，或再燃一支茉莉香，典雅悠远的气息，顿时弥漫开来。

家的美学观发生变化，人的生活格局也发生变化。坐在沙发上看电视，你是没有思考能力的，电视上说什么，你信什么。而在茶桌旁，有一个这样独立的空间，你是有思考能力的。我觉得，要把陶瓷的体量做大，追根溯源，家居这一块，必须要革新家庭的美学观念和生活格局。

我家一直没有电视，想看什么新闻、综艺，追剧什么的，现在各种电子产品越来越多，看手机直播就可以，而且好多网剧，电视上也看不到。电视机在客厅的消失，是一种对客厅布局的解放。客厅可改为休闲娱乐区，装地台、榻榻米、飘窗、休闲吧台，摆放绿植等，增强客厅的功能性和美观性，打造恬静美好的休闲时光。或改为待客交流区、阅读办公区，疫情后在家里工作的人会越来越多；改为儿童游乐区，省得孩子一回家就窝进沙发，不是看电视，就是玩手机，对眼睛、脊椎都不利。我下班回家第一件事，是煮一壶茶。在茶桌边回放一天的工作，思虑明日的安排。在茶桌边和朋友聚会，也在茶桌边看书，与儿子聊天。还在茶桌后做了一个面积不小的图书陈列区，取书归书方便，也可让孩子打小建立阅读的习惯。

茶桌与桎梏你的电视机不同，它是发散性的、迷你型的，在其周围，你总能找到一项最适合自己做的事情。这和我结婚的时候，父母帮我装修房子，完全是两个概念。我装修时会想清楚，这个家客厅的功能是什么，希望这个空间能带给孩子什么好的习惯，给亲友们什么愉悦的感受……我会从这些方面考虑去装修客厅、房子，而不是原来那种千篇一律的装修方式。

经小米这样一说，我忽然想起，自己住过的黄山脚下，还有婺源及本地的一些民宿，客房里电视机已然消失，有的摆茶桌，或小巧、可移动的茶台。若没有，也在前台厅堂设一个茶空间。“何物最先知？虚庭草争出”，对民居生活反应灵敏的是民宿，此股潮流，必定会对酒店业造成强大冲击。

老夫还想，以电视机为中心的传统模式，走下“神坛”，大概也是早晚的事。且不说当下电视内容太多泡沫、杂碎，甚至是垃圾，其形式也如沙发、皮椅，是从早期的香港影视剧里搬来，而香港可能是从国外学来的，几十年潜移默化，渗透到国人的生活中，俨然天条律令，家家必须这样装修，中国人都是如此装修。宋人的生活，或许太清幽，曲水流觞，品茗调弦，三人成影，纹枰玉子；但想屡遭磨难的民国时代，城镇多数人家里，小户客厅，皆是茶桌，不是木椅便是藤椅，大户厅堂，几把太师椅，中间一个八仙桌，家具以木质为主，博古架外，窗台、高几、橱窗上，总有几件瓷器。太舒服，若太骄奢，总归要付出代价，社会如此，个人亦如此。否则，如今人未老眼已花，还有脊椎、颈椎有毛病的人，不妨看看周围，怎么这么多呢？

小米的这番话，召唤的是陶瓷在家居空间的“直捣黄龙”。辛瑶瑶、罗骁、徐康等年轻人，是在产品设计观念上的“揭竿而起”。罗晟的赛德、刘瑞华的观宋、李辉丰的玉柏等企业，则将陶瓷放在一个产业的江河里“火烧连营”。

陶瓷材料本与金属、大理石不同，属典型的东方系统。所有材料里，陶瓷最具中国元素，是属于本民族的建筑语言。配以匠心独运的创意设计，陶瓷的装饰比起用金属、石材，肯定更具中国味道，且当下陶瓷颜色丰沛，景德镇的基础用釉有一百八十多种，此基础上几乎可以无限延展，再有感觉、触觉、视觉上的变化，审美效果势必“乱花渐欲迷人眼”。若将此概念真正纳入设计师的视野，未来可供想象的空间很是远大。

哦，不能再在陶瓷这单一材质上苦守了，景德镇已经苦守一千年，一千岁既是造极，也是绝境。一定要和我们这个时代一样扩容，从陶瓷扩大到陶艺，从陶艺扩大到当代艺术；由陶瓷混合多种材料，乃至由陶瓷进入其他手工。倘若还只做陶瓷，景德镇便失去了面向世界、面向未来的意义。

40　经济的本质正在发生变化，我们现在就是经历者

现在的景德镇，凡我走过的企业、公司，看过的展销会、工作室，接触到的年轻人，似乎总是在谈设计，想设计，做设计——白日黑夜，绑定一个永恒的话题：设计与创意。

有多少人自问，在景德镇若折腾不出有文化含量的东西，这与放在其他地方做，有何区别？有多少人想过，以陶瓷为代表的手工业，要从“中国制造”向“中国创造”突破之接力，其最后一棒，已然交到这一代人手中？越向晚，人们越像打了鸡血，彼此才情流射的目光，往往不知东方之既白。

设计、创意，不仅改变产品、企业的命运，亦将改变一座城市的成色。

城市中一个独特的群体，也若深秋靛蓝的天空中一行雁字，清晰地向今天走来。

他们尚未具有强烈的黏合性，但他们有一个共同特征：不靠控制人脉，不占有重要资产，其资产源于其创新能力，一种蕴藏于头脑里的无形资产；在喜好、追求以及选择上，表现出相当的一致性。他们踏上“红地毯”的意义，如果说，还逊于工业革命浪潮初卷时涌现的工人阶级，但至

少，可称作全球又一轮新经济催生的新阶层。

理查德·佛罗里达，美国创意阶层集团创始人，世界著名创意经济学家，现任多伦多大学罗特曼管理学院商业与创意力教授，马丁繁荣研究所所长，麻省理工学院和哈佛大学客座教授，著有《创意阶层的崛起》等多部畅销书。《创意阶层的崛起》在北美引起强烈反响，跻身全美畅销书排行榜，被《哈佛商业评论》评为“具突破性的思维方式”，获得政府官员、商业领袖、城市规划师、企业管理者、经济发展专家的普遍重视。2019年6月，作者曾应邀来中国，在南京创新周活动上做主旨发言。

佛罗里达一个激荡人心的论断是，在这个新经济不断变化的时代，创新经济将给全球带来巨大的改变。当下这个时代可称为“后工业时代”或“后物欲时代”，将引领人类社会发生第三次大转变。经济的本质正在发生变化，我们现在就是经历者（《创意阶层的崛起》，中信出版社2010年版，以下引言同）。

那些物理资产，或者是劳动力，再也不是创造财富的主要驱动力。经济的明星，由董事长、总经理变成了“创意的提供者”，如设计师、工程师、作家、画家、音乐家等。在美国，制造业生产只占用百分之五的劳动力，农业只占用百分之一的劳动力。知识、创新、技术等，正在驱动新经济，创造巨大价值。创意阶层，现在已占美国全部就业人数的三分之一，甚至百分之四五十。北欧的一些城市，新加坡、巴黎、伦敦等知名城市，创意阶层甚至占到百分之六十。而在二十世纪的头几年，可能只占百分之五的比例。

创意阶层的显著特征，在于其成员从事的工作，是在“开创有意义的新形式”。从事这类工作的人，不时会创造出新产品或新方法，并被广为使用，尽管这并不是他们工作的基本内容。他们需要独立思考，为应对特定情况，独到地综合运用多项基本方法，做出大量判断，并勇于尝试创新。

创意阶层成员，不鲜见“特立独行”的设计师、“行为乖僻”的艺术家，如今这类个性较为普遍。从这个意义上说，陈仓暗度，回黄转绿，越来越多的人，以“自由主义”姿态应付团体、规矩，或干脆“出逃”的现象，可能代表一种全新的主流价值观。创意阶层成员，试图形成一种能够反映他们创意精神的个性特征，对于那些他们认为有利、便于融入并获得成功的团体与环境，情有独钟。

吸引创意阶层成员进行工作的主要因素，首先是有足够的金钱，使他们能选择想要的生活方式，但比金钱更重要的，是通过创造性的劳动，实现自我价值。其次，还有挑战与责任、灵活性、同侪认同、工作地点与社区参与等因素。在创意时代，工作者们频繁跳槽成为常态。当今的人们，不再执着于效忠大公司，他们执着于生命更深的层面——个人发展、亲朋好友、社区，以及真正感兴趣的东西，更倾向于效忠自己的职业。

什么样的社会才是创意社会呢？佛罗里达认为，它由三部分组成：技术创新与创业活动的体系；新颖高效的生产与服务模式；推动各种创意活动的宽松的社会、文化与地域环境。创意阶层，并非由大城市垄断，也不只是集中在著名的高科技中心和艺术中心。他提出著名的“3T 理论”，即技术、人才和宽容度。三者之间的关联度是，宽容度吸引人才，人才创造技术。

如今城市的发展，在于创意阶层的集中，而不是企业的集中。就美国而言，那些传统工人阶级和服务阶层密集的地区，往往较少创意阶层。城市中的各种便利设施，例如城市绿地、各种文艺活动场地、街头酒吧和餐厅、历史建筑等，是吸引创意阶层的重要条件。高便利性城市，会因创意阶层的高生产力而发展；低便利性城市，会因丧失人力资本而走向衰退。城市创意阶层壮大，城市的活力就会增长，不但经济活跃，城市的人文气象也浓郁。纽约的苏荷社区、加利福尼亚的硅谷、芝加哥的柳条公园，有多少创意与设计，就有多少风情与浪漫，尤其是得克萨斯州首府奥斯汀（Austin），被誉为“世界现场音乐之都”，2016 年，奥斯汀被美国 CNBC

评为美国创意城市第一名。

经济规模已是全球第二的中国，也在加入这场变革之中。与旧的经济文化体制转型相伴，艺术家、设计师、媒体人、经纪人等文化产业从业群体，终将完成自身角色的转变，国内第一批真正意义上的创意阶层，呼之欲出。在此之前，创意阶层正在持续增长。

曾记得，二十世纪九十年代后期，国内出现过一次类似连猪也能飞上天的风口，很多人为信息技术的巨大魅力所倾倒，亦步亦趋，沉迷于鼓捣“知识经济”“知本家”“数字化生存”“网络化生存”等各种空幻概念。这大约是2000年前后互联网大泡沫崩盘的原因之一。“创意经济”“创意阶层”近年来获地方、企业界、媒体与出版界的热烈追捧，看似“前度刘郎今又来”，但而今这些概念火烧眉毛，如箭在弦，直接面对着经济转型、企业转型、全球化咄咄逼近的迫切需求。

与西方的同行本性相通的是，中国创意阶层成员经常性的工作，也是在“开创有意义的新形式”。不同的是，西方的同行爱染指政治，指点江山，如从早期屡遭法西斯政权迫害的包豪斯，到今日美国民主党铁定票仓的纽约苏荷社区、加州硅谷；国内创意阶层成员，一般心中自有北斗七星，却从不涉猎政治，对社会现实不愤怒、不批判、不解构，也不呆板、不直男，性情温良，善解人意。“专气致柔，能婴儿乎？”（《道德经》）河上公注曰：“专守精气使不乱，则形体能应之而柔顺。”他们乐于发现与改善——发现万物之美，由点至线至面，日拱一卒，改善既有现状。

此外，国内创意阶层成员，一般对权力无感，见口含金汤匙长大的富二代、红三代，绕路而行。许多人出身普通人家，或有过困在人生“电梯”里呼救不得，得靠自己搏命出来的际遇。他们努力工作，勇于挑战，自我激励，计划一旦制订，不折不挠，终完成目标。他们能够适应多样的环境，反感因地域、资历、学历、性别，乃至价值观、性取向，划分人的高下优劣。喜见一花一木，一鸟一兽，皆自得其乐。对传统、团体的集体性活动，尽可能保持疏离。他们是自由的原子，流动性很强，中国太大，理想太远，若苍茫烟雨中的紫燕，他们总能寻到某些小小角落呢喃低语。

2019 年秋，我去过一次意大利。

几乎每个意大利家族都有手工艺人，许多意大利人的姓氏亦起源于此：法拉利（Ferrari）意为铁匠，瓦萨里（Vasari）意为制陶人，泰西托里（Tessitori）意为纺织工。那些占据世界时装业半壁江山的时装品牌，阿玛尼（Armani）、范思哲（Versace）、杜嘉班纳（Dolce & Gabbana）、普拉达（Prada）、芬迪（Fendi）……皆出自地中海边气候宜人的亚平宁半岛。

岛上不少制衣工坊里，往往能见到须眉花白的老者，戴着垂到鼻尖的眼镜，所用工具，无非针、线、剪刀、卷尺，与一百多年前没什么两样，一件西服要七千针的手工缝线。但创新、想象力，一直是意大利最宝贵的品质，意大利人在设计上有一句座右铭：意大利不做设计，意大利本身就是设计。米兰、罗马、佛罗伦萨、都灵、威尼斯等城市，有欧洲乃至全球最好的服装、皮草、珠宝、鞋类、小提琴设计学院。

以中小企业为主体的“意大利制造”，使“二战”后一直未以重化工业立国的意大利，毫无争议地进入世界经济强国之林。直到 2010 年，意大利境内的企业中，99.9% 为中小企业，它们提供了 81.9% 的就业岗位，贡献了超过八成的 GDP。因中小企业多分布在东北部和中部地区，这些地区与当时西北部相对发达的工业地区（第一意大利）和南部受政府资助较多的地区（第二意大利）形成鲜明对比，故被该国经济学家、社会学家称为“第三意大利”。

你是否觉得，景德镇未来可能成为中国“第三意大利”的代表性城市？

六

景漂过眼录

41 对杰瑞米来说，景德镇已经是他的家了

景德镇，是许多景漂的爱情小道。

二十七岁的舒悦和五十一岁的杰瑞米（Jeremy Vaughan），就是这小道上的一对。杰瑞米，是凯米所说的在景德镇娶了中国女子的六个美国人之一，但他听得懂大多数中国话，也可以讲日常口语一般的中文。

在郊外的半山坡，有一个院子，院子外有菜地，衬着湿润的红土，尤显鲜绿。院内水泥结构的三层楼，是农家自盖的。面容白皙的舒悦，恍若一大朵广玉兰，“开放”在大门口。身穿汗衫短裤、脚踏凉鞋的杰瑞米，从外面进来，身后跟着的一条大黄狗，尾巴扑棱扑棱，摇得很欢。

客厅左手连着工作室、库房，中间摆了一张阔大的原木桌子，周边有太多做完、未做完的东西。院子本是朋友八月租下的，因为疫情，圣诞节回英伦度假的八月回不来，委托杰瑞米夫妇照料房子，他们便住了进来。原主人的一条黑狗，慵蜷在门口的地毯上，投向门外的眼睛里满溢思念之情；杰瑞米的大黄狗，则蹲在我们身后的楼道上，居高临下，冷眼嗖嗖，似有不满：若不是你们两个家伙登门，这会儿，自己一路撒欢，一路采撷，早随杰瑞米夫妇去了他们在雕塑瓷厂的工作室，那边热闹，这里清冷……

舒悦，是红茶之乡——安徽祁门人，也是家里的独生女。父亲在老家开了一家水泥预制板厂。高中以来，她便觉得做陶瓷是一件很浪漫的

事情，像哪部电影里面的情节。2013 年，舒悦从景德镇陶瓷大学毕业。毕业之前她就与杰瑞米偶尔一起做东西。毕业之后，两人正式开始合作。

杰瑞米，早年在全美各地求学，从威斯康星州到明尼苏达州，又去过南卡罗来纳州，先后获得了陶瓷艺术学学士和硕士学位，以及三维美术的硕士学位。父亲居住在法国，母亲在美国。杰瑞米本来是一个教书匠，在美国的大学教学生陶艺，自己也做雕塑、装置一类的作品。他早就听说，中国是做陶瓷很有名的国家，攒够了盘缠，便于 2003 年来了中国。最初他没有来景德镇，因为这边做的是高白泥瓷器，他过去很少接触。他去了广州，一边在中山大学教英文，一边在佛山做陶器方面的事情。2008 年，他第一次来景德镇。可以把陶泥在手里服服帖帖、玩出花来的他，当时觉得高白泥这种材质颇为顽劣，在制作中总将他的种种打算、努力碎为一地。杰瑞米自不甘心，决定来这边探寻更多新的东西。第一次来待了个把星期，就回去辞了中山大学的那份工，以后便多次来，到了 2009 年，干脆定居景德镇，至今已经十一年了。

胡平：　现在越来越感觉景德镇是一座年轻人的城市，大学生很多，景漂很多，洋景漂也很多，在这样无数的移动、挪转、擦肩而过之中，你们两个人怎么就对上眼了？

舒悦：　那天，几个好朋友去学校附近陶艺街一家叫快乐时光的酒吧喝酒。杰瑞米那时住在陶艺街，刚把他母亲从上海接过来，家里没
41—1 有 Wi-Fi，去酒吧蹭网，特别巧。我们俩一开始分开坐，没有想要聊天。一同喝酒的一个小姑娘，说那边有个老外，想要和他搭讪，正好我英语稍微好一点，就跟过去了。毕竟都是做陶瓷的，我们又是学生，很期待看一下国外艺术家的作品。这次聊天就留了微信。星期六雕塑瓷厂有市集，他带我去转了转。然后约出去吃饭什么的，交流、走动越来越频繁，其实还是我先有了意思。以前

一直是我去追心仪的男孩，付出比较多，对方却不太珍惜；认识他之后，觉得他人挺不错，很贴心，知道怎么样照顾别人。差不多一个月后我们就在一起了，那时候我才上大二。

我没打算瞒家里人，当时跟爸妈说了，他比我大很多，以前没有结过婚。父母觉得不可思议——为什么他四五十岁都不结婚，不生小孩，一定是有问题。他们担心我被骗。不仅是我爸妈，一大家子人很焦急地赶过来。我对这件事情很坚持，他们强行押我回家，恰好放暑假，不让我回校。我也不知道，是家里人的坚决反对让我更加坚定，还是怎么样，我当时就特别有鱼和水、树跟藤不能被分开的那种撕裂感。两个星期过去，实在忍受不了，就骗家里说他把我扔了，我们不在一起了，然后他们才让我回景德镇。后来经过这么多年，看到他确实对我很好，我的性格也比以前开朗很多，父母现在也慢慢接受了，但又着急，祁门县是一个小地方，我的同龄人很多都结婚了，孩子都进幼儿园了，他们老催促我生孩子。我觉得我还小，这两年还想专注于做陶瓷，不想生孩子。杰瑞米态度还好，可有可无，顺其自然。

胡平：　我注意到你们俩的戒指，他的很一般，你的戒指不一般。

舒悦：　他的戒指是银的，我这个戒指是个什么宝石或玉石，不太清楚，他不告诉我。他说，反正不便宜。

2019 年 8 月，我俩在杭州参加文博会，有一天正好是我生日。早上起床，我赶紧洗漱好，要赶到展会的摊位去迎接客人。他突然演小品似的，单膝跪地，给我这个戒指。他说："你愿意嫁给我吗？"我说："好的，好的，我愿意。"然后，我催他赶快走："我们要去卖东西了！"我做一件事情的时候，一门心思都在做，完全没有意识到这是一个求婚。

今年春节，我的一个好朋友也嫁了外国人，他们回老家过年，我们也回我老家。他们在朋友圈发信息，说求婚、订婚了。我就说：Jeremy，人家都求婚了，你怎么没跟我求婚呀？他说：我跟你求婚了。我说：你什么时候向我求婚的？他说：你过生日那天，我跟你求婚的。我说：那个是求婚吗？我以为是你送我的生日礼物呀。我特别马大哈，让他有一些难过。

胡平：　你们工作室经营得如何？

舒悦：　来景德镇后，杰瑞米发现这边的工艺和高白泥更适合做一些小的、单件的东西，不太适合做大型雕塑。他还发现，无论地球上哪一种文明，都有类似勺子一样的工具。包括没有任何工具的远古，先民用手去河边舀水喝，也是一个勺子的形状。勺子像是一种宇宙图腾，一门世界语言，贯穿了整个人类文明的发展。所以我们就做各种各样的勺子，大部分灵感来自树枝、鹅卵石、岩石、水流等自然中的美好事物。这几把勺子，是从明尼苏达州的苏必利尔湖捡来鹅卵石，拿到景德镇，翻了模之后，再把不同的石头重新拼接，做一个新造型出来的。像这些勺子，就很像在大雨过后的湖面上漂着的那些木头、树枝，一部分空心，一部分实心……

大多数时候，杰瑞米的设计思想比较多，他重在创意。釉色方面的搭配，平时销售什么的，我想得、管得比较多。我形容说，这是一家两个人的工厂，没有外包，没有请师傅，除了运到公共窑去烧成，所有东西都是两个人自己做。一些作品的灵感来源于他的家乡，我做的东西，就全出于我个人的小点子。工作的时候，我们俩各司其职，但要注浆，或者炼泥，这种力气活他当仁不让。女孩子心思比较灵巧，怎么样去搭配颜色，怎么样去布置展位，便由我定于一尊。传说里的牛郎织女，就是这样的吧。

每年跑几个展览还蛮不错，勺子，还有杯子、碗碟，在杭州、上海、成都卖得挺好。大众容易接受这种小件的东西，几百元不是很贵，造型又很新奇，他们会很喜欢。但是卖不上价，让你花两三百块钱上一回馆子，觉得是场毛毛雨，去买一个勺子，一些人会觉得这是显摆。但对于艺术家来说，这价钱算上材料、工艺、时间和我们折损的脑细胞，其实是很公平的一个价格。

从 2019 年年终疫情撒野，到现在迟迟未了，卖作品难以指望。（杰瑞米插话道：国外艺术家都不是很有钱的人，有一个说法 41—2
叫“Starving Artist”，可能吃不饱肚子，漂泊街头。对于艺术家来说，做陶瓷为生，或者靠艺术为生，不管在什么国家、什么时候，都不是一件容易的事情。比起赚钱，艺术家更乐意有一个很舒服很宜居的生活方式）我们有更多的时间重新总结创作，探索杰瑞米本想做的、比较大型的装置类作品，它悬挂起来像是一条勺子的“瀑布”，有三米高。钢丝贯穿在里面，外面挂勺子的枝杈，也是陶瓷做的，准备以后申请参加国内外一些比较大一点的展览。暂时还没有取名，写作品叙述时得细想，还没有来得及去完成它。

胡平：　舒悦，你说话时，大黄狗怎么盯着我，杰瑞米就怎么看着你。他怕你说的有错？（夫妻俩用英文嘀咕了几句。舒悦回答：他说他不停看着我，是因为他觉得我说得特别好，不需要他在这里，有一个人在这就行了。他要拜拜了！顿时，大黄狗尾巴为之一振）杰瑞米，我们主要是冲着你来的，你给说说？

杰瑞米：　（中间有一部分为妻子转译）对比一下美国和中国，中国有五千年的历史，从古代到近代的陶瓷，是中国历史中很重要的一个部分，每个朝代都出现很多有各自特色的瓷器。美国没有什么陶瓷的历史，人们所能接触到的，就是现当代潮流的陶瓷作品，只能区分是陈设类、鉴赏类，还是实用类的。而对于中国人来说，由古至今产生了很多种不同类型的陶瓷，现当代艺术则刚刚起步，当代陶瓷越来越深入到民众的生活当中，人们会有更多的机会接触到这样一种新类型的陶瓷。我作为一位陶瓷艺术家，在中国应该有更多的机会去展现自己。

景德镇就是这样，从二十世纪九十年代发展到现在，有很多人，包括很多国家的人，在用很多种不同类型的方式做陶瓷。这是一种自然而然生长出来的形态，不单是由政府推动或者怎样——因为喜欢，所以来到这边，在他们的想象中，这是很具有浪漫主义色彩的一件事情。在车间，在作坊，会有很多师傅跟他们一起工作，几乎没有什么想法在这里是不能实现的。你再放眼望去，这里环境很美丽，很绿色，人们很善良，很热情，艺术家自然会被吸引过来。他们每到一个地方，就会“发掘”这个地方，用作品和影响力一步一步“打造”这个地方，然后吸引更多的人过来。

景德镇，其实不是从这几年才开始对外开放，像安田猛先生
41—3 的红房子、李见深先生的国际陶艺村，在二十多年前，就已经把这粒“种子”播下，“种子”吐芽，散枝开叶，自然就会被政府注意到，然后官方和市场联手双弹，打造出像陶溪川这样一个很美很梦幻，甚至令人震撼的地方。但陶溪川却不是艺术家可以埋头创作的一个地方，对他们来说，还是像老雕塑瓷厂，或是三宝这样目前人造环境不多，商业化、市井化气息还比较淡薄的地方，更容易出好作品……

胡平：　前几年，有一种说法是，中美两国的关系像一对夫妻，好不到哪里，也坏不到哪里。舒悦，你们是一对真正的中美夫妻，日子过得怎样？有没有七年之痒？杰瑞米知道七年之痒吗？这位敦厚的山姆大叔，能够适应长期在中国生活吗？

舒悦：　杰瑞米什么都吃，荤素不拒。吃火锅，不用点鸳鸯锅，可以山

河一片红，全辣。景德镇食材新鲜，我们俩老琢磨做各种好吃的。八月喜欢做饭，杰瑞米也爱烹饪，还跟主妇一样喜欢种植花草。每天工作八至十二个小时，业余生活就是与一些景德镇的好朋友、中外艺术家，一起吃饭、去酒吧喝酒、野外露营等。还有一只猫和一条大黄狗的陪伴，我们每天忙忙碌碌，开心快乐。

观念上偶尔会有一些冲突，像老外他们很不喜欢听“我做这件事情是为你好”，这样说，在他们那里是行不通的。哪怕你为我好，你真是无私无疵如上帝，做什么事情也要事先跟我商量，跟我打招呼，得尊重我。不能觉得为我好，去做了就行——这是中国人典型的思维方式。哪怕再抵制的事情，两个人冷静下来后，也会把事情捋一遍，看谁更有理；谁错得更多，谁就先说 sorry，不分男女。他们不会因为你是女的，因为你比我小，就要让着你，他们都是讲道理。

我们感情挺好的，在一起六年了，2020 年 5 月领证结了婚，让七年之痒见鬼去吧！结婚五年之后，他可以申请中国的永久居留证，这两年他父母相继去世，对杰瑞米来说，景德镇已经是他的家了。

42　镇上跑来一名“游击队长”

刘瑞华，本是江西瑞金市一名口碑不错的公务员，但在工作多年后，他逐渐有了鱼儿身处渐渐抽干了水的池塘之感。后来，他觉察自己似乎有经商的禀赋——还在北京上大学时，有一年寒假结束回校，他带了一包批发市场弄来的小玩意——信纸、信封、袜子、丝巾等，去一间间寝室兜售，三天就卖完了，赚了四百多元，相当于他父亲一个月的工资。于是 2011 年春，他辞职来到景德镇，做了一把陶瓷邮票，拎着第一桶金五百万元，创建了德韵陶瓷文化发展有限公司。

他的爷爷和四爷，都是从瑞金走出来的红军，一个打到贵州，一个打到贵州边上，队伍都打散了，他们只能从此回老家种地。“文革”时这段历史扯不清楚，说是“脱离组织”，兄弟俩没有享受到红军战士的待遇。刘瑞华也很长时间不明就里，自己原来是红军后代。不过冥冥之中，“福”没享到，革命者的“初心”，却被刘瑞华全盘接受过来。

他的“初心”是，景德镇是一个世界品牌，从历史维度、文化维度上看，独领风骚近千年，比美国“苹果”更有价值，但是至今依然缺乏核心竞争力和推广力度，远没有实现其价值。他的“初心”，就是要实现景德镇价值的现代重构，用一生的精力去努力，将中华陶瓷文化推广至全球，与全球多元化文明进行融合，让瓷文化走进生活，让生活更有品位。

从 2013 年年末认识刘瑞华起，我心里多少有点打鼓。乍听他的旷世初心，他“红星”般的理想，在时下的社会里，有多少人能信他的豪言壮语，又有几人能跟着侠胆英雄走呢？

然而，前年见过的刘瑞华，去年看好像又不同了，今年再去“观宋”，又是让人惊落眼球的转型升级。我认识的老板，京沪穗深有几位，景德镇
42－1 有一些，在这些年愈加吃紧的经济环境下，别人的肚子里倒胃翻肠，是困难，是压力，甚至是硬生生吞下去的“牙齿”，可他说起的调门，却总是如入无敌之阵的“前进，前进”。

他像多数客家人一样，脸盘不大，有着栀子花一样的笑容，热情、纯
42－2 真。凡客户、朋友，或者朋友的朋友来，他总是西装笔挺，头发纹丝不乱，下楼亲自接待。且总是把人留下来在公司进餐，桌上多是他从老家千里迢迢带来食材的客家名菜。我是眼看着他领着“德韵”“观宋”，在陶瓷城一家快捷酒店的一楼立足，几年内一一租下各层楼，如今又仅用两个

月，移到了名坊园新址，令参观者无不欸乃一声——“换了人间”！在这静水流深、鱼龙混杂、大神出没的陶瓷“帝国”，他的基脚是否立稳？我总忍不住心里嘀咕——他回屋后是否会有资金眼看断裂的惶恐？

在黑天鹅频频纠缠的2020年，举世如困蟒般动荡不定，咻咻巨喘。

你听他的战略分析：这场疫情，其实不是简单的灾难，它相当于一场“经济危机”，通过一个非人力可操控的自然域场，揭示了体制内外不适合天道人性的东西，解决了这些年经济高速发展中产生的泡沫、财政预算里堆积的泡沫，以及社会生活中乱七八糟的泡沫。对昔日虚胖、现在撑不下去的企业而言，此时不“死”，以后可能会“死”得更难看，也算是一个体面的死法。对历经九年，造了太多“子弹”，需要“打仗”的“观宋”而言，怕就怕一成不变，一潭死水。疫情将各种泡沫挤出、压缩后，有不少企业杳如黄鹤，红旗飘飘、弹匣满满的观宋队伍，正好拉了上来，浪尖求胜。

在北京首都机场航站楼设旗舰店，过五关斩六将，是观宋这一精神的 42—3
标配，称碱水里泡三遍、火里烧三次，也不为过，观宋首都机场旗舰店已于2021年元旦开业。同时也意味着国家对景德镇瓷器的高度认可。此前一年内，景德镇罗家机场、内蒙古满洲里机场观宋品牌店开业；江西省委省政府所在的南昌九龙湖片区，一千三百平方米的观宋旗舰店开始装修；除原有的本省赣州、抚州、新余，河南新乡，湖南张家界，江苏南京，广东珠海及山东烟台、潍坊等二十七家加盟店，这一年里，观宋又成功签约重庆、长沙、成都、武汉加盟店；原来淹没在陶瓷城一片老旧建筑里的观宋，也搬进了名坊园里一个占地八亩、建筑面积达六千平方米的四层楼大院；并且还在筹备位于土耳其伊斯坦布尔的霍卡帕萨街店、巴拉特店。

这是两军相见勇者胜的节奏。疫情是天灾，不是躲在山上就不会死人，唯一的出路是下山缚虎，观宋是景德镇最早复工复产的企业。

这是必须与国内知名品牌、景德镇一流陶瓷企业并肩而立的节奏。很多年里，景德镇若跌落风尘的深闺女子，把金枝玉叶之身做成了小卖部、地摊货，若要重抖风华，得恢复高附加值的定制形态。陶瓷产品过去流于零售，在景德镇你做我也能做，单纯追逐品牌，极易同质化，几十年里不见一家做大。要把真正有手艺的人聚集起来，形成一个“云”资源库，把真正有思想有风格的设计师、艺术家集中起来，利用现代互联网技术，整合资源，让设计师专心做设计，艺术家潜心于艺术，工匠也可以心无旁骛，无须操心自家的东西怎么卖，而社会又能找到可匹配各自需求的一个平台，并给卖出去的产品做信誉背书。最终才能突破瓶颈，实现景德镇瓷业的转型升级。

观宋，将由此脱颖而出，成为行业品牌，“邂逅景德镇，从观宋开始”，观宋的品牌店立到哪里，景德镇的光芒就照耀到哪里……

刘瑞华也坦承，我们是在探索一条道路，一条谁都没走过的道路，没有谁一开始就能绕开“大草地”“娄山关”。完成这目标存在不少困难，需
42—4 要天时地利人和，尤其是政府的支持、社会舆论的导向，但我们先把能做的做起来，能走多快就走多快。或许最后没能达成，但该走的路已经走过，该打的仗也已打过，我们权当做了一场给大众看的行为艺术，一场西西弗斯式的行为艺术。

外地的加盟客，多是他的粉丝。成都、重庆等地，一些退休干部为之张罗；意大利米兰、中国香港、土耳其等地，有华人移民热心策应。他有一股魅力，能让人觉得他的话如硬邦邦的铜豌豆——越是实现了财务自由、生活无忧的人们，越有兴趣跟着几天前还是陌生人的他，风雨走一程，逸情弄一把。或许，国人时下能圆梦处并不多，而源自老祖宗的陶瓷，却正是人类文明、文化伊甸园的老树之一。

观宋的员工，尤其是高层，是他的钢铁拥趸。大多是从一名大学毕业生开始，来到观宋，陆续结婚生子，跟着刘瑞华八九年，连清洁工阿姨亦做了九年，在公司待的时间比跟家人还多。晚上，高管经常主动加班，忙完小酒一喝，家人一样随意聊天。刘瑞华说最近在读稻盛和夫的《干法》，

佩服其做大做强企业的金钥匙——“劳动意义不仅在于追求业绩，更在于完善人的心灵”。几位高管由衷地对我说，刘总是老板，也是我们的老师，更像家里的老大哥。

按稻盛和夫在《干法》里的说法，人可分为三种：第一种是点火就着的“可燃型”的人；第二种是点火也烧不起来的“不燃型”的人；第三种是自己就能熊熊燃烧的“自燃型”的人。刘瑞华自是第三种。

按生理学的说法，多巴胺是一种神经传导物质，用来帮助细胞传送脉冲的化学物质。这种脑内分泌物和人的情欲、感觉有关，它传递兴奋及开心的信息，是一种让人产生快乐的物质，某种程度上也是一种“赌博”，“赌”自己和明明暗暗的挑战、困局险局谁能够赢。刘瑞华永远分泌着多巴胺，永无疲倦，充满斗志，越战越勇……

或者，按老夫的比喻，时空穿越，景德镇跑来一名当年赣南中央苏区的“游击队长”，有斗争意志，更有战略战术。你看观宋开始的加盟店， 42—5
都在三四线的小地方，之后向一二线城市挺进，布局国内国外，“星火燎原”——旗帜插到哪儿，观宋人就先到哪儿，将场地铺好，在当地“招兵买马”，培训完毕，自己人撤出，再奔去新地方插旗子……

这游击队长的身份，当然是老夫臆想的。刘瑞华现在的正式身份是景德镇德韵陶瓷文化有限公司董事长、观宋品牌创始人、江西国际商会陶瓷分会副会长兼秘书长、景德镇商会常务副会长。

43　不仅有违掌柜的“职业精神”，还与乾隆有得一拼

2020 年疫情初起，肖学锋被困武汉近八十天。

肖学锋郁闷家中，常立小阳台，正对小区花园。从寒冬到暮春，花园里的一排广玉兰，从光秃秃到满树繁花如盖，最后芳华落尽，又待来年。他无动于衷，未写下一个字。作为一个资深文青，肖学锋从读书起便喜欢舞文弄墨，感时伤怀，还在新华社湖北分社待过一段时间——这不像他呀。

清明前后，逢新茶上市。他是老道茶客，湖北不乏名茶，采花毛尖、恩施玉露、英山云雾，老家襄阳也有好茶高香茶，但他却惦记着千里外的浮梁仙芝，还有外形紧细苗秀、茶汤红浓甜香的浮红。我曾问，浮梁茶难
43—1 道会比楚地茶好吗？他一竹篙将我“打翻”在地：浮梁县从北到南，包揽景德镇全境，人口只有全市三分之一，地广人稀，植被广袤，多雨多雾，白居易的诗魂也飘在那儿……俨然是浮梁茶叶公司总经理。

2020 年 4 月 10 日，终于拨云见日，他如箭镞一般由武汉射出，心境好似“二十里铺送过柳林铺迎，分别十年又回家中。树梢树枝树根根，亲山亲水有亲人……”（贺敬之《回延安》）

他回的是三宝蓬。

肖学锋，网上多称三宝蓬艺术聚落或三宝蓬艺术中心（简称三宝蓬）的肖掌柜。不叫总经理，而叫掌柜，让我想起二十世纪五十年代，三四线小城或县城里还能看到的“民国”人物——有些苍白的脸盘下，一身阴丹士林蓝布长衫，竖领斜襟，两臂袖套，眼镜用链子整日挂在胸前，一手算盘打得溜溜转。精明能干，安常守分，俭朴撙节，和气生财，见人未开口，先带上三分笑……

他是有掌柜的遗风。

肖学锋大学学的就是会计，二十四岁当上武汉某房产公司副总。谨慎到骨子里，经手开发三四个楼盘，自己没有从中弄一套房。现在虑及将要上初中的儿子，想弄套学区房，只能把唯一一套住房挂到网上，以求置换；“算计”也渗入骨缝里，夯土墙长一百五十米的艺术中心，以倒扣的

出土匣钵为意象的水月馆，没有显赫门楼，连围墙都不存在，尽可能将树木、溪流、鸟儿包容进来，极大地省俭投资，又让三宝蓬从土地、自然的掌纹里生长出来。自己在网上找的两名年轻设计师，其中一人刚从国外留 43—2
学、工作回国，国内影响尚为空白，一上门即牵手，设计费用大为便宜，而其处女作即是成名作，艺术中心、水月馆、手作街区，获得多项国际建筑设计奖。“行走中的建筑学（江西篇）”十个入选建筑中，景德镇占据四席，三宝蓬占了二席。年轻的设计师刘阳、吴海龙，得以在景德镇和朱锫、张雷这般的建筑大师，名动圈内圈外。

初来景德镇，他也去鬼市寻觅，淘来的器物让本地员工发笑——就这眼力？也不以为忤。去了工地，工人们总称他“老师傅”；每回展览，他和办公室七八名小女子一起，忙上忙下。三宝蓬没有所谓“职场”的鹅争鸭斗、压下媚上、嫡系非嫡系。按时发工资，疫情持续三四个月关门了也照发。小女子们跟着这个私下叫“肖宝宝”的掌柜，没有什么可抱怨的，虽然感觉累，但“肖宝宝”更累，且开业以来各种活动，如流水，如赶集，如过年，如微醺，她们还爱这一口……

但他又严重有违掌柜的“职业精神”。

三宝蓬一个个空间：西席·陪你读书，西席·瓷语对话，既下山·景德镇，柒竹·景德镇，下午茶时间，苏麻离青主题餐厅，隐居·景德镇……那芳名，刺激得你仿佛能听到月下流水的声音，雨打芭蕉的声音，素手拨弹古琴的声音，刺激着你对这个本叫西朝坞的山谷——暮云春树、朝花夕拾的所有想象，但你却很少听到钱币落入钱箱的叮当声。三宝蓬每 43—3
个月有两场以上的展览，两场以上的学术沙龙，2019 年一年，仅艺术展览有几十场，展览作品涉及颜色釉瓷版画、陶瓷雕塑、铜雕塑、水墨画、纸本书法、陶瓷书法、当代青花瓷版画、传统青花瓷版画、新彩器皿、粉彩瓷版画等，极具创新性与实验性。还有古琴音乐会、诗歌朗诵会、声声慢茶会、山水间的婚礼……它们无不与景德镇当代文化艺术的勃兴有关，与景漂的新美学形态、新生活方式有关，却与三宝蓬清寒一角的账面无关。

多少年里，国内房地产业，烈火烹油，奉快为圭臬。唯快，才能迅速收回资金，去圈更多的地，再贷来更多的钱。三宝蓬一晃六年，至今却还处在亏损状态，2020 年 10 月签完二期的租约，小女子们才能坐下来喘口气，但这只意味着不需要再往里砸钱，至于成本，回头仍需战友们三更灯火，四更舞剑。

肖学锋不仅有违掌柜的职业精神，还与乾隆有得一拼。

不过，乾隆是身段放下，假装在做皇帝，又兼“陶瓷工业部部长”“景德镇市市长”；肖学锋则是站位拔高，三宝蓬掌柜外，似乎还揽有多种重要角色——

> 这一代景德镇人，是极其幸运的。在寂寥没落了几十年之后，景德镇又一次处于走向舞台中央的征程上。在定义为“国家陶瓷文化传承创新试验区”的背景下，毫无疑问，景德镇的发展属于国家意志，是国家层面的战略，景德镇处于又一个千年辉煌的起点之上。可是，我们准备好了吗？景德镇准备好了吗？可能，我们还有点儿懵懂，有点儿强打精神下的手足无措。

这是政府新闻发言人的调调。这段话，以及下面的文字，均出自三宝蓬微信公众号里的《锋言疯语》，每周约有一文，每文二三千字，长的四五千字。至 2020 年年末已经有五十期。

> 我提出“景德镇是最有可能成为中国新民艺运动策源地的城市”的观点，同时也提出“景德镇是一座古老与崭新、传统与当代、乡土与国际完美融合的城市”“景德镇是一座聚集着无数有趣灵魂的城市”“你们向往的诗和远方，就是景德镇的日常”等说法，

所有这些，都是我作为一个“景漂”六年的感受。

这约是宣传部部长、政研室主任或散文家的调调。《锋言疯语》还在公众号上频频地撩拨全国广大“小资”，激荡已来的景漂，鼓舞正拔腿向这里走来的准景漂。他的《丽江死在去景德镇的路上》一文，曾瞬间刷屏，阅读量达到七万。

肖学锋又充任三宝蓬、景德镇的非著名“导游”，带着无数来自全球不同职业、不同背景的人，览胜采风，有副国级省部级高官、国外驻华外交官，以及文化艺术界人士。接待数量之多、密度之大、范围之广，超出我等想象。他呼吁，做一本只关注三宝、只在三宝发行、只给进入三宝的客人阅读的杂志，且满城上下游说，说景德镇必须有一家或几家类似南京先锋书店、杭州晓风书屋的独立书店……

他还干着爱奇艺、腾讯的活。舌灿莲花，手引杏花，引来两者合作的一部大型公路式真人秀旅行电影。全国数十个备选城市中，景德镇脱颖而出，在片子中占有重要戏份。他指挥手下全方位、无缝隙地给导演组提供贴身服务，逐一探访著名工作室、窑口、村庄，成了不出现场的影子剧务主任。

他还是免费的策划高手，与浙江隐居集团联合，在上海、武汉举办“万物藏 · 溯回”陶瓷艺术展览，将古老的景德镇在今日的审美变化与生活风度传播开来；制订双百计划，全国选十座城市，邀约一百位设计师，携手一百位陶瓷艺术家，为城市做出具有代表性的生活美学空间；2021 年，是周杰伦出道二十周年，“若邀请周杰伦来到景德镇，重新认识当下的景德镇，重新认识现代的青花作品，重新演绎《青花瓷》，我相信对于景德镇、对于周杰伦的意义，都非同一般”。老夫为之击掌，不，得击鼓！

肖掌柜的脑电波，总在活动。带家人旅游，看着婺源篁岭天街小道上密如火柴的黑压压人头，他冒出的第一个念头是，如果这么多人拥挤在三宝，会不会是一场灾难？再深想，本该是城建局局长思考的问题，又被他一把夺了过来：

> 几千人的游客，如果进入三宝，在哪里走？三宝路上，几百台车，停在哪里？人们沿路走到哪儿，三宝蓬？三宝国际陶艺村？马鞍岭？到了终点，再原路返回吗？沿路看什么？除了陶瓷，还有什么？一路上，吃什么？走累了，哪里能歇会儿？篁岭上买二十元的辣椒酱都会思量一下、讨价还价的客人，怎么看三宝蓬里动辄几百几千甚至几万元的瓷器？

他总在折腾或跟自个儿叫板——为景德镇的今日、未来。代价也随之而来，六年前第一回见他，一头秀发飘飘。而今，一顶网球帽极少摘下，落发加剧，脑袋越显稀疏，向光亮铮铮的明星徐峥靠拢。

半夜醒来，他说："我的困惑越来越多，我时常会分不清自己是谁，在做什么。我是一个职业经理人，对股东的投资负责，创造收益，寻求更大的投资回报。可在三宝蓬，我所有思考的、讨论的、已经做的、正在干着的、准备去干的，大多都是些社会效益远大于经济效益的活儿，与巨大的投资不成比例，也和企业的目的是背离的……"

肖掌柜的眼镜圈里，露出几丝狡黠，这话听起来是情何以堪，自责自省，实则是给自己，也给公司董事长，捎上了精神锦旗、情感红包。

三宝蓬的总投资、总面积，大约只及陶溪川的一个零头，但作为一个由民营企业投资、占地五十亩、建筑面积仅有两万五千平方米的小项目，三宝蓬如今在这座城市受到的关注、带来的影响，却仅次于陶溪川。倘若说，陶溪川是"执铁板铜琶，唱大江东去"，那么，三宝蓬便是"拈花微笑，看小桥流水"。很大程度上，它改变了三宝山谷的"野莽"气质，也作为一个窗口，让更多的国人看到了一个从传统陶瓷圈里脱颖而出的景德镇，年轻、俏丽，美不胜收——已然是国内文创行业的领头雁、商业地产课堂里的模范生。

肖掌柜其实并不疑惑，毫无要到黄鹤楼下去摆地摊的压力，上门访客依旧，诗性日子依旧，不老情怀依旧。这六年，他还大幅提高了对陶瓷艺术的学识与鉴赏水平。果断入手的一个鼻烟壶，器型隐约有梅瓶的影子，却没有梅瓶胫部内收的弧线，想来是为了更方便鼻烟粉末的存储和取放。他判断这是康熙朝鼻烟壶的经典器型，画面为“荒滩一角，有萧疏野菊三两株，一枝芦苇卓立其间，引来秋蝶翩跹；一枝枯木划开寂寥天廓，独有鹌鹑鸟自鸣。粗一看，这画工画艺算不得精致，甚至有些粗朴拙陋。但细细品之，这画面却又似乎自带着天然的生机，疏密有致，相互呼应，野趣横生，清气十足。雏菊的呈现形态，有康熙民窑菊花的绘画风格”。

敢作如此判断，写出如上话语，试问肖掌柜得攒多少学分，掉多少头发？

44　景德镇当代文化艺术的“水泊梁山”

三宝蓬艺术中心，坐落在三宝谷西朝坞。

三面山岚飘绕，其间，溪水浅浅萦纡，湿地野趣盎然，莫说是市区人，十年前，就是在三宝谷已待多年的景漂，也少有人知道这里。靠马路部分，掩映在葳蕤的绿荫下，不见显赫门楼，连围墙都不存在，小动物自由来往，呈现出一片舒缓如女中音的坡地景观，以致小车倏忽而过，开车人往往掉头问，三宝蓬在哪儿呢？

太多人在进入三宝蓬的刹那，会觉得有点儿恍惚，这二十年前还遍长芭茅、芦荻，每每白鹭划过的山谷里，怎么会出现如此现代的建筑？

在三宝蓬中，看不到传统建筑中的建筑语言——没有曲径通幽、月桥花院、长廊水榭。在气质层面，其与自然、陶瓷文化融为一体。夯土墙是瓷与泥土关系的隐秘表达，又是工匠精神千锤百炼的外在象征；以倒扣的出土匣钵为意象的水月馆，将传统意象的“匣钵”，以现代钢结构幕墙建筑来表达，同时覆以多达三万片的铜瓦，手工编织幕墙；多媒体报告厅、弧形展厅动感，流畅，混凝土和木材表面在修造中留下的痕迹清晰可见；工作坊、手作街区、餐厅，有大团阳光倾泻，大块风景推进，远山如黛，近水含烟；楼区外，芭蕉雄伟，恰似一位披挂的将军，竹子纤长，若一群青衫雅士，旁有簇簇月季、玫瑰来“红袖添香”；隐居酒店，赤色的墙砖一路延伸，直达天际，将宋代古典美学、瓷的素静，悠然揽入隐逸情怀，广告语写得如徐志摩打动陆小曼的情书，直击你的软肋——“生命那么短，时间那么急，是时候去隐居了，哪怕只有一天”。

总体而言，三宝蓬艺术中心是有品质的简朴、有节制的丰盛。水月馆、手作街区获国际大奖；以艺术家工作坊为主的3号楼，2018年被国际AMP评为“最佳休闲建筑奖”——AMP奖项作品是由FARMANI集团组委会联合耶鲁大学、哈佛大学，及《纽约时报》等权威机构，评选出的年度全球最受尊敬、最具创意的建筑、室内、景观作品。

三宝蓬，首先是一个以陶瓷文化艺术为核心，兼容并蓄、开放多元的艺术园区，是一个物理空间的所在：有艺术家、设计师的工作坊、展示厅，有频频举办的学术交流、艺术展览，还有不同主题和形式的沙龙。各领域前沿的思想者与实践者，在此分享他们对文化、艺术、创作的看法。景德镇第一场本土管弦音乐会在此揭幕，第一场小剧场话剧在此开演。一场场活动，滞留了春天；一粒粒种子，在三宝蓬中悄悄发芽。每场活动一般有二百人参加，碰到大咖间的交流、交锋，更是水泄不通，可塞进上千人，许多艺术家、学生及艺术爱好者远道而来，看场外直播者达上万。可以说，三宝蓬的每一个空间，皆充满躁动与想象、策划与颠覆，俨然成为景德镇当代文化艺术的“水泊梁山”。

三宝蓬，又是一个“小而美的艺术生活理想国”。目前入驻的艺术家、工作室、民宿、餐饮等，超过95%是外地的。艺术家、设计师分别来自河南、安徽、湖北、浙江、江苏，及本省其他地区，最长的到景德镇二十年，短的也有六年了。三宝蓬，不仅是一群情怀和爱好交感互通的人工作、创作的所在，亦是他们日常生活的所在、呼朋唤友的“客厅”。几乎每人都有一手出神入化的泡茶功夫，无论是浮梁茶、婺源茶、祁门茶，还是黑茶、白茶、岩茶。品茶的器皿，亦非常讲究，接待不同地方的友朋，使用不同的茶和茶具。忙时搞创作，闲时聊山海经。摆上小茶盏，三五知己，能从白天聊到深夜，当话题触发灵感时，便去工作台挥毫泼墨，一幅佳作豁然而就。

有月的夜晚，园区处处树影花影，参差横斜。移台子来阳台、室外，有音乐在耳边袅袅，有蚱蜢在草间唧唧，蝈蝈、蛐蛐、油葫芦、大小黄蛉、竹蛉、紫竹蛉……点几根蜡烛，摆烛光晚餐，你炒两个家乡名菜，他出两个拿手风味，左右邻居，先生女士，大伙凑在一块儿吃。或是伴之娱乐，八仙过海，各显神通，节假日干脆家人也临场；或伴之“吐槽”，对象则每每是摆出一副“死猪不怕开水烫”模样的肖掌柜。夏末一次，从六点半一直吐槽到晚上十一点。有失落，有愤慨，但因为月光如银，却不会有戾气；因为有美食，情绪都异常饱满。落幕一定是对未来的尤多期待，对三宝蓬的更深信任。

三宝蓬，着力打造基于文化和价值观的新型亲密关系，追求人人互美、天下共美以及更多的爱。如今都叹世风不古，人心撕裂，这里却是在自然、艺术环境中，重织人际、邻里关系的天籁，是营造面向未来的先锋性社区的尝试。三宝蓬成为一种血清，流着这血清的这群人，还真有了水泊梁山好汉们的警惕——手作商业街区其时还有少量空档，肖掌柜却不得不放话：

“三宝蓬的招商，很任性。有点儿像谈恋爱结婚，不仅得看眼缘好，还得三观一致，门当户对，才会有一个好未来。否则，我们还是做朋友吧。”

三宝蓬的复合状态，还在于外来的客人能够停下脚步，真正地停留下来。在这里“生活”两三天，若在“家”里，早上起来散散步，身子骨还行的，不妨爬山去看日出，顺便装一桶山泉回来泡茶。若市区游览过了，可到三宝蓬展示厅（美术馆）看看展览，逛几间工作室，与心仪的艺术家、设计师聊天，王豫明的“山水”“梅问”系列的自然之静；赵永丽的戏曲、梦境系列的人物之静；还有陈军的芭蕾少女、静思少女系列的神态之静……都将“静”之感觉凸显无遗，让听惯尘世嚣音、杂音、乱音的你，清晰地听到景德镇的心律。

来自河南的王豫明先生，说的一段话让人印象深刻：

> 我在洛阳生活好些年。有朋友说，玩瓷器河南也有窑口啊。汝窑、钧窑，我也去过，那些窑口基本上是小而全，一个窑棚里什么都做了；景德镇不一样，分工很细，每一个分工里可以做得很绝，你根据自己需要，各取所需，或组合梳理，它有很完备的一个手工及资源体系，而且这个体系有很多文化的支撑，千百年来特别诱人。河南朋友问我，为什么来了景德镇不回洛阳？毕竟洛阳是一个文化古都，从夏到东汉，十三朝古都。我带他们走走看看，景德镇一是集中，好东西、古东西太多，大俗、大雅都推向极致，有一种无形的人文气息，特别真，很震慑人。二是奥妙无穷，由泥土经水过火，印坯成型，直到成为美轮美奂的瓷器，很是神秘。这窑炉里的变化，特别挠人。出窑后变形也好，收缩也好，总会和你内心深处的某种情感波动对应。在景德镇的许多地方，不能大声说话，安详、安静，如待神祇。看到那些流转几百年，依旧光彩照人的好东西，才知道我们自己算个什么呀。他们说，原来你有理由不回去。

不久的将来，三宝蓬还要充实书店、酒吧、自然教育营地，甚至建设一个国际绘本中心，与景德镇越来越热的陶艺游学体验形成互补，与陶瓷文化形成互补。如此，基本满足人们旅行过程中的所有要素：吃、住、行、游、购、娱，再加上深度体验空间，足以让游客真正感受“美景·厚德”的“镇生活”模式。一个有生命力的文化，首先是生活方式，进而才是别的形式。任何文化形态，倘若不能满足人们物质、情感、精神三个维度的需求，就会沦为边缘的存在、小众的存在，甚至是“死的历史”。

今日，三宝蓬所有的空间，都有了新的主人，二期的工作室也出租完毕，每天都在发生新的故事，产生新的内容。三宝蓬也逐渐体现出自己的风格：做房子不难，做出与地利天时融为一体的房子也不难，难的是让山水之间的房子里有仁智礼，有风雅颂，能承载美好的精神生活，可输出充满意义感的价值体系。三宝蓬始终实行着自身的几个转变：由房地产开发，到主打文化创意；由一般性物业运营，转变为三百六十度全方位服务；由甲方乙方买卖、租约关系，变为合作伙伴、共建社群关系；由短周期、快资本的刚性，变为长周期、慢资本的柔性和韧性。

今日，无论是三宝，还是景德镇，大约不会缺乏短周期、快资本的青睐，稀罕的是长周期、慢资本的从容仪态，“采菊东篱下，悠然见南山”。肖掌柜的话里，多少透出一点“阿那亚”式的孤独感：“有没有人会投资，来做第二个、第三个、第四个三宝蓬呢？以我的观点来看，将三宝蓬作为一个孤立的项目而言，它是非典型性的，是不可能被复制的……”

45　何遑活人乎？何遑如花女眷乎？

在十几、二十年的时间里，原新华社江西分社摄影记者章武，来景德镇都不想带相机了——浑如古井无波，岁月无痕，此城没有什么变化。

这些年，突然变起来，而且变化特别大。但他也不想再拍——现在想拍且能拍好的人太多了，有了手机，全民皆是摄影家。镇上到处可以看到人们在拍照，有些是游客，更多的是市民。工作之暇，晃荡之中，随手拍下一些令自己不忍离开的画面，既有壮丽的大场面大风景，也有温馨的小景色小角落。

陶溪川为“下岗”的他做了一个书馆，实际上他还兼任景漂协会影子会长（会长是焦孟田，上海人，著名表演艺术家焦晃的儿子，来景德镇做瓷器十几年了，堂号“焦窑”）。他自谦：“基本上变成一个天天闲着没事儿干的人，每天在这呼朋唤友，喝茶醉酒，就像退休老干部。”出身工科、精力爆棚的他，岂会退休！实则他将书馆变成了阿庆嫂的“春来茶馆”，一拨拨人来了又去——山南海北各路媒体，喜茶道瓷道的士绅淑女，间或有不动声色、不鸣则已的大亨，一不小心就可能碰撞出几个投资项目。他头脑缜密，语言犀利，时有惊堂木之效，讲到煽情处，若茶桌上有个麦克风，也会被其气势镇住，弯下腰来，何遑活人乎？何遑如花女眷乎？他醉心于此，从来不怕客多，只嫌客少：

> 现在全国所有的景区、所有的城市都在争取什么？叫四天三晚，必须让游客在这个地方过三个晚上，你才是一个好的旅游城市，当然如果更长就更好了。这是一个数学模型，很容易推算的，按照三天计算，那么一天你最起码要给人家提供三个不同的场景；要杀掉别人三天，至少要有九个场景。但其实，想争取游客留住三个晚上，九个场景是不够的，总要给别人一定的选择性，当然最好是三倍，那就是二十七个不同的场景，能够把人家这三天的时间愉悦地、幸福地给填满。
>
> 景德镇现有的旅游资源，还是不足。有人老跟我说，我们这里

的旅游资源很红火，对，真的很红火。就跟三四十年前的荒山现在许多被绿化了一样，整座山头现在看起来是绿的，但对不起，你只有一种树。乍看起来，景德镇陶瓷文化旅游，有那么多工作室和窑口，别说二十七个，二百七十个场景都有。但规模虽大，却严重同质化……而现代陶艺，跟陶瓷基本没有关系，陶瓷只是一个材料，现代陶艺的精神内核，是探索材料与技艺的无限可能，不是为了做陶瓷器。对于景德镇而言，现代陶艺是完全引入的一个东西，是外来物种，与传统工匠做陶瓷是两件事儿。除非是垂青古典陶瓷并持有高度敬意者，否则若大量的场景还是古典陶瓷，现代人，特别是年轻人，你得问问他们，有多少兴趣，有多少耐心？

景德镇得制造更多有效场景，给游客提供更多待下来的理由。

旅德的“八〇后”男高音歌唱家、德国柏林汉斯埃斯勒音乐学院博士、德国不莱梅歌剧院独唱演员熊柯嘉，是本土人，已经连续三年在景德镇做新年音乐会。他的到来，吸引了一批国外的音乐家，他们在柯嘉工作室做了很多次小型表演。中国歌剧舞剧院国家一级演员李玉刚，也在景德镇有工作室，做音乐，还做一些与非遗有关的项目。我和朋友们，准备在浮梁进坑做一个艺术田园文化社区项目。设想为五十个工作室＋民宿这样的形态。现在都在做民宿，而民宿的精要，是要有一个有趣的主理人。我们准备邀请各种有趣的人开工作室，已经向孟向山发出邀约。“七〇后”的孟向山，是较早出国看世界的留学生，硕士毕业后留在法国、按部就班地成为一个物理学家，本是人们设想中孟向山的人生轨迹。然而，他的真实选择是放弃进入待遇优渥的物理研究所，遵从自己的内心，成了一个专注于皮革制品的手工匠人和唯一在爱马仕工作过的中国工匠。那就让他开个皮具工作室，后面带六到十间房的一个小民宿。游客可以去看孟向山做皮具，他喝茶、休息的时候，可以跟他聊天。还可以请人过来做古琴工作室、围棋工作室、茶道工作室、诗歌工作室……甚至还可以请一个二十多岁刚从国外回来的孩子，做一个烘焙工作室。不要说五十个，就是最后能有三十个精品场景出现，那得吸引多少人来？

这种有效场景发生发展的趋势，在景德镇将越来越明显。流量变成留量，网红变身长红。这是未来到景德镇，除了陶瓷，游客们还可以看到的更好玩的东西。

46　今日之东坡居士、山谷道人、稼轩居士

何谓"阿那亚"？

2015年，一段被称作"最孤独的图书馆"的宣传视频，网上几个月内，点击量超过两千万次。图书馆独自嵌入秦皇岛南戴河一片空旷的原生态海滩，建筑是北欧风格，线条简洁，色调呈冷灰色。这里没有车道和捷径，得光着脚丫，赤脚踏沙，走上几百米才能抵达。初见阿那亚，无不被它的美震慑。海岸线上海浪堆叠，阳光下沙子金黄明亮。很容易想起博尔赫斯的一句话，"我心里一直都在暗暗设想，天堂应该是图书馆的模样。"它的正式名字是三联书店海边公益图书馆，网上称"阿那亚"，取自梵语"阿兰若"，意思是指寂静处，远离人间烟火处。自开业以来，一天有两三千人慕名而去，图书馆不是最吸引人的，是"孤独"这个词，击中了所有人的内心……

实际上，"阿那亚"早已不是一枝独秀。经过六年的发展，碧海蓝天间，它已升级为包括图书馆，海边礼堂，艺术中心，业主第一、第二、第三食堂，深夜食堂，生活元素超市，意大利酒庄，单向空间书店，海边市

集，儿童农庄等的先锋性人文社区，面积达三千三百亩。目前，三宝蓬与之比起来，还太苗条；南戴河与三宝谷比起来，则太丰腴。

三宝村伸进谷底的十千米沿途，靠里走的民宿，生意还显清淡，缺乏新鲜内容，没有文化夜市，往往游客住了一晚便走。景德镇也需容纳更多的三宝蓬。市区讲陶瓷，郊外说陶瓷。博物馆里实物满满，皆为明清陶瓷的辉煌背书；三宝谷里草树深深，多回响宋元掘矿与水碓声的悠远……但满耳尽陶瓷，犹如满桌帝王蟹，满眼梦露赫本，不发生审美“倒灌”，亦可能导致审美疲劳，非专业人士的人们，干吗要一味沉溺进“陶瓷”，非得去千年窑火的“迷宫”里一而再、再而三地填鸭呢？

陶溪川文创园里，现今说的不仅是陶瓷，还有历史、创意、建筑、美术、音乐……艺术世界的宽广与人性的丰厚。陶溪川二期工程里，将有专门一大片区域留给表演艺术，包括剧院、剧场、工作室，这些空间将会吸引国内一些音乐、舞蹈、曲艺，甚至脱口秀的表演人才，进驻景德镇。

三宝村半山腰上，默默矗立着一些艺术馆。景德镇大概是当今全球拥有单位面积最多的艺术馆的一个城市。如果政府能够强力支持，比如请最牛的设计师在这儿坐镇，评出年度最佳艺术空间、年度最佳艺术品，然后邀请获奖者来景德镇，到时跟艺术家、设计师相结合做作品，打造三五年后，一定会有几个艺术馆在世界上闻名，甚至从中产生影响世界的文化现象、思潮，这会是多么令人激动的一件事情。

在三宝谷，观察春天的脚丫，怎样从遍山竹林的笋尖上踏出来；看入冬朦胧的迷雾，渐渐在松针、竹叶间堆积。这里的一切，常常静止了：风歇了吗，又未曾歇；水流了吗，又未曾流；月落了吗，又未曾落。人生匆匆，这一刻只为美妙的自己。于落日余晖中，或星子历历的夜空下，抿一口香茶，莞尔一笑，尘世的所有烦恼、纠结，都置之脑外；外面纷繁诡谲的世相，到这里都轻如鸿毛。

大学同窗、沪上一著名媒体人，退休后来三宝看我，他说：手机上每天看到好多东西，让人心焦，弄不清是坏人在说，还是好人在说；说的是真的，还是假的；可平头百姓知道了怎么样呢？不知道又怎么样呢？这回我在三宝住了几天，就过了几天从微信里解放的日子。是的，想想几百年前的古人，烹茶消午日，倚榻对青山，几百年后的今人，不也应该草庐堪养性，一卧忘何年？

单是说陶瓷，亦有可久久开掘的深广内容。

比起世上景德镇、御窑、元青花的高度辨识，今日青白瓷、湖田的官窑民窑，依然“草色遥看近却无”，但后者却紧密联系着宋代的文化。宋代从文人士大夫到平民百姓的生活方式，宋代对外贸易以马帮、驼队为主的陆上丝绸之路……正如杭州大肉庄掌门人竹林先生评说：“如果非要用一样东西来代表宋代，那将是‘青白瓷’。”

而且，今日散落、隐身在湖田、三宝谷的太多手工艺人，他们的创作实践，虽不一定都出品青白瓷，但其手作火烧中，追求的正是来自宋人的美学理想。他们的生活态度和生活方式，常让人感受到东坡居士、山谷道人、稼轩居士的飞扬气韵。

雷子工作、生活于一体的这片园子，有六千平方米，近十亩，靠山脚有四棵香樟树，枝叶繁茂，浓荫覆地。山上有几百棵野茶树，有一人多高。民间说谷雨茶包治百病，这时令，他自采自做，炭火架锅，控制火候，双手不停翻动。茶叶炒软和后，有淡淡的茶香味，用布包收起，一遍遍搓揉……一星期下来，可做十斤红茶，够喝一年的了。山上有四季不断的泉水，从古矿洞沁出，越来越急，下山先入一亩多水面的鱼塘，再进历史悠久的雷公碓蓬屋。一路下来，沿途石头上伏满着的、有“文人草”别称的菖蒲，被他挖下来做工作室清供。有时工作倦了，去山上转转，见到树形好看的黄杨、小叶榆，采下来，回屋用铅丝盘一盘，做个盆景，摆在工作室，或送朋友；晚上兴致所至，也去园子里走几圈，借星光去探视夜里也肆意长着的草木。

早想搬到山里洗涤尘心的他，放下了此前对于红釉的执念，去感受四时之序中的一片松弛。他痴迷于宋代器皿里“文质彬彬”的神韵，因为其釉色韵味是从骨子里透出来的，造型线条是松的、活的。他推断宋代印花工艺可能由宋画转换而来，其中有热爱画花鸟、自成“院体”的宋徽宗的画，这大约是宋瓷谁看都觉得有秀气灵气的隐秘来源。当然这也与圆器工艺在宋代的登峰造极不无关系。从此，他转向青白瓷，在釉色、线条、纹饰中不断尝试，着迷于繁与简的平衡，以及探索印花、印坯时难以言说的神奇手感。六年下来，“北京国际设计周”副主任曾辉评价其作品自成风格，绝非一般的“含水铝硅酸盐矿物”，而是血肉丰满的生命；杭州大肉庄主人竹林，几次前来，也在景德镇市外的这座山谷里，听到了流水之音。

现在雷子手下，有六七个磨合了七八年的匠人，每月可烧三四窑，烧一窑得二十六至三十个钟头，从头日晚十点多点火，到第三日凌晨三四点启窑，小火慢炖。一次出窑二三百件，主要是餐具、茶具。自称“火夫” 46—1
的他，好像产房外的那个男人，在窑边一守到底。烧坏一窑成本几万元，便亏了；若烧得如愿，便被他视作天地的恩赐。宋瓷的传承与延伸，注重生活方式的应用，他将之明确为自己未来的方向。继原有品牌“雷堂”（茶具）、“浅堂”（餐具）后，他又注册了新品牌“新宋瓷”。至今，雷子线上线下皆未开店，靠的是“酒香不怕巷子深”，隔三岔五，总有客人登门，多是来自一二线城市、对生活器皿有审美追求的人。

雷子的妻子是一个川妹子，管理公司库存、财务。2012年，在四川科技大学读书的小姑娘，来景德镇上陶艺体验课，当时作坊里留小平头、戴茶色眼镜的他，老在姑娘的眼前幽灵般飘着。毕业后，小姑娘以川菜里红辣椒扑锅的速度，直扑他而来。与这片园子结缘后，两人在此生下了第二个孩子……

雷子已向园子的所有者——珠山区国资委递交报告，建议政府投资改造升级，由他设计打理，恢复水碓，梳理树道，清浚鱼塘，叠石造景，将旧有院墙打破后，作为园林式可体验式工作坊向公众开放，除展示青白瓷的圆器烧造工艺外，携手社会、学界力量，将其发展为新宋瓷研发中心、新宋瓷生活展示平台。他愿意终生用心于此，服务于此。

若雷子的构想能变为现实，马鞍岭何愁没有东西可看、没有故事可讲，民宿主人们何愁留不住游客呢?

“无边窑”，开设于 2014 年，主人是高柳绫绪女士和她的先生温敏雄。
46–2 高柳的家乡，是东京北边百八十千米处的群马县，她在东京女子大学修完美学，回家乡受业于一位陶艺老师门下，创立陶艺工作室，又研习日本茶道多年，因结合冥想、禅修，高柳对于茶的理解、领悟较一般茶道师更深。温敏雄，广州人，大学毕业后在外企工作，后爱上瑜伽冥想，便辞去工作。2007 年，两人在印度孟买一个身心灵修炼营地认识。高柳，一看便是“梨花带雨”，眉目清秀，说话温润，步履轻浅，是典型的东瀛女子，在日本、印度都有异性垂慕；温敏雄则不像广东人，方正脸膛，眼神纯净，络腮胡子下，笑起来有几分含蓄，给人以亲近感。隔山隔海的两个人，一见如故。至今已相伴十三年，秤不离砣，砣不离秤。高柳说，如果硬要解释，那就是缘分。温先生说，我的瑜伽冥想、她的茶禅之道，都是东方文化背景，我们在审美，或者人生价值的追求上，比较同频道。

婚后，丈夫随妻子去群马做瓷两三年，高柳迷醉于宋代吉州窑木叶盏
46–3 的风格。吉州窑是中国最早传到日本，影响也最大的窑口，木叶盏被称为“天目”。2014 年两人定居三宝，设立“无边窑”。高柳将在三宝看到的山水、草木、星空、花朵的形胜之美，一一绘制于坯体之上，再将天然树叶浸水腐蚀后留存叶脉，贴在已施黑釉的器物上，再敷透明黄釉，经高温烧制而成。入窑烧制后，形成一片深秋里的黄叶，或平铺盏底，或曲卷折叠，或牵越盏口，各不相同。注入茶水，叶子仿佛在水中漂浮……安田猛，曾评价高柳的“天目”系列作品：“细腻婉约，让人心生欢喜。”

七八年来，这对异国夫妻已和当地村民打成一片。杨梅采摘的季节，

他们一起采摘野生杨梅，泡杨梅酒，菜园里摘来沾露水的时鲜蔬菜，村民们也给他们分享。他们也融入三宝的公共生活之中。温敏雄在作为妻子做瓷的得力助手外，也一直在探索瑜伽和心灵、人生净化结合的路径。通常的瑜伽受众比较多，他则不求多，只求精，得有一定的年龄、阅历。有几个艺术家的“子弟”跟随他。高柳经常受邀举办日本茶道表演。最远的是去上海新天地的悦闻陶艺廊；最近的是 2020 年 10 月瓷博会期间，在珠山区文创中心表演。不管是上百人的大场面，或是几个、十几个人的小聚会，她皆一丝不苟，面敷浅妆，身着和服，脚套白袜，登上茶席。在似有还无的琴声、袅烟里，将茶碗、竹筅、茶炉、茶壶、茶巾等，依次摆放停当。然后拭器、煮水、投茶、注水、调膏、击拂、奉茶——泛着绿色泡沫的日本抹茶，环环相扣，轻柔利落，若行云在峦，月溶我心，把“和、静、清、寂”的日本茶道精神，庄严而清雅的程式感，表达得淋漓尽致，也将观众深深带入“茶禅一味”的境界。若是在野外，和“八〇后”“九〇后”的年轻艺术家一起，高柳会请大家先采摘一些时令的花草，拼成曼陀罗花的形状，众人按花序，各自安坐，再布茶席，充满童心与野趣……

台湾女子叶纹妤，开的是“香云赞”。她从小信佛，学陶瓷的时候，有师父讲，佛在人间有一世就是陶艺师。不管是瓷还是陶，都是金木水火土的结合品，佛与瓷有大缘。后来她选了以香炉为主体，展开各种各样的创作实践。至今，她设计的款型已近千个，有圈内朋友说：把香炉做到这般的极致，你让后来人还怎么活？！

叶纹妤在大陆居住的年头，已经超过在台湾。景德镇有七八个台湾老乡做瓷，有的做茶具，有的做酒具，不时在一起小聚，但她却会为花了两 46—4
个钟头喝茶、吃饭，而心疼半天。日复一日，年复一年，姚家坞里区区一座小院，几乎完全屏蔽了尘世，亦屏蔽了姻缘。早上八点多开始干活，晚上正常就六点收工，不正常可能到十点。她感叹说：“做陶瓷真的很忙，陶瓷工序、工艺太烦琐。景德镇有很多人做陶瓷，他们每天用很多时间在接待客户，喝茶聊天，吃饭泡脚，我不知道他们到底什么时候做陶瓷，我是属于比较认真地在做的，总觉得每天时间根本不够用。”

沉潜在香器的世界，感觉不到人是在台中，还是在三宝。想父母了，顺畅的话，一个电话，中午离开景德镇，晚上就能听到台中港的汽笛声。与家里的距离，只有几小时的时间感，几乎没有空间感。去年的情况却不同，疫情大大撕开空间的口子，好像不仅隔了台湾海峡，还隔着风涛万里的太平洋，她回不去台湾，她在广州工作的弟弟，也回不去台湾。妈妈八十多岁了，2011 年爸爸离世后，一个人生活，曾摔过一跤，把腰骨摔裂了。女儿心里过去的隐性的纠结，现在变得显性、刚性，若黧色岛礁在心里陡立：妈妈再摔倒了怎么办？妈妈老得不能动了怎么办？她想到，疫情一旦结束，自己置家于脑后的日子，大概也要结束了！

我和叶纹好算是熟人，以前曾写到她当时的境况。2019 年，三宝文旅公司为她开设的另一处工作室，距我住的闲云涧小院不到五十米。某日，暮色残照，我出来散步，她出来唤几只狗归屋。她曾说，朋友圈里从没有人好意思问她，何时红鸾星动，唯有老夫，倚老卖老，敢屡动她的这块“奶酪”。这次我说：看样子，明年再来三宝，就看不到你了。她说：不一定，三宝还会留一个创作基地，但人应该长守妈妈了。我们沉默了一阵。

我问：“若真离去，会怀想景德镇的日子吗？”

“当然会，它给了我最好的岁月、最好的作品，即使我埋头干活，也有一圈真挚温情的朋友。再有这边的泥土，回了台湾，虽然苗栗等一些山里也有瓷土，但捏在手里会有介意，不像这边从心所欲了……”

宋人蒋捷的《声声慢》里一句词，突然浮现在我脑海：“故人远，问谁摇玉佩，檐底铃声。”

我仿佛自言自语：“你给景德镇留下了些什么呢？”

她有些疑疑惑惑，口气缓缓，若茧里抽丝：“留下了什么？没有留下什么吧。不过，日后人们可能会提起：曾有一个台湾女子，在三宝默默住了十四年……”

不对吧？应该还有，至少还在三宝留下了独具特色的饭菜飘香，以及年轻人的欢笑。

那是 2019 年，初夏到入秋的几个月，叶纹妤妈妈来三宝陪女儿。“近墨者黑，近朱者赤”，妈妈也迷上做餐具、花器，很多客人喜欢，但她从不销售妈妈的东西，有人死磕，也只卖了一两个。妈妈还开出“台湾奶奶的小厨房”，中午营业，做出宝岛上老少咸宜、雅俗皆喜的卤肉饭，还有
咖喱饭等几个品种，菜品自己设计，食材亲自挑选，只找一个本地阿姨打 46—5
下手。姚家坞有几个陶艺教学基地，学生来自全国各地，口味不同，但很多人喜欢来这里：奶奶，我要吃什么，吃什么……一是干净，物美价廉；二是“奶奶”慈眉善目，老了也是一口糯软的台湾普通话。最多时候，一顿饭要来三四十个年轻人，室内室外都坐满了。走的时候，几乎每个人都请她拍照，仿佛她是米其林的大厨。

妈妈也满心喜欢这些好学识礼的年轻人，只是感慨在三宝日子过得太快了。妈妈以为还会再来，虽然离开一年多了，但你看，那“台湾奶奶的小厨房”的招牌，这不还挂着……

47　别说你想放羊，就是你要放马，咱村里也有地

江苏人盛巧荣，三十岁出头，专做高温颜色釉，将“盛”字上下拆
开，便是他的窑户名“成皿”。郎窑红，是我国名贵铜红釉中色彩最绚丽 47—1
的一种，红艳鲜明，具有强烈的玻璃光泽。成皿窑做了许多大件郎窑红

瓶，需求方大都是山东、广州、上海等地的五星级酒店。2019 年成都国际车展，宝马 7 系限量版第一次全球推出，外观的红色，便选定了盛巧荣的郎窑红，其作色沉稳，灯光不打，是一个暗红的状态；灯光一开，顿时像红宝石一样灿然透光。

要说能做到被五星级酒店、宝马公司看中，盛大师傅就够牛了，可我与他妻子云子聊天时，见坐在一边的他默默投过去的眼神，溢满了景仰，纵横着幸福，我琢磨那潜台词里，好像有两段，前一段是回味：天啊，我得要怎样的本事，才能把这女子变成老婆？后一段是习惯性地“效忠”：
47—2 我是把你当艺术家去礼遇的，你就按你的状态去弄，所有商业、经营、流大汗出大力的活儿，都由你老公来做。

云子是一个什么样的状态呢？

毕业于陶大的她，也捏小猫小狗等动物的雕塑，一做几十个、上百个，用它们组建童话，编织绘本，一为自家两岁的孩子储备精神食粮，二也“割草稍带打兔子”，期待有哪家出版社看中。她的第一本绘本《打翻墨水的猫》，即将出版。大部分时间，她搞搞刺绣，绣个小小团扇两三个月，或买了缝纫机自己做衣服。我 8 月里去成皿窑，她穿的是一件淡灰色棉布长裙，系带隐扣，交领右衽，褒衣广袖，一看就是汉服，布鞋也是自做的，像和尚穿的茶壶鞋。香也是自己做，做了好多香。焚香、弹古琴、品茶，重要节气如清明、谷雨、立秋、立冬，召闺密同道七八人，山谷里找块空地，临泉而坐。禅茶会上，灵鸟啭嘤，静思聆泉，双手合掌，松风摇曳。

云子原在三宝住的房子，后面便是山涧，只要用心观察，一年四季总能发现有花悄然绽开，她还喜好插花，未必有插花良器，即便是残筐破篮，也不乏野趣深意。插花是静悄悄的，是心绪与诗绪的交会流动，而尺八的骤然响起，则把山谷间所有“鬼魅”都召拢了来，一切的“神灵”都竖耳倾听。云子家，常有同道走动，“来如春梦几多时，去似朝云无觅处”。其中一位叫云通，借住半年，无论竖笛、箫还是笛子，凡带孔的乐器，皆能吹出天籁之音。某日，他从朋友手里接过一把尺八，从吹响第一个音开始，他便瞬间震惊，感觉自己以前吹的，都可塞进灶里做柴烧了。他踏上寻找尺八的道路，可古尺八失传于南宋，今人造的尺八，最便宜的也要两千元。云子说，你为什么不自己做一把呢？一语点醒梦中人。他翻遍相关资料，踏遍三宝竹林，为的就是那一根缘分里命定的竹子。他终于找到了，山谷间，溪水畔，第一次回荡起尺八那苍凉辽阔且空灵恬静的声音。尺八的难奏是公认的，除了技巧，更重要的还在于气息，一呼一吸之间，须与自然相调。故那段日子，云子、云通，浴晨昏雾岚，闻谷鸟清鸣，每日打坐静心，调息运气，无一日之倦怠……

2014 年 1 月，小盛与朋友开车去浮梁写生、钓鱼，进湘湖镇，过黑 47—3
鹿保护区，一路地广村稀，山绕水牵，林木遮眼，苍森如倾，常像是没有路了，“从口入。初极狭，才通人。复行数十步，豁然开朗。土地平旷，屋舍俨然，有良田、美池、桑竹之属。”几只在田野里翩翩起舞的白鹭，将他引进曹村。不闻犬叫，偶尔有几声鸡鸣，整个村子安静得像一幅宋人的远山淡水图。有一个站厨房门口的老奶奶，看他在拍村里风景，让给她拍一张。拍了一张后，老大爷也出来：你给我们拍一张合影吧。两老抱着凳子，坐到房屋门口……

天黑下来，老奶奶说，要不，你就留我屋里吃饭吧。厨房黑黢黢的，没开灯，得灶膛里柴火光影，切了一块腊肉，抓上辣椒，抓一把盐，再炒了两个青菜，整套动作都踩在韵律上，很自在的一个状态。小盛的心弦一下酥软，城里很难寻到有此种感觉共鸣的东西。那顿晚饭，他吃得特别香。

四十多年前，村子是一个知青点。至今一些老屋的外墙上，还留有
“最高指示”：“知识青年到农村去，接受贫下中农的再教育，很有必要。” 47—4
更早一点的 1962 年，刚过完春节，一百零几个人，从山那边的北安村派

发过来，山这边只有一户人家，却有一百五十亩地。往年大都荒着，来回翻山得几个钟头，早上天麻麻黑出门，晚上麻麻黑才到家。大饥荒的岁月荒不过去，可成分好的人家不愿过来。过来的一半是“地富反坏”，地主有五六户。小盛拍照的老大爷，叫王干才，“土改”时父亲是地主，他十三岁，堂兄大他一两岁，也被划成地主。当年的中国，几乎没有被“阶级斗争”战车碾轧的遗忘之地。好在“天高皇帝远”，粮食不够吃，就靠着旮旮旯旯种南瓜、红薯，偷偷摸摸养鸡鸭，屡屡被木杠压进膝盖、后背的王干才，才总算拉扯大了六个儿女。

分田到户后，日子好过一点。改革开放后，曹村与国家一样，总算苦了过来。王干才一家，六个孩子生活皆不错，当老师的有，打工的有，当干部的也有，在陶大附近开店的也有，吃用无须愁了。曹村却逐渐成了遗忘之地，年轻人渐渐走光，有人烟的住户不超过十家，孩子不过节不回来，更有父母不死不回来的。土地连连抛荒，河道渐渐圮废，村路日见蔓草丛生。天气好时，老人们偶尔会在村里踽踽游动，仿佛一截截会呼吸的移动木头；天气不好，一家家关门闭户，若了无活物。

隔几日，王干才接过小盛为他和老伴洗出的照片，用柴火棍般的双臂，有些抖抖地举起来，挂在堂屋的正墙上。他絮叨：有三十多年没照过相了，一二十年没出过村了，梦到过几回县城街上的包子香，有一家的包子做得特别地道……老人第一次看到自个儿鸡皮鹤发的照片，吃上县城街上有名的包子——小盛每次都买上四五十元的包子，挨家挨户地送。

他在村里租下一栋老房，一次交了三年房租，过一段时间会带朋友来，画画写生，看白鹭星空。村里没有小卖部，村民们总搭他的车，出去买油盐等一些生活用品。逾一年，湘湖镇实施“新农村改造”项目，镇领导说，你能不能帮助曹村规划、打造一下？小盛从此变身为曹村村民。他和村里一个在外许多年的王老板，一起投资，修路，重做所有的排水管道，迁移猪圈，建文化室兼食堂。见老人们洗衣，下两三米深的沟渠不便，他们将其改造成一面有台阶，一面是斜坡，可稳稳地下去。看村道破败不堪，就铺上青石板或草坪，道边装上太阳能灯。小时候在村里长大的小盛明白，村里得有一个公共空间，容纳活动、开会，孩子入学、结婚，或办寿宴、红白事宜，不然，村子就没有凝聚力。文化室建成那天，爆竹喧天，俨然在长长的昏睡后，曹村重新苏醒过来，老人和在外的孩子，还有小盛的朋友，摆上十一桌，一百多号人，还有鸡鸣狗跳，如此难得的欢腾声，可载入村子的史册了。此外还建立垃圾回收制度，建油坊，挖鱼塘，成立合作社，将荒废的土地租出去……村里的面貌一项项在改善。

除了在三宝做瓷外，小盛也做游学，签了十六所高校大学生的写生基地，现在逐渐将“大本营”转过来。鸡蛋、土鸡，以前卖不掉，没人来，现在不愁去路。土地租出去有租金，村民为客人烧饭、打扫卫生，给施工队打下手，皆有收益。村民顶开心的是，往日坟地一样清寂的村子，终于人马喧哗，人气相拱。老人们用豁齿的微笑，迎送小盛的每次进出——他开始时一个星期来打卡两三天，2017 年始，基本一天一趟，上午九、十点钟到，傍晚前离开，晚上在三宝继续做瓷烧窑，忙起来连着通宵。他必须在三宝抓钱，投入到村里的改造，除政府投入，他贴了有二十万进去。

云子第一回来曹村，正是这年深秋。她告诉小盛，自己小时候就想放羊，毕业时还找人去问哪里买羊呢。小盛道：别说你想放羊，就是你要放马，咱村里也有地！

其时，小盛满脸热情得可疑的阳光，刚把北京的雕塑家李老师诱进曹村。

李老师，原住宋庄往北十六千米的顺义区白庙南村，去清东陵的一条必经之路上。他天生喜欢马，恨不能任何时候抬头，马儿就在自己视线停 47—5
留的地方。爱屋及乌，他对所有喜欢马的人，有种天然的亲近。许多年夏日，人烟稀落的河套上，他跨马奔行，“以杭州飞来峰飞来的速度”，一下子跑了三百千米，直奔内蒙古太仆寺旗——不止一匹，有三匹马，两匹保证大运动量下有轮换，另一匹保障伤病后有更替……在白庙南村，不至于像宋庄一样被拆迁，但是北京若八爪鱼，规矩挺多且伸之又远，村里如今连狗都不让养。加之老婆上班，来回六小时，单程得五十千米。他不得不把三十匹马，分送给靠边境的内蒙古西乌旗，还有上海、苏州、无锡的赛马俱乐部寄养，一年得三四十万元。自己拖家带口，又牵十几匹马南下，在三宝住了几个月。没有马厩，直接在外面日晒雨淋；想盖马厩，放马的地方得在山边上，可三宝的山头基本到户，只能寄养在别人家。过年时疫情趁火打劫，兽医来不了，又死了几匹蒙古马、广西德保矮马，还有一匹汗血马……

47—6 李老师的焦灼失措，如丧考妣，让朝露般敏感的云子感同身受，欲哭无泪；也叫盛巧荣这个男人，化身为金庸笔下英俊潇洒、行侠仗义的郭靖，在姑娘心目中的形象一下噌噌地高了几丈！他游说村民，在后山给李老师划了几亩地，不是只建马厩，而要建成一个马场。12 月里，马场已落成，朋友圈里常可见李老师发的照片，他在教两个孩子喂马、洗马、骑马；而小盛也混迹其中，有点“不务正业”的意思。

“春日游，杏花吹满头。陌上谁家年少，足风流”。小盛和云子很快奉子成婚。落地的是一个女儿，起名盛夏。成家要有房子吧，算算要花一百多万，背房贷得背上几十年。两人心头不笃定，没有稳定收入，有时没有一个订单，有一段时间可能单子又很多。自身的工作本来也不依靠商品房，即使在市区买了房，还要在郊区再租一个工作室。小盛想干脆将大本营搬去乡下，云子挺支持。

看起来小两口挺融洽，小日子长了也有矛盾。小盛习惯吃大米饭，云子是河南人，爱吃馒头面条，要做两样饭，小盛觉得云子做的饭不好吃。后来烦了，老婆不想迁就，就只做自己喜欢吃的，老公可选择吃，或者不吃。老公几次公开对朋友放言，要生五个孩子。老婆不睬他，“他可以这样先做着他的梦，但那不是我的梦”。太多的小孩，对于他们这样完全靠自己打拼的年轻父母来说，多半不是生活的云锦，而是一种马鞍般的负担，她觉得最多两个就行。小两口还吵过几次架，云子在画瓷版画，小盛过来看了一眼，没忍住：这里，那里，得改改，你得这么改。云子讨厌别人指手画脚：这是我的，你不要说话！老公的言语里，就有了好心当作驴肝肺的意思；老婆的回敬，自然是哪儿凉快，你哪儿待着去……后来双方定了一个契约：你创作的时候我闭嘴，我创作的时候你闭嘴。

最大的一次风波，发生在婚前。小盛忙着曹村的改造，天黑了还未回三宝，云子给打了四个电话，他未接，而平常他都是会接电话的。回到家， 47—7
也不跟云子说什么。她无意发现小盛口袋里有张电影票，问是不是看电影了。这么忙，还有闲心看电影，他一定有伴。小盛反叛性一旦发作，脾气也是从“奴隶”到“将军”。云子越问，小盛越是嘴严，她收拾行李箱了，仍不搭理……云子若一团火焰，烧去了一百多千米外的九江栖贤寺。

几天后，老公找到寺里，坦陈那晚和云子的一个闺密一块从村里回来，闺密有投资民宿的意向。进市区，电影院正放一部新片，两人就去看了，疲乏得不行，他坐下不久就睡着了，哪能听见手机响？老婆本想追问，本可说清楚之事，当时为什么榆木疙瘩一个呢？结果说出来的却是：我想在栖贤寺皈依，你跟我一起皈依，咱俩就复合，否则就分手，证明咱俩没这个缘分。

老公一听，神色骇然：听老婆的，皈依，皈依！

皈依的一套流程下来，半个多钟头。于佛前宣誓做一个好人，属于居士的持戒四十五条，在家五条：不杀生、不偷盗、不邪淫、不妄语、不饮酒。师父给老婆起的法名是牧云，给老公起的叫荣耀。各自名字里摘了一字。荣耀至今觉得，自己皈依并非被“绑架”，而是真心实意的，只是阿弥陀佛，请佛祖见谅，他经常得应酬，不喝酒，没法待朋友……

云子私下对我说，原本找对象，想找一个能写诗、一起交流的。后来发现，小盛这家伙偏生活偏商业实际一点，不是一个诗情画意的人。老夫说，我感觉他是把你捧在手心上，像待观音菩萨一样。云子的柳叶眉像落上几滴冷雨，耸了耸：算了吧，但他欣赏我就够了，不给我捣乱就行。

小两口投资的一栋三层、七百平方米的民宿，2020 年下半年落成。
47–8 家大抵搬了过去。虽处乡野，却是浮梁县上客率最高的民宿，除了接待十六所高校的写生游学、艺术家采风，还有江浙一带城市的年轻父母，带孩子来此度假。浮梁县民宿产业推介发布会 2020 年 11 月在此召开，会上发布“田园智慧换宿计划”，异国夫妻舒悦、杰瑞米夫妇用作品交换了三
47–9 天的住宿权。小盛气魄很大，一直烧制大件大器釉里红，给民宿也起了“全球接待中心”的名字。

满目都是青葱的生机、媚眼频抛的商机。

鸡鸭鹅有了，再养几只羊，陪着盛夏一起成长。村里有十千米长的毛竹林，年轻人回村后可办竹子加工厂，发展竹编工艺。再做个小酒坊，春笋出土前，已往竹子里注入六十公斤粮食酒，半年后出来绿莹莹的，想叫竹叶青，遗憾早被人注册。做酒之前，设计好了如何与酒具结合，田地里种上些花卉，做成干花，与祭红、霁蓝的小酒瓶放在一个包装里；喝完酒，干花直接插上去，正好是一个礼品包。他们要将曹村做成一个以雕塑为主题的艺术村庄，再在村里办一所小学。别的村虽有小学，才几个娃娃，快办不下去了，可不可以移到村里来？和他们一样，许多景漂的小孩，基本上都是一两岁、四五岁，李老师的孩子就在镇上，放马时也拖在身边，难有时间照料。想想看，有鱼塘、稻田，有马场、雕塑，有星光、萤火虫……对孩子来说，哪有比这更好更大的天然课堂？！

老公在老婆眼里虽没“诗情画意”，可说到曹村的前景，老公却比老婆要激动、更敢想，俨然被滚烫的诗情点燃了每一根神经：村后面有一座二百亩的水库，水库后还有二百亩的山林地，若引进来的艺术家不少，或可像日本越后妻有、濑户内那样，做一个大地艺术节……

理想丰满，现实却是连续十几天汗巴巴地割稻子。10 月里，村里合作社租下的一百多亩地，金黄一片。老公、老婆，一身农夫、农妇打扮，

沉甸甸的稻穗扫过脸上、身上，若打了鸡血般兴奋莫名，“群魔乱舞”。在朋友圈里，云子发了一篇软文广告：

我们的社会有很多不好的现象，简直到了很可怕的地步。因为市场的竞争，大家都在追求利益效率，去打农药，去过度施肥，疯狂地向土地索要产量。今天有很多疾病，各种不孕不育等，应该引起重视。我觉得今天最不应该追求效益的是农业，如果这个社会都在压缩成本，农业没有好的市场，没有正确的认识，那么最终所有的不良后果，都会反噬到我们自己身上，所以我跟朋友在一起努力做这样一件有意义的事情。

胚芽米，初脱壳，保留了米最具精华营养的成分——胚芽。米麸微黄的表层，米香浓郁，口感软糯。源头生态大米，努力种好田地，为健康植福。

品种：象牙米售 10 元一斤，100 元一袋

外地邮递 120 元 /10 斤包邮

象牙米产量低，营养高于一般大米。

48 小孔骑摩托车带着婷婷，转了十几个村子

金婷婷，来自浙江温州，在陶大学的是雕塑。在班上性格温婉，见人时眯笑比话多。娃娃脸，梳一个童花头，额前齐密的刘海，如修剪齐整的垂枝桃，显得别致、雅素。许是因为家里开了窗帘店，从小受布艺熏陶，她穿的衣服在女生里显得潮，不是说质地、款式特靓，就是一般的布料、

款式，由她在上面稍做变化，加一个饰纹、饰件，就上了一个档次。

她和来自南京的袁丹丹住同一个寝室，也是闺密，大二时，丹丹和来自河南的李继浩，恋爱谈得如火如荼，班上无人不晓，且将幸福的歌与梦堆满寝室；而婷婷却荣辱不惊，不为所动。实际上，她对班上的“暗战”情势了然于胸，最多比丹丹晚一年，婷婷已是稳坐钓鱼台的姜太公，钓上来的是来自山东聊城的孔维胜。

临近毕业，两人的关系才浮出水面，是全班三十位同学产生的六对夫妻里最晚曝光的一对。

八年过去，丹丹同学已是两个男孩的母亲，而婷婷和小孔却几乎把所有的心机、体力，都应付在如何“景漂”下去。新婚的梦还没有做完，连孩子也没生。

2012 年毕业，他们在乐天陶社和明清园摆摊两年，学到了很多在雕塑专业学不到的东西。接着自己开店两年，才发现雕塑是一个高冷的艺术门类，不像做日常器皿，做出来容易拿去卖钱，做雕塑，可能好久卖不出去一个。店入不敷出，把它改成服装店如何？若真卖不出去，咱自己穿不就结了？两人开车奔杭州，选了一些棉麻类的衣服过来，很多艺术家在这边，喜欢穿这种偏汉风的衣服，没几天就卖完，又去杭州选货进货，持续一年。2015 年起，进店买衣服的人，开始拿手机扫了，能扫到淘宝同款，径自去淘宝店买了。“血迹无痕”，他们成了阿里巴巴巨无霸碾压下的第一批蚂蚁。

两人又决定做原创，起初自己打版，后来找固定的版师合作，持续自主设计。注册了两个品牌，一是“忘”，取自庄子的《大宗师》：“泉涸，鱼相与处于陆，相呴以湿，相濡以沫，不如相忘于江湖。”基本上是机器生产，一批至少五十件，跟工厂合作。二是“击壤”，取自先秦时代的一首诗，叫《击壤歌》：“日出而作，日入而息。凿井而饮，耕田而食。帝力于我何有哉？”没有比击打土壤更接地气的了，做陶瓷是“击壤”，做服装也“击壤”。

“击壤”从面料开始，抛弃缝纫机，纯手工做。每件不一样，几乎等于定制。包括采天然染料染色：橘子皮，染出来是浅黄色；葡萄皮，染出来是紫色；洋葱皮，染出来是紫红色；采竹叶来，可染成绿色。再有花 48—1
草，比如一个小花瓣，放上围巾，拿木头的锤子扎下去，花的颜色就留在上面。染出来后，泡盐水或者明矾水，便不会掉色。一次，小孔去挖一些泥土种花，穿件白衬衫，蹭上几坨泥巴，回去怎么洗都洗不去，惊呼没有比这更古朴的颜料，棕黄色，加点油显赭红，甚是好看。

每种颜色都含有小孔的心思，每件手工皆有婷婷的针脚。来店的客人中，有北京服装学院的学生，常会问：你们是学服装设计的吗？坐店的婷婷说，我跟我老公是学雕塑的。客人吹捧：我们学服装设计的，做的衣服还没有你们这样简洁——似乎外行也有好处，不会被服装设计理论的条条框框框起来。开始找的服装加工厂，是温州那边的，相对来说价格便宜。沟通起来却费劲，样板、面料寄过去，错了一个环节，可能就得全部废掉。后来，本地找了一家小厂，十几个员工。一个款式下单，也就四五十件，且得卖好些日子。他们服装的受众，局限于一些搞艺术的小众群体，体制内的上班族，觉得穿着奇怪。汉服店从未供不应求，但也不会吃了上顿愁下顿，算刚刚稳步。

稳步感没持续多久，就到了踉跄时刻。

门店和工作室的房租，都在看涨。景漂们或多或少皆有这感觉——刚招来时，言之凿凿不涨价，脸上诚挚地笑出太阳花；要抬价了，一脸无情的冷月亮，或无奈的苦月亮：你们都是文化人，晓得市场经济吧，不涨没办法……不少景漂算下来，忙乎了一年，不过是在给房东打工。约四年前开始，日子紧张起来，半夜里，不时出现老婆间谍般的影子，老公最大的爱好严重受挫，网上再见到喜欢的老相机，要不看着“佳人远嫁”，心泪欲洒；要不赶紧腾笼换鸟，要卖几台，才有钱买另外一台。那旧的也非能轻易割舍，皆有过卿卿我我的岁月……最多时，六七十台的收藏，缩水到三四十台。

若是粗茶淡饭水准，小孔回山东不是问题。打毕业起，父母就要儿子回老家，给他开一家手机电脑店，父母开了几十年饭店，再有一家手机电脑店，家族历史一下就“与时俱进”了；婷婷回老家，更不成问题，最早把生意做去全国全球的温州，生意经几乎烂在每个人的血脉里。

但在不走回头路上，两口子达成完全一致；在必须得有自己的房子上，两口子也完全一致。

市区早就不允许盖房，三宝谷能盖房的空地，不是早有规划，就是让别人捷足先登，偶尔有几条小鱼漏网，那价格的尾鳍，也能将他们一把从三宝扇去山那边的寿安镇……

2016年下半年始，直到2017年，一听说哪里有可能盖房，小孔就骑摩托车带着婷婷，一个村一个村地寻访，沿着进坑、寿安一线转了十几个村子。直接叩门村委会，你们村有地方盖房子吗？可以办理合法手续吗？多数欢迎买地盖屋，却不敢允诺有合法手续，近几年，政府对农村土地的使用管理，严峻若包青天的那把虎头铡。某日仆仆风尘，车马劳顿，回家拍打彼此的一身尘灰，也拍打去浓重的失望；接连几日，老婆默默抓住老公腰间，再出发，紧抓在手心的，除老公胸膛里的一股热力，也总有一个依稀的希望。

希望，看来落地在灵珠村。

灵珠村，位于浮梁县寿安镇东侧，属小南河流域，与这片流域的诸多
48—2 村庄：朱溪、宁村、丰旺、月山、大屋下、柳家湾、进坑等一样，构成了以南市街民窑为中心的，从唐五代至元初的古窑址群。距镇上及南市街不过四五千米的灵珠村，是个大村，辖十二个自然村，八个村小组，共三百六十五户。全村一千三百余人，常住人口占近一半。灵珠村是省级
48—3 生态村，生态优越，森林覆盖率为95%，村池塘的表面水，达到了矿泉水标准。十多年前，村周边小山上，发现一级保护动物云豹，被划进青龙

尖云豹国家保护区；但同时又是省级贫困村，主要收入来自望天种田，人均可耕田面积不足一亩。离开的一半多村民，有 80% 在景德镇市区打工，远的去了浙江、福建；也有少数随子女长年在外地生活。全村约有三百栋房屋。倒退到三十年前，村里还书声琅琅，有一所小学，一百多个学生。最终被撤去并到了柳家湾中心小学。

宁富仔着急了，这个中年汉子一直在外开矿，2016 年，被镇上紧急劝回，担任村支书。相距六七千米的进坑村，与灵珠村同属浮梁，一个归湘湖镇，一个归寿安镇，自 2014 年黄薇、黄清华两人创办东郊学堂，先后设立村史馆后，进坑村开发了以进坑村史馆为起点的宋代制瓷风情游览路线；其宋朝窑口遗址被申请为“非物质文化遗产”；东郊学堂、正诚堂、万合堂、三草堂、如是书院等，渐次挂牌，国内外学者、艺术家为之呼应，各地的青年创客也云至鹤来，在该村设立工作室。2019 年的一个统计是，进坑村接待游客 10 万人次，休闲农业带动户数 135 户，占总户数的 72.6%，村民人均纯收入达 2 万余元。2020 年 9 月，进坑村被农业农村部认定为 2020 年中国美丽休闲乡村之一。

一厢金鸡嘹亮，一厢门可罗雀。

一厢花好柳好，一厢万木萧疏。

在这巨大的落差中，老宁和孔维胜夫妻第一次握手。

老宁对小孔的要求满口答应，唯一的条件是有块十亩的空置山地，要买必须一起买去。地价虽便宜，但打包卖也所需不菲。算上自己，小孔找了五个人共同出资，每人两亩地，盖房建工作室，加上院子，不大也不小，倒颇有国外艺术家的生活风景。然而，此份憧憬没维持多久，就被风吹雨打去，代之以纠结：宁富仔的话，能够相信吗？莫不是虚头巴脑，先哄你进来，再关门打狗？一个前老板的话就能信吗，他能代表政府？本届政府能信，下届政府能照准如仪？就是同届政府，朝令夕改，也非鲜见……

如此纠结下来，小孔凹陷了眼窝，削尖了下巴。大学宿舍里门对门住过的李继浩和他的夫人，表示不撤，愿与小孔同进退，把这十亩地扛下来。李继浩毕业后一直做瓷，但非名师大腕，生计也好不到哪儿去。两对夫妻，四名外省青年，为将景德镇的事业进行到底，组成了“共产主义小组”。时不我待，一边筹划盖房，提请父母给予力所能及的帮助；一边等待老宁兑现，村里办下合法手续。

2008 年刚读大学，孔维胜和李继浩两人曾随老师去黄山脚下的黟县西递宏村写生，这是他们第一次来南方，感慨这房子真漂亮——青瓦、白壁、马头墙。翠微缭绕的自然美，清雅简淡的朴素美，和谐流畅的整体美。这三美如三拳撞顶，两人当时就想，以后若有机会盖房，一定要盖这种房子。

又是蒜瓣一般拥挤的旅程。近一年里，江西的婺源，福建宁德地区的福鼎、古田、屏南……凡有徽派特色的老屋，两人都尽量去看了；若听说哪户人家要盖新房，子女们不喜欢木头房子要拆，更得反复登门。小孔对房主说，我帮你们拆，以后你们把房子的木料卖给我。谈妥价格，就带人过来拆，漫天尘灰里，现场一一编好号。每一个榫头，每一颗螺丝钉，每根梁柱，每片辅板，都得搞过来；老房子皆是漂亮的夯土墙，他们恨不得把土墙也给拆了运回去。材料运过来后，从婺源找老木工，照原样搭起，至于这里可不可以立，那里装成什么样，还得征求村委会同意……

2017 年，屋梁终于开始竖起来。

老宁有担当，也有风起于青萍之末的预见。没让小孔、小李折进一个个公章的跋涉里，他们只管埋头起屋，老宁自己与相关部门一一沟通，办好了土地、建房的所有合法手续。他们不知道的是，老宁要的不仅是他们这十亩地的，其后面连着的三十八亩地的各项手续，他都以惊人的毅力与不倦的游说全部拿下，他想到的是如果以后有机会，可以在这块地上建一座景德镇市民窑陶瓷艺术院……

2019 年的冬日阳光里，八栋房子皆立起。最小的占地一百三十四平方米，最大的二百六十平方米，两层再乘以二。小孔、小李各住一栋，用作居家和工作室。中间三栋是外墙为大幅玻璃的房子，分别设计为餐厅，陶艺、布艺展厅，陶艺体验馆，其余的做民宿。路灯一直从村子拉到院墙门口，电路单独开了户，寿安镇没有通自来水，村委会出钱给打了两口井，完满解决了水电问题。看到这般气象，昔日尴尬者的目光，顿时充盈羡慕：你们可有了大本营！以后要租新房，就找兄弟两个了！

其时，刚算踩上沙洲的兄弟俩，仍存在不小的压力。至此共投入六百多万，彼此父母竭力帮衬了大部分，此后装修、载入内容全得靠自己。谁家有点钱了，无须商量，赶快办件什么事，没有谁计较早晚，挂记多少；小孔那栋，想先住进去，一楼急于装修，老相机不断地变成装修材料，现在只剩下十几台。文艺复兴乐队的张翼飞，陶醉于灵珠村的风景，介绍周迅、阿雅、欧阳娜娜在此做直播，明星们中午须在楼上小憩。二楼装修本来还待时日，小孔若火烧眉毛，卖掉一台美能达，换来床、床垫……

说压力大，也得看在什么地方。

2020年冬天，被“蛋壳”破裂事件波及的几十万年轻人，在北上广深等地的料峭寒风中流离失所……这事件背后，有太多耐人寻味的因素——创业寒冬、金融暴雷、高房价、年轻人生计、公共舆论，几乎可以构成这个冬天的微妙隐喻。坊间常说，一二线城市，容不下年轻人的身体；三四线城市，容不下年轻人的灵魂。好在还有这么一个景德镇，虽有压力，压力可能还不小，却能容下年轻的身体，也能容下年轻人的灵魂。

你看，在多日的轻雾薄云后，冬日的一个周末，终于大晴，平野漠漠，云山历历，天蓝无瑕。李继浩、袁丹丹随两个儿子，在院子里嬉戏。屋里，孔维胜陪灵珠村村委会主任胡长华，与我聊天，墙上挂着小孔闲下来作的许多画。金婷婷则在厨房，忙碌着午间一行人的饭菜。李家的一条黄狗，孔家的两条白狗，追追缠缠，兜兜转转，好像二百年未见的三个朋友……

四十岁出头的胡长华，原先在市里做装修，是老宁喊他回村的。老宁罹患癌症，2020年去世，年仅五十七岁。合眼前，他叮嘱新任书记何孟娟和胡长华，一定要善待小孔、小李和来村的其他几个景漂。前些日子，浮梁县下达了加快推进民宿经济发展的意见，其中一条，对于拥有十家民宿，或一百张床位的村子，县里可奖励一百万元。灵珠村村委会登记收拢了长期无人使用的几十间空屋，请小孔联系，在景漂里找人办民宿，或作工作室承租。小孔想想，这也是自己的责任，他提出的条件是，租约一签十年，房租每年不超过一万元，刚来的景漂，大多是年轻人，经济能力有限。若能做到二十年更好，大家会把它当作自己的家去经营，愿意花心思装修打扮。再有，承租者不用跟房东签合同，直接找村委会就行，由村委会办好一应手续。村委会完全答应。

胡主任今日来，谈及村里小学还有几张床，让小孔扩充进民宿计划。今日之社会，谁没有压力呢？富人有富人的压力，穷人有穷人的压力，官员有官员的压力，连月薪区区一千多元的何书记、胡主任这般“小吏”，也倍感压力。眼下没压力的，唯有胡长华带来的几十只甲鱼种，个个大拇指般大，倒进院里的小池塘，它们优哉游哉地爬开，泛起一阵阵水波纹。长到三四斤重，至少得三到四年，可届时仍避不开最后的“压力”……

老夫也提出了一个问题：凭你们如此尽心做事，灵珠村的民宿办起来，硬件上不会太难。但灵珠村相对较偏，没有很好的内容，拿什么吸引游客过来呢？

49　一条更长的路线，在脑海里油然而生

午饭后，孔维胜开车，陪我去了寿安镇、南市街，过去仅十分钟。

这两个地名，我曾许多次在景德镇的历史资料中见到，却一直不知其庐山真面目。也少有人说应该来此看看。

在市区，人们熟悉的是中华人民共和国成立后的“十大瓷厂”、明清时代约六百年历史的御窑、在市东南四千米的湖田窑，以及这些年如雷贯耳的三宝村。 有文章称，三宝的古瓷矿、古水碓、古窑业，孕育了辉煌的湖田窑。若没有三宝，就没有湖田；若没有湖田，也没有明清之景德镇。故三宝谷入口，竖有镌刻“镇之初 · 三宝国际瓷谷”之巨石碑。

有类似的情形的，还有进坑村。近年考古发现，该村拥有古矿坑五个、古窑址十五座、古水碓十六个，以及六千米长的千年瓷石古道，大抵呈现了宋代从制瓷原料开采，到加工、运输至烧成的整个生产体系，亦被一些人誉为“瓷都摇篮”。

据北京大学权奎山教授《试论南方古代名窑中心区域移动》(《考古学集刊》第十一集，中国大百科全书出版社 1997 年版）一文考据，“景德镇陶瓷”这一概念，明清时期的中心区域，是现在的城区；元代的中心区域是在湖田；五代、两宋时期的中心区域，则是在南河流域的湖田窑场和湘湖窑场，以及小南河流域的寿安窑场、南市街。在古代，进坑、三宝蓬等，隶属浮梁县寿安乡。现在的三宝蓬，虽划归珠山区竟成镇，但倘若日后能打通隔山隧道，从三宝到寿安，直线距离将不过四千米。

寿安，位于浮梁县最南端，现辖柳溪、朱溪、南市街、仙槎、灵珠、月山等八个行政村，镇政府驻柳家湾。地下蕴藏着丰富的瓷石和石灰石资源。瓷石是制作瓷坯的原材料，石灰石则是配制影青釉的主要材料，故影青釉亦称石灰釉。仅南市街村小组，较大的古窑址遗存就有四处：一处在村南约二百米山涧中；一处在村后狮子山黄土岭北斜坡上；一处在东起水库，西至小学，北邻公路边；一处在村西尽头。

宁洪有，是南市街村村民小组长，他领我们去了狮子山黄土岭北斜坡的一个古窑址群，还真是如此——山脚、山坡上，浅浅的杂草下，满满地铺着一层破碎的瓷片、破裂的匣钵，有些匣钵底部还粘着揭不掉的碗。擦去泥迹，露出青色或白色，釉色清晰。它们不遮不掩，大都裸露在外。有几处还能看到早年挖掘的痕迹，有的被深挖，有的“浅尝辄止”，周边堆砌着一簇簇碎屑残渣。看其面积，有大半个足球场大。宁洪有说，八十年代末九十年代初，每当国庆节前后，常有很多外国人来村里，美国人、日本人较多，也有中国台湾人。当时，他还是十几岁的孩子，人家给几块巧克力，他和小伙伴们就挥锄使劲挖，外来者挑有价值的，回去做研究、制标本。他们一般是由旅游团组织前来，捡瓷片是其中一个节目，自是在光天化日之下。以后国内人也来，虽偷偷摸摸，蝇营狗苟，却盗不去多少。近些年，村里自己成立了一个古窑址群保护协会，有力出力，有钱出钱，做了一圈围网围起来，若发现有可疑者，立即报告。

直到 1983 年 5 月，南市街古窑遗址才被列入景德镇市重点文物保护单位。社会各界对寿安、南市街的关注度，依然较低。与对御窑的“烈火烹油”，对湖田、三宝的“锦上添花”相比，寿安、南市街仍是“锦衣夜行”。学术界关于景德镇宋元时期民窑青白瓷的研究，也相对滞后；文旅界对小南河流域资源的开发利用，亦无从谈起。什么原因呢？老夫请教了张赛和老师，他认为，浮梁县志最早可查至康熙年间，此前的被毁尽，因而从现存史料上缺乏历史证据。此外，现在是商业社会叠加权力崇拜，从二者的角度看，民窑的东西远不如官窑、御窑的东西值钱，对决策者、研究者缺乏足够的吸引力。

今日之南市街及其所在的寿安，不是一般的冷落。清一色的水泥民居，单调无趣，建得毫无美感。屈指可数的店铺，门口坐着屈指可数的老翁老妪。比起千年前的烟火气，只能说无街无市。而小南河却还在，有女子在河边浣衣，河水也算得上清凌凌。这番冷落，已很是久远，有个笑话说，1949 年 4 月间，因南市街早已成市，解放军以为这是个人气干云的大商埠，派了一个团来打，可一进来，如入无人之境，只有十三户人家、三十多号老少爷们……

张老师说了他的困惑：

寿安这一带，包括三宝，有不少地名带“坞”，王家坞、程家坞、杨家坞、郑家坞，还有说柳家湾，原是“刘家湾”。现在这些地方，多荆草丛生，没有人烟。我也记起，三宝口上有姚家坞、朱家坞……现在这一带，除景漂外，却没有这么多姓，姓宁、姓齐的居多，少数姓胡、姓余的，皆非真正的原住民，而是客籍，约明朝时自安徽来。几乎每一坞下，都有厚厚的古瓷片遗存，而每一坞上，是否千年前都住该姓的匠民？

寿安这一带地名，还与寺庙有关系，现有东寺坞、庙寺冲、寺坞、庙基、庙塘。相传唐宋时，这里有一百多个寺庙，最大的是“庆寿寺”“隆安寺”。明朝洪武五年（1372），又建一座“了了庵”，其内发现一个大铜钟，上有“寿安重兴寺”，“寿安”因此得名。可见当年这一片香火青烟，是何等鼎盛，而现在皆一片荒野，唯剩一堆堆土疙瘩。寿安，像是存在某种时间断层，那些消失了的原住民——“五至八万”人的瓷工、瓷商及其后人，到底去了哪儿？而那些来此客籍的新人，又是怎样来的？

我给孔维胜、胡长华说，若将这个时间断层搞明白，你们的民宿何愁没有内容注入？这条游客路线何等好呵！你看，从灵珠村出发，到寿安、南市街，或走陆路至三宝蓬，或行舟至小南河、到湖田，可谓“唐五代至宋时期民窑—官窑青白瓷专线游”。再允许每位游客拾一两枚瓷片，回到民宿，自己动手，加工成小首饰、钥匙扣、纽扣、风铃片，或其他物件，用竹子做包装盒——灵珠村最多的不就是竹林？或留自己纪念，或赠亲友、爱侣，多有情趣呀！这民宿住一天哪够，至少可以待两到三天……

一条更长的路线，在我脑海里油然而生：

“万年县仙人洞、吊桶环遗址—乐平市接渡镇南窑村—浮梁县寿安镇、南市街—湖田—景德镇市区”。

万年县之遗址，是一万年前人工栽培稻遗存及陶器发祥地之一，印证了“水稻起源于中国”的定论。与万年县接壤的乐平市，有南窑村，始于中唐，兴盛于中晚唐，衰落于晚唐，距今有一千二百多年的烧造历史。同样毗邻乐平市的浮梁县，其寿安镇、南市街，还有进坑村等处，唐、五代期间将粗瓷变为细瓷，以青白瓷引导，宋元期间名声大噪，始有宋景德年间的“景德镇”之名。湖田窑，由民窑转为官窑，其漫长岁月投下了一个背影，攒足了声名。进入景德镇市区，明清六百年，以官窑御窑为主，辅以民窑，开二度景德之气象……

窃以为，此条路线，让我们在景德镇，在江西，能看到一个古老中国文明的历史演进——由农而陶而瓷，瓷进而成为中华民族“第五大发明”的真切路径。

34

35

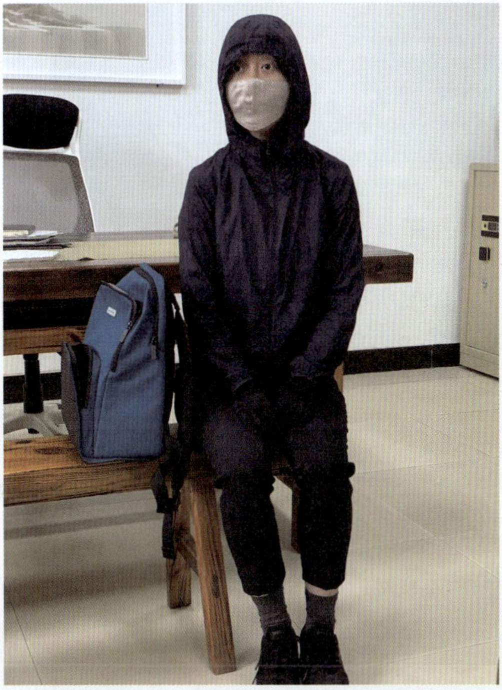

36—1

34 王志刚
35 罗叔（罗晟）也搞怪
36—1 作者第一眼见到的辛瑶瑶

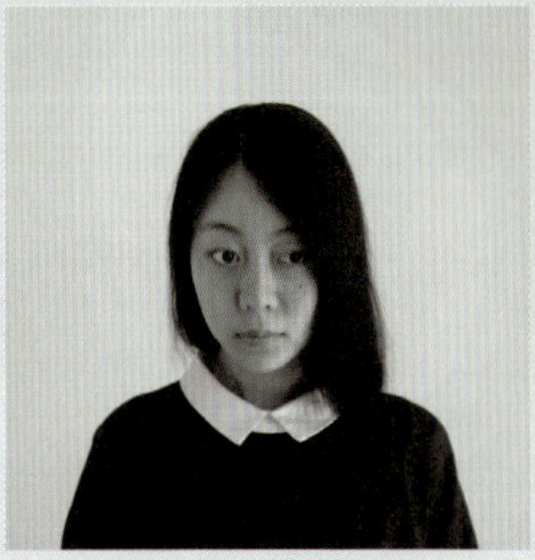

36—2

36—3

36—4

37—1

37—2

36—2 辛瑶瑶
36—3 人生很多事情都会有“泡泡”。能不能在牛奶杯，或者啤酒杯上制作一些泡泡
36—4 克莱因蓝釉（天鹅绒质感釉面，有星星点点细小闪光，仅肉眼可见，有种难以形容的光感）
37—1 冉祥飞
37—2 玲珑瓷有另外的名字，叫“米通”，在日本叫“萤手”，西方人叫“嵌玻璃的瓷器”

37—3

37—4

38—1

38—2

37—3 冉祥飞的月影玲珑吊灯
37—4 冉祥飞：现在我这副样子，就是站在东京街头，也不会输呢
38—1 罗骁刚完成的作品，要作者帮取个名字
38—2 罗骁（左）和弟弟罗骅

39—1

39—2

41—1

41—2

41—3

42—1

42—2

42—3

42—5

42—4

39—1 徐康
39—2 小米
41—1 舒悦全神贯注，随时准备给老公杰瑞米做翻译
41—2 来到乐天陶社的国际驻场艺术家
41—3 李见深
42—1 观宋名坊园总部艺术品展厅
42—2 观宋名坊园总部远景
42—3 观宋北京首都机场旗舰店
42—4 刘瑞华
42—5 观宋博物馆

43—2

43—1

43—3

46—2

46—1

46—3

46—4

43—1 肖学锋
43—2 三宝蓬水月馆远景
43—3 三宝蓬荷花池
46—1 雷子和他的新宋瓷
46—2 高柳绫绪
46—3 高柳绫绪作品
46—4 叶纹好——“景德镇是一个做陶瓷的天堂”

46—5

47—1

47—2

47—3

47—4

47—5

46—5 台湾奶奶的小厨房
47—1 马云来小盛的三宝工作室
47—2 高温色釉《夏天老婆在红木沙发上看电视的样子》
47—3 小盛给王千才和老伴拍的照片
47—4 曹村当年来过的知青现在哪儿
47—5 李老师和他的爱马

47—6

47—7

47—8

47—6　村后放马
47—7　云子、小盛夫妇
47—8　杰瑞米夫妇用作品在小盛那里换了三天免费住宿

47—9

48—2

48—1

47—9　曹村的“全球接待中心”
48—1　涂格（孔维胜）
48—2　灵珠山居

48—3

48—3 静静的小南河

七 苏醒与纵深

50 变化中有麻将客，也有昔日镇上从未出现过的新人

从市区，到湖田、三宝谷，有太多的景漂、陶瓷大学教师及毕业生盘下、租下，或适当，或花大力气改造，浪打浪，花堆花，开出艺栈、客舍、工作室、艺术馆、书院，以及花艺、木艺、铁艺、布艺等作坊小店，就是几年前还显得清冷的马鞍岭村，现在也能听到卡拉OK、麻将声的喧哗……

外迁的村民，也早就搬回。马鞍岭村过去被评为贫困户的王宝生夫妇，将一栋老房出租给民宿主，每年租金有五六万元，加上村里资源入股的分红，一年能有二十多万元进项，这还不算自家做瓷的收入。改造较早的姚家坞、杨梅亭、画眉楼、朱家坞一带，村集体和村民房产，增值更在数倍以上。叶纹妤在姚家坞租下的小院，当年租金一年是1.8万，现在得七八万。若当年把小院买下来，不过二三十万，现在得要三百万——真有“天上掉下的馅饼”，这馅饼还比磨盘大，村民们都赚大发了，梦里想想都得笑醒。

市区、湖田、三宝谷，早已无地可卖，房价年年攀高，麻袋装菱角——个个要出头。当初一签十五年、二十年的契约，如今有房主将其视若可一脚踢开的“土狗”。一些外来者日渐闹心，铜臭气一朝弥漫开，有趣的灵魂最是敏感，他们真真成了梭巡的土狗，得给自己灵魂再找一个有趣的地方。他们少数有离开景德镇之念，多数搬去了浮梁县的湘湖、寿安

等尚未大开发的乡野之地。但房东们却不愁，依然气壮如牛，如股市“收割韭菜”一般，有人走了，又有人来……

麻将有时一天要打两场，上午十点多开打，或在自家客厅，或去一家小酒馆。午饭前打一场，酒酣耳热后再接着来，直至晚餐后息鼓休战。据说，一天输赢下来，五百到两千元不等。这点钱，对于现在的三宝村麻将客来说，不过是毛毛雨罢了，不会往心里去。闪富起来，也闪闲起来的他们，却与许多国人一样，在传统与现代、改革与守旧的选择间“首鼠两端”，心里仍时有那个陶耕时代的魅影，多少会以原住民自恃，视三宝蓬艺术聚落、洛克设计中心等为“外来侵袭者”。 他们不曾想到，“匠从八方来，器成天下走”，景德镇的人口史，就是一代代景漂“鸠占鹊巢”史，就连他们的祖先，也曾是“外来侵袭者”……

本地的山色在变，水温在变，气流在变，人情世相也在渐变。变化中有麻将客，也有昔日镇上从未出现过的新人。

“老齐的家”，是三宝路上最早的一家民宿。

小院不大，栽有芭蕉、竹子，有鱼池、木桥，以及碎瓷片铺的小路，显得十分雅致。院里有一座玻璃房，可以在里面不亦乐乎地看书、画画、
50—1 晒太阳。一角堆着废匣钵、古瓷片，多为青白瓷、青花瓷。民宿所在的朱家坞，离湖田窑遗址不远；从后山翻过去，则是浮梁的寿安镇、南市街，孩童时而从山那边的河里抓了鱼来家。三层窈窕小楼，若束腰的姑娘。一楼是老齐的工作室，也是他在一天里树桩般杵着的时间最多的地方。有几只小狗在“树桩”前后窜来窜去，其中一只叫小白的，与他黝黑的皮肤相映成趣。走廊、楼梯，凡有墙面的地方，皆挂满老齐的瓷版画，色彩浓烈、豪放、奇诡，仿佛走进了一个充满法国及地中海情调的画廊。

二楼、三楼是客房，开张时只有五间，几年前扩大到九间。二楼伸出一片露台，站上去，顿时山景天象、村舍阡陌、鸡犬之声，都扑面而来。常有人在露台待到半夜，一瓶啤酒，或一杯咖啡，念往事能够念到泪光潸

然，数星星可以数到露水满身。住店的基本上是从外地来山谷写生、画瓷的艺术家，还有修习瓷艺的年轻人。女主人孙桂花，负责将自家菜地里的菜弄成一日三餐。侍弄菜地的，则是老齐的父亲齐学阳。老人八十六岁 50—2
了，身子骨还硬朗，虽有子女八个，却喜欢一个人过日子。每天黎明即起，老爷子去菜地摘些菜，别家不送，独送小儿子家，放在门口便离开，很少说些什么——兴许过去说得太多，提前透支了。

客栈原本只在小众圈子里出名，某年瓷博会期间，上海一家五星级酒店的老总，带一彪人马，开两辆房车来，包下了整个客栈。房车就停在老齐的家门口，车里不仅有酒吧，还有麻将房，引得全村的人都来瞧稀奇。从此之后，“老齐的家”在三宝无人不知。

老齐的成名史，却远比发家史更漫长、更复杂。

1970年某天，齐冬根出生在三宝谷一个叫朱家坞的山坳。家里很穷，兄妹八个，他排行老六，父母、兄妹皆在瓷厂干活，就数他身单力薄，个头也矮。家里让他读完了小学，读完还得放牛，帮着插秧收谷。才十八岁，就当全劳力用了，从七千米外的元溪矿，拉一板车矿石到自家水碓房，一车矿石有一千斤，装卸搬运，粉碎淘洗，全赖他一个人。一个月下来，卖了不到七百元。为在兄妹面前挣个面子，他到昌河汽车厂的座椅车 50—3
间打了份零工，晚上得上六小时夜班。水碓工靠天吃饭，一年里并不漫长的雨季，对他来说，却显得特别漫长。雨声水声，无休无止，无味无色，更有“嗵嗵”的舂击瓷石声。老齐日后写出了诗意的句子——“水碓的声音，就是景德镇的心跳声”。这在当年却只像胸膛里的某种爆裂声，来自青春旷野上一个男孩无法排遣的苦闷。

有好多陶瓷学院的大学生来写生，在水碓上搭一个茅棚，就在棚子里画老齐的日常劳作。见多了，手痒了。从小就喜欢涂鸦的他心想：他们能画我，我凭什么不能画自己？别白白便宜了他们！他跟父亲说，我想去学画画。父亲却一句狠话怼过来：你只有小学文化，现在大学生画得再好，东西都没地方用，你喝西北风过日子？！

2001 年，在浙江打了一年工，赚了几万块后，老齐买了一辆长安面包车，当时整个三宝只有两辆车。老齐用它干起了拉客的营生，虽是“黑车”，却方便了有事有病得出山谷的村民们，还有要进出三宝谷的好些个
50—4 国内外艺术家。当时已在四家里建了国际陶艺村的李见深，就常坐他的车，曾包车去杭州、黄山、南昌等地。一来二去，“米虫掉到米缸里”，莫说那些眼花缭乱的作品，艺术家身上不拘一格、不拘小节的气息，也让老齐画画的“灰烬”死灰复燃。起初，他用最廉价的草纸画，二三十元的草
50—5 纸够画个把月，且用画过的草纸生火点灶，毫无挂碍。他也常带国外艺术家去作坊里画坯，在一旁看他们创作，老齐觉得这并不比自己在草纸上作画难多少，便尝试画起了瓷版画。

提起笔来，神差鬼使，信马由缰，仿佛笔遣他去哪里，神就去哪里，只按笔的自然法则走就好。村庄、乡野，是老齐的主要去处。三宝的水碓、稻田，牵着苦涩青春岁月的水牛、鹭鸶，一合眼便浮现笔端。再一个去处，便是女人的胴体，目标是孙桂花。老齐开始迂回运作，先是勾勒她做饭、洗衣、拖地板的样子，很快便提“枪”上了主战场——裸女平常日子的种种琐碎形态：更衣、沐浴、健美、做鬼脸、嗑瓜子……

三十年河东，三十年河西。1998 年夏，有人给他介绍了一个对象，女孩对他有点意思，女方父母却死不同意。老齐木讷少言，土得掉渣，很铓相，长得更是急，二十多岁看起来得有四十岁。他恨不能掏出自己那颗滚烫的心，每天一放亮，便奔牛一般“杀”去女方家田里割稻子，遍体的汗水粗似蚂蟥，却盼一垄一垄的稻子，永无尽头。那热风中爱慕与绝望交织的气息，烙印般打在他的记忆里，或许这就是他如今画起女人胴体的原动力。当年他对于女人的想象，全部来自孙桂花，现在“女模”的唯一目标，仍是他的孙桂花。

许多初学者学画，都是靠在书本上模仿，要不临摹《芥子园画谱》，

要不模仿“八大山人”、齐白石。他没有谁可以模仿，至多早期仿过古瓷片上的纹饰。他率性而驱，怒放灵感，线条拙朴，色彩强烈，造型抽象，釉色天然。父亲齐学阳曾跳起脚来骂：丑死了，太丑了，不要画了！再画，我老齐家的脸皮，都要被你糟蹋尽了！时下，儿子虽仍是矮个头，羽翼却丰，根本不睬老子。村中也有人指点脊梁，却多有外人为其壮色。

李见深看了他的作品，称其“怪才”“闷骚”：“老齐的瓷绘生猛、刺
激、新鲜，如垦山野，充满着浓浓的味道。不管是稻田的金黄、山中的青 50–6
绿，还是袒露的身躯、劳作的场景，总是流露出一种淡淡的苦涩与伤感。笨拙的笔触与有厚度的釉彩交织在一起，尽情尽兴，毫无掩饰地表现了自己内心裸露的欲望。”凯米说，他的画有些像凡·高、马蒂斯，有一种西方和中国文化交叉的味儿。可惜，他从未听说过这两个洋人，“西方”对他太遥远，他只知道油画颜料是西方发明的。然而，凯米懂，她上过英国皇家艺术学院，懂得西方艺术史，一看，这画色彩很棒，劲道很足！从此，洋女子常到土男人家喝茶、看画，两人偶尔也发微信，为中法两国人民的友谊做出了贡献。

早年，外国游客听说三宝除了李见深，还有一张名片是老齐，便纷纷
过来看。近些年，齐冬根边开民宿，边画画，职业画家成了“老齐的家” 50–7
的常客。年轻景漂来到三宝，也有拜码头的，俨然他是“扛把子”，期盼得到他的“心法真传”。许多人都知道，老齐不但在镇上，还在北京、上海、杭州举办过展览，作品卖去了丹麦、德国、法国……

8月间，我第一次去他家，他给我一本画册《齐冬根陶瓷艺术》，他无比坦荡地说：我是地地道道自学绘画的，从三十九岁开始。中国首届当代艺术展，把我的作品收进去了，在北京今日美术馆参展，至今在景德镇，就我一个人（这话不确，涂睿明也曾有作品在该馆参展）。《雅昌》杂志有一期，第一、第二页，全是写我……现在三宝村具有国际影响的人，要说就是李见深和我了，不过现在我还没有秘书。

十七世纪以前，约可上溯到古希腊罗马，艺术家大抵皆由后人追认，他们当时只是工匠。达·芬奇、弗拉·安杰利科、马萨乔等，一半以上的文艺复兴大师，都是工匠出身。其中金匠居多，还有木匠、铁匠、石匠等。十八世纪以后，欧洲才有“自觉”为艺术家者，从莫扎特、贝多芬始。一次，莫扎特、海顿受邀去贵族人家吃饭，被安排和仆人坐一起，莫扎特拂袖而去。比他早一点的“艺术家”应该不会生气，甚至与有荣焉。此时，莫扎特已经有了一点艺术家的朦胧小脾气，到贝多芬先生时，感觉更清晰了……

恰巧，2020 年 11 月 20 日，我正写老齐这段，下午应邀去三宝蓬艺术聚落开了一个小型座谈会，到会的都是三宝的民宿主，老齐也来了。全国人大常委会副委员长张春贤，在一干省市官员的陪同下视察三宝蓬，来到了现场。未经安排，我介绍老齐道：这位是受三宝巨大变化而被“激活”的艺术家齐冬根，也是山谷原住民里第一位自觉为艺术家的人，这种自觉意识的萌生，比起三宝外在的变化，意义可能更为重大。张副委员长含笑首肯，老夫又补上一句：齐冬根还是景德镇培养的第一位使用女模特的艺术家。

我问老齐：你现在风头这么起劲，经常有各路红男绿女拜访你，你老婆放心吗？老齐说：她偶尔会开个玩笑，老有女的来跟你喝茶聊天，你不会有什么想法吧？我说我不会，我为人很正直嘛，哪可能会做那种事？老婆默默无闻地做家务干活，她跟我的时候我还是农民。不过，有一个转变倒是真的，明明是嫁给一个农民，怎么他突然变成艺术家了？要搁我身上，这冲击也挺大……

51 君看沧海横流时，几个轻舟泛五湖

莲花塘

森林里　有多少种鸟儿
凤凰它不会知道
鸟儿们　发出千百声鸣叫
麻雀它听不明了

花丛中 有多少朵花儿
蝴蝶它不会知道
花蕊里 藏着多少的秘密
蜜蜂它全部明了……

—— 词曲：南方小镇

从二十世纪六十年代中期开始，近二十年中，中国人很少听到过轻松表达属于个人情感的音乐。两千多年，天道流转，沧海横流，传颂最多、为百姓记取最多的是“风”，源头为《诗经》“风 · 雅 · 颂”，或还有汉乐府——民众对悲喜哀乐生活、对自身命运的叹喟。八十年代朝气蓬勃的明亮，正是由“风”吹拂于这片东方古老大地而开启的。

时下，在乐界谄谀媚俗之风的缝隙中，在市场和电视台选秀的名利双重诱惑下，人们捧起了民谣歌手，他们如月下荷花，静水睡莲，于世道炙热里予你宁静，于背井离乡中哺你乡情；又若一篇朗润的小楷，在满眼横

飞的书法家之中，授你真正的美感。虽孤陋寡闻，老夫尚知晓几个，赵雷、朴树、痛仰乐队、金承志，以及后者创始的上海彩虹室内合唱团。他们咏唱生活，咏唱脚下的土地，歌叹发自内心的旋律。近几年，他们迅速获得年轻人——乐界最活跃的接受者们的高度认可，他们是这个时代的"民间音乐"。

在去往三宝的路旁，从一条不起眼的小路拐上去，便是画眉楼。这里本是昌河职工家属区，也叫昌河二区。昌河厂是二十世纪六十年代末从哈尔滨迁过来的三线厂，造直升机。这里东北话是主流，很少听到本地话。不到 0.2 平方千米的区域，囊括了医院、食堂、礼堂、菜市场、百货店、粮油店、澡堂，以及幼儿园、小学、初中这些完善的生活设施，几排苏式筒子楼里，住有几百户人家。最深处的一栋 212 楼，处于两座山坳间的谷底，被昌河人戏称为"夹皮沟"。

1975 年的某日，"夹皮沟"二楼的一间屋里，一个眉目清秀的男婴降生。他在画眉楼经历了童年，十岁时带着东北大楂子的口音，随父亲搬去了昌河在湖田的新宿舍居住。很长一段时间，他听不懂本地同学的土话。从高中起，他就喜欢唱歌。后来在南京航空航天大学的校园里，他抱着吉他吟唱，身材颀长，黑发飘拂，成为许多男生女生眼中的迷人一景。他唱的，正是崔健在舞台上怒吼的《一无所有》《红旗下的蛋》。那几年，他亦痴亦醉，毕业后不想工作，只想着做音乐去。二十世纪九十年代，大多国企实际上已沦为"王小二过年"——一年不如一年。但在把毕生全交给了国企的父母眼里，丢掉铁饭碗，背把琴出去搞音乐，跟流浪汉要饭的有多大区别？于是，毕业回来，他先到昌河飞机厂工作，后来到昌河汽车厂。2005 年，已经三十岁的他突然间意识到，这样一辈子下去，自己特别想要做的事情没做，那这个人还是"我"吗？

这个"我"，叫张翼飞，圈里圈外，都喊他叫"老张"。

相对于少年时期与景德镇"隔绝"的老张，更少有人知道本名为邓文慧的她。她1993年生，故艺名为“九三”，是在市区莲花塘边一个叫老罗汉肚的弄堂里蹦跶着长大的“女崽俚”。与镇上许多吃陶瓷饭的家庭一样，她的爷爷奶奶赶上了“十大瓷厂”的流金岁月，“凉意”渐起时，父母接过班来。姐姐们也随某位大师学徒，二十世纪末期，整个行业陷入低谷，她们也两手空空返家。高中时期，她是作文在班上总拿九十分的女生，喜欢中国传统诗词，尤其是那种具有极简美，只一个字却能让人浮想起好多画面的诗词，若王维的“空山新雨后，天气晚来秋”，马致远的“古道西风瘦马，夕阳西下”，黄仲则的“乌啼旧内头全白，客到新亭泪已流”……毕业，进九江学院，学了五年护理。 51—1

真正“护理”这个单眼皮、扎小辫、青春躁动的小女生心灵的，却是侯孝贤、杨德昌的电影。浔阳江边，灯火迷离，她却心心念念台北的文艺生活。毕业回来，在市第二医院做护士。护士这个行业高尚，钱也不少挣，是吧？可一年多后，眼看再不抓住时光，青春之鸟扑刺刺就要飞了，她终于把“问号”踩到脚下：从护士长到科主任，骂了她一天，觉得“女崽俚”走火入魔了，为什么有这么好的工作，却弃之如敝屣，说走就走了？！全家也反对，姐姐们的脸白似惨月，父母的脸红若刚切下的猪肝：早知道你这样五迷三道，读什么鬼书，还不如送你去作坊画瓶子呢！

2011年，九三去职，跑出去对国内文青热捧的独立书店考察了一圈，在深圳、上海等城目睹诗会、小剧场等各种活动。当时，景德镇不乏陶瓷文化、艺术类的演讲，也有拿瓷磬、瓷碗、瓷碟敲出来的表演音乐。它们让有关部门知足，却让九三憋得慌，觉得自己必须做些什么。她一直在老张门下学吉他。老张从来没有贴过广告，在摇滚圈内却是神一般的存在。除了老张“弃飞机而痴音乐”的传说外，豆瓣音乐曾评价《我爱摇滚乐》“始终坚持其草根、土鳖、野鸡的立场不动摇，毒害了无数中国滚青”，他就是这本杂志的创刊编辑、元老，离开后仍时不时在上面发稿。愿意追随他学的青年，不断投奔而来，因此，在他从昌河离职后的四五年，身边总有四五、七八个学生。还在当护士时，每到周末，老张若在景德镇，九三便去听他讲音乐。最初她对民谣音乐完全没概念，只知有流行音乐，但也逐渐欣赏起老张来——一把吉他，一个人，无浮华的服饰、呼天抢地的动作，也没有满口花里胡哨，就那么纯净、质朴地唱着，或许有些重复，有几分慵倦，若江南春夜，肥白的蚕儿趴在桑叶上沙沙地吐丝；或如劳碌半日的老牛，卧在午后的大树荫里悠悠反刍……

后来，九三随他学吉他、学音乐，听他讲了多年来在出世与入世之间挣扎，为坚持做原创音乐所受的外人难体察的磨难之后，九三的一簇心瓣上，有露珠滚动，眼瞳也湿润润的，闪动朝霞……

某日，九三却不为吉他而来。十八岁的姑娘，对着三十几岁的男人，说了一番无关音乐更无关风月，只系“吾土吾城”的大话。说自己没在景德镇看到任何有趣的文化形式，景德镇需要更浓厚的多元文化气息，需要将外面好的艺术、文化带到景德镇，让更多的景德镇人在文化层面得到启蒙教育。她提出创办“文艺复兴”的初衷，不仅要把有趣的人与事引进来，景德镇自己也要生发出“有趣的事物”——毕竟外来者迟早都会离开，只有本土的艺术才不会舍弃本土。按年纪，这段对话原本应反过来，但脱离了体制的老张，虽然早就“解放”了自己，却仿佛还没有“解放全人类”的觉悟……

九三：刚认识老张的时候，有一个共同的朋友形容过他，用的是“安详”两个字。老张是一个非常纯粹的音乐人，在柔和外表下，藏着一颗坚忍执着的心，是一个有大智慧的人，他对音乐的态度，给了我改变自己生命轨迹的强烈震动。我把“文艺复兴”这件事情告诉他，他非常意外，坚决反对，说压力太大。“景德镇的一等文化是陶瓷，二等文化是与陶瓷嫁接的其他文化，其他的都是三等文化”，官方、民间，从来不乏嗓门呼吁要振兴千年窑火，却没有人想到去做这些事情。而且，前期投入非常大，本土没有这种资源，从外面去找资源会很辛苦……但他看我初生牛犊不怕虎的样子，表示可以和我一起做些事情。

我就这样拉他一步步下海了，先做酒吧，网罗一些喜欢文学艺术的人。2012年6月，我们的酒吧，战战兢兢地出现在一幢商住楼的四楼，是一个加起来四十九平方米不到的二居室，进门的位置，放了一个细长的吧台，吧台前面是小舞台，舞台背景是凡·高的《星空》。每次有表演活动，背面的那片星空，把人衬得特别美。筹备的开业第一场活动，是做海子的诗歌，我很喜欢海子的诗，老张也很喜欢。景漂中有不少大学生，他们知道海子。那天，记得老张一边唱《九月》，一边哭——

目击众神死亡的草原上野花一片
远在远方的风比远方更远
我的琴声呜咽 泪水全无
我把这远方的远归还草原
一个叫木头 一个叫马尾
我的琴声呜咽 泪水全无……

从诗会慢慢到独立电影放映，再到音乐演出，还做过陶艺讲座。酒吧做了五年，记不清有多少个夜晚，大家伴着窗外市井的嘈杂声，聊诗歌、音乐、电影，聊我们喜欢的作家。仿佛除此之外的世界，与我们毫无关联。再加上几杯自酿的覆盆子果酒，那些日子，真是最美、最开心的时光。开心的时光里，老张和我也几次愁肠百结，没一个人会经营，经营状况一塌糊涂，酒吧终于倒闭。告别演出，老张弹《最美的时光》，又见他边弹边哭。他说了一句话：

在这个更多人都在寻求自我安宁的时代，我们成就别人，也就是成就自己。我深深理解他的这句话。

“南方小镇”“文艺复兴”，是乐队的两块牌子。主创、主唱，就是这各自生活的轨迹原本很难交叉的两个人。在文艺复兴，老张是吉他手，九三是贝斯手，还唱和声；南方小镇则反过来，堪称“屌丝”乐队，“土法炼钢”，什么都自己干，说是做音乐，其实说在做手艺也成。除了两人，还有小提琴手吉吉，在市博物馆工作；鼓手小柯，在九江做理财。若演出规模大一点，老张就去联系南昌的朋友。许多南昌人，只知“八一起义”在国内有名，殊不知，许多年里南昌摇滚也曾在国内“跑火”。只需老张一个电话，便召之即来，来之能战。但至今，一直以乐队当家、稳定在做的就只有老张、九三。不过，九三偏于南方小镇，多推城市民谣；老张趋于文艺复兴，兼具实验性。

有专业人士告诉我，目前国内民谣乐队的原创作品，和本土城市关联度最大的，可能就是这个小乐队了，这不仅是因为它的一个名称里加了个“景德镇”。成都，算得上是民谣的倒海翻江之地，声音电玩、阿修罗、马赛克三支代表成都最高水准的乐队，并没有多少川江的迷蒙气息，放到哪个城市听起来，感觉皆大同小异；名气最大的歌手是赵雷，在爆款作品《成都》里，反复唱玉林路、小酒馆、成都街头；而他的《南方姑娘》《画》等，仍以描写城市边缘人的生活为主……

老张、九三一直倾力以比较现代的方式，展现自己这座手掌、脚掌、衣裤上都是泥巴，从不光鲜亮丽，却将自然的泥土泛化成无数精美形态的城市，“用火烧这城 / 用水融这城 / 万千山岭　围护这城 / 泥的城……”（《泥城》）用迷幻、柔远的音色，描绘昌江之畔的季节、场景、氛围，具有极强的画面感，这是老张的强项，“画眉楼 / 夹皮沟 / 被瘌痢遗弃的孩子 / 是否越过世界的尽头……”（《泥镇》）“搭早班公车乘至浮梁 / 昨夜有

雨青苔满地 / 路边早点摊香菇肉饼汤 / 塑料板凳坐在她身旁……”（《诗与歌的少年》）在九三写出第一首歌《小市民》的同时，“九三”本身还有了另一个含义——她创作时总会不经意地用到九、三这两个和弦，这是两个连在一起常带有市井韵味的和弦，仿佛饺子粑、糍粑，比起大鱼大肉，总让人一下想到镇上当年的烟火。她的《春夏秋冬》歌里，貌似是写四季，歌词背后却是一个女人在这泥城、泥镇的一生，依稀还传出洗碗、捣衣的声音，早市、车流的声音，柚子落地、茶籽壳落入竹筐的声音，瓷器烧制前后的各种声音……让老一辈的镇巴佬，包括她的爷爷奶奶，听了之后，泪光潸然。

2018 年开始，在春天，两人会到浮梁去，跟茶农一起采野山茶，然后回来炒茶。这触发了他们的灵感，想写一个描绘瓷和茶之间的关联，并扩展成当下城市和农村关系的题材：农村渐渐被掏空，城市的变化却难以包容农民工，他们可能又开始要回流农村，被壮阔而又冷漠的世界如刀锋一样划伤了后，他们回去又会怎么样呢？其中，生命、土地、父母、子女，有太多可以洞幽入微的问题……一般的民谣装不下，他们就将之渐渐变成一部成熟的音乐剧《云难》，将后摇滚、民谣、自创神话，结合现代寓言、实验性的戏剧表演，与哲学思考融为一体，以独特、丰富的视角，创造出人类世界以及景德镇由来的故事，目前已完成第五篇。何谓《云难》？人们不难看到，古往今来，满眼都是云絮般身心漂泊的人群；人们看不到的是，这世上每日炮制的巨量有用无用、有害无益的信息，都被上传至云端。直到未来的某日，云数据庞大到生长出恐龙般的自我意识，以人工智能的名义，飞扬至全球云水，到那时，它们是否会以新的方式，定义人类这个昔日生物链上不可一世的物种……比起《春夏秋冬》一首歌四五分钟，《云难》演出得有一个半小时，至少需要十几个人以上的乐队。

2014 年 4 月，他们发布了首张迷你专辑《白纸》。翌年 5 月，发布单曲《回衫》，此曲在虾米新歌榜排行第一。6 月，发布第二张迷你专辑

《水码头》，获得“橙 LIVE 原创榜”11 期第五名。所有成绩里最具影响力的，是 2016 年举行的春浪音乐节，全球一千五百支乐队参赛，文艺复兴获中国大陆地区的总冠军。2017 年，文艺复兴应邀在全国许多城市展开巡演。在本地或外出巡演时，他们很少翻唱别人的歌曲，原创是他们一直不变的原则与信条。还有一个原则，就是不签公司，哪怕再牛的摩登天空上门，也不签，始终保持独立的状态。如今，国内上线的主要是网易云音乐、QQ 音乐。国外代理则是一家法国公司，由它做全球发布，一首新歌出来，可在二百四十个国家和地区同时发布，在同一时间全球上线。

这支被评价为“极具景德镇山水韵味和人文色彩”的乐队，在江西已是最好的民谣乐队。经过几次搬迁，文艺复兴自陶溪川文创园开业后固定在此处。去中小城市的音乐表演，多数在酒吧。酒吧是以观众或客人为中心，舞台只为调节氛围服务，你愿意看就看，不愿意看就继续喝酒扯闲篇。而在文艺复兴这里，没有酒水，也没有如鱼儿般穿梭的“美眉”，灯一旦暗去，舞台上就是归来的王者，音乐才是宙斯。在观众的注目下，音乐人能把自己的声线、音乐的饱满度呈现到最好。前后有二百多位国内音乐人来此演出，名气大的如赵雷、痛仰乐队，门票可卖到一百至二百元，几十平方米的场地，最多一次挤了二百人，提前半个月门票就已售罄；有时候也会出现只卖了两位数的票的情况，票价仅几十元。文艺复兴在本土不多演，不接受坊间任何有偿邀请，哪怕是春晚，官方出面邀请也拱手不去。春天的欢愉，在于种子啪啪地打入土壤，不在于这种子来自哪棵树、哪片风。

本土演出少的原因，还在于乐队的发展与本土观众审美意识尚有距离，你看不懂一册书，这书就站在书架上，沉默地凝视你。去南昌的演出却不少，老张、九三挺喜欢去。即便这样，乐队也不会搬去省会，也不会搬去早已发出邀请的南京。再有，现在乐队装备水平高了，小剧场设施还跟不上。8 月里，我去看过一次，同行的孙炎，是一位来自北京的纪录片导演，玩过多年乐队，他瞅了一眼架子鼓，至少几十万，是当今国际舞台上配置最高的。如今，音乐好听，很大程度上是“烧钱”的声音好听。这些都是老张、九三购置的，几年里，乐队有点收入，攒到一起，就去买装备，灯光、音响都求最好的。老张多年授业吉他的钱，也都砸了进来，这些本够买房买车的钱，若在别家，可能就是一场“上甘岭保卫战”了。他的妻子对音乐存有一些盲区，但她知道这事儿丈夫真心喜欢，从不以能不能拿钱回家说事，所以就由着老张在其理想国里像羽毛一样“自由落体”。九三，一个花样年华的女孩子，换作别人正值花钱的高频点，但她的点却不在花钱上，向来朱颜辞镜，素面朝天，吃穿用度，皆求简单。那天见她，一身黑衣黑裙，二十元一件的黑色棉T恤，是从地摊上买来的……

> 老张：我们不抽烟不喝酒，不出去娱乐，没有事情的时候，大多数都宅在家里，琢磨自己想做的东西。我们俩都是比较闷的人，表面上，你看九三天真活泼，但是我知道她心里特别痛苦。用我的话说，我们做音乐，是上帝把着你的手，给了你灵感，但要把它完成，就成了魔鬼抱着你去完成，我们接受的是这个痛苦。她现在最怕的是写歌，每写一首歌，像要半条命似的。一首歌词，大约得写一个礼拜。有时候一首歌全部完成，用了将近一年，词、曲反复改来改去，还有个环节叫编曲。
>
> 不少人评价，我们是国内把古典文学与现代音乐融和得很好的一支乐队，这与我们一直坚持学习有关。像九三，看了大量古典诗词、剧本类的书籍，最喜欢的是汤显祖的东西，看他的剧本比较多。最近在读的是朱彝尊，他是一个才华横溢的诗人，不愿意在朝廷里当官。与纳兰性德是莫逆之交的严绳孙，有一句“君看沧海横流时，几个轻舟泛五湖”，是她很向往的状态，也是我们做音乐应该有的状态。有条件就找来读，找来听，边听边回味，边读边琢磨……

做编曲的时候，我们会在一起。编曲过程中，她老是不按套路来，和我吵架的频率特别高，哪像当年找上门要跟我学吉他的那个女孩呵。我怼她，“乱拳打死老师傅”。她反怼，当年你这位老师傅教得有点不走心。一次，去瑶里的路上，九三指着天际的云彩，随口而出一句“白云不知近中秋”，我眼泪不禁夺眶而出。不过二十岁出头的年纪，却有年过四十的人生沧桑感，总写出如“人把石头磨，却被玉雕琢”这般老成的词句。这丫头，到底是来自哪片老林子里的仙女啊？

52 在景德镇，惦记大地艺术节的，远不止一两个人

盛巧荣惦记的日本“越后妻有大地艺术节”，有何来历呢？

越后妻有，日文意为“被白雪覆盖着的村落”，“妻有”更有远方、尽头之意。念起来有些拗口的越后妻有，并非一个行政区名字，而是包括新潟县的十日町市和津南町这一带的古称，川端康成小说《雪国》的发生地，就是越后妻有。

十九世纪八十年代，拥有二百多座村落的新潟县，人口是东京府人口的近两倍，农业生产力十分发达，很长岁月里大米产量日本第一，且质量上乘。明治维新以后，日本“脱亚入欧”，转身为以欧美为范本的国民国家，实行以富国强兵为目标的工业资本主义经济。新潟县给国家提供了大量劳力和物品，经济成果亦作为资本积累而大部分转移给东京和太平洋沿岸的工业城市。不时有善意或居心叵测的“劝诱”声发出：“停止农业”“奖励减少农耕”“种田回报太差，还是到城里去吧”……于是城乡差

距逐渐拉开，年轻人选择出走，高龄化现象严重，在经历战败、战后混乱，顽强生存下来的六七十岁的银发族里，引起了普遍不安。

长年生活的村庄，日益空心化、“内卷”化，梯田因野草奔突而难以下脚，空荡荡的校舍只听见昏鸦的聒噪，神社有狐兔的影子倏忽而过，家族陵园再无人供奉、清扫；絮絮私语，如暴风雪一样飞舞：儿子下次回来，大概是自己葬礼的时候吧……相传古代日本，一些过了七十岁的老人，会被儿女背到山上，自生自灭；现在老人们则在村庄里，坐等油尽灯枯，毫无生存的乐趣与尊严。加上地处强地震带，且一年中有三分之一时间为皑皑白雪覆盖，包括越后妻有在内的日本海一侧，逐渐变成“里日本”。 52

1996 年，早年毕业于东京艺术大学的北川富朗，第一次来到越后妻有，发现了“雪国”别致的一面：群山环绕之间，四季风景千差万别，独特的地理与气候造就了秀美的山川和丰饶的物产。如此一块宝地日渐衰败，对太平洋风涛里立足在一条狭窄列岛的大和民族来说，是心痛，亦是天谴。身为策展人的他，决定以艺术挖掘土地蕴含的生命力，重振故乡经济——他也是新潟县人。

2000 年，“大地艺术节——越后妻有艺术三年展”由新潟县十日町市政府主办，委托北川富朗及其团队实施。他们邀请全球艺术家、设计师、建筑师，来到距东京两小时车程的这里举办艺术展，以面积约七百六十平方千米的原始山野、生长谷物的田地为舞台，展示艺术作品。这个艺术展每三年举办一届，展馆里是各种阶段性艺术展览，展馆外，是因地制宜的永久性大型艺术品。从室内到室外，越后妻有的山川与原住民，都呼吸着深深的艺术气息。

第一届大地艺术节，法国艺术家克里斯蒂安 · 波尔坦斯基的作品《亚麻衣》，放置在面积为 0.5 公顷的清津川河边的农田，从原住民那里收集到的几百件白色衣服，一片片地悬挂起来，白衣反射着阳光，随风飘出种种姿态。他诠释说：“好像生活在这块土地上，又不得不离开这里的人们的灵魂在颤抖。”原南斯拉夫艺术家玛丽娜·阿布拉莫维奇，做了一个“空屋”项目。由于人口日益稀疏，越后妻有大量民居变成空屋，若拆除，需花数百万日元；若不拆，几年下来，恐被大雪压垮倾塌，有碍观瞻不说，风烛残年的老人看到，难免有兔死狐悲之痛。大风雪中，她来回挑选比较好的几栋空屋，最后选择了松之山上汤村一栋有大屋顶的屋子。虽不完全算空屋，屋主老妇住在东京，每年中元节回来祭祖，但他们答应借用。在玛丽娜的构思中，客人住进这里，用铜质浴缸中的草药水洗澡，穿上艺术家设计的睡袋型睡衣，枕着水晶枕，躺在棺材形状的木床上，睡醒后，把做的梦记录在备好的“梦之书”上。这个作品就叫《梦之家》，作品最后完成得在十年后，届时将所有的梦真正编成一本书。玛丽娜向村民解释了自己的想法，并请老人们在展览前预先体验了住宿。2011 年 3 月 12 日，长野县剧烈地震，波及新潟县，《梦之家》遭到毁灭性的破坏，玛丽娜觉得作品毁了，可原住民和外来志愿者拼命守护这房子，防止其倒塌，以后又进行修复，视这房子如自己的家一样照看，它已然成为村庄的一部分，作品真正融入了现实生活。

第二届大地艺术节上，波尔坦斯基携另一位舞台照明艺术家共同创作《夏之礼》。松之山一所空置的小学玄关处，吊着无数双拖鞋，实验室里插着野花，学生们昔日的校服，挂在教室里，从体育场隐约传来孩子们的喧哗声。孩子们已经远去，梦和记忆还留在这里。来自俄罗斯的伉俪艺术家伊利亚和艾米莉亚·卡巴的作品《梯田》，安排几个勤劳的“农民”和两三头“牛”，不分春秋，不舍昼夜，在田野中耕种，没有破坏原有的植被和土地，让游客对土地与农耕之间的意义一目了然。也是这届艺术节，作为暖场活动，开幕当天下午一点，一架直升机在信浓川岸边的上空撒播花瓣，这是插花艺术家中川幸夫的行为表演，共撒下一百万枚郁金香的花瓣，这些花瓣是为了保留球根而被摘去的。飘飘洒洒的漫天花雨下，现场四千名观众，许多人激动得手舞足蹈，称这几分钟的表演是毕生极其难忘的体验……

十多年来，越后妻有大地艺术节，吸引着来自全球各地的艺术家。草间弥生的《花开妻有》、矶边行久的《河川去哪儿了》、詹姆斯·特瑞尔的《光之馆》、内海昭子的《为了很多失去的窗户》，来自中国的马岩松，创作的青津峡观景隧道改造作品《光之隧道》……它们已永久放在乡野间或民居中，化为当地社区景观的一部分，成为一个“没有围墙的自然美术馆”。除展示作品外，艺术节还有近两百场连续不断的活动，囊括日本7月至9月的所有传统节日，以及夏祭、花火、盆踊和各种行为艺术、露天电影等。不单纯是“艺术的自我狂欢”，更是文化多元并高度融合的艺术平台。无论是原住民，还是游客、艺术家，都能在节庆、游戏中获取各自的意义。

在北川富朗的倡议下，大地艺术节成立了强大的后援组织“小蛇队”，超越年龄、领域、地区，成员从十几岁到八十几岁，以东京圈为中心，从全国聚集而来。大部分为流动的，约有四百人艺术节期间必来效力；少数人，即一百人左右，含有偿志愿者，全年扎在这里，甚至有城里人迁居于此，为大地艺术节的相关部门、设施工作服务，算得上“投入人生的所有”。这是越后妻有大地艺术节有别于岛上其他艺术节，并且始终能办下来的要因。北川富朗特别倾心这块土地上的老人，除鼓励他们将自家荒废的房屋及田地，交由组委会和艺术家进行活化外，在第一届时就意识到必须创造充分机会，让老人们走出家门，让出走的后辈重进家门，探索以艺术节为核心的可持续产业振兴的可能性。

艺术节组委会，陆续办有山林食堂、传统之家、绘本和果实美术馆，并自主经营三家餐馆和旅馆“梦之家”“脱胎换骨的房子”。从第一届开始，小蛇队将大雪中才有的美味野菜、大米、菌类，进行直销和网络销售。这些大大增加原住民就地就业的机会，也培育出强大的地方产业。第四届大地艺术节期间，销售额为八千五百万日元，全年达到了一亿日元。

第五届期间，销售额为一点二亿日元，全年是一点四亿日元。大地艺术节，前后不过十多年的光阴，在其春风浩荡般的持续注入下，当地所有的村落，约有五万人口的地区，皆参与到艺术节当中，形成日本岛上一条极具特色的艺术观光路线。昔日凋敝景象名列全岛之首的“雪国”，重新捡起了生命。仅 2018 年，来越后妻有的观光人数就达到一百万人次，出产商品在国外国内屡获大奖，日本民众对此非常欢迎。

北川富朗，也因艺术节开创了公共设施艺术化之先河，被誉为日本地域振兴之父、著名艺术策展大师，获日本大赏最高奖（内阁总理大臣奖）等多个奖项，位居岛上艺术影响力百人榜单首席。但在他眼里，艺术节最大的成功是，他在那里遇到了很多笑容满面的老人，每个老人都为自己还能发挥余热，被人信赖和依靠，为村庄重拾生命，而抖擞精神；往昔一片漫漶眼球，代之以精光骨碌，借用电视剧里康熙老皇帝说的一句话就是：我想再活五百年！（［日］北川富朗著，欧小林译《乡土再造之力：大地艺术节的 10 种创想》，清华大学出版社 2015 年版）

2010 年，北川富朗又创办濑户内国际艺术节，针对濑户内海里有些岛屿常驻居民甚至不足百人，他以岛屿群为舞台，将主题定为“海之复权”。对日本来说，远古以来，岛屿是祖先安心停留的栖木、自由迁徙的通道；置于日本列岛的濑户内海，犹如母亲的子宫。借艺术节，对守护岛屿的祖先表达敬意，让仍生活在岛上的人们重生自豪，并以自豪为基础，再创岛屿的美好未来。

2016 年 10 月中旬，北川富朗发起召开濑户内亚洲论坛，来自亚洲各国的政府官员、企业家、艺术家等相关人员，齐聚一堂，就艺术和文化振兴等议题，展开学术讨论。在本次会议上，土地辽阔，城乡差距也很“辽阔”的中国众多地区，渴望以艺术为根基，对本地进行重建的愿望异常强烈，为北川富朗将艺术节拓展到中国，开启了首要条件。

在景德镇，惦记大地艺术节的，远不止一两个人。

2020年6月的某天晚上，时任景德镇市委书记的钟志生在三宝蓬艺术中心调研，问在场的人，你们能联系上北川富朗团队吗？前几天，他看完北川富朗的《乡土再造之力：大地艺术节的10种创想》，觉得大地艺术节这一实践性、地域性的艺术活动，与当下景德镇建设“国家陶瓷文化传承创新试验区”的总体要求，高度一致；与他提出的“打造一座与世界对话的城市”的方向目标，高度吻合。

在场的肖学锋当即表示：我可以试试。此前他经手的几个地产项目，多注重发掘其文化内涵，肖学锋所处的武汉又是“大码头”，故他在国内文化圈的人脉，不可小觑。

果然，当天晚上，通过上海一策展人朋友，他了解到北川富朗在中国有合伙人，负责越后妻有大地艺术节及濑户内国际艺术节在中国区域的事务，此人叫孙倩，公司驻北京。次日，肖学锋与孙倩通话，孙倩人不在北京，困在了浙江桐庐——其时，因新冠疫情，进出北京都严格受限，孙倩恰在疫情发生前离京到了桐庐，正为原本定在2020年9月，现在只能延期举行的“桐庐大地艺术节”操心、揪心，这是北川富朗在中国承接的第一个项目。

2017年12月，孙倩任董事长的北京瀚和文化传播有限公司，陆续收到几个地方政府的邀请，其中就有依傍富春江、桐君山的桐庐。估计孙倩在中学时地理知识没有学好，竟然冒出一句：“桐庐？没听说过，在哪儿啊？”几日后，她第一次去桐庐。时光荏苒，近三年后，因北川富朗在中国的首个艺术节落户此地，桐庐声名鹊起。2020年11月23日，美国《国家地理》杂志公布了2021年二十五个全球最佳旅行目的地，桐庐作为“文化和历史目的地”入选，成为中国唯一入选目的地。

或许，景德镇声名响与中学生学不学好地理知识无关；或许，肖掌柜圈内口碑不错。再听说，那方水土生态非一般优良，一进入地界，空气顿觉清润甜爽，至今市面一切如常，半年多来，黑天鹅陨落景德镇，只有六名新冠肺炎感染者，让困在桐庐心情纠结的孙倩，胸廓一扫层云，顿时阳光如注……

2020年7月1日，孙倩等人如约到达。次日，孙倩一行在大雨中考察景德镇。走了四个乡镇、一个田园综合体项目、两个景区、十一座村庄，行程近二百千米。邑山工业园区的厂房内，孙倩见到了她口中的“向师傅”——国内外知名的当代装置艺术家向阳。向阳旅居美国多年，是2018年越后妻有第七届大地艺术节的参展艺术家，半年前撤掉深圳的工作室，搬来景德镇。听说老朋友孙倩来考察大地艺术节落户事宜，向阳从内心深处弹跳出来惊讶：“在景德镇，你真不知道下一秒会遇见谁。”他又讲：“景德镇真正是一座富矿，文化的富矿，我们需要跳出陶瓷、跳出工艺，来观察、审视和表达这座城市……”直至晚上十点，回到三宝蓬隐居艺术酒店，孙倩的手机运动纪录里，已经近两万步。

7月3日，孙倩一行与钟志生书记见面，面告考察情况，洽谈后续工作。

7月17日，离开景德镇两周后，孙倩在三宝蓬艺术中心“瓷外功夫——新阶层景漂论坛”的演讲台上再度亮相，向省、市、区三级领导和一百多位艺术家，讲述越后妻有大地艺术节的历史、特点、成就、影响，讲述大地艺术节在中国落地的理念和方式。

三个多月后，10月31日，瀚和文化、中欧校友文创协会和中共浮梁县委、县政府，在紧邻广袤稻田的臧湾乡寒溪村、史子园村，举办“艺术在浮梁暖村行动”交流会。若在桐庐，北川富朗的大地艺术节，筹备完得花三年功夫。为了在2021年5月于景德镇召开的江西省旅游发展大会上提前领略其风采，景德镇特地在总面积1670亩，耕地面积470亩，茶园面积1200亩的史子园村，先行启动筹备，呈现出大地艺术节的迷你版。

北川富朗先生，何时能亲临景德镇，并以他巨大的才情，擘画景德镇版的大地艺术节呢？这块土地上的人们正在拭目以待。

53 浮梁的颜色，是青花蓝、浮梁红、山水绿……

本土文化在勃勃苏醒，本土历史也在加速纵深。

2021年元旦假日几天，我与曾辉、王志刚去了瑶里镇、高岭国家矿山公园，又劳浮梁县史志档案局局长李晓华先生导引，去了勒功乡、西湖乡等处，走马观花，匆匆掠影。

一路下来，我的一个印象是：或许是因为现今景德镇与浮梁是市辖县的关系（历史上，景德镇是浮梁县治下的一个市镇，只占浮梁56都中里仁、镇市2个都。供应御器厂编役的人夫，也只从全县103个里中，划定13个里，这是“陶阳十三里”由来的另一解），人们有意无意地，总是将两地放入一个系统内考察、叙述，乃至一笔带过，以致很多不读唐诗的人，都未听说“浮梁”地名。这对浮梁来说，是否轻薄、委屈了？

当然，两地过去也有着唇齿相依的联系。

寿安镇、南市街，以及湘湖镇的进坑村，对宋代景德镇瓷器扬名立万，可谓居功至伟。

在距瑶里镇约十七千米，因德国人李希霍芬而名撼世界的高岭村中，有对蜡烛山，村前的黄梅尖是“红蜡烛”，出产的是江西常见的红土；远处的西山是一支“白蜡烛”，出产的正是高岭土，至二十世纪六十年代，经过八百年大规模开采，西山削低了好几百米。矿工们淘洗瓷土剩余的沙子，即尾砂矿，据科学家调查推算，在此处的堆积面积达十六万平方米，总量有七百五十多万吨。虽然尾砂堆上已渐渐爬满植被，但因尾砂中含有晶莹明亮的白云母，故在阳光下闪闪发亮，被当地墨客称为“青山浮白雪”“玉带绕青山”。高岭古矿洞总数，至今无从得知，据前人估计，当有一百余个。

史料记载，造极之时，高岭山上聚集近三万名矿工。下山主道，始建于南宋，有七千米长，宽约两米，全部由花岗岩和麻石板铺就，共有
53—1 五千六百级台阶。明清之际，矿工们踩着这条路，以箩筐将一担担雪白的高岭土挑到瑶里镇，层层淘洗、沉淀、晾干，成为一块块釉果，再到东埠码头，用船只走东河，运去景德镇。山脚下有建于明朝的接夫亭，古朴庄重的外壳里，憋着一颗高冷的心。那个年代里，女子不能进祠堂，不能进窑房，妇女亦不能来矿上。在接夫亭，婆娘们拖儿带女，于山风中伫立，苦苦迎候久别不归的丈夫，满脸沟壑，满身荒蛮，几成山中鬼魅……

浮梁的茶园，若远岫上一片绿意盎然的云，这无边的云，又像是神仙的两道清风袖，一甩便甩出了在景德镇如星子一样密布、冰清玉洁的茶器。

浮梁山峦蜿蜒，一年四季山顶云雾缭绕，千溪争流。冬无严寒、夏无酷暑，雨量充沛。高山上，茶树大分散，茶园小集中，伴生于常绿阔叶林和灌木林中。每次喝茶，刁钻的茶客常问："有没有闻到兰花香？"野生兰花，是高山茶树主要的伴生植物，兰花香也因此成了浮梁茶的典型香气。浮梁产茶历史悠久，汉代即有僧人种植和采集茶叶，唐代成为江南茶叶的重要集散地。历代熟读唐诗者，无人不知香山居士的名句："商人重利轻别离，前月浮梁买茶去。""东方莎士比亚"、明朝的汤显祖在《浮梁
53—2 县新作讲堂赋》中，对浮红茶着墨素描："今夫浮梁之茗，冠于天下，帷清帷馨，系其薄者。"

"浮红"茶，曾获得 1915 年巴拿马万国博览会金奖。1997 年，浮梁县被农业部评为"中国红茶之乡"。浮梁现有茶园面积 13.6 万亩，茶叶是该县的农业支柱产业之一，茶树更是浮梁生态的重要组成部分。

在行政建制上，景德镇与浮梁两地可如珠子般拨来拨去，而拨不动的，是历史与山河。

必须注意的是，浮梁这片山河，有迥异于景德镇的个性，其文化版图

上，太有自己的特色。

浮梁好儒，自古兴教之风，极为浓厚。县境内，“篮舆悄向门前过，十户人家九读书”，民间传，“三代不读书，关了一栏猪”。鼎盛时，书院多达十五所：双溪书院、新田书院、南阳书院、东山书院、北斗书院、景仰书院、长芗书院、两河书院、西河书院等。有县令办的，有乡贤办的，也有解任解甲的归田人办的。距西河边二百米的西河书院，是浮梁历史上最后一所书院，规模巨大，占地面积二十余亩，并列南北两栋，南栋四进，北栋三进，立柱五百余根，直径皆五十厘米，有房九十九间。抗战时期，此地作为曾投入淞沪之战、南京保卫战、南昌会战、武汉会战等重大战役的国民政府二十三集团军第二十一军军部。据说当年拆除书院时，陈木飘香，数里可闻……

勒功乡的沧溪村前，发源于安徽祁门县的沧溪河，从这里流过。相传，古时有“三十六口井，四十八口塘”，曾出过“三举两进士、五贡四十八秀”。南宋时，村人朱宏（1130—1210），与朱熹交往甚好，后者认为他“高识笃行，鲜与伦比”，为其居住屋题字“克己堂”，朱宏也因此被尊称为“克己先生”。浮梁巨族士绅皆推举其入仕途，他恭谢不敏，躬身乡野，传承理学文化。大量著述之余，为村人编《朱氏家训》，全文六百五十余字，涵盖持家、立业、礼仪、教化、为官、做人等内容，倡导尊儒守礼、克己重德、清正廉洁。朱家历朝为官者，七品以上的有二十二人，没有一个贪官污吏。村里有一座建于明代的街心亭，称“训子亭”，相传，据村规民约，对那些不孝敬父母、虐待长辈的子孙，可缚于亭柱，路人无论大小，皆可用枝条抽打三鞭，加以训斥……

不入仕途的，还有泉间林下的庄光（前 39—41），字子陵，浙江余姚人，是开创东汉王朝的光武帝刘秀白衣少年时代的好友。

刘秀夺天下后，令画工绘其像，举国招贴，好不容易找到他，极力邀来帝都洛阳。白日，德阳殿上，玉阶朱梁，粉黛环伺，两人终无果而散，刘秀叹曰：子陵啊子陵，你到底为什么不肯出山，襄助我治理江山，也共享荣华呢？庄光曰：倘若你是尧舜，我早投奔了；现在你，满城风雨寻我，弄得在下好像遭通缉一般……这番话，虽暗含沐猴而冠的意味，但夜里刘秀仍来住所看他，又是一番力劝。他似听非听，似醒非醒，二更时分，扯出鼾声，刘秀无奈……

庄光退隐桐庐富春江畔，后被称为“严光”。他每每到江边垂钓，故桐庐有“严子陵钓台”。富春江的上游，是新安江，发源于安徽的休宁、祁门，两县都挨着浮梁。建武十七年（41），面临朝廷的再一轮搜猎，“严子陵牵着一匹瘦马，携妻带子，恋恋不舍地离开寓居十余年的富春山，离开他相守的钓台……约莫半载，经建德，由新安江到休宁，再来到祁门县”（冯云龙《中国历史文化名村：沧溪·严台》，江西科学技术出版社2014年版），终在浮梁境内的一个小峡谷落足。

一处小村庄正如一片丰润的秋叶，落在这峡谷里。村内江姓先祖，仰
53—3 慕严子陵“不事王侯，高尚其事”，改严溪村为严台村。夹村而立有两小山，其中左山称富春山，清澈的严溪自北向南傍村而过，跨溪而建的廊桥，叫富春桥，桥头立有石碑，其上镌刻着此桥始建于明弘治十五年（1502）。过桥沿青石板古道，便可到村口，村口立有一座青石门，门上匾额写有苍迈四字：严溪锁钥。村庄选址、布局，与“八仙下棋”的地势巧妙结合，街巷套街巷，弄堂转弄堂，仿佛步入迷宫，即使锦衣卫来捕，在这里查抄几日，也未必能捉到隐世者。南宋，原隐居在严台的严氏家族，迁徙陕西，浮梁北浩峰江氏一族，迁居于此。

因严子陵葬于余姚的客星山，北宋范仲淹为其建的纪念祠堂也在余姚，有人视严子陵后半生置于严台村之事，为虚言浮词。老夫却想，一个村庄世世代代、铭心刻骨，立某位先贤为宗族之光、精神旗帜，自明弘治年至今长达五百余年，即便为假托，也成真事了。如此久远的历史，姑且听之、姑且信之吧。

若视线放长远一点，历史上浮梁属饶州府（府治鄱阳），为江南名府，泱泱大州。唐代的颜真卿、宋代的范仲淹，均在饶州主政过。尤其是南宋，短短一百五十年间，饶州进士达六百余人，三世联登，三科连中，兄弟偕录，父子同取，所谓“棠棣竞芳”“棠棣联芳”，比比皆是。浮梁历史上，共出进士二百七十人，考取举人八百六十三人，考取贡生三百一十一人，武进士三人。进士、举人录取率，高于全省（路、道）、全府（州）平均水平。

进士中最知名的，是金氏一族，其老者金君佐，北宋元丰五年（1082）中进士时，已六十七岁。小者金志宁，是金君佐的曾孙，北宋崇宁二年（1103）到京城应试。考试对着御筵举行，宋徽宗正好用膳，愿与民同乐，邀他一起吃。金志宁不吃，究其因，他回答说：臣有曾祖父候在外面，还没有吃，臣也不敢动筷子。皇上急唤金君佐进殿，令其二人分享御膳。在场的一个朝臣，以诗记之：“九旬高寿方垂白，七岁曾孙已拾青。”功名排最前的，是金达，明嘉靖三十五年（1556）力拔会试第一名。其时，严嵩柄国，江西同榜考生欲邀金达私下拜谒严大学士，金达不从，严嵩听密报后记恨在心，殿试时，有意将金达置于二甲。亏得皇上亲自审阅殿试策论，对其赞赏不已，遂亲擢一甲第三名，授翰林院编修。仅在北宋前期，金氏一族，便出了九名进士。

举人里名望高者，首推戴琥，为明景泰元年（1450）举人，成化九年（1473）任绍兴知府。在绍兴的十年间，他组织百姓筑堤数十万丈，围海得田四万余亩，人称“戴公堤”。又主持修筑麻溪坝，截断西小江与浦阳江的联系，使后者复归故道入海，西小江流域三百年来的水患，由此遏制。离任前，戴琥将绍兴府境八县水文地理形势撰成专文，绘制详图，刻碑立于府署，寄语后任对地方水利事业要“视如家事，随时葺理，不避嫌，不恤谤，不令大败，以佐吾民”，此碑至今尚存。戴琥升任广西右参政后去世。

浮梁人会读书、肯读书外，也擅经商。

浮梁自古有着发达的地域经济，县民“摘叶为茗，伐楮为纸，坯土为器”“富则为商，巧则为工”，农工商并举。

早在宋朝，景德镇还被称为昌南镇之时，于浮梁对应有一个昌北镇，也称桃墅镇，即今西湖乡的桃墅村。开山者为姓汪的“苦菜公”，幼时家境清贫，常以野菜充饥，故得俗名“苦菜”。中年时，在山野挖到黄金，以此作本经营茶叶，逐成桃墅镇首富。后带动同族贫困人家共富，为族人尊崇，被推举为汪氏宗族族长。渐次，“别墅林立，文人鹊起，风诰蝉联，商铺皆满”，陶瓷、茶叶贸易繁忙，号称“桃墅三千烟”“三街四弄二槽门”，其规模之宏大、商贸之繁华，堪称浮梁第一商业重镇。现如今，桃墅村依然保存着一条至长江沿岸的茶马古道，留存三十余千米，旱路通古徽州，水路通今九江、武汉，或至今安庆、上海。

勒功乡严台村的江资甫（1857—1916），年少喜攻农商之学，十三岁随父亲从事红茶经营，往返于上海、浮梁间，结识众多茶叶工商界人士。二十岁时，父亲逝世，江资甫独掌严台“天祥”茶号，自产优质茶，并通力扩大工夫红茶收购、加工、运销业务，每年红茶收购量有一千多担，自产红茶有四百多担，销往上海有两千余箱。清光绪十年（1884），他反哺故里，捐巨款建立北斗书院。民国初年，在其带动下，严台村茶号发展到二十六家，满村茶香，醉染流年，成为浮梁产茶、制茶、售茶交易集散地。民国四年（1915），“天祥”茶号所产工夫红茶，被政府推荐参加在美国旧金山召开的太平洋地区第一届巴拿马万国博览会，获得金奖，与斯里兰卡的高地茶、印度的大吉岭茶，并举为世界三大高香茶。

士林松云满目，商界兰气随风。故浮梁县境内，古村棋布，其古祠堂、古牌坊、古街道、古亭、古廊桥，以及名木古树，更是数不胜数。沧溪村有古木两千余棵，其中，七棵大杉树为赣省最大，有三棵被植物学界称为“活化石”的千年银杏树；村前一棵楮树，胸径达两米，树冠近二十平方米，浑如蓝天下张开在赣徽边界的一把巨伞。另有众多的珍稀红豆杉群。高岭村有几株古樟，其中一株胸围达九点二米，需六七个成年人合抱，树高四十七米，冠幅远看浑如一座绿色山包，上部依然健旺，树根部某年某日遭雷电劈成一巨洞，我和曾辉、王志刚钻了进去，竟绰绰有余，可再进一如帕瓦罗蒂的胖子，凑一桌麻将。 53—4

南宋时期，朱氏十三世祖朱宏，与婺源朱熹交往密切，至明清时期，浮梁逐渐形成既仿徽派又具本地特点的建筑风格：高墙封闭，瓦马头墙，四周屋顶均有坡向天井，集雨水于大院之内，谓之“四水归堂”，聚合人气财气。全院为石板铺地，石板、影照、门窗、梁柱上，无不见精美绝伦的浮雕、镂空雕与木雕，有“麒麟望月”“双凤朝阳”“鲤鱼跳龙门”“鱼龙戏水”“松鼠延寿”……门、柱多有主联、副联：“第一等好事只是读书，几百年人家无非积善”“买尽青山当画屏，汲来江水煮新茗”“世事如棋宽看高，人心若路直行好”“路得青云子女昌，门迎紫气家族福”……当年绅商们轻奢却又虚静的心思，诉说着古人对安详和美好生活的向往。

冬日难得暖进腑脏间的日头下，走在古村的青石板道上，极少看见年轻人。村干部说大多数人早走了，剩下的是一支“386199 部队”（38 指妇女，61 指儿童，99 指老人）。厅堂、灶屋，光线暗若照相底片，朦胧可见坐在火笼上的佝偻老妪老翁，也有在外默默晒太阳的老人。几乎恍若隔世，我实不忍心，去咿呀推开那一扇扇闭上或半开的大门，唯恐那份静谧的关于数百上千年的想象，突然如电露泡影……

景德镇，却与此大相径庭。

在景德镇，其子弟因“无一富户”，或目光为“窑利所夺”，不足以弃瓷从儒，因而科举得功名，“绝无登第者”。老城区内，还没有发现一栋进士第、大夫第。明嘉靖前后，因科甲而入仕的，不过一人而已。

虽也有人做小买卖，但商业始终如瓷业这株老树下被压迫的灌木。工匠们只会赚死钱，不会赚活钱；只擅出心力，不擅做买卖。肥了广州的

“十三行”，和欧洲各国东印度公司，却瘦骨嶙峋了自己。明明磨砺了中华民族清雅全球的重器——瓷器，却作坊挨着棚屋，火险与脏乱并存，生产与生活捆绑一起。在形同“动物世界”的恶劣环境里，工匠们奋不顾身搞到一点银两，便盘算回老家娶媳妇、盖屋置地，少有人想在此开枝散叶。

景德镇上没有乔家大院、王家大院，窑老板节俭下来的资金，都尽可能投入生产，以保住同业激烈竞争中的市场份额，未形成一个商业化城市的格局。却也有消费，夜市上饺子粑、猪血汤很好卖，前者撑饿，后者说是能减轻灰尘对身体的侵害。镇上也不乏莺莺燕燕，工匠和来往于景德镇的各地瓷商，在青楼勾栏里，发泄着身在异乡的寂寞……

由此可以解释，在前述的王家坞、程家坞、杨家坞、郑家坞、姚家坞、朱家坞等地，黄康明先生告诉我，跑遍遗址，看了能搜到的家谱、墓碑，他仍不知这些打造了青白瓷的工匠后代去了何方；但在浮梁这些古村，一卷卷族谱，一座座祠堂，都保存了祖宗的手泽、族系的血脉。

在高岭村，宋宣和元年（1119），有冯氏由安徽休宁县迁此建村，取
名高岭。元代，又有胡氏等姓，在村外建居，亦称高岭。在严台村，有
宗谱记载，该村起源于东汉建武年间（25—55），南宋嘉泰年间（1201—
1204），本乡诰峰村江仲仁迁来，为严台江氏开山启林。在沧溪村，族谱
清清楚楚，刊有朱氏先祖乃西汉杭州太守朱买臣，唐代将军朱秀，五代南
53—5 唐间，朱氏迁居于此，筑舍立村。十三世祖为朱宏，大约生活在南宋建炎
四年至嘉定三年（1130—1210），得年八十岁。其与夫人陈氏墓冢，就葬
村后来龙山坡竹林深处，荫佑村落繁衍，瓜瓞绵绵……

由此证实，与景德镇历史上是一个移民城市不同，浮梁是典型的耕读、农商社会；换一句话说，浮梁人是景德镇真正的原住民。

在浮梁，让今人看得醍醐灌顶、久而不去的，莫过于有着“江南第一县衙”之称的古县衙。

始建于唐元和十一年（816）的浮梁古县衙，是国内仅存的四处古县

衙之一，且为唯一的五品县衙。一千多年来，屡毁屡建，现存建筑重建于清道光年间（1821—1850），距今已有近二百年的历史。占地九十五亩，有房屋三百余间。其后花园的东北角，有一座庭院式建筑——香山别墅。唐贞元十三年（797），白居易的长兄白幼文担任浮梁县主簿，当时白氏一家人的生活来源主要靠长兄供给，白居易因此常往返于浮梁与洛阳。别墅就是为纪念这位将浮梁写于唐诗之中的香山居士而建。

穿过县衙仪门，踏上甬道，青青古柏，怒目石狮，鸣冤大鼓，直通大堂，威严之感，油然而生。公开审理重大案件时，会允许百姓到大堂前围观，以示秉公执法，故大堂又被称为“亲民堂”。大堂除挂“明镜高悬”
巨匾外，从大门到三堂，满是扑面而来的匾额、楹联，这不仅是官场的立 53—6
功立事之律，亦是民心的象征：

治浮梁，一柱擎天头势重；爱邑民，十年踏地脚跟牢。

民心尽在吾心，信不易孚，敬而公，先慎而独；国事常如家事，力所能勉，持其平，还酌其通。

为政不在多言，须息息从省身克己而出；当官务持大体，思事事皆民生国计所关。

得一官不荣，失一官不辱，勿说一官无用，地方全靠一官；吃百姓之饭，穿百姓之衣，莫道百姓可欺，自己也是百姓。

欺人如欺天，毋自欺也；负民即负国，何忍负之。

理冤狱，关节不通，自是阎罗气象；赈灾黎，慈悲无量，依然菩萨心肠。

铁面无私丹心忠，坐官最怕叨念功；操劳本是分内事，拒礼为开廉洁风。

宽一分，民多受一分赐；取一文，官不值一文钱。

……

值得一表的是，浮梁县自唐朝至民国的一千多年间，一共有三百四十七任县官，无一人涉嫌重大贪腐和职务犯罪。自西汉时期开始，朝廷为防止裙带关系滋生，抑制盘根错节的地方势力，制定了“任官回避制度”。明清时期的回避制度尤为严格，官员须在距家乡五百里之外的外省当官，亲属也不得在同一地区为官。故在1925年之前，浮梁县没有一任县官是江西人。

无疑，景德镇是中国和世界上醒目的IP。在这个大IP下，除陶瓷文化外，目前可看可说的小IP却不多。倘若，在延揽了浮梁千年的瓷茶文化外，再开掘其千年的耕读文化、儒道文化、绅商文化及为官之戒，并包容圆融之，景德镇这个大IP，必定会更丰赡，更精彩，更具魅力。对非陶瓷研究者、爱好者来说，这里将是一个必须来的打卡之地；尤为重要的是，这个IP可以给这片土地今日的主政者、建设者，以更宽广的胸怀和荡气回肠的激励。

用此任县委书记胡春平的话说：浮梁的颜色，是青花蓝、浮梁红、山水绿。浮梁的声音，是绿水青山的声音、大自然余音袅袅的声音、人与自然和谐相处的声音、千百年生生不息奋斗的声音，是能代表中国的声音。

八

从『塑形』到『铸魂』

54　山水和人文，艺术与生活，串联起来，融入一片天地清音

西河湾河岸细软的沙子，松软细腻。岸边的华棕榈、银海枣，被风吹得沙沙作响，湖面不时掠过白色水鸟，仿若有一种身处海滨城市的错觉。

游步道平坦舒适，相邻的自行车道也十分美观，用于路面铺设的，皆是天然石子，呈现的颜色非人工所染。西河湾旁，除有宽广的沙滩，还有被迎客松、罗汉松、铁树等环绕的休闲广场。

沿游步道穿过桥洞，一岸之隔的是昌南湖湿地公园。与西河湾湿地公园营造的海滨热带风情不同，这里水草荡漾碧波，岸边杨柳依依，可谓茂林深篁。曾经被两岸植被杂乱无章地包裹着的几个小村庄，若泥牛入海，唯一留下的，是原村子里的七棵老香樟，如今伫立在湖岸，湖心小岛，错落有致，婆娑曼妙，有着江南水乡的风韵。

宝石码头，自古以来就是徽州、祁门以及浮梁等周边地区运送制瓷原料、窑柴的主要码头之一，也是官员、商贾及窑工进出景德镇的重要通道。中华人民共和国成立后，随着“瓷业改制”，水运交通没落，码头及周边山体沦陷为垃圾堆放场。而今，“江中桅帆皆远去，独留码头诉风情”，修复后的宝石码头，携宝石公园，占地八万平方米，其中草坪五万平方米，种植桂花、红梅、红枫等苗木七千五百平方米，麻石、条石、青石板台阶，约一万一千平方米，它们一一从古街陋巷收集而来，青石

板上满是旧日的送坯、拉坯人推着独轮车日复一日留下的车辙印，站在上面，一股古韵、沧桑的气息扑面而来。

宝石码头，只是昌江百里风光带的一个先行项目，这条百里风光带以“亲水、运动、文化、生态”为设计理念，完全拉开后，一幅山水相依、城湖相融、人与自然和谐相处的美丽画卷，将在赣东北的大地上徐徐展开……

浮梁，有太多苍古的徽派民居，以及苍古的国家原始森林公园。座座古村，越过千年，铅华洗尽，淡雅依然，如茶之极品。在瑶里绕南、严台村塔里，老夫各宿一晚，晨光穿过竹间，倾泻而至。风过，青涛阵阵，岚气流动，宋人称为翠玲珑。早晨唤醒你的不是闹钟，而是裹住清恬空气的虫鸣鸟叫。墨绿色的静夜，松软的枕头若小舟，不需买票，总能载你游弋去宋朝……

陶溪川室内乐团，填补了景德镇没有专业交响乐团的空白，是景德镇第一个达到国际一流水准的室内乐团。乐团成员来自全球十多个国家，都
54—1 曾是国际一流乐团的常任音乐家。办了几届的“陶溪川之夜”新年音乐会，不仅有世界著名的歌剧选段，也有经典中国民歌，高水平地提升了市
54—2 民的音乐修养。由景德镇陶文旅集团出品、旅德男高音歌唱家熊柯嘉为制作人的景德镇首部大型原创音乐剧《上镇》，2021 年 3 月 8 日在北京首次排演成功，这部由首都诸多文艺团体优秀演职员参与的音乐剧，将与景德镇相约于榴花火红的五月，在届时刚落成的陶溪川大剧院上演。

54—3 三宝瓷谷，已然成为景德镇的艺术标志，是全球单位面积里美术馆、博物馆及艺术家工作室最多的地方。三宝蓬艺术聚落的艺术展览、高端论坛、学术沙龙、文化交流、时尚派对，活色生香，一年下来数不胜数。三宝国际文创中心，以“三宝 + 艺术周”为起点，用多场活动，勾勒出 N
54—4 种关于艺术生活的无限可能。最引人注目的，是泼泥嘉年华活动，各列队伍挥洒出手中五颜六色的玉米粉，三宝瓷谷瞬间被绚烂的色彩包裹起来，

人们在欢呼，人群在雀跃！主持人昂扬的嗓音，与群众互动呐喊：“三宝瓷谷，泼泥狂欢！”声浪响彻山谷……

2019年10月，聆响行歌书院挂牌落户在景德镇市国家森林公园。该书院由市政府与北京聆响行歌文化传媒有限公司合作创立，旨在为景德镇打造一个综合性文化艺术产业孵化基地，暨中国艺术语言与世界戏剧艺术培训创作基地。夜色迷蒙音乐响起，五十岁以上的国人难以忘怀的著名播音员、朗诵艺术家薛飞及其同行徐涛，担纲书院落户当晚的演出：《桃花源记》、《破阵子 · 为陈同甫赋壮词以寄之》、《雨霖铃》（寒蝉凄切）、《相见欢》（无言独上西楼）、《满江红》、《雨巷》、《我爱这土地》……

千灯高照，瑶河映月。同年中秋、国庆双节期间，千年瓷茶古镇瑶里，推出“浮瑶映月”瓷茶水陆体验秀。百台无人机矩阵载着“孔明灯” 54—5
在上空掠过，美轮美奂的灯光瀑布垂流直下，制瓷匠人、采茶姑娘、游子书生、徽饶古道、千家瓷茶、万国来求……在近百米的古镇建筑墙面和水陆舞台上逐一浮现。除零距离、全浸入式的演出外，这还是一场以茶、花、香为主题的美学交流，是一场市井气、烟火味十足的“夜经济”，四方宾客品尝浮梁红茶，熙熙人流亦多伴手当季农产好物，耳边“相见不恨晚，余生在浮梁”的袅袅歌声，浸满了唐时月光，让人不知今夕何夕……

奇峰浮白，老圃新红。山的屏障，水的滋润，林的点染。所见之城乡，“泥不下山、水不断流”，破坏的山体，渐次复绿，不羁的水系，逐渐柔顺。绿地湿地、山体小公园、风光带，粉妆淡抹，联袂登台，若信手拈来，皆成妙境。

山水和人文，艺术与生活，串联起来，融入一片天地清音；

给城市“明目”，给乡村“濯足”，城市和乡村握手，共握一把茶壶，知冷知热。

在这生活美学散发光芒的“珍珠”时刻，各种美的可能，从城乡的每个角落，若一串串露水般滴落，若苔藓般无声蔓延。

天际线、山际线和河际线——三个“牛鼻子”一抓，六七年前我在2014年版《瓷上中国》里有过描述的脏乱差之所，一跃成为国家级卫生与文明城市。

可贵的不仅是送来的一面锦旗，更是一种历史的底蕴和背景，从中呼之欲出。

一个“美景”“厚德”的“镇生活”理念，已板上钉钉，却又似烟云草浪般葆有活力。

看人物、舟车、水陆、城乡、坊肆、楼馆，参差错落，素净平和，诉说了多少丰富而幽隐的故事。黎民苍生，异色皮肤，五行八作，各有擅场，看着是那般循规有序，却又风变云乱。倘若将此景放在一幅巨大的瓷版画上，几百年后，后人能否会看得如《清明上河图》一样心动不已？

55　景德镇，一座创造人类精神的“精武馆”

现时的景德镇，已处在一个从“塑形”到“铸魂”的阶段。

传统无疑是魂。没有传统的支撑，现代性只是一具空壳。

而且，迄今为止，中国可以拿来说事，可以放之四海、碾压一切的，没有谁质疑，或与你说No的，仍是陶瓷文化。

“御窑元华堂”中，一件件青花、粉彩重器，展示了堂主向元华继承恢复的大量濒临失传的御窑传统制瓷工艺；王尚宾的宋元代青白瓷研究所，在自己的柴窑基地烧造的青白瓷冰肌玉骨，青翠如玉；位于名坊园的“邓希平陶瓷艺术馆”，秘釉流霞，光彩熠熠，失传多年的唐代“秘瓷”和明代“流霞瓷”，被邓希平这位“高温颜色釉女王”以创新融合的方式重现；“玉珀”的玲珑瓷博物馆里，收藏着明清至今的玲珑瓷器型，无不生动有趣，件件晶莹剔透，在灯光照射下儿璀璨成精，若幻若梦，任君遐想……

在此城，无论是素净的青白瓷、雍容的元青花、富丽的颜色釉，还是明艳的釉上彩，皆抒写出各自的气度与性情。鬼斧神工，天工人工，姹紫嫣红，粉白黛绿。遥望龙珠阁，穿梭旧里弄，寻访手艺人，集实用与审美于一身，令传统与现代在窑火中交融。此城就是一座恢宏于天、铺张于地的陶瓷历史与艺术的博物馆。

诺贝尔文学奖获得者、波兰诗人辛波斯卡，在其名诗《博物馆》里有金句:“金属，陶器，鸟的羽毛 / 无声地庆祝自己战胜了时间。”

你看北方的职业窑工来了，亦陶亦农者，悻悻然洗脚离开；都昌、鄱阳、徽州的人来了，原住民，施施然于道上，日渐稀疏；九十年代里，“大师”一时“爆踩”工匠，小作坊终得野火趁风，学院派、现代陶艺派，纷纷雄起，继之景漂，集“五花八门派”“剑走偏锋派”之大成，“一川烟草，满城风絮，梅子黄时雨”。古不过百年，今顶多两代，总有新人换旧人。流水营盘，擂台武馆，只有不断的搅局踢馆者，从无永远的霸主、不散的宴席。

景德镇，就是一座创造人类精神的“精武馆”。

中国瓷器制造模式的形成，与华夏民族长久安定却远不富庶的农业文明有关。为了养活更多的人口，必须尽可能使用不花钱或少花钱的自然资源，因地制宜，生产出物美价廉的生活器具。中国瓷器制造模式的形成，亦与中国古代哲学的“天人合一”“民胞物与”生存境界有关。生成一厘米的土壤，需要一百年；生成一米的土壤，需要一万年。见证一块软软的泥土，在自己手中慢慢变成一个有灵性的器物，且遥想它的生命可能超过一万年，此份神奇不但让人着迷，也让一代代手工业者，从不敢草率对待。

景德镇，宛如一片充满哲学魅力的星空，在此星空下，你对物与人、物与时间、物与世界的看法，对人工智能现已彪悍到能战胜全球围棋高手，却为何取代不了手工劳作，会有更深的理解。

景德镇，作为世界陶瓷的“心脏”，一个以单一产业支撑了千年发展的城市，在当下依然拥有全球最完备的手工制瓷体系。虽主打陶瓷，但景德镇内核是“道”，道是什么？道是手工，是手工职业的硬道理——摈弃空谈，杜绝浮夸，追求完美，臻于完美。以手工精神，可做木艺、铁艺、金石艺，可做服装、皮具，可做餐饮、民宿，可做乡村改造、小乐队，还可以摄影、画油画……手工精神，被景德镇足足打磨了千年，如土壤酝酿钻石，江河形成珍珠，成为这座城市的基因——“陶阳十三里”的空气中，就连卖豆浆的，也强调“纯手工制作”。

陶瓷的方方面面，自不必说，现在许多的手工艺门类，无论是传统、现代还是当代，在此城，都可找到对应的作品、产品与工艺。而与精神享受相关的如音乐、摄影等行当，亦有人才涌入景德镇。他们带着各自的材质、市场、流量和审美经验，进行创作，然后卖给喜欢的人群，形成一个彼此刺激、相互关联的良性生态。早在 2014 年，景德镇就被联合国教科文组织评为“世界手工艺和民间艺术之都”。当手工业门类趋于齐全，从业者越来越多，量变引起质变的时候，这座城市将成为百工之城、天工之城，将是国内优秀手工艺人的聚集地，甚至会成为全球手工艺人“流着蜜与牛奶”的幸福之地。

艺术家、设计师和各种生活方式的意见领袖，是景德镇景漂群体的代表性人群，已然构成这座城市创意经济的基石。手工艺加生态，手工艺加时尚，手工艺加批量化，手工艺加高科技……无论在设计的文化语境，还是在设计的文化内涵上，“创意”正在有力地改变着传统景德镇的面貌，将其陶瓷产业的发展，推入一个全新的历史空间；与此同时，创意也不仅局限于陶瓷和其他手工业态，转而不断去追寻更高的维度。

一个不久前的例子是，由朱锫设计的御窑博物馆项目，“保存着与这座城市的生命不可切割的记忆温度——旧时孩童在冬天上学途中，会从路过的瓷窑上，捡一块滚热的压窑砖，塞进书包，抱在怀中，凭借这块砖带给他的温度，挨过半日寒冬”。夏季，歇窑期间，砖窑所散发的清凉空气，又是孩童玩耍、年轻人交际、老人纳凉的好去处。修建窑炉的砖，几度春秋，蓄热性能衰竭后被替换下来，还成为修建居所的好材料……这窑中一代代的窑砖，恍若这镇上一代代的匠人。博物馆的建筑形式便受此启发，建造过程不用脚手架，利用砖的收缝错位，借助重力完成。与古罗马此类庄重纪念物的拱券不同，博物馆的拱券不是简单的几何形，而是复杂的双曲面，具有强烈的东方的特征。

御窑博物馆项目，因其稀有性，在设计、开工的几年里，一直吸引着国内建筑界和其他省市的目光，无形中变成了一个充满期待的标杆。落成之后的首展上，中央美术学院院长、全国美协主席范迪安先生说道：“今天我们站在具有六百多年历史文化积淀的厚土之上，又坐在这座具有现代艺术博物馆功能的空间里。我们真的是在历史和当下时空之间交流，这是非常难忘的，也是具有标志性学术意义的。”

景德镇穰穰满家，五谷丰登，未来有理由产生江西最好的艺术家工作室、建筑师事务所、广告公司、设计公司，甚至最好的小话剧团、舞团，最好的音乐人。或许，还会有中国当代最好或最先锋的艺术与建筑。未来的景德镇，有理由让你敬畏它有多么古老，也让你惊艳它有多么“现代”。我猜想，总有一天，会有一串徘徊不去的精魂：唐英、杜重远、刘新园、段镇民……或许会望着昌江上的金色夕阳流泪。

56　景德镇，一个容得下任何梦想的地方

山居的日子里，我结识了不少景漂青年。

他们皆非来自家乡的望族，都是平民子弟。若父亲母亲是“有身份”的人，大约也不愿儿子、女儿待在这里，搞什么创业——二三十岁的景漂，浮木一样漂来漂去，尺蠖一样拱来拱去，说出去多丢份。

一个叫徐珊的女生，来自青岛，在镇上已经十年。从陶大刚毕业时，
56—1 她想到要做戗金器。戗金原为一种漆器工艺，用大量的金箔制作，元代被景德镇工匠移植到瓷器上，并传入室町时代的日本，将其称为“沉金”。明朝老打仗，黄金是战争的硬通货，皇上不让用于陶瓷工艺，此工艺从此失传。在景德镇御窑博物馆，她发现有这东西的古董展示，但不叫戗金，叫贴金。她查阅《辍耕录》《江西大志》《格古要论》等古代文献，又凭想象力，恢复了这项失传工艺。在一千三百多摄氏度高温下，把瓷胎施以铁矿物釉烧成，再进行二次烧制，将 24K 真金施在瓷器表面。除了睡觉时间，她都在研磨，常常从下午两点工作到凌晨两点，除了夏季太热，春秋冬三季，多少年里皆如此。一天烧两三窑，一般一个月烧十几窑。黄金水在二百多摄氏度到三百五十摄氏度之间凝固时会蒸发，若将窑门关上，质地受会影响；若不关，由气体跑出，其挥发的物质会损伤人体呼吸道黏膜。她不关窑门，时间一长，患上了过敏性哮喘。现在装了大功率抽风机，烧窑排气时，一般是在凌晨，她就去外面跑步，绕园区跑一两圈。这是陶溪川一期专门给景漂建的邑山制造工坊园区，平整的柏油马路，路边种着银杏树。跑步有时带上在工作室憋了一天的狗；倘若心情不佳，便不带，怕自己在路上揍它……

戗金器的新生，让她在太多的展会上拿奖拿到手软，2016 年《戗金器 11 件套》获深圳国际茶器设计展金奖；2017 年《戗金器 8 件套》获中国茶器设计大赛一等奖；同年《戗金器》成为中国陶瓷博物馆永久收藏作品。2020 年 8 月，北京文创岩霸杯大赛，她和另一位小伙伴绮绮，两人加起来拿走了一半多的奖项。徐珊是一个笃定“天生我材必有用”的北方女子，也是一个“希望这辈子珠宝成堆，年龄成谜”的时尚美姝，更是一

个独行侠女。陪伴在她身边的，至今是一条狗——“从狗肉馆坏人手里把你抢过来，给你认了无数干爹干妈。东边要骨头，西边要鸡蛋，为了你，买了一辆你能坐上去的三轮小电车……”

在景德镇，年轻人抛弃世俗的藩篱与成见，经过自身不懈的奋斗、努力，让“诗与远方”成为日常，用自己喜欢的方式，活出N种可能，尤其享有内心的宁静、自由、快乐，这都是可以实现的，这座城市具有这样的品格。哪怕是摆个小摊位，多少有点收入，年轻人也能够自食其力，只要你愿意干，谁都能活下来。一个年轻人、普通人可以就业谋生、自由发展的城市，远比一个高楼林立、街景奢华，向上的空间却被封闭、阶层障碍难以跨越的城市，更直抵人心。而且，城市是用来居住、便于生活的，不是用来参观、欣赏的，更不是用来评估政绩的；一个不接纳底层百姓，不要烟火气的城市，是没有人性的城市。我观察，这座城市众多的领事者，从陶溪川的刘子力，到灵珠村的前支书宁富仔，都有着如是的眼光。如果年轻人放弃希望，这个社会也将没有希望；对年轻人保持着恒久的关注，给外来人口多留一点追梦的空间，就是对城市未来最好的规划。

景德镇，是一个容得下任何梦想的地方。

低门槛、低风险、低资金等优势，舍去了很多创业者初期难避免的高资本和高风险。全市有5.8万家各类个体和小微企业，他们在此不仅享受政策、资金、技术上的帮扶，还享受免费创业培训、帮办各类手续等“保姆式”服务，这些帮助他们顺利度过初创期，从而发展壮大。全市招商投资环境最好的珠山区，这些年新注册的小微企业，每年有10%的增速。“国家陶瓷文化传承创新试验区”成立后，“手工制瓷按3%征收增值税”。版权保护，商品、物流、金融和平台流量支持，洋景漂出入境及居留许可等政策，全面落实。柔性生产、多样化、专业化，日益成为景德镇手工业态的重要特色，创意设计的难模仿性和不可替代性，使得市场不断细化，既填补了市场空白，使定制服务和弹性专精的生产方式成为可能，又与佛山、德化、淄博等传统陶瓷产区真正相区别，各美其美，天下大美。

当一切生活要素、生产要素、资金要素、技术要素，都向景漂倾斜的时候；当陶溪川引入咖啡馆、酒吧、酒店、剧院、电影院后，景德镇又规划、建设了三十万至四十万平方米的“共享公寓”，以对冲关不进笼子的房价、房租。除此之外，还有森林公园、书店，有电动汽车充电桩、送货至家门口的快递，有很好的学校、快捷的医院……以上这些，其实就是公认的构成世界创意城市的要素。

有了这些要素，景德镇吸引、留住人才，便不会是一句空话。

由于流动性较大，景漂的数量一直没有权威、准确的数据统计。前几年较为普遍的说法是，景德镇每年长住三四万景漂。2019 年的相关报道中，景漂数量略有上升，达到每年五万左右，其中包括数千名季节性的外籍景漂，来自韩国、日本、美国、英国、法国、荷兰、土耳其等多个国家。2017 年以来，国内各地的抢人（劳动力）大战、抢才（高素质人才）大战，达到白热化，各种招式层出不穷，就连一向严苛的北上广深也坐不住了。如此背景下，景德镇作为中部区域的四线城市，本无雄厚的财力参与抢人抢才大战，但其人口的净流入，却是显而易见的。这在作为劳务出口大区的中部几省中，是醒目的“逆行”。

景德镇今天仍然这样“活着”，不仅是因为历史的悠久，更在于历史的延续，而每年到来的景漂，正是这旺盛生命力的一部分。

57　景德镇，充盈太多自由而有趣的灵魂

这座城市的月亮，因充盈太多自由而有趣的灵魂，发散着青铜般的澄澈光辉；这座城市的地平线上，各种“稀奇古怪”的人，将兴趣做成爱

好，将爱好做成职业，将物态上的少用、无用，做成禀赋气质上的大用，百里昌江沿岸，宛若在推演一个天地间的自由大本营、快乐大本营。

对辛瑶瑶、冉祥飞、罗骁、徐珊这样的新一代匠人来说，工作室不过是他们的玩具屋，触手所及，每件器物都是他们的青春、他们的爱情，或有感而发的某个隐喻。不忙的日子，他们可以几天不出门，精雕细琢，孺子俯首；或者什么都不干，就是把玩这些器皿。这种亲手创造、与自己生命呼吸相通的器物美，在一个喧腾且浮夸的尘世间，或被一些能赚大钱捞快钱的人所不屑，却令他们感动，令他们心安，一箪食，一瓢饮，一窑匠心，脸上总有秋天红彤彤高粱地里农夫的眼神……

在陶溪川逛园，在三宝谷浏览，你会看到很多穿汉服的年轻男女，手腕缠绕各色珠串，或遛一两条犬，或捧几束花，或夹一本书，神态之从容，是你在急惶惶的其他城市看不到的。桃花、杏花轻撒肩头，花瓣上或缀着细雨滴，欲湿未湿。他们路过的地方，几为一幅幅美丽的春之画卷。天亮雪霁，约上三五好友攀山之顶。带上一把古琴，几套茶器，踏雪寻梅，幽谷抚琴，生火烹茶。湘湖一带的村庄，孩子在田野里玩耍，他们已经是景漂的第二代了；丝瓜、西红柿、辣椒，红红绿绿在自家院里长着，老公烧窑回来在溪水里抓几条鱼，老婆烧起柴火灶，很快烟火气和家的谐趣，在一张老木桌上弥漫开来……

生活原本平凡，然而日常的生活，一旦代入艺术的语境，即可转换为诗意非凡的事物，若《诗经》里的木瓜、桃李、琼琚，唐诗里的月色、楼台、长安，宋词里的夜雨、醉花、残酒……

日复一日，俨然停摆了的“景德镇时间”，其创作、生产空间和生活空间高度统一，体现出后工业时代生活方式的重要特征之一——倘若我们不能改变环境，却可以改变心境。也如一幅不动的山居图，图中，相较于北漂的“漂”所蕴含的漂泊感与被动感，景漂的“漂”，反而像是一种精神上的回归。有人用现代的游牧民族来形容景漂，如果说游牧民族的移动是要近水草，景漂的“水草”便是景德镇这方土地。

实际上，在景德镇，很多景漂的生活都具备影视剧因素。只要有一部摄影机，跟着拍摄他们每一天的起居工作，很多地方都是天然的片场。遗憾的是，我们至今看不到这样一部影视剧。导演、编剧热衷的片场，无不放在北上广深，其次是厦门、青岛。他们高贵的视线，还扫不到景德镇，犹如他们的作品，多制造的是中国“镶金边”的幻影，很难打动太多已经或正在为生活拼搏的中国人。

远没有北上广深宏辉伟丽的景德镇，其当下的魅力，却颇似鲸鱼的音域。鲸的音域异常宽广，高调可达高昂的汽笛声，低调可与男女混声乐队的低音相比。有人把它们的低音录下来，加快十四倍播放，那音阵音色，若美妙无比的夜莺在歌唱。海边不是所有的耳朵，都能获悉鲸鱼的低语；国内也非所有的心灵，皆能感应此座“四线城市”的内在魅力。

除了陶瓷、艺术、文旅圈外，大约首先能感知其魅力的，是国内“波希米亚”族群。“波希米亚”，是十八世纪法国人对来自捷克斯洛伐克波希米亚省的罗姆人的称呼，视其为一群充满艺术气息，不知道下一餐、下一站在哪里，却“没心没肺”、自由自在、鼓盆而歌的人。时下国内的“波希米亚”族群，是一群疏离或自外于主流社会形态的人，藐视当官发财，厌恶前恭后倨，怀念没有广告泛滥、信息爆炸的日子，期待“我的光阴我做主”，生活不必匆匆忙忙，可以采菊南山下的人。还记得许巍的那句歌词吗？“没有什么能够阻挡，你对自由的向往，天马行空的生涯，你的心了无牵挂……”

还能感知这些的，是那些欲告无门、肝肠寸断的“被拆迁”族，都说在北京，没搬过五次家，不足以谈人生。

辛辛苦苦、抠抠搜搜的“蝼蚁”族——假装在北上广生活，实则每天有三四个小时，甚至五六个小时，跋涉在来回路上，然后回到一个假装被称为“家”的地方。一年的薪资还不足以买一间厕所。只有在城乡接合部

这让我联想起美国的国家风景道体系，其中有两条典型的文化遗产型风景道：横贯八州三个时区的美国66号公路和全球最美的加州1号公路——景德镇到浮梁，在不久的将来，大约也会成为许多中国人、外国人此生必自驾一次的公路。

60　中国文化能否再度在全球表现巨大张力的重要指标之一

六七年前，我第一次来景德镇时就听说，景德镇民间，包括景漂在内的一些有识之士，通过各种渠道，向江西省与中央政府呼吁：在景德镇设立一块国家文化自由特区，或国家文化创意产业试验区。2019年8月28日，经国务院同意，国家发展改革委、文化和旅游部印发《景德镇国家陶瓷文化传承创新试验区实施方案》，这标志着景德镇开启了重振辉煌的新千年。

对当今景德镇，有各种各样的说法：

地方性传统城市进入生态性的知识社会的经典案例；
传承与创新有机统一且相互促进的景德镇新模式；
新民艺运动策源地；
宋代生活美学的打样间；
一座聚集了无数有趣灵魂的城市；
你们向往的诗和远方，就是景德镇的日常；
能从哲学意义上肯定人存在的价值和理由的城市；
从生活美学向城市美学全面提升的城市，可能会成为中国的一个核心艺术区；

非成功者、城里人的城市，而是我们的城市；

一座让年轻人看到希望与前途的城市；

景德镇生活，是一个世界级的样板，是一个面向全世界的生活秀；

在新时代焕发璀璨夺目的光彩，成为冠领中国、代表江西走向世界，让世界感知中国的城市……

诸如此类的说法，出自各自的角度和视界，可能被官方或民间的某一个部门、某一个圈子所关注、认可，甚至过度渲染，却不一定有广泛层面的共识共见。

我曾经说过，在国内，似乎还找不到一个地方，如景德镇这样，在中国的城市丛林里别有风韵风致，调性自成一格。

看现状，景德镇已然是历经全球化之后，一块文化与艺术重新组合、人性与自由深度开拓的“飞地”，有意无意地走出了一种涵盖人文理想、艺术精神与生活方式的独特区域性社会发展模式。

视其社会进程，景德镇又同时具备三种历史形态。

第一种形态，是从宋代以来保存至今的传统手工业社会形态，其中，保存最完整的是手工瓷业体系；

第二种形态，是中华人民共和国成立后以“十大瓷厂”为代表，今日在陶溪川文创园区依然能够被热烘烘感知的工业化社会形态；

第三种形态，是日益浓郁地散布在昌江流域，并以自然野趣与自由精神为特点的后工业化形态，即所谓的后现代化形态。

这三种形态，指的不仅是以陶瓷文化为号召力、凝聚力的多种手工业百花怒放之状态，还寓意着在社会普遍感到焦灼、迷茫的时下，景德镇静水流深、自发地进行着一场慢生活运动，让灵魂跟上脚步，让生命融合自然，让发展全民共享。

2021年1月16日，全球迈过了一个悲伤沉重的门槛——新冠病毒确诊患者数破亿。

景德镇，也在适时地呼应着一场人类对自身命运的再审视。此前，也许上帝已经给过人类无数次自我救赎的机会，但人类在无止境的索取和膨胀中，忽略了，错过了。这回的审视，却不一般了。

新冠病毒肆虐，这不仅是一场发生在工业文明时代以及全球化背景下的瘟疫，还是一个时代的分野。它以猝不及防的速度，改变和重塑了人类社会的轨迹。

此后，各行各业都会全方位地走向数字化和智能化，往日大量的职业技能，会很快进入半衰落甚至衰落期，年轻人就业，将成为未来相当长一段时间里困扰全球的问题。他们中的许多人，会自愿或被迫地成为景漂这样的自由职业者。经济的困境、制造业的艰难、生活压力的普遍加大，将会让全球重返1919年“一战”后的艰苦重建背景，共塑一个“包豪斯式”的“简朴实用方为美”理念，不再繁复浮夸，不再脱离一般民众，而是和衷共济，共闯时代难关。同时，人类间的疏离，乃至隔离，将可能成为常态，传承了几百上千年的很多风俗习惯，会被迫消失，甚至过年合家团聚，都将成为奢想……在这分野点上，人类在价值观念、发展路径、工作与生活方式等方面，必须重新考量，并尽快做出某些改变。

景德镇，这座以千年窑火，洞察中国文化生老病死、复苏再起的秘密城市，面对当今全球化严重受挫的严峻局面，也在不动声色地思索。

在东西方国家之间的信任成本越来越高，不同文化之间的对话越来越 60
困难的局面下，什么样的文化形态，才是“真”的、“活”的、生动的中国文化？如何以中国文化的元精神、审美追求与生活方式，在全球说好令人理解、使人信服、让人温暖的中国故事？过去的十八般武艺，大约不能撬动今日疑虑重重、“同床异梦”的地球人。

在过去，景德镇曾是全球化的滥觞者、代名词；在未来，景德镇能否重新焕发生机、吞吐活力，亦是今日中国文化能否再度在全球表现巨大张力的重要指标之一。

在凶猛的疫情面前，景德镇好像一个孤岛，至今只有六起病例，且在 2020 年 3 月初就被全部“清零”，浮梁县更是零病例。

如今，景德镇罗家机场有五家航空公司开通的八条航线，通航十四座国内城市，涵盖北上广深，成都、重庆、天津等国内特大和一线城市。多条航线一天飞有两班，节假日里，往往一票难求。中国国际航空公司江西片区的运营经理卢欢女士告诉我，疫情以来，从北京飞景德镇的航班，自首都机场一日一班，自大兴机场隔日一班，每趟航班都有百十人……

2018 年年初，在九江—景德镇—衢州双线电气化标准的“九景衢铁路”开通后，景德镇迈入了“动车时代”，无缝接入上海、杭州、桐庐、千岛湖、黄山、婺源、庐山等成熟的世界级旅游目的地，原本从景德镇到上海所需的十七小时，大大缩短为四五个小时，客流呈现井喷态势。

据统计，2020 年 10 月 1 日至 8 日，短短一个星期，就有 66.86 万人次游客陆续打卡浮梁，同比增长 19.8%；旅游总收入 5.35 亿元，同比增长 20.1%。以“相见不恨晚，余生在浮梁”为主题的“浮瑶映月”瓷茶水陆体验秀，若古人出关，让白居易回头，令琵琶女回眸——当年两人在浔阳江头不经意间提到的一个地方，在一千二百多年后，文化自信爆棚，迅速成为国内的一个现象级旅游热点。

还有一个深层原因——在互联网时代，对许多年轻人来说，线上生活，已将人与人之间的关系疏离为一种虚拟，人和现实世界的真实关系，几乎缩短成了快递或外卖送达的最后一米，当下的疫情更是加剧了这种关系。而在景德镇，人们能逮着机会，投入真实、亲切、无须疏离的山水乡野中去，因此景德镇旅游在游客中有着巨大的心理需求与情感需要。

还有一个很有意思的现象，许多在北上广深难得见上一面的设计师、艺术家，在开往景德镇的飞机、动车上，屡屡相遇，握手拍肩，彼此惊呼：原来你也要去那里！仿佛圈子里形成一种共识——做陶艺的、搞艺术的，若不去景德镇转一转，就好像和这圈子脱离了；设计师、建筑师，还有大学的教授、研究生，若在景德镇没项目，没在这国家级的试验区里做点什么，便感觉自家的课题、研究，仿佛成了隔夜茶水，失去了新鲜感。

于我亦然。偌大的中国被“折叠”在景德镇这么一个小小空间里，三十多年相忘于江湖的老小弟、多年未见一面的老朋友，这大半年里却频频在此“空降”。结识的新朋友，也如随处开出的花朵：复旦大学旅游学系教授、博士生导师沈涵，上海卧云城市规划设计中心投资人荣耀，北京的独立电影制片人孙炎……他们或是在景德镇有项目，有调研，或是来此讲学。

来的说来就来，走的说走就走。

前几年认识的思亮，网名亮子，老家在成都。他见到这里太多有意思的人物，风往云来，便在此开了一家“一夕”，菜、汤俱鲜美，没有菜单，菜品都是提前给客人配好，每位一百二十元。“一夕”集餐厅、威士忌品酒室、茶室、民宿于一体，进门行走几步，一座宽阔的小院落在眼前，从院子楼梯上去，有几间客房，分别取名圣雅、芭蕉、山茶、紫苏、月见、木槿、半夏。我与朋友在“一夕”吃饭、喝茶过几次，但没有见到他。王志刚告诉我，他现在忙得很，常有客户邀请他去外地做设计、统筹——贵州黄果树瀑布边，建一私家客厅；浙江安吉林海中，摆一席长桌宴……后来，我看到亮子发了一条朋友圈动态：

> 景德镇的流量时代来了！现在太多的外地朋友、客户，到景德镇“打板”……

本书大抵完稿时，辛丑年的新年也快来临。

身为水电工兼花匠的老方，看着小院大门上早被风吹掉了半边的残联，对我说：“我再写一副对联来。”

几天后，一副新对联贴了上去：

落墨妙著瓷韵香

挥毫写出景德史

老方啊，你可是有心给老夫戴了一顶高帽子？它硌得老夫脑袋直痛。我岂有如此不知天高地厚？！

能够写出“景德史”的，唯有千百年来这块土地山川上的劳动者、创造者和生活者。

若一艘大船，助推的人多了，哪天水一来，它就扬帆起航了。七年来，我也只是在这船舷上推了一把……

2020 年 3 月—6 月部分初稿

2020 年 6 月—2021 年 2 月初

完稿于景德镇珠山区马鞍岭 56 号

2021 年 3 月定稿

（附言：“少年见青春，万物皆妩媚”，除本书写到的人物外，还有在《瓷上中国》里写到的李胜、苏元阳、谢卫锋、过小明、罗国新、藤町等，皆构成本书写作的坚实基础。著名出版人张秋林，2013 年首次与我结缘于景德镇，并大力推举《瓷上中国》，始有今日这本《景德气象》。老夫编制几十年在南昌大学（原江西大学）内，却蒙关照，得以几十年安于自选题材与内容的写作岁月。该校江西发展研究院院长黄细嘉先生，向来关注并支持老夫在赣省内最具活力与想象力的这座城市的走动。借本书问世，向以上诸位深表敬意！还要感谢珠山区委、区政府，浮梁县委，三宝蓬艺术聚落的程丽芳、杨梦颖、樊婷玉、江海涛及闲云涧文化旅游产业有限公司的涂斌、吴诗画、方志雄、刘新红等，老夫在山居写作行旅的日子里，得到了他们充分的关照。）

50—1

50—2

50—3

50—1　三宝村第一位本土艺术家齐冬根
50—2　三宝瓷谷
50—3　三宝蓬水碓

50—4

50—5

50—6

50—7

50—4　工作中的李见深
50—5　三宝国际陶艺村李见深工作室
50—6　三宝国际陶艺村
50—7　齐冬根瓷版画

51—1

51—2

52

51—1 九三
51—2 老张在中国台湾“垦丁春浪音乐节”登台演出
52 北川富朗

53—1

53—2

53—1 高岭山脚下的接夫亭
53—2 烟雨蒙蒙中，古老的东埠码头依旧古老

53—3

53—5

53—4

53—3　严台村
53—4　高岭村的一棵古樟树，树洞里可开一桌麻将
53—5　沧溪村

53—6

54—1

54—4

54—3

54—2

53—6　浮梁古县衙
54—1　三宝蓬艺术聚落，曾获美国 AAP 建筑学奖“最佳文化建筑奖”
54—2　三宝蓬水月馆建筑材料
54—3　三宝蓬三号楼夜景 1
54—4　三宝蓬三号楼夜景 2

54—5

56—1

54—5 瑶里古镇

56—1 徐珊给自己放假了——独行西藏，拉萨街头

56—2

56—2　三宝蓬“泼泥嘉年华”

60

392 60 三宝蓬“西席”

跋

正月里，胡平老师的《景德气象：中国文化的一个面向》终于“杀青”了，景琳兄也如约来到景德镇，我还是不紧不慢地在三宝蓬忙活着。照旧，我还是要扮演司机和导游的角色，陪着胡老师和景琳兄，还有第一次来的淡霞老师在景德镇四处走走看看，见见胡老师笔下描写的那些人，感受一下他们的日常。“这有助于他们更深刻地认识景德镇。”胡老师说。

一周的时间倏忽而过。周四晚上，景琳兄在三宝最火爆的土菜餐厅“寻味三宝”请客，邀请这一周他拜访的艺术家老师们吃饭、道别。席间，胡平老师交代：老肖（是的，虽然他年过七旬，他确实是这么称呼我的），拜托给这本书写篇序吧，内容不限，字数不限，你想怎么写就怎么写，想写什么就写什么，把你这七年间在景德镇的感受和情绪都写下来。写得少，当序；写得多，当跋。

没喝酒，我眼角却有些湿润，又怕大家看出来，便应承下来，扯了个由头，哈哈大笑过去了。我知道，胡老师是以他独有的方式在帮助我、照顾我。

七年的景德镇生活，并不都如“诗和远方”，虽然那被我称为“景德镇的日常”，其实于我而言，绝大多数的日常是在泥泞的道路上踉跄着的。不过，这是绝大多数人看不到的。但胡老师太睿智了，他什么都看得清清楚楚，他看到我的坚持，懂得我的苦楚。他大概是有些“心疼”吧，我暗地里这么想。所以他总在不同的场合不吝各种溢美之词夸赞我和我所在的三宝蓬，所以他才在《景德气象：中国文化的一个面向》中浓墨重彩地写了三宝蓬，所以才“拜托”我来为这本书写点什么。

写什么呢？写写我和胡平老师，两个“三宝好邻居”，两个忘年交，从相杀到相爱的过程吧。

胡平老师和我同是一名“景漂”——这本《景德气象：中国文化的一个面向》里采访记录的故事大部分也都来自“景漂”（对“景漂”词条有疑问的，欢迎上网查阅）。胡平老师来自南昌，我来自武汉，我们几乎是前后脚来到景德镇。七八年前，胡平老师在景德镇扎下来几个月，写作出版了《瓷上中国》；2014年，我来到景德镇，开始我们现在这个三宝蓬艺术聚落项目。

我和胡平老师的第一次正式接触是在2015年。其时，我和书中的另一位重要人物王志刚老师联合策划、组织了第一届“三宝论坛”——“对话三宝——美丽瓷都的千年乡愁”。活动现场，景德镇电视台全程实况直播，当着整座城市观众的面，胡平老师作为受邀嘉宾，毫不留情地“开炮”——希望政府和资本理性地善待三宝，不要急功近利地去开发，否则不但留不住三宝的美丽乡愁，反而平添血海深“愁”。

老实说，有那么几年我确实活在胡平老师“资本血洗三宝”这样的话语阴影里。后来每次碰见他也是战战兢兢，一直到胡平老师看着三宝蓬一天天建成，开始试运营，看着我们一场接着一场地举办各种展览活动、艺术沙龙、文化雅集……终于，胡平老师对我们“黑转粉”，如今改称我们为最有情怀的“慢资本”，而且在江西最有市场影响力的《江南都市报》专栏《洪城里》上，一次又一次给予我们整版的友情推介和报道……

之所以把这段比较私人的往事重提，是因为我觉得这样一个小故事其实能够说明几个问题。

第一，它反映了早几年大家对景德镇三宝整体打造开发的某些普遍担心。胡平老师的忧虑并非空穴来风、杞人忧天，政府需要谨慎行使权力，而资本是一把双刃剑，盲目的、过热的非理性投资往往给一个地方、一个项目带来适得其反的后果，这有不少前车之鉴。

第二，它侧面反映了景德镇三宝这几年实实在在的改变。政府和民间对三宝规划投入与改造成效，得到了社会各界积极肯定的评价，甚至是高度的表扬与认可。三宝蓬是三宝里的一家由民间资本打造的艺术园区，因缘际会，和政府对整座山谷的规划踩在了一个节奏上，和这座城市建设“国家陶瓷文化传承创新试验区”这个“百年未有之大变局”踩在了一个节奏上，是我们的幸运。

第三，啰啰唆唆铺垫这么多，其实非常好地解释了胡平老师写关于景德镇的第三本书《景德气象：中国文化的一个面向》时，为什么选择客居于三宝来完成——这也是因缘际会。

第四，三宝已经成为景德镇的一个生活样本。对“景德气象”的解读完全可以从三宝开始，换句话说，体验三宝是你打开景德镇的正确方式。

回到胡平老师的著作本身，《景德气象：中国文化的一个面向》主要写作于 2020 年 6 月至 2021 年 2 月。庚子年疫情阴霾至今还未散去，从国家政治、经济、文化的大层面，到我们老百姓衣食住行的生活日常，它的浩劫和影响难以估量。胡平老师刚好寄居三宝山水间，用文字全景式采访、记录了在景德镇、在三宝生活、工作、创业的一群“景漂”，描写了一座“孤岛”般存在的“世外桃源”，给在疫情之下普遍开始反思生活意义的大众呈现了千年陶瓷文明生态中富有独特意味的文化景观，呈现了当下景德镇最鲜活的生活样本和理想关照。

> 俨然停摆了的“景德镇时间”，其创作、生产空间和生活空间高度统一，体现出后工业时代生活方式的重要特征之一……也如一幅不动的山居图，图中，相较于北漂的“漂”所蕴含的漂泊感与被动感，景漂的“漂”，反而像是一种精神上的回归。有人用现代的游牧民族来形容景漂，如果说游牧民族的移动是要近水草，景漂的“水草”便是景德镇这方土地。
>
> 以自然野趣与自由精神为特点的后工业化形态，即所谓的后现代化形态。
>
> 这三种形态，指的不仅是以陶瓷文化为号召力、凝聚力的多种手工业百花怒放之状态，还寓意着在社会普遍感到焦灼、迷茫的时下，景德镇静水流深、自发地进行一场慢生活运动，让灵魂跟上脚步，让生命融合自然，让发展全民共享。

《景德气象：中国文化的一个面向》用真挚的文字为当下的

景德镇做了一本丰富的、宝贵的影像合集，也为未来的景德镇提供了一个文本上的解读依据——写作的意义在于立足于当下的现场，更在于向未来敞开——未来借由写作回到当下的历史。

胡平老师在书中开篇自称“老夫”，年逾古稀却精神饱满、精力充沛，在这样的年龄保持这样高效的采访和写作工作并不容易。爽朗率直、情深义重、嬉笑怒骂——有些文字就像斧劈皴裂一般简洁有力、急速跳跃；有些笔触宛如工笔一般曲折、细腻；有些语言读着又如闲笔小品，轻松诙谐——全书内容从景德镇的历史导入，通过对关于陶瓷的重要史料、著名事件、名人轶事的编辑、梳理和考证，为我们拉开了一个磅礴厚重的叙述背景，景德气象如卷轴一般缓缓展开。随后记录了胡平老师日常采访、接触的和陶瓷有着各种关系的有趣的人：陶瓷学者、文化专家、陶瓷企业主、园区负责人、国际陶艺家、陶瓷经纪人、设计师、摄影师、策划人……在我读来，异常亲切，胡平老师笔下的他们鲜活真实，就生活在我的身边，偶尔喝茶，经常碰面……他们无论是思想、学识、才华、创作、社交等，都是这个圈子里可圈可点的佼佼者。在我的理解中，所有这些景漂的故事加起来，就成了胡平老师表达的当下“景德气象”的最好注解——显然，就算疫情之年，胡平老师的三宝山居生活一点都不孤独寂寞，反而每天呼朋又唤友，谈笑有鸿儒。

也该收尾了。我们回到主题，究竟什么是胡平老师笔下的“景德气象”？大概见仁见智。就本人而言，作为一名资深景漂，我非常赞同胡平老师在书中写的一段话：

看现状，景德镇已然是历经全球化之后，一块文化与艺术重新组合、人性与自由深度开拓的“飞地”，有意无意地走出了一条涵盖人文理想、艺术精神与生活方式的独特区域性社会发展模式。

近年来，许多媒体和写作者也都试图对这座城市进行某种概括和定义：

地方性传统城市进入生态性的知识社会的经典案例；

传承与创新有机统一且相互促进的景德镇新模式；

新民艺运动策源地；

宋代生活美学的打样间；

一座聚集了无数有趣灵魂的城市；

你们向往的诗和远方，就是景德镇的日常；

能从哲学意义上肯定人存在的价值和理由的城市；

从生活美学向城市美学全面提升的城市，可能会成为中国的一个核心艺术区；

非成功者、城里人的城市，而是我们的城市；

一座让年轻人看到希望与前途的城市；

景德镇生活，是一个世界级的样板，是一个面向全世界的生活秀；

在新时代焕发璀璨夺目的光彩，成为冠领中国、代表江西走向世界，让世界感知中国的城市……

不得不承认，景德镇真是一座神奇的城市。尽管只是一座山区四五线小城，却因其陶瓷产业和由此诞生的生活工作方式形成了独特的开放多元的城市气质，“在中国的城市丛林里风韵别致”。

还有一个很有意思的现象，许多在北上广深难得见上一面的设计师、艺术家，在开往景德镇的飞机、动车上，屡屡相遇，握手拍肩，彼此惊呼：原来你也要去那里！……于我亦然。偌大的中国被“折叠”在景德镇这么一个小小空间里，三十多年相忘于江湖的老小弟、多年未见一面的老朋友，这大半年里却频频在此“空降”……

不知你是否会在读完《景德气象：中国文化的一个面向》后“空降”景德镇？无论如何，欢迎来到景德镇！但是，“旅行有风险”——因为这是一座让许多人来一次就一辈子都不想离开的城市，就像我自己一样。

肖学锋

于景德镇三宝蓬艺术聚落

2021 年 3 月 9 日

观宋名坊园店

观宋窑

三宝蓬艺术街区——景漂艺术家聚集区

风雅度夏（三宝蓬艺术聚落）

云子的女儿观马

云子和女儿在曹村养马场

玲珑·演 1（王柏玲珑名坊园店）

玲珑·演 2（王柏玲珑名坊园店）